我们的风景

30年经典作品

刘晓平 主编
郑旻 副主编

湖南人民出版社

图书在版编目（CIP）数据

我们的风景：30年经典作品 / 刘晓平主编. —长沙：湖南人民出版社，2014.4（2025.4重印）
ISBN 978-7-5438-8221-8

I. ①我… II. ①刘… III. ①散文集—中国—当代 IV. ①I267

中国版本图书馆CIP数据核字（2014）第073924号

我们的风景：30年经典作品

主　　编　刘晓平
副 主 编　吴　旻
责任编辑　邓胜文　谢　喆
装帧设计　李煜莹

出版发行　湖南人民出版社［http://www.hnppp.com］
地　　址　长沙市营盘东路3号
邮　　编　410005

印　　刷　永清县晔盛亚胶印有限公司
版　　次　2014年6月第1版
　　　　　2025年4月第4次印刷
开　　本　710×1000　1/16
印　　张　22
字　　数　350千字
书　　号　ISBN 978-7-5438-8221-8
定　　价　58.00元

营销电话：0731-82683348　（如发现印装质量问题请与出版社调换）

“文章乃案头之山水”
——《我们的风景：三十年经典作品》
（代序）

刘晓平

在去年盛夏时节，省社科院文学研究所所长胡良桂先生和副所长卓今女士，带领研究所的一帮专家学者来张家界，和市文联一起主办了“文学与旅游”座谈会。会上，大家畅所欲言，畅谈了文学对旅游的促进作用。副市长田华玉也结合自己在武陵源区主政工作的体会，畅谈了旅游与文化的融合关系和文学对旅游的促进作用。她说：“张家界走出深闺和名扬世界，都是与一篇文学作品和广大文学艺术工作者的努力分不开的。今天，该怎样找准文学（文化）与旅游的切入口，继续发挥文学的促进作用，应是广大文学艺术工作者必须思考好的问题。”带着这个问题，在一次向常委副市长程丹峰的汇报中，我特意向他讨教，他很谦逊地说：“这个问题我也在思考中。但是可以肯定地说，创意、创新地运用传统的文学手段，仍然是我们促进旅游工作的一种手段……”他还谈了许多新的想法。鉴于本人的资源和能力，我有了编辑《我们的风景：30 年经典作品》一书的想法，并在一次向市委常委、宣传部部长余怀民的汇报中表达了我的想法。余部长高兴地说：“大家在干好本职工作的同时，结合实际工作多思考发展我市旅游经济的大事，这也是市委、市政府所倡导的。‘文章乃案头之山水，山水乃地上之文章’（清代文人张潮语）。我们的作家们应多为故乡这片神奇的土地而赞颂，奇山异水因佳作而得到宣扬，因美文而流传于世，真正让‘地上文章’与‘案头山水’相映生辉，相得益彰。这才是我们的职责所在，你们应多做这种有益的事。”正因为有了多位领导的支持，我便利用业余时间，和作协秘书长吴旻开始了本书的选编工作。

在选编过程中，我们定了一个基本的框框，即尽我们所能，选编张家界自旅游开发建设以来，发表在全国各名报名刊的名人名文，同时也注重推进本土作家的创作，采取自愿自主申报的办法，题材限于张家界山水风光和风俗风情的篇章，若自己没有申报而我们也没有注意到的就没法收入了。限于宣传发动的时间短、范围窄（仅在作家QQ群中发动各分会会员相互转告而已），而选编的时间也显得仓促，因此，书中选编的部分，我市作者并不是全都上了，在此特向本土没有入选的作家们说声“抱歉了”。但是，书中所选编章，作者们有的是我久已闻名的文坛名家，也有的是我素未相识的文坛新人。至于本土作家，大多是我十分熟悉的老朋友，但也有的是只知其名不知其人的新面孔。然而，他们的作品堪称一定时间内的经典佳作，均是描绘这一方奇山异水的个人名篇，或是这片土地风俗风情的动人歌吟。缪斯不薄，自有乾坤。书中所有篇章，正如李元洛老师所言：“有的偏于客观事象的记叙和描绘，有的偏于内心感情的酝酿和抒发，有的则在外在大宇宙与内在小宇宙之间求取平衡……有的偏于阳刚之美……有的偏于婉约之姿……有的主要以口语和白话结撰成章，有的主要以传统的书面语言谋篇布局，有的则力图将口语的生动活泼与语文的凝炼典雅融于一炉。……它们堪称佳作。”此书的编辑出版，若能成为游客雅士远足清闲时的一份清赏，则是我此生的最好奖赏。

我一直以为：一个作家，他的最大理想应该是为人类（或当地）写出最好的作品，他的意义不在于拥有金钱的多少，不在于所处地位的高低，而是能坚持理想不停地写作。我自走上写作这条路，就没把对金钱的追求当作自己的唯一。虽然有时也有被金钱所困的苦恼，但我在新的一天看到太阳的笑脸时，就把苦恼抛至脑后。而当我长期写不出令自己满意的佳作时，我的苦恼则挥之不去如影随行，直到能写出自己满意的作品时才释然。我之所以说出自己这心中的秘密，我是想告诉我市的本土作家们：出这本书的另一个目的，也是对我市本土作家们散文创作成就的一次检阅。当然它只是一个侧面的检阅。其实，我市散文作家中，还有写其他散文题材的高手，在此就不一一罗列了。我只是想告诫大家：我们应通过这种集结，达到一种“团体团结出发”的目的。倘若我们能齐心协力，我们队伍的明天会更壮观，我们这个团体对地方社会发展的贡献也就会更大！

在书即将出版之前，我写下这些话，亦算是对作者和读者的一个交代吧。

2014年2月30日草于月亮湾

（作者系中国作家协会会员，张家界市文联、市作协主席）

目　录

奇山异水张家界

刘晓平

在张家界山奇、水奇、云奇、石奇、树奇以及珍禽异兽之奇中，山奇居首。没有山奇，水奇则无源，云奇则无依，石奇则无托，树奇则无被，珍禽异兽之奇则无藏身之所。

张家界山之奇，举世公认，为世人所瞩目。清华大学教授、著名园林学家朱畅忠说："张家界乃天下第一奇山。"作家孙荪则选它"纳黄山桂林之美，融匡庐南岳之秀"。世界著名的香港摄影家陈复礼先生的摄影作品《山之鹰》，曾获得英国皇家摄影作品奖（10 万英镑资金）。得奖后，他曾对世人说："《山之鹰》所得的荣誉，有大半是张家界的。"据说张家界开发之初，陈先生每年均在张家界待上一段时间，最长时间达三个月之久。他拍《三山鹰》，曾带帐篷食宿在腰子寨的"老鹰嘴"下三天三夜。就在那雨后放晴之时，山中云雾缭绕，"老鹰嘴"隐没在林海雾幔中，一如雄鹰作展翅欲飞之状。恰在这时，一只苍鹰翱翔而来，夕阳辉映，好一幅双鹰双翼、相互衬托的山鹰图！刹那间，陈先生按下了快门。从此，英国皇家摄影艺术馆就留下了一帧珍贵的不朽作品。

张家界山奇，奇在自通灵性，在众山的陪衬中突出自己。当年吴冠中先生被朋友怂恿去那里写生，沿途看到的是黄土衰草，只有黑白羊群是最为醒目的色调；山不高，无非是一般的丘陵地貌，他不禁为之心凉。可是，就在车拐了数十个弯之后，地貌大变，峰峦陡起，绿树叠翠，完全是一个奇异幽深的世界。吴先生的"第一个反应是联想到桂林与黄山。这里的秀色不让桂林，但峰峦比桂林更神秘、更集中、更挺拔、更野"！

张家界山奇，奇在俯仰皆成故事，横侧都是奇观。黄狮寨之雄，腰子寨之险，金鞭溪之幽，朝天观之秀，畲刀沟之野，各个景区皆有其特点。奇妙无比的武陵砂岩峰林，是张家界山奇之精华，没有其峰林，整个张家界便推动了意义。三千峰林，神态惟肖，各不相同，"以人为喻，有如将军之指挥若定，夫妻之久别重逢，姐妹之联袂话旧，儿孙之罗拜于膝下。以兽为喻，有若虎之引吭怒吼，鹰之振翼高飞，狮之南面称王，猴之北上觅食。”青梅竹马的“夫妻岩”，相依相偎，窃窃私语。就这样，他们亿万年来共同承受风雨霹雳，共同享受欢乐幸福，解悟人生，同沐甘霖。“千里相会”，多像一对走出樊篱的情侣，千里迢迢，呼天抢地奔到一起，不顾羞赧，不顾陷阱，拥抱在一起互诉衷肠，大写了爱的勇气和力量。

画家们说：张家界之奇，奇似一幅千古不朽的山水国画，每柱石峰，每株岩树，都是自然大师的妙手绝笔。园林学家说：张家界之奇，奇在它好比一尊巨大的盆景，高筑在武陵山脉绵延起伏的高台平地上；而构成它每一座山峰的每一个细节，都是一尊尊价值连城的艺术盆景。

旅游事业突飞猛进的发展，给游客多角度审视张家界的艺术美学价值提供了条件。我曾坐“金鹰公司”的直升机，环张家界上空俯览，又增添了一种全新感觉。飞机低空飞行时，只见石峰林立，竞相争奇斗艳，欲刺蓝天；飞机上升后，眼底云雾隐去了山的轮廓，只见云海之上，石柱林立，褐色的石英砂岩峰林，在阳光照耀下熠熠生辉；在云海澎湃升降间，雾幔缭绕，一幅蓬莱仙境的写意；在我们坐机返回时，回首再看，只见云海浩浩渺渺，三千奇峰，高低参差，一个魔幻之城的轮廓。我不曾见过海市蜃楼，但我想海市蜃楼不过如此，可这是一个实实在在的海市蜃楼。

有人也许会说：张家界缺少水景。我说：错了，水不在深，不在多，不在满眼水的世界。张家界的水，虽不及肖复兴先生称为“水之经典”的都江堰和九寨沟，但是张家界之水，岂一个“异”字了得。

世上丽水秀水晶莹之水清澈之水恢宏之水浩瀚之水，各有胜地，张家界则是异水的胜地。世上大大小小的水库建于河谷盆地者众，却很难看到建于山顶上的水库，张家界偏有“宝峰湖”、“卸甲峪”两个山顶水库。它们既容清清细流，也汇聚桀骜暴戾的山洪；不管是如何水干天旱的年份，游张家界您不必担心用水难的问题。每到“秋水共长天一色”的季节，您会看到两个山顶水库亮如明镜，天空有一片云彩，水底有一个月亮，那是多么令人陶醉于富有诗意的宁静恬淡之水啊！

张家界水之异，更异在一条金鞭溪。金鞭溪的上游是琵琶溪、花溪、畲刀沟、楠森溪等数条多姿多彩的溪流。一到春天，它们即汇集密林泉水、山涧瀑流，净亮如哈达，透澈如水晶，飘然而下。其他季节，它们躲躲闪闪，在卵石中悄悄细语，结伴而行，就像一群快乐的孩童，无忧无虑。而一到金鞭溪，它一瞬间变得胆大和爽快，大大方方却依然清清亮亮，那么纯真，那么洁白无瑕，细语清唱，宁静地走向远方。金鞭溪是一条诗化了的溪，一条仙境般的溪。当您坐在温暖的溪边岩石上，眼底是珠玉四溅的水花，风在两岸的青枝绿叶上飘摇；疲惫的心境，一路的劳顿和凄惶，便如流水一般远去。恍惚中，鸟儿衔一节青枝栖于您的额上，陪您一同静观水底之鱼。有鸟的婉转，远远近近地传来，似抑抑扬扬的柳笛；也有斑斑点点的帆影，有星星闪闪的鱼水，出现在您想象的氛围中。满溪自由自在的水，伴一颗若无其事的心，让您联想起雨季溪水丰盈，旱季江鸥飞翔的情景。奇异清纯的溪边，您自由自在地看鱼，鱼自由自在地看您，这是一份多么富有禅意的心境啊！一是鸳鸯瀑，一是鸳鸯泉。鸳鸯瀑水虽小，落差却高达七十余米，可谓气势不凡。因为志同道合的那一份情缘，不管前程坎坷多少，不管自己是多么渺小羸弱，也不管是悬崖或是死潭，就那么相携纵身一跃，成为警喻人生的奇观。鸳鸯泉水量也不大，却总是那么成双成对，不计较恩恩怨怨，两相映照，作天地之恋，长相厮守。据当地人说：天论天崩地裂，鸳鸯泉从没干涸过，清清如许，饮之如甘霖。若夫妻反目不和，只要喝了鸳鸯泉水，就会和睦如初，共享人生欢乐。

张家界山奇水异为世人称道，引无数游客如痴如醉，不知有多少文人墨客“竞折腰”。作家魏巍游张家界时，我有幸相伴，魏老年寿虽高，却豪情不减，边走边看，竟吟诗一首：

夏风送我至陵西，
此外山水人称奇；
十里画廊看不厌，
更喜幽境金鞭溪。

（作者刘晓平当年系《张家界日报》文体部主任，青年作家。此文选入九年义务教育初中语文实验教材第二册，2001 年春季开始使用。）

迷人的张家界

陈先云

未到张家界时，我就听人说，湖南的张家界地貌奇特，有着泰山之雄、华山之险、黄山之变化、桂林之秀丽。这次来张家界，我才真正领略了这仙境般迷人的景色。

乘车出张家界市区向东北方向走了半个多小时，虽见群山连绵不断，但却平淡无奇。不料，车子刚转过一个山头，眼前的景色突变，就像顷刻间拉开了巨大的帷幕，托出了一个神奇的世界。重重叠叠的山峰拔地而起，高耸入云。它们是那么多，一座挨着一座，一座有一座的特点，一座有一座的姿态。有的像背草篓的采药老人，有的像手捧鲜花的妙龄少女，有的像摩天大楼，有的像中世纪城堡；有的双峰插云，像两根尖尖的竹笋，有的一柱独峙，像一支长长的利剑……它们纷纷地排列在你的面前，张着宽阔的臂膀，向你拥抱，向你微笑，向你絮絮低语。这每一座山峰，都像一幅美妙的画，一首优美的诗。

在张家界处处可见的峰林之中，最使人难以忘怀的要数金鞭岩。金鞭岩高山峰林之上，与其他山峰迥然不同，从山脚到顶巅，像斧砍刀劈似的，只在它的顶上生长着几株苍郁不衰的松树。夕阳映照下的金鞭岩，金光闪耀，有如一根怒举的金鞭，直指云霄。一座巨大的山峰紧靠着金鞭岩，巨峰酷似雄鹰，鹰首高昂，凌空展翅，一只翅膀有力地半抱着金鞭岩，气势磅礴，这就是有名的“神鹰护金鞭”。

群峰中最高的要算黄狮寨了。寨顶有一片平地，四周天然形成十多处观景台。站在观景台上，放眼望去，张家界的美景尽收眼底。我们来到一处叫点将台的地方，朝下望是万丈深渊，台的对面齐齐刷刷地屹立着大小八九座山峰，像一个虎背熊腰的威武将军，在等待着出征的号令。

金鞭溪是天然形成的一条美丽的溪流，因金鞭岩而得名。溪水弯弯曲曲自西向东流去，久旱不断流。走近金鞭溪，满目青翠，连衣服都映成了淡淡的绿色。放轻脚步谛听，流水潺潺，伴着声声鸟语。走着走着，忽然感到一阵清凉，才觉察有微风习习吹过，阵阵袭来的芬芳使你不由得驻足细细品味。清澈见底、纤尘不染的碧水中，鱼儿欢快地游动，红、绿、白各色卵石在水中闪亮。阳光透过林隙，在水面上洒落斑驳的影子，给人一种大自然安谧静美的享受。

因为有了这山秀水，张家界便成了植物的宝库，动物的乐园。据统计，这里已发现的木本植物就有93科、517种，比欧洲多一倍以上，有活化石之称的珙桐、银杏、水杉比比皆是。野生动物达500余种，属国家一、二类保护动物的有金钱豹、娃娃鱼、红腹锦鸡、猕猴等等。无论春夏秋冬，无论严寒酷暑，这里四季如春，景色怡人。那莽莽苍苍的绿色，奇异艳丽的花朵，使张家界永远充满着生机与活力。

由于举世无双的美学价值和科学价值，张家界于1992年12月被联合国列入世界自然遗产名录，张家界因此成为世界级的风景名胜，成为人类共同拥有和保护的宝贵财富。

迷人的张家界，名副其实的人间仙境。

（作者陈先云系作家，全国小学语言教学专业委员会秘书长。此文选入九年义务教育小学语文第七册，2001年秋季开始使用。）

张家界山水画

彭学明

此刻，张家界，一抹一抹的山色，正空蒙邈远，流绿滴翠。一阵阵清风，一阵阵斜雨，在山间载歌载舞，走走停停，把莽莽山野熏染得媚态醉人。

这张家界的雨，是流行的星，滚动的珠，飘洒的银，斜飞的针，是童年闪闪发亮一眨一眨的眼睛。晶莹、剔透、纯洁、湿润、亲切的风，总是雨牵肠挂肚的兄弟，与雨为伴，为雨送行。花香的味儿，果香的味儿，庄稼的味儿，泥土的味儿，还有芳草味儿，森林的味儿，都顺着风雨清爽的纹路，冒出来，走过来，一丝一丝地钻进我们的肺腑，有点儿甜。阵雨落脚的地方，水烟和雨雾，趁势升腾弥漫开来，让千沟万壑铺满了柔柔白色、蒙蒙诗意。这雨后蒸腾、水中捞出的雨雾，湿漉的，若袅袅炊烟，丝丝缕缕，聚聚散散，虚无飘渺，一派温情。

这些山，竟然不是一座一座的，而是一根根的，如雨后春笋，披满了青枝绿叶和片片新芽，破土成长，直上云间。一片片云雾——一页页宣纸；一根根山峰——一支支画笔。一切都饱蘸大地湿湿的水墨和胭脂，若隐若现，淡入淡出，冉冉出画，缓缓入梦。朦胧之间，我们的灵魂在飞升、神游，我们的心灵在洗涤、净化，所有幻想的翅膀都张开诗的意象，越飞越高，越飞越远。

云开雾散的时候，花花绿绿的阳光就赶来做客，所有的山峰都因此从雾封云锁中解放出来，露出真切的面容。

像千把万把的刀从天上落下来，似千把万把的剑从地下刺出来，千幢万幢的山，就这么一下子呼呼啦啦地栽插在这里，突兀在眼前。一根根的，一片片的，一簇簇的，一捆捆的，若笋，若斧，若锤，若戟，若钺，若针，若柱，若鞭，若人，若兽，若世上所有的一切。

瞧，一只金龟从茫茫西海爬出来，伏在黄狮寨顶上，翘首等待日出。

南征北战戎马一生的将军，正在哨所里凝目沉思，指挥着一场生死攸关的战争，当年用过的梭镖还系着红缨，在神堂湾的古战场呼唤千军万马的滚滚呐喊啸啸嘶鸣。那坚韧善良的采药老人，正采摘一背篓草药，医治受伤的将士们。秦始皇赶山的金鞭，以一把刺刀的形象高耸着，割开历史，走向远古，遥望那排横戈世界书写辉煌的御笔。在那拔地千尺的孤峰顶上，一个四四方方的匣子放着，匣盖抽出一截儿，张扬着，引诱着，等待我们取出宝石、天书，可没人能够，你拉不动盖子，也爬不上去，你永远无从读懂这本无字天书！而这对从天上掉下来的夫妻，虽是石做的骨头石做的肉，却鼻眼脸嘴耳朵头发皆灵灵生气。那微微的笑意，你简直以为是一对活物！也许这是孟姜女哭倒长城后寻到了被征发边关的丈夫，也许是范蠡风雪夜归，见到了心爱的西施，两人才如此紧紧依偎相拥、温情脉脉。美丽多情的仙女，也感动这生死不渝的恋情，捧一篮鲜花，祝福永恒。

不知为什么，上苍竟会独爱这片土地，不是那么鬼斧神工的一笔么？全世界的好山竟会这么齐刷刷地到这里集合，这么美丽地到这里造型?！

这些出尽“峰”头的山，因为刀削斧劈般的陡直，因为石英砂岩的坚固，便根根棱角分明，锋芒毕露，粗犷硬砺，英武精壮，奇峭俊秀，刚毅深沉。而那些漫山遍野的树木，以漫山遍野的绿色将之席卷包围、覆盖占有时，它们又那样温情弥漫，诗意绵绵，娇媚连连。雄伟与纤弱，阳刚与阴柔，不可思议地，以无中生有、莫名其妙的美学规划，在这里直上直下、直来直去，我行我素、独来独往，真个是珠联璧合，完美统一。

面对这连绵万顷的峰林，面对这孤兀挺立的雕像，我们自然会想起地壳变迁时远古的燕山运动，我们似乎可以听到地层深处被挤压隆起、褶皱断裂、爆炸时惊天动地的回声。

这大起大落的碰撞、大喜大悲的冲刷，这大智大勇的切割、大气大度的削砍，这大苦大难的磨炼和大智大慧的雕琢，成就了这无与伦比的山和无与伦比的美，组成了这条刚直而妩媚的风景线。这是一种壮美，悲壮的美，壮丽的美。这美从森严壁垒众志成城的气势中来，从坚强不屈桀骜不驯的凛冽中来，从棱角分明傲骨铮铮的伟岸中来，从蛮横无理飞扬跋扈的放肆中来，从随心所欲无拘无束的洒脱中来，既对立又统一，既矛盾又和谐，充满了个性的魅力，而只有个性的魅力才是天地大美和最美。

山为水之魂，水为山之灵，峰三千水八百的张家界，到处是流泉飞瀑，金水银浪。在山与山的夹缝里，在笔立千仞的绝壁上，一丝丝水线，一挂挂水瀑，或堂堂正正地走下来，或潇潇洒洒地落下来，若大自然一笔悠远的写意，舒缓而又激越。

如果每一根山峰，都是一把二胡、一面古筝，那么溪水与河流就是一根走动的丝弦，流到哪儿，都会碰响一路民谣、一路歌声。

这深埋地下的水，不知从什么地方冒出的，构成溪河的概念，满山打转。无论是金鞭溪、琵琶溪、索溪，还是无名小溪；无论是澧水河、茅岩河、九虎水河，还是无名小河，经过山、石、泥和树的层层过滤，一律清粼粼的，纤尘不染，柔弱无骨，捧起来，听得到一丝一息的疼痛呻吟。这些闪光的水弦，揣一身怀旧的音乐，顶着卵石、水草、鱼虾、蝴蝶，在深山峡谷中漫步，身前身后，闪动着树丛和花朵的亲切面容，闪动着每一座山峰挺拔而柔美的身影。

潺潺流过之后，浩浩奔腾之后，打马过庄的水，就会以潭的形象停下小憩，以湖的形象安营扎寨。这潭，这湖，像山嘴嘴里衔着的一片片树叶绿得葱嫩，绿得透明，绿得纯净，绿得使人只想掬一捧水来贴近脸颊和胸口。清清秀秀的一张脸，古典而妩媚，一颦一笑，如落英缤纷的唐诗宋词，淅淅沥沥，勾人心魄。真是个湖光山色，水天一脉，山在水里，人在画中，画在人中。

在水之湄，往往有一个个山洞，向我们凝望。这是地下生长的黑黑眼睛，这是天上掉下的亮亮眸子。当光束在洞口愈来愈小，慢慢消失时，当一切喧嚣的声音在洞口愈来愈静，慢慢湮灭时，另一种顽强的生命却在洞内突然出现，呼呼生长。这是一种永不衰老死亡的生命！洞顶苍穹，古老的石灰岩饱餐大地的甘霖琼浆，溢出涓涓乳汁滴滴下落。乳里的水蒸发了，矿物成分沉淀下来，一滴一滴，一天一天，一年一年，一代一代，形成了这光怪陆离的地下宫殿，洞天福地。钟乳石如箭如柱，刀枪林立，或一排排自顶倒悬，或一丛丛拔地而起。矮，三尺一丈；高，二三十米。石花开在上面。石兔蹲在上面。石鸡栖在上面。石狮卧在上面。灵芝、蘑菇、人参、猴子、雄鹰及太上老君、观音娘娘全都变成钟乳石的雕像，栩栩如生。而且白的、黑的、褐的、绿的，五彩缤纷。石鼓、石琴、石筝、石笙也都以石质的民谣和音乐，感动每一位拜访的行人。

置身这地下宫殿，就像置身于童话王国、神话世界，一切美丽的童话、神话，一夜间聚会这里，让我们如诗如梦，若神若仙。专家说，张家界的洞府，包涵了溶洞学的全部内容，是地质学的瑰宝和奇迹，是世界溶洞探险和研究的最好去处。当我们看到石钟乳还在坚忍不拔地往下滴落锻造生命时，当我们明白这几十米高的钟乳石27万年才长一米时，我们才真正认识创造之美、生命之美！才意会什么是瞬间、什么是永恒！才真正懂得如何去珍惜自然、热爱生命、热爱自我、热爱生活！

因这奇山秀水、洞天福地，张家界成了动物的乐园、植物的宝库。据统计，张家界仅高等植物就达3000余种，其中列为国家濒危珍稀裸子植物的达35种，比整个欧洲多一倍以上，有“活化石”之称的珙桐、银杏、水杉，比比皆是。野生动物500余种，属国家一、二类保护动物的有金钱豹、娃娃鱼、红腹角雉等10多种。这些韧性的植物与活性的动物，都以其鲜活的生命色彩，为张家界平添了几分姿色。无论春夏秋冬，无论严寒酷暑，这里都四季如春，景色怡人。那莽莽苍苍的绿色、奇异艳丽的花朵，使张家界永远充满了生机与活力。

由于举世无双的美学价值与科学价值，张家界于1992年12月被联合国列入世界自然遗产名录。张家界，因此成为世界级的风景名胜，成为人类共同拥有和保护的宝贵财富。

为了建设这块土地，为了守住这片风景，勤劳勇敢的张家界人，祖祖辈辈滚爬苦斗，在这里建起了人类最美的家园。生，他们为这块土地；死，他们为这块土地；活，他们还是为这块土地。拔地而立的山峰，是他们坚强挺立的脊梁；纵横苍劲的树，是他们坚忍不拔的筋骨；滔滔潺潺的溪河，是他们生生不息的血脉；而刀削斧劈般的石壁，则是他们皱纹深凿、历经沧桑的脸。他们来自自然又创造自然，他们创造自然又复归自然，是与自然融为一体的人文风景，是与自然同样永恒的传世风景。

品味张家界，就是品味自然界的一道美学课题，品味生命过程的人生况味。张家界是一壶尘封亿年的老酒，酽醇却不辛辣。张家界是一杯流芳百世的名茶，淡雅而又隽永。张家界是一部美妙绝伦的山水志。张家界是一幅完美无瑕的中国画。张家界是一首韵味无穷的抒情诗。张家界是一曲余音缭绕的协奏曲。

那么，来吧，朋友！张家界的山会染绿您的身影，张家界的水会浸润您的心灵，张家界的民风民情会温暖和打动您的一生。

（作者彭家明系作家，原市文联副主席，现中国作协创研部副主任。此文为中华海外联谊会1998年所拍《神奇张家界》电视风光片的解说词。）

索溪峪的“野”

曹敬庄

一走进张家界的索溪峪，脑子里一切意念都净化了，单单地剩下了一个字：野。

山是野的。桂林太秀了，庐山太俊了，泰山太尊了，黄山太贵了——它们都已经“家”化了。人工的雕琢，赋予的毕竟是人工的美，是不能与索溪峪的山比美的。索溪峪的山，是天工的美，而这种天工的美，是“野”的美。这种美，是一种惊险的美：几十丈高的断壁悬崖拔地而起，半边悬空的巨石在山风中摇摇晃晃，使人望石而惊心。什么“一线天”，什么“百丈峡”，闻名就让人胆战。这种美，是一种磅礴的美：不是一峰独秀，也不是三五峰呼应，而是千峰万仞绵亘蜿蜒，“十里画廊”、“西海峰林”令人浩气长舒。这种美，是一种随心所欲的美：无所顾忌，不拘一格；直插云天，敢戏白云；横拦绿水，敢弄倩影；相对相依，宛如“热恋情人”；亭亭玉立，好似“窈窕淑女”……

水是野的。索溪像一个从深山中蹦跳而出的野孩子，一会儿缠着大山跑，一会儿撅着屁股，赌着气又自个闹去了。它特别爱跟山路哥哥闹着玩；一会儿手牵手，并肩而行；一会儿横铲一脚，将山路拦腰截断。山路哥哥倒不十分害怕，它请树木大叔帮忙，五根大树往索溪身上一搭，反从索溪身上跨过去了。山路哥哥还找石头哥哥帮忙，几块巨石一垫，山路便化成一条虚线，一跳一跳地从水中过去了。山路有更巧妙的办法，在弟弟的河床上垫一排大卵石，从它身子底下一个猛子扎过去。这样的“路”，还可以过汽车。我们到黄龙洞去，六过索溪水，解放牌卡车就是从这水下的卵石路上开过去的。汽车吼叫着，车身摇晃着，水花四溅着，卵石挤碰着，我们的心也怦怦直跳……平生没走过这么“野”的路！

山上的野物当然更是“野”性十足了。那些大大小小的猴子，大约是因为和我们人类同祖先的缘故，对我们有着一种特殊的感情。我们来到野生植物园，一大群猴子在树枝间飞腾跳跃，亲热的劲头难以言状。但当我们一行中的一位年轻女同志从树下面经过时，一只小猴子竟恶作剧地撒起尿来，吓得这位女同胞惊叫一声，慌忙逃了过去。而那只调皮的家伙，却快活地叫着，跳到了另一株树上。

在这样的山水间行走，我们也渐渐变得“野”了起来。城里戴眼镜的姑娘一边攀缘，一边大嚼着煮熟的玉米棒；上了年岁的老大姐居然摘下一朵艳丽的山花，簪在斑白的头发上；年过花甲的老叟，在石块间蹦来跳去，重温着儿时的旧梦；遇上突然横在面前的山溪，一队人全部手提皮鞋、丝袜，踩着乱石，一步一咬牙，从平膝的水中蹚过去……满溪的亲亲热热，满山的嘻嘻哈哈。人们，全在这山水中返璞归真。

于是，我感到从未有过的快慰，从未有过的清爽；索溪峪的“野”，荡涤着我的胸怀！

（作者曹敬庄系作家、教授，系《现代散文精选》主编。此文选入九年义务教育小学语文第九册，2002年春季开始使用。）

江总书记来到张家界

彭学明

1995年3月26日，阳春三月，莺飞草长，我们敬爱的江泽民总书记，风尘仆仆地来到张家界视察。

像一个个列队肃立的士兵，张家界成千上万座山峰，都静立在两边，等待江总书记的检阅。风过森林，涛声四起；烂漫的山花，含笑绽放；极目所致，到处是翠生生、鲜嫩嫩的绿芽。一片片白云在蓝天下飘落，一缕缕轻烟在峰林间飞舞，还有一只只小鸟，在轻轻鸣唱。清亮的小溪，像一条美丽的绸带，在深山峡谷里曲折穿行，又像一根欢乐的琴弦，“叮叮咚咚”地弹奏着动听的歌谣。我们敬爱的江总书记被这祖国的大好河山打动了，连连赞叹：“太美了！太伟大了！”

江总书记一边兴高采烈地观赏着这些如诗如画的美景，一边询问着陪同在身边的张家界市的负责人，了解张家界市的建设发展情况。他问张家界开发多少年了？问张家界的城市规划如何？还特别问到了张家界老百姓的收入和生活，当张家界市的负责人一一答复后，他满意地笑了，并再三嘱咐道：“一定要保护和建设好张家界，把张家界建设成为国内外知名的旅游胜地！”

一路上，到处都是来张家界观光的游人。一批又一批的游人碰见江总书记时，都激动得情不自禁地鼓掌欢呼，向江总书记问好致意，江总书记也不断亲切地向大家招手致意，大声问好，并与大家一一握手，合影留念。一群台湾游客见到江总书记后，更是格外惊喜与亲切，还抢着跟江总书记合了一张影，留下了他们一生最为幸福甜蜜的记忆。

两位穿着少数民族服装的土家族青年，看到江总书记迎面走来时，激动地唱起了土家山歌，江总书记听了，直夸山歌唱得好，山歌好听，并邀请他俩一同前行，亲切攀谈。江总书记慈祥和蔼地问：“你们的嗓子怎么这么好？”两位青年抢着答道：“我们土家人天生爱唱歌，我们从小就跟着大人练嗓子、学唱歌。”总书记听了哈哈大笑，说：“哦，原来是祖传！我们一起唱一首《浏阳河》好不好？”于是，江总书记边打拍子边与土家青年唱起了《浏阳河》。在场的所有人员及游客都受到了感染，和着江总书记的节拍，齐声高唱。一路上，江总书记总是这样不断地喊着口令，唱着歌曲，鼓舞大家，激励人们。他走到哪儿，哪儿就是欢歌笑语，哪儿就是欢乐的海洋和水乳交融的感人场面。行至黄狮寨景点时，江总书记见一民间歌手在那里给游人表演节目，便健步走上歌台，拿起二胡，为这位民间歌手伴奏了一曲湖南民歌《四季花儿开》。立时，整个天空，都飘荡着中国领袖的中国琴声、中国百姓的中国歌声，这是中国领袖与中国百姓共同奏响的最为动听、最为感人、最有力量的中国之声。

在一片庄稼地里，江总书记看到几位农民正在给一片橘园除草，便走上前去和他们攀谈。几位老乡做梦都没想到江总书记会到庄稼地里去看望他们，激动得连话都说不出来，只是紧紧地握着江总书记的手，热泪盈眶。

江总书记问：“老乡，你好！这脐橙几年挂果？”

“三年。”

“每斤可卖多少钱？”

“一块五。”

“什么时候最忙？”

“保花保蕾的时候最忙。”

“现在生活好不好？”

“好着咧！托共产党和您的福！”

“您多大年纪了？”

“52 岁，在您的面前，我还是小伙子。”

江总书记快活地笑了起来，说：“是啊，小伙子，几个孩子？”

老乡说：“两个孩子，老大读高三，准备考大学，老二读初中。”

江总书记高兴地称赞道：“好哇，小伙子，有眼光，没有文化不行啊！祝你的孩子考上大学！”

老乡说：“一定不辜负总书记的希望，到时向您老人家报喜！”

江总书记为期三天的视察结束了。当江总书记从他下榻的宾馆起程时，成千上万闻讯而来的张家界人民含着热泪为他送行。江总书记平易近人、与民同乐的平民风采，江总书记爱民亲民、一心为民的领袖风范，都深深地留在了他们心中，他们一遍又一遍发自内心地呼喊：“江总书记我们爱您！”

（此文入选全国小学语文第十二册阅读教材。）

养在深闺人未识

吴冠中

张家界位于湖南省大庸县的北部，貌不惊人名不扬，画家们很少知道她。我到湘西写生，人们给我介绍国营张家界林场，我先是姑妄听之，后来听到不少当地同道的反复推荐，才决心前去看看。

从大庸县出发，路经沙堤公社。冬天，一路上黄土衰草，只有黑、白的羊群是最醒目的色调了。开始山也不高，无非是一般丘陵地貌，车行一个小时都是这般风景，我心里有点凉了，但是既来之则安之，还是前去看看，宁可吃点冤枉苦。不料，张家界林场却意外使我兴奋，如获失落在深山的明珠。

随林场公路登山，数十个拐弯，地貌突然大变，峰峦突起，绿树叠翠，疑是到了桃花源洞口，这里是湖南真正的桃花源，我被引进了奇异幽深的世界，第一个反应是联想到桂林与黄山，这里的秀色不让桂林，但峰峦比桂林更神秘，更集中，更挺拔，更野！桂林凭其漓江倒影，青罗带增添了闺中娟秀。张家界山谷间穿行着一条曲曲弯弯的溪流。乱石坎坷，独具赤脚山村姑娘的健壮美；山中多雨意，雾抹青山，层次重重，这倒颇有些黄山风貌。但当看到猴子爬在树顶向我们摇晃时，就完全不同于黄山的情调了，我只见到三五只猴子，据说林场的同志们却经常能遇上数以百计的猴群。岂止猴子，这里有的是珍禽异兽。有一种背水鸡，更是前所未闻，山鸡胸前长个口袋，下山盛水后背上去。生物学家早晚会开采这个新天地吧！我一进山就急匆匆往石林和树木深处钻，景色把我迷住了。及听说虎、豹、野猪、毒蛇……才感到有点害怕。

张家界林场位于澧水上游，方圆数十里，我不了解连绵不断如此密集的石峰的地质价值。但看那陡壁直戳云霄，石峰石壁直线林立，横断线曲折有致，相互交错成文章。不，不是文章，是形式结构之美，可说是“画章”吧。更往高处遥望，其上有数十亩的原始森林，我们只好听老乡们讲述曾经攀登上去的故事而望林兴叹；柳宗元、徐霞客和刘鹗等都写下了美丽的游记，但他们表达的多半是文学意境之美，至于形式之美，似乎难以用文字来抒写。人们习惯于以“猴子望太平”、“童子拜观音”等等形象的联想来歌颂自然形式之美，还往往喜用“栩栩如生”作为酷似真实的至高评价。其实应该肯定对抽象美的欣赏。许多石头本身就很美，美就美在似与不似之间。而且，宇宙间存在着大量形式美，她们并不依赖于像个什么名堂。张家界的石峰名堂可多了，什么秦始皇的金鞭，什么三姐妹……美丽的故事由人们去自由创造吧！

不是为了遣兴而游山玩水，为了探求绘画之美，我辛辛苦苦踏过不少名山，觉得雁荡、武夷、青城……都比不上这无名的张家界美。就以峨嵋来较量，峨嵋位高势大，仗势欺人，其实没有太多特色，不如张家界美，谅有不少美术工作者将会同意我的看法的，湖南电影工作者已经写出张家界的拍摄稿本。不知拍摄进度如何？在闹市里工作久的人们，能找到这个休养耳目的世外桃源，将误认为我是新桃花源记的作者吧。

据说由于这数十里的山势像一匹奔腾的烈马，故名马鬃岭。马鬃岭也好，张家界也好，都尚未闻名，等待智慧的游人们为这绝代佳丽起一个更贴切的芳名传世。

（作者吴冠中系著名画家。此文系作者写生张家界时所作，最初发表在《湖南日报》，被多种选本采用。）

这就是张家界

银　云

这就是大庸的张家界了。

千百座耸立挺拔的砂岩岩峰组成的峰林排闼而来，倾泼而来，奔涌呼啸而来，突兀地陡立在我面前。以静静的思考和久久的凝望，面对这大自然创造的如童海如仙境如悠悠思绪如漫漫历史的艺术天地和美学世界，我不得不感叹人类世世代代积聚起来的艺术手段和千锤百炼的折射着钻石光芒的美丽语言显得无能为力；埃及金字塔、世界屋脊上的布达拉宫、雅典巴特农神庙、墨西哥石垒的古天文台、英国南部的圆形巨石阵、科洛西姆斗兽场、复活节岛石像群和柬埔寨吴哥塔群等等一切人造的巨型艺术品也显得相形见绌。那些使冰冷的大理石、青铜和铁有了生命的艺术大师如米开朗基罗、罗丹、毕加索，或者拥有北欧海洋景色的透纳，拥有俄罗斯原野风光的列维坦，拥有塔希提岛原始情趣的高更。如果在张家界的黄狮寨凌空突出的岩石上，站成一尊思想者的石像，会不会也只能和我一样长叹一声呢？

然而天文学和地质学一直使我敬畏不已。这两门科学最能开阔人的视野、拓展人的胸怀，使人的思考产生深度，产生遥视星空，俯瞰地球，超越历史的喜悦。

三亿八千万年前的海浪，曾在这里摇撼着太阳这颗古老而又青春常在的宇宙间的星星，拍抚着从云雾迷蒙的大海深处长出来的珊瑚礁，淘洗着海滩的石英砂粒和海藻、贝类、鱼类，然后，沉积、粘接、挤压成厚达五百米的石英砂盆地；然后，大地又隆动、抬起、上升成坦坦荡荡的砂岩高原，大自然把握砂岩高原，远比人类的艺术大师把握大理石、把握青铜和铁有着更奇妙的技巧、目的和审美意识。在慢慢悠悠的时间里，大自然用涓涓细流冲刷，用山洪切割，用飘垂的瀑布陷落，用地震撕开，用膨胀的冰和楔进岩缝的树根挤裂，用雷霆的刀、闪电的刀、风霜雨雪的刀挥洒自如地砍削呀，精精细细地雕刻呀，切切磋磋地琢磨呀，才有了今天这拥有千百座砂岩岩峰的空前绝后的、独一无二的、不可模仿的大创造。这样的大创造打破了我们长久以来形成的关于山的审美意趣：山在我们心目中是起伏的、有坡度的，是可以攀援的。是下面总比上面宽大厚实的金字塔构型，颜色也总是呈弧形自山脚漫向峰顶。张家界的一座座砂岩岩峰却是怪诞粗放的有棱有角的陡直壁立，是垂直线条袒露着银灰色崖壁的多角的柱状体。孤傲兀立的岩峰和岩峰之间自由自在，互不依冬候鸟，有着各自的潇洒风度、独特造型和不同的高度。有的岩峰下面反而比上面小，呈倒金字塔，宛如石钟悬浮；有的倾斜着或摇摇欲坠地吊挂着，显现一种随时会压下来的趋势，透露出轰隆隆的威吓和震慑；有的岩峰的一道道垂直的巨大裂缝自峰顶插到岩脚，似乎风一吹就会訇然中开。张家界砂岩峰林取消了弧形和曲线，刚性的石英砂岩是一整块一整块地砰訇断裂、坍塌、陷落，到处都是大自然横砍竖削斜壁的痕迹，一道又一道紧绷绷的直线英武倔强地刚劲有力地甚至有点蛮横无理地，在千百座砂岩岩峰延伸着、戛然中断着、错杂着、褶皱着、重叠着。

张家界的一座座砂岩岩峰的顶部几乎都是平整的台地，树木便集中在上面形成森林。袒露着银灰色崖壁的岩峰顶着青青葱葱的森林，犹如古武士戴着青铜头盔。树干也如岩峰一样或挺立或倾斜或倒挂或纠缠或旋转或弯曲或横伸，蓬蓬勃勃地舒展枝条，兴兴旺旺地萌发叶片，然后又把落叶厚厚实实地腐烂在根部。它们如此死死生生、枯枯荣荣、旧旧新新一代又一代在岩峰顶承继、延续，有着傲视人和一切哺乳类爬行类脊椎动物的优越感，有着尘世不可触及的超脱感，有着使中国历史上那一遗恨千古的大砍伐显得无可奈何的自豪感。树种，也许是风吹送去的，是飘飘洒洒纷纷扬扬的雨珠携带去的，是纤纤细细轻轻巧巧的白云卷去的，是拍打着翅膀的鸟雀一边欢啭一边啄落翎羽时抖落去的。也许那些树自砂岩高原时代就生长在那里，有的树和倒塌的岩层一齐倒塌了，没有倒下的树便世世代代站立在没有倒下的岩峰顶。不管怎样，树种都不可能让挪动着笨重躯体，背负沉沉甸甸的器官的人和四脚动物带上去。通往那些峰顶的路是没有的——没有求温饱的生存之路，没有宗教之路，没有艺术之路，也没有互相仇视互相残杀的战争之路，那些原始意味十足的倒影雪峰的高原湖畔可能会被践踏。那些奇妙的溶洞风光中的钟乳石可能会被拍打、敲击、折断。张家界峰林的岩峰顶和顶上的绿色却谁也无法亵渎，那里只有云可以去抚摸，雨滴、冰粒、雪花可以去跳舞，鸟雀岩鹰可以栖息，轻灵的思想和飞翔幻想可以去缭绕。

在中华大地数不清的自然景观中，张家界砂岩峰林风光没有任何传统的文化负担。它不同于神奇之黄山，雄伟之峨嵋，“会当凌绝顶，一览众山小”之泰山，险峻之华山，钟秀之衡山，“连天向天横”之天姥和“天梯石栈相勾连”之蜀道，不同于岳阳楼和洞庭湖，永州之野，“水光潋滟晴方好，山色空蒙雨亦奇”之西湖。没有那么多老子的道教色彩，释迦牟尼的佛教色彩和孔子的儒教色彩；也没有那么多庙宇、塑像、浮雕、摩崖勒字、碑刻和基地塔林；也没有屈原、谢灵运、郦道元、李白、杜甫、王维、柳宗元、白居易、苏东坡、吴梦窗、徐霞客、张岱的壮丽诗句和锦绣文章；没有“前不见古人，后不见来者”的感叹，没有“先天下之忧而忧，后天下之乐而乐”的抒怀，也没有“连呼酒，上琴台去，秋与云平”的豪放。地处僻壤荒野，古为历称蛮夷之地的张家界只能被拥有汽车、火车、飞机、摄影术、森林的人工采育和营造的现代文明所发现和赏识。张家界砂岩峰林风光，和南极洲蓝幽幽的冰大陆风光，和乘坐飞机看到的云海风光，和宇宙飞船上看到的以星空为背景的球状的大地风光，和踏上月球凝望的寂静神秘的环形风光，和天文望远镜遥远的相距几百万光年的旋洒形、椭圆形、蟹状、棒旋状的星云风光等等同属于我们这个时代，这就是张家界。张家界是真正的现代风景线！它以朝晖夕照中砂岩岩峰的银灰尘、金红、淡绿、深褐、米黄的色彩变幻云雾缭绕中的砂岩岩峰若隐若现、若远若近、若倒悬、若浮动、若飘飞的景观变幻；以它的夸张、变形、扭曲、倾斜、吊挂、悬浮、裂变和线条抽象，铮铮有声地拓展了我们的美学领域。

（作者银云原名银祥云，系《湖南日报》编辑，笔名银云。此文节选自职业高中语文教材。）

张家界森林公园记

羊春秋

张家界即古青崖山也。连峰际天，远山隐秀，凝红流翠，悬瀑溅珠，山奇、水奇、云奇、石奇、树奇以及珍禽异兽之奇，得未曾有，此阁所以名“六奇”也。游人沿杉径，登是阁，则武陵源之胜景，迭出纷呈，争相献伎于前。以人为喻，有如将军之指挥若定，夫妻之久别重逢，姊妹之联袂话旧，儿孙之罗拜于膝下。以兽为喻，有若虎之引吭怒吼，鹰之振翼高飞，狮之南面称王，猴之北上觅食。朝曦既上，则百鸟和鸣；暮云忽合，则万山藏形。牢笼百态，突兀万变，丹青不足以描其形，诗文不足以书其致，盖鬼斧神工，天造地设者之所为，非人力所得仿佛其万一也。然此翠鬟凤髻，深居幽谷，历千百年而不为人所知。采药者目为畏途，觅菌者视同天险，何暇识朝暮之变化，景物之殊异哉？适一九五八年组建林场，八二年辟为国家第一森林公园，我省林业部门，始发潜德之幽光，窥深谷之丽质，封山育林，饰景布点，建立成套之旅游设施，从而保护之，宣传之，俾海内外游人，咸识其雄、奇、险、峻、野之独特景观。于是有朋自远，无适不乐，还延绿野，远混天碧，傍石听泉，倚树看云，足以穷耳目之胜，快心志之好，因为之记，以纪创始之功而贺兹山之遇。

辛未孟夏

（作者羊春秋系湘潭大学教授、著名中文学者。）

张家界揽胜

李道文

张家界自然风光的特点的确是雄、险、秀、奇、野兼而有之。按照传统地名，不仅有黄狮寨、腰子寨等游览线的险、雄、野和金鞭溪、枇杷溪、沙刀沟线的奇、秀，而且在每条风景游览线上，都可以分别享受“五美”的乐趣。张家界各个风景点的四时之景不同而乐亦无穷，不管游客任何季节到来，都可领略到独特的情趣。

春天，满山遍野的杜鹃、蔷薇、野玫瑰发出幽香，沁人心脾；密林中阳光透明，空气清新；万物生机勃勃，峰清峦秀，林茂树绿，看鱼翔幽溪，令人心旷神怡，精神顿爽。

夏天，杂花生树，群莺乱飞；园外虽盛夏炎热，园内却绿树荫浓，山风送爽，烟笼雾绕，野荷盛开。这时溪流匆匆，水冷如冰，室内外都很凉爽，夜半还得盖被褥。

秋天，漫山绿树丛林，永不凋零。许多枫叶被风霜染红，群猴采果正忙，让游人随时如置身西山、岳麓，可以尽情地“停车坐爱”而毫无萧瑟之感。

冬天，大雪纷飞之后，立即出现“千树万树梨花开”的景观，可以与东北哈尔滨的雪景比美，而因千峰为屏，又无北国之寒。

张家界群峰竞秀，百态千姿，可以使人浮想翩翩，联想无穷，景色最美的风景点有一百多个，所以有“天下奇观”之称。

黄狮寨雄姿

名称由来有四：一说因山形像黄狮。二说因寨顶建清平寺古庙一座，庙内和尚姓黄。三说因张家界始祖张万冲的血亲黄氏葬在山寨。经查证，张姓黄氏婆婆墓确在寨顶，至今犹存。四说因汉留侯张良曾在此山打住，为纪念师傅黄石公，取名黄石寨。

黄狮寨是风景区的精华，素有“不登黄狮寨，枉到张家界”的民谣，为张家界群峰之冠，是风景区最佳的观景地，设有数十处钢管栏杆保护。

黄狮寨海拔一千一百多米，山顶面积约二百亩左右，是由无数悬崖峭壁共同托起的一块雄伟、奇特而又美丽的台地。从远处眺望，黄狮寨像一头威猛的雄狮高踞，千座石峰尽在它的足下，层层叠叠垒起了基座。它的周围都是悬崖绝壁，仅有“前卡门”、“后卡门”可上下，自古以来，有“一夫当关，万夫莫开”之势，解放前曾为土匪盘踞六十余年。现在寨顶四周，沿悬崖绝壁铺了石板道路，除黄狮寨顶的风景外，各个观景点都有钢管栏杆保护，游客可安全地绕寨一周。站立山头，游客可看到几十处不同景色的风光，可谓环顾四下，处处有景。春夏秋冬，阴晴雨雪，白日黑夜，景色各不相同；春有百花争艳，夏有凉风不断，秋有红叶烂漫，冬有银树冰山。阴雨天，脚下远近沟谷，白雾升腾，翻来滚去，如白浪滔滔；晴天，万里无云，极目远眺，群峰若柱若桩，参差不一。

若站在黄狮寨顶的瞭望塔环顾四周，除了溪流与瀑布，张家界的风景全貌，可以尽收眼底：东面，止马塔、签筒、笔架、万岁牌，四十八大将军岩，原始次生林黑枞垴；南面，天门对峙，庸城陪衬，公路蜿蜒，梯田层层；西面，朝天观、龙凤庵、玉皇宫、棋盘岩，峰峦叠嶂，气象万千；北面，穿云洞、天桥遗礅、袁家界……千山万壑，各有情趣。

若站在望峰台前，近看虬根盘松，扎进石缝，显示出苍劲挺拔、顶风屹立的雄伟气魄；往前看，棋盘岩、城墙岩、火炬岩，有如盆景荟萃，谁不留恋？若平视防火林带，弯曲盘旋，使人联想到“万里长城”八达岭那巨龙腾飞的雄伟气势。再往前看，中湖、兴隆、罗水、云朝山、猪石头……以及整个武陵山脉走向，气势更为磅礴。

金鞭溪秀色

被誉为“绿色迷宫”、“天然动植物标本园”、“巧夺天工的画廊”、“奇峰怪石陈列馆”的金鞭溪，发源于土地垭。溪水由南朝北折向东流，先后汇合了花溪、枇杷溪、沙刀沟和矿铜溪，注入慈利索溪，出“一线天”洞口，进入溇水，全长四十华里。沿金鞭溪而下，至水绕四门有十二里，溪流两旁有数百座石峰，多在海拔千米左右，高度差在三百米以上，显示出张家界佳丽风光的另一番景色。它不像黄狮寨那样视野开阔，纵观整条溪谷，只见它峰回路转，柳暗花明，五步一个景，十步一层天。金鞭溪穿行在峰谷中，随山而转，溪水四季清澈，凉甜可口，有“久旱不断流，久雨水碧绿”的特点；水略带碱性，洗衣特别亮色，溪谷植被繁茂，不仅有香果、银鹊、香榧、仿栗、楠木、毛红椿等数十种珍贵树木，还有龙虾花、米虾花、龙牙草、秋海棠等奇花异草。林间多鸟兽，有成群的猕猴、稀有的水獭出没。溪岸群峰突兀耸峙，岸畔奇花荟萃，壁上珍禽滑行，林间鸟兽嬉戏，水中野鱼游弋。

沿溪下行约里许，便是神奇的金鞭岩。它拔地而起，直指蓝天，高三百多米，俨如南天一柱，上小下大，有棱有角，活像一根金鞭插在地面。东西长满灌木，青苍翡翠，北、南、西三面是刀切般的石壁，在太阳金辉照映下熠熠生辉。转个急拐，便可看到那高耸的山岩上，临空悬着一石，活像一个灯笼。在它的旁边，还丢下一把锋刃朝天的斧子，将一座山峰劈成两瓣，成为又一奇景。游人至此，自然联想起神话故事、传说，且乐意劳神附会，取出各种名称，各得其妙。

往下行，两岸巨峰雄峙，峰项仿佛在云中飘游，溪畔的楠木像一群群妙龄女郎，溪水似一面面碧镜，不时映出它们的倩影，同时映出百峦叠翠、千峰竞秀的倒影。特别是晴天，沿金鞭岩以下的这段溪水，碧镜倩影比比皆是，令人目不暇接。

越往下，地貌山势似乎又发生新的变化：溪东岸几座高耸的石英砂岩中间，出现一个个“盆景”似的小峰群，像巨大的钟乳石，又像高高的“石笋”。“盆景”内有清泉涓涓流出，越过林间小道，水亮似碎银，耀人眼目，烹此泉水泡云雾茶，略带甜味，细腻、晶莹，如玉液琼浆。

“双楠箍石”可算一景。两棵楠木长在金鞭溪路旁的一座巨石上，根须把巨石紧紧箍住，盘根错节，树石浑然一体。二楠连理共荣，枝叶相覆，真所谓亲密无间，同心相恋，永远永远，令人深思。

从“双楠箍石”下行百余步，便是紫草潭。这是一幽静所在，坐落在三叉路口，西去沙刀沟，别有洞天；北上袁家界，到中坪看“天下第一桥”；沿溪下可至水绕四门，这里的风景十分宜人，是画家挥毫泼墨的地方，骚人墨客到此，无不叹为观止，灵感顿出。紫草潭水跌宕多姿，浪石相搏，如珠落银盘，清澈见底。夏日游鱼如浮空中；月夜，波光峰影，相映成趣。

在紫草潭向西南回眺，“太白醉酒”、“猛鹫息翅”等岩峰明晰伟岸，尤以“太白醉酒”岩峰形神兼备，令人遐想。它是一座背西朝东的高峰，临近峰巅部位有块风雨剥蚀处，像巨人头的浮雕，面容清瘦，五官尽全，貌似酒后酣睡，有人说似“差人打瞌睡”，雅俗异趣，令人哄笑。

紫草潭上的小桥是一块完整的天然巨石，三米多长，两米宽，三十公分厚，重约六吨。架设此桥，毫无机械设施，采用什么工具来成就这一奇迹？桥面镌刻一首小诗作答：

天降十位巨灵，各持金鞭一根；
只唱一声哟嗬，紫草潭上桥横。

落款是“十名石工”。小诗洋溢着浓厚的浪漫主义色彩。张家界风景区的建设，伟大祖国的建设，不正是依靠十亿“巨灵”的大智大勇么？手持金鞭，不但可以造桥、赶山，而且可以干出惊天动地的伟业来。因此，石桥小诗，将成为张家界风景区不可磨灭的人文景观。

从闻名遐迩的“千里相会”岩峰前过溪，山回路转，出现群峰四合的奇观。溪东岸去黄莲湾的石磴起级地段上，有一处极其清幽的境界：溪谷两旁纵向排列无数高峰，嶙峋古怪，其势欲倒。沿蜿蜒曲折的石磴而上，林木荫翳，遮天蔽日，阳光偶尔从枝叶中透射出光怪陆离的圈点；背后溪水急湍喧嚣，回声嗡然，使人有寒栗之感，仿佛进入了童话世界。纵深处，峰外有峰，林外有林，显得渺茫、迷离，神秘莫测。一人说话，多处回音，一鸟啼叫，百鸟争鸣，一水拍石，万壑回响，奇伟诡怪非常。游人可以从容进，如果有幸，可以看到成群的猕猴或青猴在悬崖树枝上嬉戏，也可听到雉鸡长鸣。沿途，天鸡峰、梭镖岩、鹿园的奇观可以饱赏尽览。

天鸡峰与梭镖岩，其实是一座石峰，半坡看是天鸡，爬上鹿园就成了梭镖岩了。

在两旁绝壁上，还可寻到其大如碟（直径约三寸）的粉红色菌类植物——传说中起死回生的良药“灵芝草”，学名叫灵芝菌。

游人随金鞭溪下，难以记清几次“山穷水复疑无路”，前面又豁然开朗，出现一幅奇特的画面：正前方远处群峰间，蓝天下，有两座人形的孤峰，相向而立，使人大吃一惊。他们不像枇杷溪“夫妻岩”那样相亲相爱，而是一高一矮，稍有距离，其神态恍如久别重逢，游客异口同声命名“千里相会”。国务委员张劲夫到张家界视察，一度与民同乐，曾和老伴以这个景观为背景，让《湖南画报》的记者摄影留念，后题词云：

虽非天上，不似人间。
借以喻此，不为过也。

“千里相会”一过，出现了蓝天、白云、淡淡的远峰。近处，浓墨峰峦，参差不齐，在丛林掩映中挺拔而俊秀。金鞭溪的清泉悠悠地向群峰左角蜿蜒流去，太阳从峰林之间透射出一道道琥珀色光柱，使一些越冬野草灌木带露滋长，显得无忧无虑，生机蓬勃……丹青手们到此都想把眼前风景的纵深层次、质光感、情调气氛画出来，达到画中有诗，诗中有画，但是谈何容易啊！

总之，金鞭溪的风光，满足了数以千计的摄影师的创作欲望，使他们逸兴湍飞；也苦煞了数百丹青手，使他们瞠目结舌，难以构成“似与不似之间”的画图。

金鞭溪游览线的终点，也就是“十里画廊”的终点，古称天子洲，又名止马塔，现叫“水绕四门”。

这里是个百亩的小盆地，四壁群峰林立，奇形怪状，有“四十八座将军岩”、“万岁牌”、“剑鞘”、“笔架”等奇异的名称，还有关于明初农民领袖向大坤反朱元璋的民间传说，被说得栩栩如生。此地属张家界砂岩峰林的边缘，正前方三面三峪通向丘陵坡地及河谷盆地，东南西北四道隘口，又有四条溪水萦绕岩峰，水绕四门，名副其实，奇峰聚集，胜景迷人，是一个充满神话世界的仙境。

琵琶溪、龙凤古道、朝天观奇景

由张家界林场场部西北沿谷而上，是林木掩映的八里琵琶溪。原为枇杷溪，因发源于枇杷界而得名，后有游人说溪声似琴声悦耳，以名琵琶溪为妙。其间径幽、石奇、水秀、树古、花繁，为游人所乐至。沿溪两侧竹木茂盛，石峰成组出现，远远望去，好似盆景罗列云空，雄奇崔嵬。

从琵琶溪口前溯溪上行三百米。可见一座红漆彩绘、楼亭式的小桥。这座桥背倚苍峰，下临碧水，环桥青松翠竹丛筱深菁。万绿丛中一点红，一红凝于万碧中。老作家沈从文取名“展卷亭”。伫立桥上，听春鸟唱歌，看竹笋竞长，望秋空行云，赏峰头积雪，无不宜人。南坡竹林掩着工人住宅群，时有鸡声，绕峰回旋，久久不绝，令人有“空中闻天鸡”之感，疑是羽化登仙。

“展卷亭”实际上是一个风景口，从它的南端拾级登山，左可观夫妻岩、兔儿望月、三姊妹峰、古刹朝天观；从它的北端沿龙凤古道而上，有古村落遗址、望郎峰、玉帝宫、鸳鸯井、龙凤庵等风景名胜；由鸳鸯井旁折身南向进幽谷，可观“天官醉酒”、“玉帝乘麒麟”。沿琵琶溪行，自然风物千姿百态，惟妙惟肖，并附有生动优美的传说，动人肺腑，使人流连忘返。

当你从展卷亭南端拾级而上，几经迂回，进入一片葱郁的人工杉林。行约八百米，在一横山小径上东眺，夫妻岩的迷人形象便扑入眼帘。

这是一座天工石塑：一对中年夫妇并肩而立，面向东北，五官俱全。妻子低眉含羞，默默不语；丈夫情不自禁，眉飞色舞，笑逐颜开。据说，未婚青年到此一游，日后会称心合意；中年夫妇观夫妻岩，更会情切意坚；老年夫妇拜访了夫妻岩，就会百年偕老；反目夫妇看了夫妻岩，也会重归于好。人非木石，孰能无情？

由展卷亭右上，杉林蔽日，石径通幽。约两华里处，有两株高达数丈的枫树并立路下，树下清溪南岸稍远处有一石峰，立群峰之间，该峰似人形，具头部、身躯，略显曲线美，向西北引颈长望，人称“望郎峰”。群峰错列，晦暗幽深，怪影幢幢。而女郎只身独影，茕茕孑立，倍觉凄凉。

这里曾是古战场，当年马援南征，不少青年男子死于非命，群山乱壑之中，累累白骨，“犹是春闺梦里人”。这个女郎望夫归来，化为石峰，实在可怜。“晓来谁染霜林醉，总是离人泪。”路边两株枫树。“秋叶红于二月花”，是否望郎女的血泪染成？

距望郎峰约一华里，隔翠谷有一巨大石壁。壁上横纹节理似实而虚，流痕结网，纵深感较强。细瞩目，但见壁上宫殿巍峨，寺庙俨然，楼台亭榭，墙垣瓦梁，无不逼真。临绝壁还有几座吊脚楼阁。此琼楼玉宇，均有林木掩映，构成一幅肃穆、幽深、庄重、神秘的仙山画面。晴天，白云飘浮在顶上，楼台亭榭，历历可数。雨天，薄雾飘飞，若隐若现，这里犹如瀛洲蓬莱、海市蜃楼。特别是风和日丽时，静观默察，似有人往来其中，悠扬的仙乐，隐隐可闻。

右下方，莽莽群山中，有小石峰四五座，像猴群一样奔向仙阁，气氛很紧张，活像孙悟空的猴徒们去闹天宫，增添了九重仙阁的情趣。

鸳鸯井在老魔湾内，井水自黄狮寨西麓渗出，晶莹清澈，细腻微甜，暑天凉透心脾，寒冬温润可口。由于源远流长，即使大旱之年也长流不竭，用这泉水洗衣，越洗越亮色；饮此泉水，不哽喉咙；用以酿酒，味淳色清，香气袭人；特别是直接用以泡茶，能泡出色浓味厚的茶来，很多游客当场实验后，瞠目结舌。

鸳鸯井的名称来自一个民间传说（见《张家界传说》一书），现有一情歌在本地流传：

韭菜开花细绒绒，有心恋郎不怕穷；

只要二人情意好，冷水泡茶慢慢浓。

鸳鸯井附近设有“慢慢浓”茶馆，可供游客品茗、餐宿。

过鸳鸯井向西走两华里，到古刹“龙凤庵”。“龙凤庵”坐北朝南，它的东北侧有座高百多米的石峰，叫“凤凰岩”。凤凰有头有颈有身，引颈西南，高瞻云天，形态逼真，气势不凡。览此形象，无不惊叹天工造化之奇。

“龙凤庵”对山，有一石峰，形似龙头，与“凤凰岩”对峙呼应。龙凤相对，同视碧空，大有超凡脱俗、飞舞九霄之势。

龙凤岩的奇特形象，撼动古今千万人的心。远在明代，因为这里“石壁峋峻，拥起卧龙之势；山林翡翠，飞来仙凤之形”，于是凿石为基，建造龙凤庵。庵堂正门前有一石塔，名“化香炉”。庵内有左、右殿，左、右龙门和左、右凤池以及神龛等。此处尚存碑刻十七块，对于研究张家界甚至全县地势山脉，均有价值。

由“夫妻岩”观景台南向登山三华里，可见三座石峰并列，屹立在群峦之上。这三座石峰形状相近，大小略同，间距三十米左右，平均海拔一千二百多米，名叫“三姊妹”。在黄狮寨、腰子寨、袁家界等多处高地及大庸城附近乃至两百公里外的常德一带，均可眺望“三姊妹”的飒爽英姿。

“三姊妹”峰顶上林木青翠，远看好似少女头上簪满了钗珠琼玉，使其绰约多姿，灵秀妩媚。若遇流云绕山，淡霭萦谷，“三姊妹”若隐若现，诡秘娇娆。

《永定县志》记载：“三峰屹立，高出云端”。民间传说天宫曾有三个仙女，因羡慕人间幸福，私下凡尘，被玉帝点化成石，弃置于此。

自林场场部进卸甲峪登松岭岗山，行约十五华里，便到达古刹朝天观。朝天观位于马鬃岭上，海拔一千二百多米，“庙建绝崖之顶，殿倚峭壁之巅”，前临万丈悬崖，左右都是深不可测的峡谷，后面小路两边脊岭最窄处不足十五米。原庙貌巍峨，从山门入，有一长廊，向上，三个梯台次第排列有十三间殿房。正殿居中，殿门西向。正殿上供奉着女娲娘娘，左右两殿，分别供奉着地母娘娘和三霄娘娘。后殿最高，供奉着压山祖师，其余各殿都有神像。

朝天观始建于汉唐，重修于清乾隆丙辰岁（公元 1736 年）。在清嘉靖、道光、宣统年间又多次修葺。清乾隆年间，当地人曾将出土古铜真武像供于观内，嗣后“钟声悠扬，香火不绝”，成为武陵名刹之一，常有善男信女纷至沓来，求神拜佛，祈风祷雨。目前古刹，只存断墙残壁，墙内杂草丛生，近三百平方米的建筑面积，四十多块镌刻文字的石碑以及若干浮雕，可见其规模之大、匠作之精。

寺观山门犹存，上有门联一副：

境似蓬莱，霞晖迥挂

界连霄汉，瑞霭常旋

对联形象地描述了此胜境的高和险。站在倾颓的祖师殿石墙上眺望，天风吹拂，宇宙茫茫，云带荡在胸前，万山列于脚下，气象万千。朝天观不失为张家界国家森林公园的一个文化古迹，重修而使之成为璀璨夺目的一景，让游人一睹“界连霄汉，瑞霭常旋”的人间蓬莱，将为期不远了。

腰子寨天险

腰子寨因地形像一个腰子而名。入公园不足百米往东走，有一条通往腰子寨的石板磴道，两旁不仅可以看到浓荫蔽日的成片杉树林，而且可以见到很多稀奇的其他植物，如“摇钱树”，书名金钱柳，种子结在树叶上，形圆如铜钱。还有“蝴蝶树”，飞下来的叶片，像蝴蝶的薄翼。“算盘子树”，结下的籽似算盘珠子。“铜锤花”，书名“药百合”，好像铜锤。还有“一娘生九子，九子九个样”，这是从一根水栗子树上长出九棵不同的树苗，简直是今古奇观。原因是，树身上有枧槽，槽内有尘土苔藓，别的树种子随风飘来。在树的干槽内落户，发芽、生长，就成了一树上的异木。

沿途设有游客休息点，如留宾岩等，可乘凉、娱乐、摄影，为上腰子寨观景蓄精养锐。

有《西江月·登腰子寨》一首镌刻于石壁：

朦胧雾开，
试登腰子寨，
峪畔林幽路更隘，
丹青难描青苔。
层岩涌塔盆中，
天桥巧架云峰，
风景这么最好，

鸽子飞舞珙桐。

在腰子寨上，可见数百米外的天桥全景，奇形怪状的黄山松，古刹的斜阳残墙。游客有幸，在莽松岭上，还可见到锦鸡等珍禽。而往西南方向的黄狮寨望去，张家界风景区砂岩峰林壮丽无比的景色，尽收眼底，这就是旧县志上称谓的“层岩涌塔”。

站在腰子寨上看天桥更富情趣。有明代游人田荣超留诗一首：

两山凿穿一门空，
一门劈开两山通。
多少神仙关不得，
长年只许白云封。

天桥两旁有倒挂的古松，也有寸把长的苔藓。一天景色多变：清晨云雾缭绕，上午阳光普照，下午余晖烧红石壁。

站在天桥顶上，东可望宝峰仙山的庙宇楼阁，北可望天子山下的神堂湾，西可看腰子寨和黄狮寨的风貌，南可望见朝天观与三姊妹的英姿。

从腰子寨顶下到岔路口，右上天桥，中间一条石板磴道通黄莲湾，可见到珙桐——“中国鸽子花”。这是一种被称为“活化石”的稀有林木，它不但有很高的经济价值，又是一种非常美丽的观赏花木。由于张家界特殊的地形地貌，它逃脱了第四冰期的浩劫，保留至今，这在世界上也是罕见的。它树干通直高大，纹理美观，切割胶粘性能好，是上等用材。春末初夏开花，花呈白色，花形很像欲飞的白鸽。

沙刀沟野趣

从紫草潭往西，有一条破山而出的溪沟，这就是沙刀沟。溯溪而上，时而从溪畔绿荫丛中的羊肠小道上穿过，时而涉足溪涧，两岸风光绮丽，显示出张家界风光的另一番景色。它不像黄狮寨那样视野开阔，纵观天下，也不像腰子寨那样雄奇险幽，更不像金鞭溪那样峰回路转，柳暗花明，它以奇特的野景取胜。

从紫草潭入口，经“五女拜寿”、“仙翁觅狮”，来到一个叉口，西去可观“龙宫舞女”、“将军峰”，北上可望“天下第一桥”、“黄龙过溪”景观，听“百鸟乐园”的清唱。岔口上，有一座天门，称为“小天门”。

从小天门往北上，穿过石壁为墙的峡谷，突然前面密林里传出百鸟的喧闹，很难见到的嘎嘎鸡、华南竹鸡、红腹锦鸡、长尾雉以及易见的白颈乌鸦、啄木鸟、画眉、黄鹂、相思鸟、白头翁、八哥、梁山伯与祝英台等，都在这里集中了，成了百鸟乐园。这是由这里的地理位置、坡谷方位、山峰分布等因素影响的结果；另外，张家界范围内大片的人工杉林，亦宜鸟类栖息繁衍，加上这里的人为活动少，故而百鸟聚集。

袁家界上的猴儿洞流出一挂瀑布，高二百多米，直泻沙刀沟底，蔚为壮观。平时流量不大，似一银剑自天而降，雾气团团，在阳光照射下，映出五彩缤纷的彩虹；在山洪暴发时，它像一条黄色巨龙，轰然而下，直冲沟底上的一个陡坎，发出雷霆般的怒吼，激起了从峡谷中呼啸而过的山风。瀑布从上而下的强大势能，触在岩包的坎上后，转化为动能，跌进谷底，直往溪沟对岸奔去，这就是“黄龙过溪”的动人景象。

沙刀沟源头附近有一座自生石桥，名曰“天下第一桥”。桥高三百米，跨度四十米，厚五米，桥面宽仅一点五米，鱼脊似的不足一米的小径，连通两座巨大石峰。桥面两旁树木稀疏，向下望，心惊肉跳。若逢天气晴和，阳光灿烂，桥下云涛慢慢被轻风抹去，千仞峭壁就在脚边，仿佛人在天上，真不愧称为天下第一桥。

（此文选自1991年4月20日《中国旅游报》）

青岩山风光宜画

任真汉

相信画国画的和爱好山水画的朋友，看到陈复礼兄最近拍摄的湘西青岩山风光彩色照片特辑时，不能不惊叹它的如画如诗的神趣吧！它是那样的雄奇、幽邃，好像天公原来是一位最高超的画家。也无怪乎山水画从晋朝开端之后，就逐步形成了中国画的主流，其地位之高至今更无摇撼了。原来中国的“江山如画”成语，并非泛指，而是因山水实在具有独特的美。

最早赞美山水而尝试用画来表现的，可以说是晋朝被称为“画圣”的顾恺之。而专画游踪所历山水胜境者，也是在东晋晚季的宗炳。宗炳曾做荆州太守，晋朝亡了以后，他不再做官，而热心于游山写凰，把曾游过的荆州山区名胜和衡山都画在壁上。晚年不能再登山的时候，就在家中看四壁上画的山作“卧游”。他画的荆州山区，我猜想应有湘西的青岩山在内吧?！可惜他的画迹不可见了，而他的文字没有提到，他只在泛论画山水的一篇《画山水序》中说：“余眷恋衡庐，契阔荆巫，不知老之将至。”庐自然是庐山，衡是衡山，巫是巫山，荆呢？可能单指荆门群山，如杜甫诗所谓“群山万壑赴荆门”。但是可能是指属于荆州的群山，荆州在唐朝曾置荆南镇，辖有荆、澧、朗、峡、夔、忠、万、归八州。荆和澧是很贴近的山区。在晋朝，是否荆州包括澧州在内，我未细考，但我推想，爱山水的宗炳，很可能把荆、澧一带都游过画过的，因为由澧水入洞庭湖赴湖南的衡岳，也正是很自然的途径。陶渊明也是晋朝人，与宗炳同时，也同是由晋跨入刘宋时代的人物。陶渊明未到过湖南，却写出一篇《桃花源记》。他所记的“世外桃源”，据说在今沅水上游的今之桃源县。唐朝柳宗元是写山水游记的高手，曾写过桃源洞的游记，可是写来全不似陶渊明所记的景物。陶记的是武陵渔人沿溪行入一洞，穿过洞才是桃源，这光景却似澧水。只要钻过那小洞沿溪行，便是青岩金鞭溪了。此溪长四十多华里，中间十五华里长的一段，两岸奇峰有四百多座，皆在海拔一千多米左右，其相对高度则在三百米上下。山奇水美，平原亦深秀，这才可能是陶渊明所记的世外眺源吧！柳宗元的桃源虽然稍平凡了些，但他仍记上一句导游人的话云："南州之美莫如澧"。这"澧"就可能是指金鞭溪一带了。

陈复礼拍的青岩山风光，也是以金鞭溪为主。从图片中可看到委实美得难以想象。如果那位奢言"黄山归来不看岳"的徐霞客得见这组照片，一定收回那句"不看"什么的夸张话，而疾走湘西，拜倒于金鞭玉柱之间了。那些奇峰，座座拔地而起，雄深高峻，仿佛是从宋朝大画家范宽的《溪山行旅图》中挖下来放在眼前，变为实景的。可惜影响画坛三百年的石涛和尚，自负"搜尽奇峰打草稿"却未到青岩山来看看，如果他能到金鞭溪看看青岩山，那些草稿就一定更神妙。

至于现今的画家，只要有机会去写生，一定不会放过青岩山吧！且不说别人，以我来说便已经忍不住先向相识的朋友定期去游青岩，并于昨晚就已做梦倚金鞭，撼玉柱，襟挹寒翠，袖揽晴晖，泼绿研朱，拜青岩为师，涂满画室了。

（原载1981年12月香港《中国旅游》画报）

山的钟馗——张家界

肖　离

张家界在哪儿？不要说一般人没法回答，就连我这个生长在湘西本乡本土的人也还是第一次听说这个名字。这次回到久别的家乡，一到自治州，便有不少人争着向我们推荐："这回回来，哪儿不去都行，但是不去张家界，未免太可惜了。"

张家界在湖南省湘西土家族苗族自治州属大庸县，按我自己的老习惯办事，一到大庸，先把《县志》借到手，以便按图索骥。离县城不远，时在雾霭缭绕中的天门山，从古至今，记叙颇详，吟咏亦多。而张家界呢？《县志》上几乎找不到一点有关的材料。按照方位，只找到一个青岩山，约略是现在张家界所在之处。但文字记载，语焉不详，也可以说，连挂一漏万都没怎么挂上。

张家界在大庸县城北约四十里，有公路可达。一路上也只是一般的田畴山水，甚至在翻过了最后那座大山之前，仍难猜想山后藏着些什么。但一过了这架大山，就倏然感到前面的山势有了变化。到了那个名叫张家界的村落时，若隐若现地已可见拔地而起的奇峰怪石。再前行三几里，进入张家界林场地区，我们顿时感到目不暇接，因为已经身在此山中了。

趁着初夏湘西山区难得的晴天，连中午也不敢多休息，就沿着一条清浅的溪流，初访林场附近一带的群山。"水清石出鱼可数，林静无人鸟相呼"。东坡诗句中所描绘的景色在平时是足以诱人的。但此时此刻，我们迫不及待地要去领略的却是山，山，山！

据说，有的游人有过这样的评价："张家界的奇山怪石胜过桂林山水。"我看大可不必对山水如此评定甲乙，山山水水各有它们自己的风格和特点，桂林山水既不应成为名山胜水的"样板"，张家界完全可以有它大异于桂林山水的布局和风采。

张家界的群山是由红砂岩构成的。经过调查统计，光是一刀切似的峭壁绝岩就有两千多个，它们的平均高度为一百五十多米，其中最高的一座是金鞭岩。说这话时，我们正走在金鞭岩下，岩呈菱形，直上直下绝对高度为三百多米，尽可能地仰起头来还不容易看到峰顶，夕阳照在它的身上，金光耀眼。金鞭岩和这里所有的山岩一样，不管它离地面有多高，而且全身又都是由岩石构成，但每个山顶上都有一片大小不等的丛林。从望远镜里可以清楚地看到，那些遗世独立的树木还真不小。去冬今春湘西经历着连续五个月的苦旱，真不知道它们是怎样保全自己的青枝绿叶的。

金鞭岩不过是千百座山峰之一，其他的呢？如果笼统地说，只好用百态千姿，各尽其妙来形容了。但看林员却能如数家珍地数说着它们的名字，兼及有关的传说故事，什么三姊妹、双峰岩、龙凤岩、签筒、笔架、海螺、蛤蟆、雄狮、大象、群猴闹天宫、孟姜女哭长城、四十八大将军、婆婆引孙子等，当然也少不了几乎是遍及全国的涉及杨家将的故事。这些挺拔的奇峰，不是那么庄严，不是那么雄伟，威猛中却带一点妩媚，浑朴中带一点狂狷。鬼斧神工，雍容大气。我曾经把它们比作昆曲《嫁妹》中那位终南进士钟馗绰约而又刚健的身姿，它对人确乎有一种特殊的魅力，这种说不出来的东西，可能就是张家界“其奈风流端正外，更别有系人心处”了。千百年来，闲抛闲掷，无人赏识，但它们非但不觉委曲，反而安详、沉稳，充满了矜持与自信。为了这些，不顾暮色将临，我仍然流连忘返，甚至午夜梦回时，一想起它就在咫尺，不禁披衣而起，信步中庭，在昏黄的上弦月色里，面对这些黑黝黝的巨灵，内心满怀着喜悦的熨帖。

张家界的一般高度是海拔八九百米，最高处为一千三百米。如果你有脚力攀登到黄狮寨上，而又赶上个好晴天，放眼群山，有如钻天万剑，而且层次分明，别是一番意趣。如果风雨骤至，那千变万化的苍茫云海，那形成壮阔合奏的松涛，还有那顷刻即下的流泉飞瀑，会把这幅一望无际的水墨画卷装点得更有生意、更有气派。

有人也有这样的议论，说张家界就是缺水。当然，桂林有一条清澈的漓江，成为难得的陪衬。但张家界也不是没有水的，张家界这个风景区里共有五条小溪，这些小溪的特点是“久旱不断流，久雨水碧绿”，洗出衣服来，特别“亮色”，如果用它沏上一杯黄狮寨的上等山茶——白毛尖，珠联璧合，相得益彰。

山水之外，重要的是林木，这里稀有的珍贵用材树种木本油料树种和观赏树种多达一百零五科七百二十多种，林业技术员凭记忆能够数出一二百种来。珍贵用材树种如樟、楠、红椰、长叶白兰、黄檀、白梓、梭罗、伯乐、滇楸等；木本油料树种如香榧、山白果、仿栗；大量的观赏树种如珙桐、巴东木莲、白玉兰、鹅掌楸、台湾松、天女木兰等。我们是五月初到张家界的，正赶上珙桐盛开。这种我国特有的观赏树种，花开时如白鸽满树，国外因名之曰“中国鸽子树”。微风吹过，略有清香。这是此行中意外的眼福。

珍禽异兽，在张家界也品种繁多，有一种叫背水鸡的，过去简直没听说过，它生活在悬崖之上，偶尔到溪边来喝一次水，不仅喝个十足，而且还把身上的特有装置——水囊装满，然后回到悬崖上去，一上去就好多天不再下来。兽类中有虎、豹、黄麂、飞虎、水獭、穿山甲，最热闹的是还有好多群猕猴和青猴，它们在悬崖陡壁间攀登行走如履平地，而且从不懂得什么叫保密，一出来就成群结队，连吵带闹，老远就能听到看到了。林场的炊事员同志曾经打算和它们建立友好关系，但因猴们模仿性太强，闹出了不少啼笑皆非的笑话，最后只好敬而远之了。

（原载《新华文摘》1980 年第 3 期）

张家界序游

康　濯

汽车早已向北拐弯，沿着新修的公路攀山直上，穿越过好几个逐渐升高的山谷，绕行过好几处逐渐升高的山腰，又已无数次逶迤来回，喘息着俯爬着盘山而上，眼看再没多少可爬的高岭，只有左右两边连绵不断的山峦了。况且，论距离也已差不多了。然而，张家界在哪里？青岩山在哪里？这两个名称是同一处胜景，简直还毫无一点痕迹，车上的司机也是头一次到此，同样说不清。前面丁玲同志乘坐那辆车的司机是来过这里的，却又没法问。只见两面山上都是普通的黄土、石头和稀疏的野草杂树，同湘北湘西一路上的景色毫无两样，我们怎能不狐疑不断，议论纷纷？

正这么情绪不高呢！车子跟着前一辆忽然转了个弯，一段急行，就停在了一栋房子的大门口，丁玲同志下车了。上了台阶，转过身在仰头直望。我们也停车，下车，仰头，对望，一霎时大家好像都陡然呆愣了。事后想起，我那时简直惊呆得成了傻瓜，如同明明在走大路竟钻了死胡同，但那只会懊恼地转身；当时却是猛乍乍地惊呆之后，止不住赫然想起杜甫诗中的词汇："愁何在"，"喜欲狂"，"涕泪满衣裳"，真要突兀地惊喜得跳起老高了。

丁玲同志仍在仰脸对望，却似乎已惊醒了一样，在轻轻摇着头自言自语：

"真漂亮！啊哈，真美哇！"

的确值得永远赞美不止。我们是到了招待所的大门口，也是到了张家界的大门口。而一进大门便迎面奇峰突起，并且两面相对着一个个峰峦向里连绵不断，又个个殊姿异态，标雄斗秀，竞艳争辉。但向外一拐弯竟好像着了伪装，山石树木，不过平俗的人间而已！而才只一扭身进到青岩山口，难道果然就是人间天上了么！

这是一九八二年十月二十三日下午的黄昏之前。我们一伙人陪同丁玲同志，早上从桃花源出发，路过看望了丁玲一九一八到一九一九年上过学的桃源师范。经慈利县，雨中上了张家界。桃花源名闻中外，昨天下午大家参观了很久，不过所有胜迹都还是可以理解的，张家界名声开始流传，却刚一见便禁不住怔惊得有点思路茫然，莫可描述了。世界上谁遇到过多少毫无信息就面临仙境的情景，谁看见过张家界招待所对面那一座座奇幻的山哪！

单说其中一座最高的，从地上简直笔立着直冲霄汉！整座山也根本没有一路上见到的黄土、石头和杂树，而是一层层有棱有角的橙黄色风化石叠着垒着砌成。那每一层风化石就都像是高低和面积略有不同的一大块似的。层与层之间和棱角之间也有黄土黑土，并有各种奇姿异态的树从石缝中钻出，或平伸，或斜刺，或又拐个弯朝天直长。更主要的是这座山看来确是笔立，细细品味则又山崖绝不是峭壁，却是第一层石块颇大，第二层要小些，第三层更大，再往上各层或小或大，或很小或极大。同时大石层的边角还左右八方极不规则地凸出，以致看来恰似小孩们任意而勉强搭成的积木，垒叠得大小次序都极不稳固，稍一不慎就会垮掉，但这座山岩却至少是千万年屹立岿然不动。始终险峻、峭拔而雄奇！

啊！决不能仅仅只夸说某一座山岩，而是每一座山岩都各显神妙和独特，固然有一些也只是小异大同吧，更多的还确是小同大异。我们一天行程中多是下雨，快到张家界雨却停了。因此，光在招待所门前看山岩、峰岭，就已感到美不胜收。晚饭后在屋里休息下来谈日程，丁玲同志这就觉着为难了。

原来在我们行程的末尾，湘西土家族苗族自治州龙副州长和州委宣传部汪部长，都驱车赶上了我们，来接丁玲同志到州政府所在地吉首去。丁玲一九五四年到过吉首，有些要看的地方还没看。这一次本想再去看看，但张家界到吉首，小车至少要一整天才能赶到。在吉首只停一天吧，来回也得三天。而丁玲同志这次主要是回乡，却才到了上过学的师范，还没回老家临澧县；但她在这一带的整个时间只有五六天了。于是，丁玲同志说："龙州长，汪部长，对不起。这一回吉首我不能去了，如果要去，张家界那我最多只能参观明天一天，或是多半天。我七十八岁了，对祖国这么难得的山川美景，只看一天半天是太少了！你们让我多看两天吧，去自治州，只好以后再考虑了。"她又转向我说："康濯，你后天要赶到吉首开会，那你先走吧，我们长沙再见。"

州长、部长只得惋惜地表示同意。龙州长并对我说："那你也只能看明天一天了。"他对此也有惋惜。

丁玲同志说："你这次就算开个头，以后再来好好看看。"

"这次只能算先写个序。"我说，"叫做'序游'了。"

第二天上午，似雨似雾，我陪丁玲同志去金鞭溪，继续自己的序游。

这是一条从大庸县张家界流向慈利县索溪峪的小溪。张家界索溪峪和桑植县的天子山成三角紧靠紧连。这新发现的三大风景区已组成一个国家森林公园，一般统称张家界。这金鞭溪被两面山峦夹住，狭窄处才宽四五米，敞扩处十米以上。溪水循绕着石头和青草来回往复，拐弯抹角，九曲连环，沿路只能步行。有时自然要过木桥、石桥或石头磴子。溪水更小处一步就能迈过。我们从招待所——就是金鞭岩饭店出发，过林场场部，过两山间的溪流正道，马上便感到这条溪的确像一根鞭子；不过溪水山谷和两岸都显得幽深滴翠，自又不像金鞭，叫金鞭溪。看来是由于两面山岩的层层石块都橙黄金碧，倒映着溪水的鞭子染上了金黄。更由于一出饭店，便看到向里排成队列似的座座山岩之内，远远有一座笔立冲天的金黄的峭壁独峰有点像一根鞭子，而那就是紧靠溪边的金鞭岩，只不过远远看来还不是太像鞭子而已。

进到两山夹住的金鞭溪以后，主要注意的就不是溪流，而是对峙的山岩了。因为这时就如走进了一个胡同里。两侧山峦高耸，头顶青天一线，几乎再也看不到和领会不到附近还有面积很不小的黄狮寨山岭和腰子寨山岭。况且那又是张家界两大主要的爬山胜景呢！然而，金鞭溪实在似闭锁的巷道，两面山峦奇景更美不胜收。刚到溪口就是左面一座闺门岩，那山腰确有个小巧深邃的石洞像闺门引人入胜。接着，左面又一座山名叫醉罗汉。那层层石块已不都是有棱有角，倒夹有圆圆的、胖胖的、菱形的乃至不规则的参差垒叠，以致真成了个石罗汉酒醉似的在跌撞着身子，摇晃着脑袋。然后，转身对望右边的山岭，咦，这不完全是一根金黄的鞭子在直刺九天！

难怪金鞭岩声望颇高，招待所饭店都要以它命名了。原来从远处另一角度看到的并不全是它的真面目，所以它并不太像金鞭。到跟前一望，才不禁陡然惊愕和震骇，真要怀疑世界上怎么能稳稳立住这么一根金色土石叠成的，绕着许多大小杂树的，细长而越往上越孤独到高入云霄的鞭子！这根金鞭不是总会要折弯么？啊啊，不用担心！前面紧挨着一座稍矮的山岩，那峰巅的形象恰似一只神鹰，于是山名"神鹰护鞭"，千万年就这么守卫着不让金鞭折弯和垮下。

再往前走，左面几座山依次叫"劈山救母"、"天书高挂"和"定海神针"，品味起来也确都像似。还有悬崖上笔挺的"苍松叠翠"，削壁上倒吊着的“挂壁松”，均无不令人神往。想起一年多以前连招待所还没有的时候，香港的国际知名摄影家陈复礼先生不计艰苦，到这儿住在农民家里，攀山越险，拍了好长一段时间的照片。对此，丁玲同志说：

“值得哇！我再住几天，也值得！”

上午的雨雾早已停了，中午略事休息，丁玲同志又要去看夫妻岩，我是序游，怎么都可以，便又陪同前往。

其实夫妻岩是一出招待所便能看到，但因方向不对，就只见山岩不见夫妻。我们坐了一小段车，又离开土公路爬了一阵坡，顺小路上到约二百米高处，被引向坡边用木头搭的一个围子栏杆的平台上，靠着正面栏杆的方向扬头望去，几十米外的那座山岩上，正好一个石头平面侧侧地对着我们。而平面上的石头恰恰是并排两张轮廓分明的人脸，那一边清清楚楚的一个健壮俊美的男子，这一边明明白白一个朴实的劳动妇女依偎着那个男人，好一对恩爱夫妻哇！或许女的稍显得年岁大点儿，但他们相近相亲，令人羡慕。只不过观望的方向如果稍有偏侧，那就看不大分明了。

平台上站不了几个人，上去看的又总恋恋不舍，我们一小群不觉也轮班儿看了许久，归来的时候，回身边走边看，还见到一座山叫“钟馗捉怪”，另一座叫“秦桧跪灵”，细细揣摩，都有些像。真是群峰竞秀争雄，争奇斗险。为什么这简直不似人间之神山宝境，我国历史上赫赫大名的旅游家徐霞客竟没能发现？我正这样公开感叹呢，只听丁玲同志说：

“徐霞客没发现，老百姓可早发现了，人民早发现了！”

不错，这里每一珍奇以及它们精妙动人的名字，不都是人民的发现和创造？张家界又还有多少胜迹及其异彩纷呈的名字！天子山尤其更有多少！顺金鞭溪到索溪峪，不是还有一个看不尽美景的十里路段，老百姓自古就给取名叫“十里画廊”！不是专家们在这一带还发现了一些从来不知的动物、植物和野树野花，而当地老百姓却早就认识，了解并早有名字！山川风物怎么能离开国家人民和自己的土地？同样也是人们游山看景，自也决不只为饱眼福，显然还在为增长见识，陶冶情操，培养丰腴而高尚的精神面貌，以便对国家和人民的事业更有所作为。丁玲同志近八十高龄，还不惜爬高下坡地迷恋山岩奇景，自该正是为此，而足以为范了。

可惜我就要离去，为了不忘再来，特把序游公开，以为促进。

1985 年 3 月 14 日夜于长沙
（原载《文学月报》1985 年第 11 期）

张家界纪行

胡 真

张家界国家森林公园是我国大好河山上的一颗新的明珠。她是美的化身，神州大地的骄傲，可以毫不夸大地说，她是现在世界上最美的国家森林公园之一。如果你不信，不妨到张家界去走一走，看一看，领略一下那里的旖旎风光，到了那里，你会年轻起来，喜欢她，拥抱她，你会跳跃起来，为她欢呼，为她讴歌，你会被她的美所陶醉，流连忘返。

洪荒时期就形成了湘西武陵山脉秀丽的山川与峡谷。一个世纪又一个世纪，秀丽的张家界，一直是“养在深闺人未识”。直到二十世纪八十年代，她才带着大自然淳朴的美，踏着轻盈而又坚实的步伐，姗姗地走进人们现代化的社会生活。她把自己孕育着的美，无保留地贡献给社会，贡献给人类。

如今，她像春天里群芳争妍的百花园，倾吐着沁人肺腑的芳香，她的一山一水，一草一木，毫无人工雕凿的痕迹，都是大自然的创造，显得粗犷而又娟秀。呈现出带有山野色彩的自然美，人们称她是一个“野妹子”。她是这样的慷慨，对到这里来的每一个人，都给予他们美的享受，欢乐和幸福。

一九八四年七月，我随着“武陵笔会”这支追求美的队伍，来到了张家界，我是成千上万美的追求者洪流中的一个。我将和所有到这里来的游人一样，去寻求美的矿藏。

七月，武陵山山青水碧，群花竞放，绿草如茵，蝉鸣鸟啼。田垄里，黄绿相间，似一张张金黄的、碧绿的地毯。村里人露着喜悦的笑脸，在金色和绿色中浮动，真是万类金秋竞自由，一派生气勃勃的景象。

我在这美的季节里，先走进幽深而神秘的索溪峪，跨越带有传奇色彩的天子山，然后才来到张家界森林公园。

南方的七月是酷热的。我在桑植县洪家关贺龙元帅家乡的时候，天气非常晴朗，在湛蓝的天上，高悬着火球般的太阳，它把自己的光和热无偿地送给人间。这里虽是大山区，我还时不时地渗出一点微汗，一阵山风吹来，凉飕飕的觉得格外清爽。

车子沿着一条弯弯曲曲的山间公路行进，到张家界森林公园的时候，已是日暮时分。亲热的终日伴随着我的太阳，它从东到西奔波了一天，好像已经疲倦，这时早已躺到山后去休息，在这里已不再感到酷热，倒是觉得已有些凉意，一天的疲劳，在凉意中顿时全消了。

我们投宿在金鞭岩宾馆。这是一家不大的小巧雅致的宾馆，也是这里唯一招待外宾的地方。它坐落在张家界国家森林公园的谷口，群山环抱，只有一条山间公路通向外界，向远方延伸……

我站在金鞭岩宾馆的阳台上，举目眺望，一座座由片岩叠成的石峰，从青翠的灌木丛中拔地而起，耸入云霄，满身长着各种形态的青松，犹如披着一身绿色的羽毛。不远处，一座黛绿色的石峰，犹如一个巨人，雄赳赳地站立在那里。它的座底像一扇绿色的大屏风，挡住了我的视线，颇有点“山重水复疑无路”的感觉。但是，在绿色林间的小路上，却有稀稀落落的游人在走动。一会儿，有一些人隐没在这扇绿色大屏风右侧的丛林中；一会儿，又有一些人从绿色的丛林中走出来，我恍然省悟了，路是有的，路就在这些游人的脚下，就在这茫茫的深绿之中。这路一直通向每一个观景点。说得更确切一些，这路会把游人引向一个又一个美的境界。

这时，我觉得自己已经置身在另一个世界——绿色的世界里。在我眼前是一幅幅令人陶醉的绿意迎人的图画，饱经风霜、巍然而立的苍绿古松；深绿、浅绿、橘绿的高高低低的丛林，在晚风中婀娜多姿地轻轻摆动的翠竹。还有那碧绿的流水、嫩绿的野草、黛绿的远山……石峰和石峰之间，也被宽大的绿色地毯连结起来了。这里是绿，那里是绿，到处是一片绿色。绿色，绿色，从四面八方向我扑来，把我紧紧拥抱住了！在这铺天盖地的绿色之中，我默默地思索，思索着自然美和人生美的哲理，这绿色给人类带来生机，带来和平，带来希望。

夜幕降临了。绿的山谷静默了。天上没有星星，显得有点阴沉，只有宾馆里的盏盏灯火在闪烁着。

我回到房间里，充满着愉快地坐下来。我在想着，明天将踏着希望的步伐，真正投入张家界森林公园大自然的怀抱，大自然的美正在等着我呢！想着想着，我高兴地笑了。

深夜，淅淅沥沥的雨声把我惊醒了。

夜是寂静的，天地间一片漆黑，连宾馆走廊里的灯光也显得有些暗淡了。除了窗外淅淅沥沥的雨声，没有一点其他的声响，一切都沉没在睡梦之中。

一种失望的情绪从我心头涌起，如果明天是个雨天，路是滑的，山路更险，我将怎样跨进这个“深闺”的大门呢？

早晨醒来时，淅淅沥沥的雨声没有了，我急切地跑到阳台上，可空中还在飘洒着细细的雨丝。游人已经开始活动了，她们撑着各种式样、各种色彩的雨伞，缓缓地向深谷走去，活像一朵朵会移动的蘑菇。

我十分惊讶，在不知不觉间，雾升起来了，一眨眼满山遍野都是变幻奇特的雾。啊，多美的雾景！

接着，雾气在淡淡地、慢悠悠地、连绵不断地上升，向四处弥漫，弥漫上升，上升弥漫，一直升腾弥漫到各个石峰的顶部，给绿色的山谷披上了一层素洁的薄纱。一眼望去，山谷里的景物，溟溟蒙蒙，增添了一种神秘感。

这时的山谷是雾的世界。

云雾随着气流在动荡飘浮，瞬息万变。有时像烈马奔驰在万山丛林之中，有时向后侧旋，有时像波涛翻涌，有时回旋聚拢，忽而又向四处分散，穿漏得像碎布破絮一样。雾在急剧地流动，在自由地飞舞，在描绘神奇的图案，好看极了！

不久，浓雾渐渐隐去，绿色山谷又变得清晰起来。

只有在远处，仍然是薄雾迷茫，平铺在众石峰之下，俨然是一片大海。座座石峰都只露出一个尖顶，似大海中的小岛。这种奇特的景观，大概就是古人所说的“云铺海”了。看到这种景象，我不禁想起了我的一位朋友，一个摄影记者，有一次他从武陵山区摄影回来，兴致勃勃地带着他的一摞作品给我看。他特地指着一幅照片对我说：“这是天子山西海的景观。拍这张照片可不容易！只有在头一天夜间下了雨，第二天清晨才出现这样的景致。不过，也不是每次下雨后都会出现的，我为了摄取这张照片，在那里整整等了十几天。有几次，我有点失望了，真想走开，但是坚持下来了，最后终于把它拍到了。这是云海！”听了他这些有趣的话后，我笑着对他说：“这是雾海。”他却坚持地说：“不，这是云海！”他说着也笑起来了，我们彼此会意，哈哈大笑起来。这次路经天子山，住在一栋具有民族特色的木屋里，正好可以倚栏眺望西边。在傍晚，下了一场雨，我暗暗高兴，以为可以看到真实的“西海”奇景了。可是我只看到落山的红日，雨帘中的束束金光，在红雨中升起的五彩缤纷的虹。就是没有看到“西海”奇景——“云铺海”，感到非常遗憾，现在在张家界，我看到了“云铺海”，弥补了在天子山留下的遗憾。

我从小就多次看见过大雾。在我的家乡，早晨，浩渺的太湖上，常常可以看到茫茫大雾把整个太湖盖住。盖得那样严实，上连天，下连湖，一点缝隙都没有，雾天共一色，雾湖共一色。在大雾中，只有隐约可见的点点樯帆，但看不到游动。到了半晌午的时候，太阳才勇敢地从茫茫大雾里冲出来，升腾起来，带着满身雾气，发出淡淡的金光，这金光冉冉地净化了，剽悍强烈起来，大雾才渐渐地散了，渐渐地隐去。在华北大平原上，我也看见过这种雾景。在庐山的仙人洞，在南岳的祝融蜂，我也观赏过大雾，当然，那都是令人难忘的。但是像我家乡太湖上的雾景一样，都是宁静的持重的，缺少变幻，同眼前看到的张家界之雾比较，逊色多了。可以说，这是我一生看到的雾景中最瑰丽、最美妙的奇观！

（原载《文学月报》1985 年第 10 期）

青岩山遐想

叶　梦

青岩山黄狮寨的黑夜，怪怕人的。除了清冷的夜风，低沉的松涛，什么声音也没有。

同伴们都睡了。我圆睁着眼，没法子入睡。白日里见到的那些奇峰怪石，全都像仰拍的电影，一个镜头接一个镜头地向我扑过来，那些没有来得及细看的岩峰们，真把我的心弄得十分疲倦了。

乍见这山怪般的群峰，我惊呆了，丹田之气按捺不住涌上来，一个个“啊”字脱口而出。除了这一个“啊”，别的字眼我一概想不起了。

青岩山，你那险峻秀美的岩峰令我猝不及防，脑子里信息发生了“短路”，语言与记忆的神经统统发生了障碍，脑子里是一片暂时的空白。

我忘不了黄昏时在寨西观景台看到的那勾魂摄魄的一幕。我实在无法说出那黄昏与暗夜交替的瞬息万变，妙不可言的变化。

站在观景台上，脚下凌空伸出的巨岩好像在轻轻晃动，骇得我死命地揪住迎客松的枝桠，捏着满手心的冷汗，我战战兢兢地向下探出头：天！从深谷里笔直向上伸长的岩峰，曲尽其态地在我面前陈列着。在这里，黄昏时的色彩威力远比平原上来得弱，橙红色的夕阳只给高耸的岩峰顶部当阳之处轻轻地抹上一些亮色。应该是很壮观的黄昏时的西天，此刻只是窄窄地拖起一抹绯红，迎接着那缓缓下滑的落日，脚底的百丈峡谷开始变得幽暗，那黑苍苍的原始次生林透着凉嗖嗖的空气，黑夜的神秘像一支庞大部队埋伏在幽谷里，只待太阳西落就要开拔出来。峰谷间各种奇妙的鸟音不停地对答，悠扬的啼啭在山谷间回响应和。

落日加速了下沉的速度，山谷变得更暗。

我只觉得天矮了，天与地像两只弧形大盆焊在一起，顶上是漠漠长天，脚下是幽幽嶂路，天地从我这儿对半分开。我站在天与地的中间。

我立在群峰之上，天已不复辽远高旷；我与地抱得那么紧。数千峰林在我脚边排成山的阵列。仿佛只要我一俯身，张开双臂便可以把那些奇峰怪石统统揽入我的怀中。

黄狮寨是由群峰托起的一块平地，是被砂岩峰林群簇拥着的一个制高点，四周绝壁，下临深壑。只有前后两卡门的两条小径可上，是个一夫当关，万夫莫开的险寨。

沿着黄狮寨走一遭，再快也得两个小时，每走几步，眼前便又变出一幅千姿百态的群峰竞秀图来：一幅秀比一幅秀，一幅比一幅险，一幅比一幅奇。从深谷里拔出，直指蓝天的奇峰如塔，如柱、如笋、如鞭、如海螺、如金龟、如高髻少女、如盔甲武士，大多数岩峰都巴附着苍苍绿树，裸露在外的岩壁，色彩也是够丰富的，那交织着蛋青、纯金、绛红与苍烟等色块的岩壁，布满着横竖交错的节理的线条，组成天然古朴的图纹。

青岩山的山水真像一杯浓烈的酒浆，把我灌得有十二分醉了。仿佛砰然砸开一把锈锁。敞开的心扉没遮拦地与群峰对峙。

大自然的博大、悠远和深邃像突然涨起的潮水，劈头盖脸地淹没了我，弄得我心慌意乱。

我睡不着，白日里所见还在“快速倒片”，一幕幕惊心动魄，应接不暇。人躺在床上，脑子却不休息，折腾我的除了山还是山。我想：莫非我和这山有什么解不脱的缘分么？

我不自觉地披衣起床，借着微明的天光，向黄昏时引我勾魂摄魄的那个观景台走去。

白日里只有鸟声、猿声的山寨，在月黑夜更是一片浓黑的死寂。我不感到害怕，凭着第六感官，我似乎感觉到群峰在冥冥中的召唤。

黑夜的青岩山使我感受到她的另外一种魅力。

这是月黑的夜，只有迷蒙暗淡的天光。白日里能见得到底的幽谷此刻已深不可测。历历在目的奇峰怪石被黑夜的纱巾蒙住了，只现出迷迷幢幢的暗影，醒神悦目的绿谷也变得阴惨惨的。

万籁俱寂，宇宙间的一切都凝固了，冻结在这暗淡无光的胶冻之中，历史就像回溯到了远古时的沉寂：鸟不鸣、猿不啼、山风不起，树枝不摇。黑黝黝的群峰默不作语，像一幕悲壮的戏剧前的静场，万物都在屏息，万物都在等待……

此时此刻，不需要柔曼的小夜曲，不需要婉约的抒情诗。

只需擂起一通“急急风”的锣鼓，接着便是久久的静场，末了突然爆发出骤雨般的琵琶声，奏起“将军夜猎”、“金戈铁马”的旋律，创造那

“铁骑突出刀枪鸣”的雄浑意境。

其实，这一切全都没有必要。

此情此景，可以使人笑，使人哭，使人疯狂，使人清醒，使人感奋……

只有静静地面对诸峰，把牵肠挂肚的万事解脱，把心里的尘浊一丝不漏地滤尽，用一颗纯真透明的心和青岩山进行哲学与人生的对话，这才是最合时宜的。

可是，这黄狮寨月黑夜的一切——阴森森的黑谷，鬼怪似的山林，远不是一般烟霞客所消受得了的。白日里的游人，不过是些匆匆过客，所以他们没福，体验不到黄狮寨的黄昏与暗夜、黎明与日出的一切玄妙。

在这里，万不能用平日那种客观，那种冷静，那种恬淡，那种慢悠悠的神情看山。在这里，人与自然，主观与客观的平衡已经打破，人不由自主地要为山所包围、所俘虏、所瓦解、所溶化。人与山溶在一起，揉成一团，掰不开，摔不脱。于是，这种人魂与山魂的扭结产生一种强烈的共鸣。

啊，这哪里在欣赏山水哟！这好比把凡俗之躯放在一个炼狱里，去接受壮丽多彩的自然的陶冶，接受山神的洗礼，那是古老壮丽的青岩山哦！

我是否也被完完全全地溶化了呢？我问思绪已经支离破碎的自己——

无声的冷风从黑乎乎的谷底向我袭来，我那为石峰而神魂颠倒的神经开始苏醒，开始复位，渐渐地恢复了理智与冷静。初见青岩山的欣喜激动的狂涛已经平复，拥塞在我胸间的只是一种庄严而深邃的感情。

这种庄严而深邃的感情在不断地升华。

眼前的青岩山是一个大千世界，古老而又清新，从原始次生林的珍禽异兽到第四纪冰川期的孑遗树种……

我的耳边响起了海潮声，远远地，远远地来了。

历史仿佛回溯到了三亿多万年前的晚古生代。

地壳隆隆地下陷，海水无声地漫上来。这儿曾是一片海哟！辽阔的海。

波涛汹涌的海底，砂岩沉积着。默默地聚集着向上伸长的力量。

经过数千万年的沉积，砂岩终于不甘寂寞地隆出了水面，经过一次次造山运动，升高、升高，形成砂岩高原。

又是数千万年，流水的冲刷，岁月的剥蚀，裂纹慢慢地扩展，坚硬的砂岩终于被切开了，被解体了。

“轰隆隆!”砂岩一块块地崩塌。

外营力的鬼斧神工终于使砂岩高原形成如此壮丽，如此嵯峨，如此奇妙的砂岩峰林。

历史真是一把无情的艺术的斧凿，岁月的风风雨雨洗凿出了青岩山这颗名扬中外的风景明珠。

青岩山的全部壮丽，全部奇秀全赖那斧凿的无情地砍削。可不是么?你看那雄伟挺拔的南天柱、棱角分明的金鞭岩，还有那上千座拔地耸天，岌岌可危的奇峰、险峰，它们的存在没有屈服于历史的斧凿，经历了漫长的年代的考验，它们都是摧不毁、冲不塌的山之英魂。

每一座岩峰都是一件古老的艺术品。

每一座岩峰都刻写着一部悠远的历史。

每一座岩峰都是山中的强者。

青岩山，你的丹崖翠谷不仅收藏了大自然的许多奥秘，同时也昭示着人生。

哦，青岩山，你深夜里的风是那样的凉哟！把我从醉态中完完全全地吹醒了，我好不容易挣脱了你魔力的怀抱，我找回了我自己，获得了新的平衡。

我扩充了的胸腔仿佛注入了许多清新的活力，一种陌生而全新的感情海潮般地涨起，我终于忍不住向群山大声呼喊——我不知道究竟要喊出些什么，可是，我听到了我在峰谷间延伸的余音——妈妈!

没有回声，巴满绿树的岩峰没有把我的声音挡住。

我相信，我的声音不会消失。

（原载《文学月报》1984 年第 6 期）

相见恨晚

孙 荪

这种感触，在我游览张家界时一直缠绕着我。

本来应当见美景而喜悦，却为何生出一个恨字？

只怕是因为太美而太过喜悦了吧！

要用文字说出张家界的美不是一件太难的事，因为无论从哪个角度，无论怎样说法，它都是美的，难的是避免重复。

这重复不是因为张家界已经被游客写尽，而是因为它集结了过多的早负盛名的胜景之特色，而描写这些名胜的文字已经汗牛充栋了。

比如说它的山吧，号称“峰三千”，又称“三千八百柱”。一个“柱”字说中了此处山的形象，拔地而起，星罗棋布，千姿百态，只要呼出一串山峰的命名，就可以约略想见其形状：南天柱，金鞭岩，五指峰，定海神针，九重仙阁，天桥遗墩，天书宝匣，五女拜寿……

再如它的水，山有多高水有多高，名山常有流泉飞瀑，这并不算稀罕，但像张家界三千峰峦之间竟有八百条清溪碧泉相衬相映，险山峻峰中蕴含如此柔媚恬淡，何曾见过？

未到张家界时，我就听人说它具有得天独厚的风景素质，有一个很完美的山水骨架，它不是局部美，而是整体美，它是一幅山、水、林、禽、兽同生共荣浑然一体的天然图画，来此一游，我服膺了这说法，它说的是实情而不是做广告。

当今人好讲全方位、多侧面、立体化，作为一个风景区，张家界这一些都当得起，可以说占全了。的确，张家界整个地是一幅立体图画，是一个巨型景点，如同一篇佳作无法圈点，也无需圈点，张家界几乎不需要再标出某某景点，一路走来，处处悦目，处处赏心，处处销魂，这就是张家界。

最难得的是“兼美”，可张家界不知是请了哪路神仙移景借形，把天下奇观都荟萃于此了。如果再扩而大之，游罢张家界又游猛洞河，那就不啻重温游漓江的梦幻。再游不远的索溪峪和天子山，那就大体上等于饱赏了南中国的模山范水了，难怪国人说张家界“纳黄山桂林之美，融匡庐南岳之秀”。

张家界之美为世人所知，不过是最近十年的事。这样的风景地却绝难寻到古人题咏以及近人所作的文与画，当然可以说这是一方难得的未染红尘的人间仙境，但确实禁不住人们抱怨古人之“陋于行”今人之“少于识”，才使它成为“失落在深山的一颗明珠”，“养在深闺人未识”的“绝代佳丽”。

不过，又去抱怨谁呢？

地域偏僻，交通闭塞，关山阻隔，自然人迹罕至，无从发现。

但话说回来，即使有人到过，见过并且活动过，也未必能发现它为天下奇观。远的不说，只说本世纪以来，仅黄狮寨就为土匪盘踞达六十载；贺龙、萧克领导的湘鄂西据地也曾活动于此，红二、六军团就是经过张家界走上长征路的，一九五八年这里建立了国营林场，一九七一年又从大庸县来了一批知识青年，但是，大家似都“不识庐山真面目”，未曾感到它的奇与美，甚至连美的信息也没有带出去，张家界仍不为世人所知。

可见，在生存线上挣扎的人们对自然的美景是漠然的，在血与火的拼搏中也不会对超凡脱俗的仙境感兴趣，而未曾体味到城市的喧嚣与严重污染的人们，也难以懂得青山绿水的无上价值。

也许，张家界的发现是命定地要在二十世纪八十年代，不但是因为铁路的修通，公路的修通，和平的环境，闲暇时间的增多，更在于现代人的心灵目光与大自然的重新接通。生活在仙境，是人类亘古以来的理想；到风景区旅游，则是这种理想追求的现代版。张家界名声鹊起，既是张家界自身魅力使然，也是现代人精神张扬的结果。

在我游览回来的路上，我发现“相见恨晚”已不只是我一人的感觉，而是人类的感觉了。我想起伯乐和马的故事，中国古人慨叹千里马常有伯乐不常有，这话也可借来说明人对自然美景的发现，当人类以关心自然的眼光来审视自然的时候就会发现，许多被自然界“珍藏”着的美景，原是人类视而不见的，发现自然之美与人的觉醒是紧密相连的。为此，我们不仅要呼唤马伯乐、人才伯乐，也要呼唤美景伯乐或曰美伯乐，世上不知有多少张家界等待伯乐们去发现呢。

（原载 1991 年 1 月 16 日《人民日报》）

碧绿的张家界

碧 野

张家界原名青岩山，地貌奇特，“三千峰林八百水”，一座座山峰就像刀枪剑戟。郁郁葱葱的原始森林在山峰与峡谷之间飞青滴翠，是有名的国家森林公园。

在张家界的原始森林中，有珍奇的“活化石”：花开如鸽子的珙桐，叶子如戟的三尖杉，高洁的银杏和参天的水杉。

高山夏季雨水多，空气清新凉爽。每当雨后初晴，在一柱柱峰林之间，雾气蒸腾，形成云纱，缭绕山腰，飘浮林梢。人们到达张家界，好像身子也随着云雾飞动，感到超尘脱世，疑非人间。

有一条公路盘旋上张家界。盛夏，人们纷纷来到山上。这里，已设立风景游览区。每天，游人如织。金鞭岩饭店天天住得满满的，人们只好在周围的“家庭旅社”落脚。

张家界旅游点除了宾馆和“家庭旅社”之外，还有小商店、小饭店和茶馆。每当日落黄昏，一家家“千里香”、“滨荷”饭店门前，和一个个出售桑植毛尖、大庸名茶的茶馆的凉棚下，都密密层层坐满了来自祖国各地的游人。人们游了一天张家界，这时正是充饥解渴歇息的好时辰，形成了山中市集，热闹非凡。

张家界的建筑物飞檐高翘，古朴优雅，富于民族风格。这里，连接两头市街的有一座红桥，是用红砂岩构筑成的，而且在园林式的建筑物周围，摆着一张张红色的石头圆桌和石凳，也是用红砂岩磨制成的。每当清晨日出，傍晚霞飞或星月之夜，这红桥和红桌红凳，红光闪闪，给人一种喜气洋洋的感觉。人们在晨起的朝阳下，在晚霞的映照中，在青幽幽的繁星或皎洁的月光下，三三两两围坐在红色的石头圆桌边，叙山水之情，谈人间之爱，该是多么惬意啊！

闻名前来游览张家界的人，有探索大自然奥秘的科学家，有发家致富的农民，有休假的老教授，有离休老干部，有爬山运动员，其中人数最多的是大专院校的学生。他们趁着放暑假，成群结队，从千里之外投身到这美丽的张家界来。

喜欢住家庭旅社的，多半是姑娘们，家庭旅社小小的木楼背山向水，风景秀丽。她们结伴旅游张家界，晨起临风梳妆，长发飘然，显得更加姣好。青山给姑娘们增添情趣，姑娘们也给青山增添美色。

在张家界大自然的画廊里，有一条金鞭溪。清水清澈，沿着张家界峰林脚下流淌。随着山势的不同，溪流两岸处处出现奇异的景物。

在张家界的峰林之中，最使人感兴趣的是金鞭岩。

金鞭岩高出峰林之上，与其他山峰迥然不同，从山脚到峰巅，像斧砍刀劈似的，不长树木，明晃晃、高巍巍，四方形，有如一支怒举的金鞭，直指云霄。尤其令人感到奇异的是，金鞭岩紧靠一座巨峰，巨峰酷似雄鹰，鹰首高昂，凌空展翅，一只翅膀有力地半抱金鞭岩，气势雄勃，这是有名的“神鹰护鞭”。

金鞭溪就是以金鞭岩得名的。

金鞭溪是天赋的一条神奇美丽的溪流，常雨水碧绿，久旱不断流。这显然是由于周围山上林木郁郁葱葱，水土保持得好，水源充足。金鞭溪水质好，符合国际一级饮水标准。从这一点上看来，金鞭溪的清冽无杂质更是使人喜爱的了。

一条林荫路弯弯曲曲进入金鞭溪，两岸峰林夹峙，溪水清澈见底，溪流中红、绿、白各色卵石，在水中闪亮。溪水有时弯弯缓流，可以照见树影和林隙间筛落的天光；有时漫过大石，石上生青苔，一种小小的“岩鱼”在清晰地游动。

更使人恋恋不肯离去的是，金鞭溪有的地方积水成潭。山林幽深，潭水在山林中呈现碧绿。潭深水溢，从岩石间像银网交织，形成水帘和众多的小瀑布下泻，给人一种大自然安谧静美的享受。

金鞭溪中有一个紫草潭。

紫草潭在碧幽幽的山林中，可以涤尘去垢。游人来到这里，默坐潭边，俯视人影投落深潭，静观岩鱼在潭中嬉游，对世俗万念俱消。

就在这金鞭溪畔，紫草潭边的丛林中，露出了茅屋的一角。这是一家小饭店，旅游者可以在这里充饥解渴。

这家小小的饭店，像奇迹似的出现在这紫草潭边。它是两男一女三个年轻人合资经营的，为进山的旅游者提供用餐的方便。姑娘热情、伶俐，用金鞭溪水泡茶待客，而两个小伙子，忙于烧饭炒菜。一张小方桌，围坐着几个进山旅游的青年。他们合共只花一元钱，就能吃到炒土豆丝、炒青椒和西红柿汤。青椒辣口，土豆丝浓香，西红柿汤清甜，吃这素菜，比肉食还要有味一些。

小饭店除了饭食之外，还兼售地方名产。一包包用塑料袋密封的武陵源出产的“云雾茶”是如此甘芳；一瓶瓶湘西自治州生产的“湘泉酒”是如此醇香。旅游者可以歇脚时在这里品尝，也可以高高兴兴携带出山。

这家小饭店，每年春二月花开时开张，到秋十月叶落时歇业，一年之中有九个月为进山的人们服务，它接待了多少天南海北的旅游者呵。

金鞭溪春天的鲜花，秋天的红叶，都是旅游者喜爱的。春天有花开花谢，秋天有叶红叶落，但金鞭溪的胜景却超出鲜花红叶之外。除了人们久视不疲的“神鹰护金鞭”之外，还有“三楠抱石”的奇景。

“三楠抱石”就在小饭店的侧边，三棵不大的楠木一同盘根在一块岩石上，在群峰万木之中，这三棵楠木抱岩生长在金鞭溪畔，得雾气的滋润，青枝绿叶，玉立亭亭。大自然的美景与人的美德巧合，这“三楠抱石”不就是小饭店的三个年轻人的巧妙形象吗？

张家界的风景点还有一处黄狮寨，是座大高山。张家界夏季多雨，一下雨就山水冲激，上黄狮寨的路不好走，很多旅游者只有“闻景”了。山水有情，好像张家界不让旅游者一览无遗，留下最美的景色引诱你下次再来。

当你离开张家界的时候，有两样东西是值得作为纪念品的。一样是印有张家界各处景物的手绢，一样是把手上刻有各种鸟兽的手杖。手绢薄如轻纱，带着它就好像带走了张家界千柱峰林的万片云纱；手杖有弹性，拄着它就会增添你的脚力，可以从张家界去周游全国，去周游世界。

（选自散文集《北京的早晨》1986年6月版中《武陵源风光》一文）

张家界四题

郭　风

雷阵雨

七月十八日，午后四时，车自桑植县城出发，约一小时后，过大庸县城郊，未进城。大庸县有天门山之胜。在其城郊一带，车行中，自车窗远眺是山，觉得它的主峰有如一座淡蓝色的古城墙，另有一峰笔直，与主峰相对而立，遥望之，觉得那里好像有一座淡蓝色的城门。闻山上有古寺观，有彩绘的菩萨像，有在溶洞内雕成的石像等文物古迹。心向往之，但未能往访。从大庸城郊，车再行三十五公里，抵张家界，其时天已近黄昏，投宿金鞭溪饭店。

金鞭溪饭店原为张家界林场场部的旧址。张家界居深山荒野间，自古不为外界所知。林场设立后，其美景始渐由森林工人传开，始渐有外人来访。餐后，立饭店的阳台上，有一个最初的感觉，认为这饭店四周，虽然不过是这座收藏自然美景的宫门的门口，但已令人感到气象万千，感到欲领略此间风景所特具的美的素质，不是易事。从阳台向东面望去，黄昏的暮霭迷漫间，但见那里有一座一座奇峰怪石，错落地、多层次地向深邃处排列而去。眼力所及，只觉越看越远越深，只觉那一座一座的石峰，正在汇集，正在我的心目中幻化成为一丛一丛深藏于朦胧的雾中一般神奇的树林……

金鞭溪南面的石峰，则逼近眼前。其上林木蓊郁！闻旅人常见有猕猴在攀树登岩、摘采野果。其西面，一座石峰形若一顶巨大的王冠，崖下绿竹漪漪。我忽地发觉有一阵又一阵的云和雾，自北面又自西面的石峰和树木间，变幻无定地飘飞而过。起初，我把这些云雾作为黄昏的一般云景和雾景来看待，随即，我发觉空中的积云呈暗墨色，似有雨意。来前，我听友人说过，张家界不仅峰形诡谲多变化，景色多变幻，其天气亦常剧变。山中多雾，又多来之不易的阵雨。正想着，天空间倏地有一道闪光出现，随即西面石峰之后隐隐传来雷鸣。几乎在这同时，雨萧萧下，但似乎看不见雨阵，那些雨点似乎都溶化在一片烟雾和梦境般的森森的暗绿之间。

入夜，雨仍下。就寝前立阳台上，顷刻之间，看见一道闪光出现于空际。我忽然有个幻觉，觉得东西那些石峰之林，霎时之间，好像幻化为一队穿戴战袍的古代战士，布阵于黝黑的树林间。夜半，在朦朦胧胧的睡意间听见窗外仍有雨声，又在朦朦胧胧的睡意间，听见雨声中似有兽声，疑为猿啼。

夫妻岩

七月十九日，下午四时访夫妻岩。天阴，微雨，张家界呈一种沉郁之美，若杜甫的某些诗篇。夫妻岩离金鞭溪饭店不及两华里，在山中可谓不过咫尺间耳。自饭店由南向东折入山路，则石峰列队排闼迎面而来，目不暇接。将抵金鞭溪，有溪声隐约，而路忽地转入山坡前一条修整的石路上去。这是一条古木成荫的石路，路旁异草鲜美，林中蝉声不绝于耳，路间或出现石级，而又缓缓地向上伸展。使我于不知不觉间登上一座悬崖。悬岩前搭了一座木台，一些旅客站在台上，均南向翘首，指指点点，寻找一对伫立于众石峰间的一对岩石夫妻。

我觉得奇怪，此刻我的心情何以至为严肃？我似乎从小时便为某种伦理观念所熏陶，信奉东方的某一种道德标准，我想起《诗经·郑风·女曰鸡鸣》篇：

弋言加之，与子宜之。
宜言饮酒，与子偕老。
琴瑟在御，莫不静好。

以为相亲相敬的家庭和夫妇生活，以为琴瑟和谐，百年偕老的生活境界，体现一种美德和幸福。

我幸能很快地在众石峰间，看到一对恩爱夫妇的石像，他们亲密地互相依靠。那位妇人看来已过六十，面作笑容，情意单纯而流露一种对世间事务的信任感。许多旅客都不易发现那位男人，我幸能在众石峰中很快寻找到他，他使我想起罗丹雕塑的巴尔扎克像：巴尔扎克彻夜写作，以浴衣裹着疲倦的全身，曙光正照耀他的智慧的前额……我感到那位男人似为一位哲人，全身裹在一件大风衣中，仿佛是在对着山中一直在思考一个什么样的人生问题。

歌德说："每一种艺术的最高任务即在于通过幻想产生一个更加真实的假象。"我以为夫妻岩的形象，似乎在表述某种艺术原则。

金鞭溪

金鞭溪可能因岸上有一座金鞭岩而得名。张家界有近三千座石峰，散落于黄狮寨、腰子寨以及金鞭溪两岸的古林木之间。张家界的山的高度，据云都在千米左右，而金鞭岩闻为诸石峰中之最高者，它插云而立，仰首尚难望其峰巅。我想这些聚集于金鞭溪两岸的岩峰，其形态容仪，人们可以从不同的角度、方位及当时的不同心情，也可因人们不同的阅世、修养以及审美感受，各自作种种不同的联想以及生出不同的感受。立金鞭岩前，我不觉得它状若金鞭，但我深深以为，我应尊重最初发现此岩的智者对它的命名。过金鞭岩，循溪约行五六百步，溪岸出现一组石岩、石峰，其中有一岩，状若一盏巨灯，人称它是《劈山救母》中的宝莲灯。其四周的一些石峰、石岩中，据云有状若"神斧"者，有状若"哮天犬"者。我一再窥察，都未能寻找到，遂听之。我是七月二十日晨来游金鞭溪之胜的。不知何故，这天我自已心中的联想，乃至幻觉亦颇见活跃，或许因为我平常喜欢搜集世界各地名胜古迹，其中又主要是古建筑的画片，暇时随意翻阅，所以看到屹立于金鞭溪两岸之奇峰怪岩时，便联想到它们或像柬埔寨吴哥古迹的塔群，或像缅甸仰光大金塔的塔群，或像墨西哥石垒的古天文观察台，或像万里长城的一座残垣。这种自由联想的习惯，不知何时养成的。但我明白，这种自由联想有一很大的好处，便是在旅途中投入我目中的景象，因此更加美丽，给我留下更深的印象。

金鞭溪便在两岸层峰叠岩之间曲折行四十多华里。其间有浅滩、清泉于散落的卵石间潺潺流淌；有湍流，这湍流又随时可见，若瀑布自溪床的巨石间奔流而过或倾泻而下；有深潭，在此我想略记我对于紫草潭的一点感受。溯溪北行约七华里处，两岸草益深、木益古、峰益奇。过溪边一条窄窄的小径，溪岸倏然空旷，溪中倏然出现一座深潭。潭上架一石梁。我立于此石梁上，看见水极清，又似极冷；又见潭水中有小鱼，似可数，悠悠然游来游去，似极乐。此情此景，使我得到一个感受，即张家界的山水，于雄奇、深邃之中，寄寓着一种秀逸之美。

别意

七月廿一日，晨六时起。沐毕为金鞭溪饭店的书画册题词，写自己对于张家界的印象。我原来想了一句，拟将自己尚未清理的审象和感受，概括为："斯之谓美可也"。临书时，觉得这虽然是赞美之词，但流露一种老夫子批卷的口气，不觉暗自失笑，遂改为"斯可谓美矣"，仍觉有夫子腔。写题词，写留言，若学无功力，乃感棘手。

黄狮寨、腰子寨等处已来不及去了。因为闽中有私人急事，需要提前返程。七时，车离张家界。心中有惜别之情意。车窗外，雨霏霏下。景物——笼罩在烟雾之中，我不觉在心中想来想去，认为张家界之美，雄奇矣、诡谲矣、秀逸矣、幽深矣、险峻矣、威武矣、妩媚矣……但又似乎含有一点狂狷之气；若干石峰，若有人袒胸临风而立。鄙夷某种世态，若嵇康，若阮籍。我觉得只要不是矫情，凡真情自然流露者，都动人。世有移情说，故以为山水在某人目中，作狂狷之态，这有时也成为一种美。

抵长沙时，有友人与我论及张家界之美，谓其美在于"野"与"荒"。斯言有理。盖张家界尚保持一种原始的、甚至是洪荒时代的自然美。友人之说，可能是最深刻地概括张家界之美的一种提法。入夜，住湖南宾馆，梦中似又有友人与我议论张家界，但种种说法，醒时都已忘得一干二净。

（原载1984年11月《文学月报》）

充满野趣的森林风光

艾　夫

张家界国家森林公园有山林八千公顷。其植物种类比我国其他各大名山都多，比整个欧洲的植物多一倍以上。这些植物同奇山异石、丽水清泉相映成趣，构成了特有的森林风光。

繁茂的森林中野藤蒙络，古木参天。这是史前残遗植物得天独厚的避难所。这里有饱经沧桑的珙桐，苍老古雅的银杏，神韵潇洒的白玉兰，树形幽美的红豆杉，花白飘香的巴东木莲等；还有金钱柳、鹅掌楸、银鹊树等珍稀古老树种。这些林木树！干通直，扶摇直上，展示了沟谷森林的特点。悬崖陡壁上的黑枞垴和人迹罕至的沙刀沟等处，林木苍翠，腐叶陈积，保留了第三纪以来变化不大的原始植被，呈现出幽静古野的原始森林风光。

随着季节转移，张家界森林的色彩和情调变化多样。春天，森林像一只花篮，鸽子花、樱桃花、百合花、映山红等等，百花竞相开放，争妍斗艳；秋天，森林像一只果篮，野荔枝、野葡萄、猕猴桃、八月瓜和许多不知名的野果，挂满枝头，任游人品尝；夏天，荫翳蔽日，峰林如黛，像浓泼的水墨；冬天，山野清瘦，层峦似烟，又像雅致的水彩画一样。异彩纷呈的四季风光，令人陶醉。

张家界是森林宝库，也是飞禽走兽的乐园。无论是白天还是黑夜，总有百鸟欢叫，清脆婉转，或群兽低吟，浑厚有力，在茫茫林海中萦绕回荡，宛若一首森林交响曲。

原始古野的张家界森林风光，集中地体现了大自然的本来特色。怀着回归大自然愿望去张家界旅游的人，看到奇特的山、水和林、禽、兽同生共荣的情状，呼吸着经过森林净化的空气，会情不自禁地从心里发出感叹：美哉，神奇的土地！壮哉，真正的大自然！

（原载 1988 年 3 月 11 日《人民日报·海外版》）

张家界的歌声

刘永国

到过张家界的人都说：“张家界美极了！没法再美了！”千峰林立，万树如海，溪水在山谷里低唱，猴群在山巅与游人握手……

我要说，张家界最美的固然是山、是水，是活泼天真的猴，但更是在天然大森林中听到的自己的声音，尤其歌声。

秋冬之交的张家界，仿若春日温暖宜人，一拨又一拨，数不清的人流一头扎进了曲径通幽的大森林。山道弯弯，山风轻轻……蓦然，林中飘出了情不自禁的歌声。不知是哪个先张口，一个个都跟着亮开了嗓门，就连我这副“破铜锣”也咿咿呀呀地唱开了。我感到惊奇：我原本不会唱歌，也唱不好歌，自从告别学校生活，仿佛就再没唱过什么歌，今天却放开了歌喉。大森林的胸襟太宽广了，满山满岭的流行歌曲、古典咏叹、京剧清唱、汉剧独哼，一人一个调，一人一把号，没有掩饰，没有造作，大家都在充分表现自己。我听不出唱得准不准，我只知道我在唱。我一点也没有脸红，也没有因走调而要收住嗓门的念头。周围那一个个老牛般的“吼叫”，也“吼”得正欢。

张家界是森林的世界，古木参天，古树成海，这海洋般的大森林如此宽容，五花八门，异彩纷呈，参差不齐的“吼叫”，它都容忍了接纳了。唱累了，“吼”不动了，一群人嗓门收煞的那一瞬间，我感到我们唱的、“吼”的高高低低、大大小小的声音都融进了大森林。

休息时，一群人停歇在大树下的石阶上，另一行人中的一位唱着“远方的游子”的摩登女郎，用她手中的拐杖轻轻挑起一件我们撂在路边的红色运动衣，犹如一面旗帜。

“扛旗人”蓦然回眸，响起了浑厚的女中音：“小弟弟，小妹妹，大家来开故事会……”我们这一行没有“小妹妹”，也未必都是“扛旗人”的“小弟弟”。但反应异常迅捷，大家不约而同地唱出了一个声音：“妹妹你大胆地往前走……”于是，那一行，这一行，那一拨，这一拨，又尽情地“吼”了起来。“扛旗女郎”和她的丈夫候在路边，边“吼”边等我们，素不相识的人们在林木森森的张家界里如同亲密无间赛歌的兄弟姐妹。

密林深处，动物界也在唱，虫在鸣，鸟在吟，成群的猕猴在嬉闹。

登上腰子寨的顶峰，在那浑然天成的“天桥”下面，我发现，那顽皮而天真的“扛旗女郎”对于我们并不陌生。在开往张家界的火车上，我们曾和她及她的丈夫擦身而过，我们互相绷着脸，相对无言；在开往张家界的交通车上，我们曾是邻座，一路颠簸，一路沉默……

站在刀劈斧削的山峰之巅，任山风轻抚，我只是呆呆地想：平时，石头也压不出我半个乐音，今天却放声高歌；不仅是我，还有我认识和不认识的同伴，我们曾与她擦身而过，我们曾经是邻座——在张家界之外，我们之间只有陌生和沉默。而今天，在张家界，我们一起交融在山色和歌声之中了。

（原载 1990 年 2 月 1 日《人民日报》）

金鞭溪漫游

王正湘

张家界的风光是十分迷人的，有人说它是“养在深闺人未识”的一颗风景明珠。自初步开发后，海内外慕名前往游览者，终年络绎不绝。盛夏，我们怀着异常兴奋的心情，去游览张家界。我们沿着金鞭溪缓缓步行。这是一条水面不宽的山溪，像一条银色的带子，蜿蜒于重峦幽谷之中，有“久旱不断流，久雨水碧绿”之称。两岸秀峰奇石，百态千姿。而石峰中的佼佼者，则首推金鞭岩。

穿过环溪排列着的十多座形态各异的闺门岩，沿溪下行一华里，右岸有一座高达三百多米的石峰，上小下大，棱角分明，格外雄伟，俨如一条竖插的金鞭。这就是金鞭岩。

向导有声有色地讲了一个关于金鞭岩的神话故事：当年秦始皇筑万里长城，工程非常浩大，这可把民夫们累苦了，南海观世音娘娘发了慈心，从头上扯了一绺头发，分送一部分民夫。民夫只要把那发丝拴在岩石上，轻轻一拉，岩石便滚动自如。秦始皇闻讯，下令将头发收集起来，编成了一条金鞭。他手执金鞭猛抽三下，顿时地动山摇，于是扬言要赶山填海，这可吓慌了东海龙王。龙女一心要夺得赶山鞭，便出海找秦始皇。始皇见龙女甚有姿色，提出与之成婚。龙女假意应允，当夜频频给始皇敬酒，趁其大醉，用一根假鞭换走了他的真鞭。次日他挥鞭赶山，山一动也不动了。始皇气得将鞭子一甩，正甩落在张家界，遂变成了金鞭岩……

在金鞭岩对面，有一座醉罗汉峰，翘首仰望，但觉风动云移，酷似醉汉，摇摇欲坠。

沿溪前行三百米，一组交错而立的石峰赫然入目，恰似神话故事《劈山救母》中人、物的塑像。

我们到了紫草潭。这是一个秀丽的幽谷，金鞭溪水跌宕多姿，从岩脚汩汩喷出，撞在巨石上，水花四溅，银光闪闪，如珠落银盘，美丽极了。

溪水随即又静静地流，约经五六十米乱石，注入紫草潭里。潭略呈椭圆形，潭水碧绿，清澈见底。上架一块完整的石板，大概是天生的桥了。在索溪峪和天子山，我不止一次看到这种自生桥。站在桥上望潭水，有云影在流荡，有波光在流荡，有石峰的倒影在流荡，别有一番情趣。可惜这天是阴天，没有阳光的照射，不然景色会更美。

一位同伴若有所思地说："为什么叫紫草潭呢？什么紫草也没有啊。"是的，潭里何曾有什么紫草，只有一种隐隐约约的紫色映入眼帘。我想起了《芥子园画传》中的话："石为山之骨，而泉又为石之骨。"觉得前者容易理解，后者却有些费解。但仔细一想，却颇有道理。就说这金鞭溪风景区吧，不是溪水把金鞭岩等石峰串联起来的吗？不是溪水给山岩增添了不少秀色吗？再说，紫草潭不也是同石峰相映成趣的吗？

向导告诉我们：紫草潭上原是一条两根木头搭成的桥，一九八三年冬，桑植县十位石工在山崖边发现一巨石，约六吨重，架成了这座石桥。它约二米宽四米长，那么一整块石板，不显雕凿痕迹，与崖、潭的自然美很和谐地构成了一个统一体，叫人真以为它是自生桥呢。

向导还说，石工们架起石桥后，当地人们创作了一首新民歌：

天降十位巨灵，
各持金鞭一根；
只唱一声哟嗬，
紫草潭上桥横。

这民歌又提到了金鞭，多么富于浪漫主义色彩啊。秦始皇金鞭赶山的神话，固然荒诞不经；而新时期里人们发挥集体智慧，装点锦绣山河，却把前人的幻想和编造的神话变成活生生的现实！

啊，金鞭溪，张家界的一条迷人的彩练！

（原载《君山竹奇》散文集 1987 年版）

金鞭溪风景秀绝

尤　富

港澳记者武陵旅游团在探访张家界短短数日旅程中，印象最深刻的，是从“十里画廊”雨中漫步、逆流而上金鞭溪之行。“十里画廊”是十多里长的峡谷，两岸奇峰怪石气势雄伟，被誉为天然雕塑陈列馆。

七月二十二日，团友在慈利县索溪峪专家村早餐后，便驱车前往金鞭溪。由于途中一段路曾发生山泥崩塌，车行不到十五分钟路程，便要从“十里画廊”下车，徒步往水绕四门，上金鞭溪，但这与原来乘车行“十里画廊”抵水绕四门，相差一个多小时路程。

“屋漏兼逢连夜雨”，团友被迫多行一个多小时山路之际，骤然阴霾满布，不一会便下起雨来。大部分团友虽然准备有雨具，但连绵不断的大雨之下，仍不免衣衫尽湿。为准时赶往张家界宾馆目的地，均坚持雨中赶路。

听导游介绍，雨中的金鞭溪景致另有一番情趣，群山叠翠，云腾雾绕，茫茫飘渺的烟雾在山间连绵一片，此情此景，就宛如置身蓬莱仙境。导游此番话，顿时使团友受到鼓舞，加快步伐，以及早抵达金鞭溪，观览张家界这颗原始未经雕刻的风景明珠。

一行人经过一个多小时行程，来到金鞭溪下游“水绕四门”后，雨势渐小。“水绕四门”四面环山，每座岩峰都有溪水环绕，潺潺流水，附近山边有土家族人居住，建筑独特的民房中炊烟四起，作为久居城市的我们，鲜有机会看见此情景。沿金鞭溪水流而上，张家界风光一览无遗。但见流水涓涓而下，形成石级状的溪流，流水在峰峦幽谷之中盘转，曲折蜿蜒，时而在开阔的河谷铺出芳洲，时而在峰岩交错之处跌入深潭。几番山穷水尽，忽而又峰回路转，在岩隙间开出新径。沿途所见，岩峰奇绝，溪流清澈，这就是金鞭溪的奇特之处。“久旱水长流，久雨水碧绿”，“山因水而秀，水因山而清”，这是最佳例证。

在金鞭溪足足行了四个多小时，抵达张家界宾馆，对于金鞭溪沿途五步一个景，十步一层天的胜景，团友们赞不绝口。

乘着余兴，团友出席张家界旅游接待服务公司总经理张远喜欢迎午宴后，继续游览腰子寨。腰子寨海拔一千多米，通路崎岖，悬岩绝壁，沟深峰险。到张家界游览，不能不游这座山峰。团友攀登千多米高后，来到以险峻著称的老鹰岩、天桥等观景点。站在那里，视野四方开阔，可饱览群山景色。在腰子寨的溪沟里，我们在导游的带领下，观赏了举世罕见的珙桐树。珙桐树为珍贵的树种，枝繁叶茂，每当春天，花开满枝，形同鸽子，故又称中国鸽子树。

游完腰子寨，已是日落黄昏，团员们带着疲倦的步伐下山。

张家界虽然景色优美，但目前交通仍未妥善，自长沙前往张家界班车不多，山间常因塌方，或因几块巨石塌下阻塞去路，令车辆不能通过，这是值得游人注意的地方。

（原载 1986 年 8 月 5 日《澳门日报》）

金鞭溪情思

秦时月

张家界峰峦如簇，森林茂密，又地处润湿多雨的湘西。在这样的地方，溪流之多是可想而知的。金鞭溪，是其中最长也最惹人流连的一条。

秋游张家界，我投宿的那家竹篁环拥的客店，即枕在金鞭溪畔。向晚的山雨是恁地善解人意，就在我走进客舍的当儿，细细地筛在芭蕉叶上翠竹丛里了。簌簌的雨声夹带着丝丝凉意透窗袭来，为我洗去了旅途的疲尘。细听去，那雨声里还混合着许多若远若近细细碎碎的脆音，我知道那是些小虫在鸣叫，却无法分辨出是些什么虫儿在亲切地招呼我。思忖间，又从晚籁中听出一种不同于雨声虫声的清音，如鸣环琼，如一曲《少女的祈祷》在往复回旋，是那样的清越悠扬，令我“如听仙乐耳暂明”。问店家，才知道那泠泠清音就是金鞭溪的水声了。

清晨醒来，雨已不知何时停了。顺着金鞭溪，有一条蜿蜒曲折的小径，引领我走进岚霭初起的峰峦幽谷之间。溪流两岸，嵯峨簇列的奇峰怪石一应沐在朝霞的金光里，向阳的都被渲染成庄重威严的神灵，背阳的则被朝晖勾勒出清晰的轮廓。“神鹰护金鞭”、“劈山救母”、“千里相会”，每一个景点都引起人们的惊叹和遐想。两岸蓊郁古野的树木，浴过昨夜的微雨，披着今晨的霞光，色彩是那样的绚丽和鲜亮。而茶花的白、蓼花的红、雏菊的黄、石蒜的紫、龙虾花的斑斓五色……衬在绿树绿草绿水绿苔上，使溪流两岸的景色，愈发生动撩人。昨夜雨声虫声是那样的凉，使我以为此时的山林该是一派萧索的景象了。而眼前的林间，樟桂飘香、杉楠耸翠，万木竞秀，百草争荣。哪里看得出秋的荒凉？也有落叶，但在这样的背景里，落叶并不会带给人以喟叹和感伤，而像是森林女儿对大地母亲的一眼回眸，让人为一种情谊而感动。峻青说，倘若欧阳修生活在新中国，他的《秋声赋》定会有一种高昂的意气。我看，倘改变时空场景，让欧阳修看看金鞭溪里的秋色，他的文章也不会再是那样一种萧瑟的调子。

十里金鞭溪是十里丹青长廊，清澈的溪水将两岸的山林奇景全部映入溪中，映着云霞天光，映着花影蝶形。它时而在开阔的溪滩托出芳洲，时而在峰脉与岩峪交错处跌入深潭，静静地蓄了一汪深蓝，鱼群戏石，倏忽若空游；时而又在乱石夹峙中夺路而出，扬一串浪花的欢笑；时而从岩隙间倾泻而下，如悬瀑飞雪，哗然有声。

十里金鞭溪是十里音乐长廊。溢满山谷的禽鸟鸣啭声，在水流的谱线上蹦跳成音符。土家族姑娘亮开用溪水滋润过的嗓子，唱的是金鞭溪，歌声也一如金鞭溪那样曲折悠扬。两岸青山默立倾听，泉眼汇作细流代表一种感动与应和，自山坡崖壁披挂下来。

山色水色霞色，皆堪入画，问谁能描？

溪声鸟声风雨声，皆堪入乐，问谁能弹？

金鞭溪，我知道你在暮春会有美丽的鸽子花盛开，我知道你在盛夏会有更壮观的清流，我知道你在严冬会映照出两岸迷人的雪景。就是在一天之内，你也会随云雾风雨而有着万千变化。对你我知道得不多，但我知道你的美深深地打动了我。

作家莫应丰有诗道：“人生一快事，夜听金鞭溪。纵使群山倒，甘心碾作泥。”他对金鞭溪，真可谓是“爱得死去活来”了。面对自然倾听纯粹的自然旋律，便会有一种与天地相融合的感觉。假如命运安排我们在这样的地方，以这样的心情归于泥土，又何尝不是一种幸福？据史志记载，汉留侯张良，晚年辞官修道，“愿弃人间事，从赤松子游”，死后就葬在金鞭溪旁。大概，他也是太喜欢深邃的山林中这幽雅的清流了吧？

（原载 1991 年 10 月 22 日《中国林业报》）

紫草潭

丁 芒

我深爱紫色。紫色有着丰富的内在品格，它热情而不外露，深沉而不阴暗。它年青，并无浅薄的自炫；它冷静，却非绝望的淡漠。湘西山区的盛夏，绿已经淹没了一切，我们一路行来，很少看见其他色彩，只是偶尔才见到茜草的十字形白色花叶，芭茅的淡红色花缨，紫色就更少了，牵牛花大多是白色的，发现一株紫色的，我总是流连不忍离去。想不到在紫草潭，我竟看到了，不，是感受到这么丰富的紫色。

金鞭溪的水，像它的名字一样发响，仿佛一条巨龙，抖动着金鳞。我们踏着泉声走向深幽，就来到紫草潭这块地方。其实就是一座森然的溪谷，崖悬于上，泉水磅礴于下，中间是飞扬着冷翠气氛的空地，经过千年泉水淘洗的大块圆石，像静止了的波浪，滔滔滚滚，铺满一地。坐在泉边石上小憩，感到空气中有绿色的雾沫，袭人衣襟，沁人心脾，顿时忘了暑热渴累，恬然滋生起妙想。于是引目四顾，就看见拥聚的丹崖，被这些飞腾的绿雾染湿了，隐隐约约透出些紫意来，仿佛朦胧的轻雾，缥缈的蝉纱，似有似无，若现若隐，看去似乎能辨其迹，逼视却又杳然无踪，就这么浮悬着，闪掠着，说不上是在眼前，还是在心头。

溪水似乎是从崖脚下喷出来的，遇到阻路的大石，就呼啸着一拥而上，迸成碎琉璃，又立刻融合起来，从平滑的石面迅捷地淌过，大概经过了五六十公尺长的乱石河床的锻打、搓揉，溪水就变得异常纯净而温柔，注在紫草潭里，安静得有点羞涩。所谓紫草潭也只一人多深，呈不规则的椭圆形，周围不过二十多米，还横架着一座石板桥。站在潭边或桥上俯视，潭底的石块，连花纹都很清晰。这天天阴，没有阳光，却隐隐看到水里有光影的流动，那是潜流，金鞭溪水正静悄悄地从潭水中经过，显然它也被这种庄严的恬静所慑服了，改变了它的鲁莽。只有潭底的石头，把潜流的痕迹，淡淡地抹在自己身上。就在这摇漾着的光影中，我恍惚发现了紫色。不是风的掀动，不是雾的渗透，这是潭水自身浮悬着的雾和脉脉泳漾着的风。这种隐约的紫色是从哪儿来的呢？我们都在潭底寻找紫草。没有，什么草也没有。最后，我在潭边的石缝中发现了两株，都纯粹是青绿色的水草，叶片正随水流，梦一样的悠悠飘飘。真是一个恬静的梦、被染成了紫色的梦！细长的石斑鱼，就像从梦中迸放出来的几抹紫色的流光，倏忽消逝。

（原载《文学月报》1984 年 10 月号）

沙刀沟漫记

李六生

寒冬的一日，我从黄河北岸来到了早已闻名于世的张家界。这里山峦黛青，颇有春意。于是我趁兴领略了沙刀沟的瑰丽风光。

沙刀沟发源于张家界国家森林公园境内正北的袁家界，溪水由北向南，在紫草潭以上十多米的地方流入金鞭溪。逆溪水前行不远，见一泓清溪静卧沟谷，几股细泉在赭赤杂彩的乱石堆中奔突碰撞，发出叮叮咚咚的乐声，而后静悄悄地流入潭中。那潭水清亮得好像没有底，故人称“空心潭”，只见水中倒立的苍山、绿树和碧空。一缕缕白云从水面掠过，使那碧空显得特别深邃，特别遥远。潭的两岸是楠木、樟树、红榧为主的常绿阔叶混交林，那些树叶好像裹了一层墨绿色的蜡，闪耀着幽蓝的光。很多大树，仅靠他们粗大的根须扎入乱石堆中，倔强向上，高达四十多米。在这里你可以体味到生命的意义，那就是必须顽强。树下很多地方都长有厚厚的青苔，好像铺着一层蜡绿色的地毯。树木低矮的地方，夹杂着苍古的箭竹丛和青绿的蓬草，仿佛春天永远也不会离开“空心潭”。

继续前行，溪谷时而逼窄，时而宽敞。溪两岸的石壁好像用刀切成的一样，陡峭耸立，相对高度有三百多米。再往前走，林愈密，树愈古，苔愈青，草愈绿，还有很多不知名的野花。许多鸟儿飞来飞去，引吭高歌。显得悠然自得，快乐无比。前不久，我曾到过京、津、沪的动物园，那里的鸟都蛰伏在温室内，很少鸣叫，虽然时值萧瑟的严冬，但这里却使人感受到无尽的温煦，山花吐芳，百鸟齐鸣。沙刀沟，背以袁家界为依托，前有黄狮寨作屏障，沟谷九曲十弯，狭窄深邃，寒冷的空气很难吹到这里来。这里冬季气温比周围要高六到七度，夏季比周围低六到七度，四季如春。每到冬至前后，嘎嘎鸡、华南竹鸡、锦鸡、长尾雉、白颈鸦、啄木鸟、画眉、黄鹂、相思鸟、白头翁、八哥、梁山伯与祝英台等鸟儿从四面八方来到这里，开始它们那有趣的冬令生活。

张家界曾是第四纪冰川期动植物的避难所和栖息地，至今还保留着长江流域五千年以前的原始风貌。大自然创造了这神话般的世界，成为鸟类向往的乐园，人又何尝不凭借大自然的恩赐，飞向自己的理想天地！

沙刀沟石壁顶上是一座傍山台地名叫袁家界。袁家界上有被人称道的观景点“后花园”。到达最佳观景位置，眼前展现出的沙刀沟，石峰高低参差，成团成簇。有的极尽端丽，有的极尽峥嵘，有的极尽纤巧，有的极尽壮美。

再顾四周，景象万千：黄狮寨在西北侧争雄，巍峨伟岸；腰子寨在南翼斗险，气势浩然；金鞭溪已藏在峰林中，只听见水声，看不见溪谷，更远处还有迷蒙的群山……湘西籍著名国画家黄永玉题《两千八百柱》：“贤者游斯山，莫不叹是山之奇绝诡秘。”我虽非贤者，也感到此山雄奇，诡谲，令人惊叹不已。

（原载 1988 年 3 月 11 日《人民日报·海外版》）

沙刀沟探险

施国英

也许是年少气盛的缘故，也许是天性中蕴藉着酷爱冒险的习惯，每次外出旅行，总爱选择遥远、荒僻的地方，因为脑海里时时记着一句话：

“绝美的风景，多在奇险的山川。”

坐落湘西的张家界，是近年来发现的旅游胜地。这里奇山异峰，层峦叠嶂，茂密的原始森林又平添幽静、深远的意味。张家界犹如一片未经开拓的处女地，一颗未事雕琢的钻石，以其神秘和熠熠的风采吸引着游人。

我到达张家界之时，正值夏曰大雨滂沱之后，道路泥泞而难行。在游览了黄狮寨、腰子寨之后，我又毅然向一般游人很少涉足的沙刀沟进发。因为在所有风景点中，沙刀沟是最荒野的一处，可我爱的就是这份野趣。

清晨起来，在当地山民的小吃摊上吃了一碗米粉、两个鸡蛋，补足了养料之后，我便整装出发。先是沿金鞭溪旁的一条小径逶迤而行。金鞭溪曲折宛转，随山而流，两岸的悬崖峭壁上，爬满了青藤古树，繁茂的枝叶交臂而抱，在小径的上空织就了一道道绿色的网络，遮挡了骄阳。人在小径上，真觉得清凉世界，优哉游哉！溪水奔腾而下，偶遇山岩挡道，便溅起一簇簇雪白的浪花，碎玉一般纷纷四射，给岸边送来几缕柔丝般的凉意。偶尔，头顶上的绿叶，在晨风的吹拂下，也会飘散下一串串沁凉的露珠，在我发间，在我臂弯，也在我心里！徜徉在如此幽静美丽的山径，受绿荫覆盖，听水声潺潺，是何等赏心悦目的事！人在此时此境，能够远离尘世纷纭的缠扰，能够不为世俗功名所累，在与自然的契合中，获得明镜般的心与情。冥想着，继续前行。蓦然，一柱兀立的山岩巍巍向上，直刺青天，这便是金鞭岩。金鞭溪也由此得名。溪水流至几块巨大的山岩间，一时水浪汹涌，形成一个小小的瀑布，白沫四溅，赤褐色的岩石被冲得光滑圆润，水流在岩间打转，这里便是“紫草潭”所在。对岸的山崖上，“沙刀沟”三字赫然入目，我顿时为之振奋。

适逢四位男青年，都是上海医科大学的大夫，全副武装，带着指南针，也准备去沙刀沟；见我孤身一弱女子，出于侠肝义胆，提议大家结伴而行，我欣然答应。

要到对岸入沟，溪上无桥可过。于是，我们脱下鞋袜，挽起裤腿，准备涉水。此处，是金鞭溪水流最为湍急的地方，且因水深，很难把握。他们四人在前，我随后。水底是坚硬的碎石，每行一步，都疼痛难忍，漩涡又一个接着一个打来，我踉踉跄跄，一步一摇晃。水流已经漫过我的大腿，把裤子和衣服的下摆都浸湿了。一个急流过来，我站立不稳，差一点翻身落水，幸亏先上岸的小李急中生智，折断一根树枝，将一头递与我，他执另一头，这才把我拖上岸。

刚刚踏进沙刀沟，便见山峪逼窄，怪石林立，似有与外界隔绝、自成一天的气势。因为前几天连日暴雨，冲毁了岩垒的路基，湿漉漉的山岩横七竖八，遍地岩砾，根本无法行走。湍急的山涧中还有碎山石顺流而下，颇有山洪暴发的余威。我们一边注意躲避飞来的流石，一边攀着嶙嶙山岩，翻过一道道屏障，艰难地前行。突然，一块一人多高的岩石挡住了去路，岩面陡峭，无处踏脚攀登。怎么办？好在这里遍地是岩石，我们找来几块方正一点的，垒成临时台阶，登了上去。可岩石的另一面也同样光溜溜地无着处，我们只能靠着岩面滑下去，虽然手臂划破了，但在艰险中，我们都感到一种乐趣，一种在平地上无法体验到的感觉。生活贵在体验，在冒险的过程中，人更能发现自己和证明自己。

刚才忙着对付山岩，现在抬头仰望，好一个峰高天远，这里确实是名副其实的沟，但它不是浅浅的山沟，而是由高耸入云的石壁拱峙成数百米深的沟。这里怪石嵯峨，如嶂似屏。崖壁上，成双成对的鸳鸯藤缠绕攀附，山岩间，古木参天，幽深林海，绿涛滚滚。沟内，除了我们五人之外，别无他人，于寂静中更显得荒凉与神秘。我们漫步其中，品味自然的神韵。突然，看到右边出现了漫漫的、由岩石凿成的台阶，足有一百多级之高，而宽度又能几十人同行，这令我想起故宫的太和殿前的玉阶。但这里的台阶却比故宫的台阶自然、拙朴得多，也更令人亲近。我们五人一起沿着台阶奔跑至顶，见一豁然洞开的巨大岩洞。我们对着岩洞大声叫唤彼此的名字，回音缭绕，我们相视而笑，又蹦蹦跳跳地走下台阶。临走时，我还忍不住再次仰望这崖壁的岩洞与石阶，这是我对自然的膜拜。世代变更，改朝换代，而自然却是亘古永恒、生生不息。

走着走着，忽闻“滴答”的滴水声从前方传来，更有一股清凉之气使心肺为之清爽。我们深深呼吸着，不由加快了步子。映入眼帘的是一块巨大的岩石拦腰截在沟道上，岩石下流淌着一汪清澈的潭水，水是从岩石与崖壁的缝隙中滴落成潭的。岩石上，书着“清心潭”三字，怪不得我们觉着心肺舒畅，空气清新。环顾四周，发现无路可走了，还是小陈指了指岩石角上一个小豁口说，看来只能从这里过了。于是，我们缩起身子，猫着腰，一个个依次从豁口过。谁知这小小的空隙处，竟凉风习习，清凉宜人，走在最后的小顾蹲在那儿好一会才肯出来。爬出豁口后，只觉得眼前又是一片开阔的山景，真是“山重水复疑无路，柳暗花明又一村”。一座岩峰上五块酷似人形的山岩并排立着，作拱手状。近旁，则是一块龙钟老态的妇妪岩，这就是所谓“五女拜寿”，真可谓栩栩如生，活灵活现。从这以后，道路越来越陡，而且是泥石小路，很容易滑倒。我们努力攀登着，向着最后一个风景点——仙人桥前进。

在斜阳西沉的暮色时分，我们终于攀上了山顶。仙人桥如一道长虹，横卧在两座山峰之间。桥下，是万丈深渊，望不到底。桥上，爬满了碧绿的植物。我们只能站在悬崖边远眺，这确实是只有仙人才能过的桥，也只有大自然这位能工巧匠才能制作这样的桥。

回到驻地，已是晚上七点多。尽管大家都精疲力竭，但谁都不抱怨，这是多么愉快而充实的一天。在艰难的行程中，生命愈显得美丽而丰富！

（原载《旅情画笔选萃》〔香港旅游出版社〕）

木石情

王正湘

东边日出西边雨，道是无晴却有晴。

——［唐］刘禹锡

古语云："人非木石，焉能无情?"这就是说，人皆有情，而木石无情。

木石真无情吗?

兄弟不睦，庭前的紫荆突然枯萎了。高僧说法，顽石也被感动而点头。这不是说明木石也有情吗?

特别是张家界的木石，最是多情。

一到张家界，放眼一望，那被绿树花草掩映的秀岩奇峰，比比皆是。如飞禽，如走兽，如各种神态的人，如种种形状的物，有的雄伟，有的秀美，姿态万千，使人目不暇接，令人最为动情的是夫妻岩和相会岩。

一个阴天的下午，我们参加"武陵笔会"的一行数十人去游览夫妻岩。从金鞭溪饭店乘车出发，到林场场部下车，沿一条林间小径，缓缓向上攀登。不多久，就到了高耸于悬崖上的夫妻岩观景台。

这儿视野开阔，重峦叠嶂，绿树山花，尽收眼底。凉风习习，环境幽静。我们站在木板搭成的台上，抬头向前方张望，在薄薄的雾霭中，发现有两座并列的石峰，恰似两个人的形象。左边的石峰像一个浓眉大眼的男子，右边的石峰像一个面容清秀的女子，它们真像对夫妻亲昵地依偎着。大家指点着，议论着："它们真像一对欢乐夫妻，越看越像啊!""丈夫脸含笑意，妻子微露娇羞，它们在窃窃私语哩!""它们是一对恩爱夫妻，相亲相爱永不分离……"

向导娓娓动人地给我们讲了一个故事：传说很久以前，这儿住着一对恩爱的年轻夫妻。有一天，丈夫上山打猎去了，妻子在家被土司带着家丁抓走了。就在这时，丈夫回来，风急火燎地追上去，张弓搭箭射死一些家丁，把妻子救了出来。夫妻相见，又惊又喜。不料土司又带着家丁追来，把他们围住。就在这紧急当儿，忽然一片白云飘到他们头顶，他们便乘着那片白云飘走了。一股洪水滔滔涌来，把土司和家丁都淹死了。洪水退后，这儿出现了两座紧相依偎的石峰，这便是夫妻岩，被人们尊为“爱神”。

旧时传说，凡有夫妻不睦者，来这儿叩拜，便会和好如初，白头偕老。和睦的夫妻来这儿叩拜，就更加恩爱了。

大家听了，有的久久凝视着夫妻岩，陷入深思；有的打开照相机，“咔嚓！”摄下那对石人身影。

老作家峻青触景生情，显得很激动，拉着夫人于康，背向夫妻岩并肩而立。请一位作家为他们拍一张合影。

我望了望夫妻岩，侧过头来再看这对年过花甲的老夫妻，他们亲昵地依偎着，微风拂动他们斑白的发丝，多皱的脸上浮现着笑意。

老两口啊，此时此刻，你们在想什么呢？是在想你们青梅竹马，一块儿长大？是在想你们一道参加革命，在战争年代里患难与共？还是在想解放以后欢乐相处的幸福岁月？想十年动乱中你们那一段难忘的悲欢离合的经历？你们脸上的笑意正是内心难以言喻的激动和热乎劲儿的充分流露啊！

人们不约而同地望着老两口笑了。

接着，中年女作家谌容夫妇也请人拍了合影。

我想，把夫妻岩神化，固然不足信，但把他们单纯当成景物欣赏，也未必合适。我觉得它们不是两座普通的石峰，而是圣洁的爱情的象征。要不，它们怎么会这样强烈震动许多人心弦，引起感情上的共鸣呢？

第二天仍是阴天。偶尔下着蒙蒙细雨，我们去游览金鞭溪风景区。沿着依山而流的金鞭溪，穿行在千姿百态的奇峰异石中和蓊郁的树林中，一路上饱览山光水色。约行七、八里，临溪有两座对峙的石峰。向导把手一指，问道；“大家看。这两座石峰像什么？”我们凝神观看，一座好像头扎包巾的青年男子，一座好像挽髻的少妇，相对脉脉含情。

向导说：“它们叫相会岩，像一对久别重逢的夫妻倾诉别情哩！”接着他说了一对夫妻被迫离散、历尽艰辛终于重逢的故事。他意味深长地说：“这两座石峰就是他们的化身啊！”

人们凝视着，赞叹着：“真像夫妻相会啦！”有的夫妻俩似乎被它们的欢乐情绪感染了，也相视而笑，请摄影师给他们拍了合照。有位小伙子情不自禁地哼着富有风趣的情歌：“豆角牵藤搭上棚，小妹和我心连心！海可枯来石可烂，哥妹相爱不变心！”更把大家逗乐了。

我寻思：夫妻岩和相会岩，都联系着动人的爱情传说，都是有血有肉的人物形象啊！

向导像猜透了我的心思，回头遥指道：“在金鞭溪饭店附近，还可望到南山顶上有一座望郎峰，像一个年轻女郎在翘首北望，盼着丈夫归来。据说也是一个妇女化成的，也有一个动人的爱情传说。”

有位作家说：“我看过，那真有意思，值得一看哩！”我想，一时来不及看，有什么要紧呢？夫妻岩和相会岩，不是已经充分说明了张家界的石头有情吗？

除了奇峰怪石，张家界最惹人注目的，要算树木了。

张家界万木参天，生机盎然，尤其是大片大片的原始次生林，随处可见，可说是一个天然的林海。可惜我不是植物学家，对那许多珍贵的树木，不能识别，更无法准确地加以评述。或许是因为游览夫妻岩和相会岩的感受的影响吧！我最注意的是双楠缠石和重欢树。

双楠缠石在白沙井附近的路旁。两棵楠木长在一块大石头上，根须紧紧相缠，盘根错节，枝叶相互覆盖。

重欢树在相会岩附近的路旁。一棵楠木主干从根部分为二枝向上生长，约两米后合为一枝，枝繁叶茂，耸入云天。

这三棵奇特的树，虽然不是像夫妻岩、相会岩那样，有栩栩如生的人物形象和娓娓动人的爱情传说，但从它们生长的形态，从它们的含意深刻的命名，何尝不使人想起白居易的名句“在地愿为连理枝”呢？在这里，我也听到游人关于爱情的议论，也看到夫妻俩把它们作为背景叫人拍照。这三棵树也是爱情的象征啊！

我想，夫妻岩、相会岩也好，双楠缠石、重欢树也好，不过是大自然创造的艺术杰作，具有一种天然的美；本来与爱情毫无联系，但人们在欣赏它们的过程中，根据自己的生活经验，运用丰富的想象，给予它们富于爱情意义的命名，编造了优美动人的爱情传说，从此它们被人格化了。

啊，它们不是一棵普通的树，一块普通的石头，它们给祖国锦绣江山的一角增添了不少光彩，也使千万旅游者获得美的享受和思想上的启迪。它们的形象不是生动地表现了人们对爱情的坚贞和执着的追求么？在一定程度上，不是反映了广大人民的理想和愿望么？

此情此景，使我浮想联翩。我禁不住喃喃自语："啊，木石有情，木石多情！"

（原载《君山竹奇》散文集1987年版）

夫妻岩情思

赵清学

今年七月中旬，我参加“武陵笔会”，有幸在武陵山风景区游览十二天，饱赏了那里的秀丽风光。

武陵景区，包括大庸县的自然胜境张家界，桑植县的天外世界天子山，和慈利县的神奇画廊索溪峪。它有疆界数百里，胜景数千处，是大自然赐给人类的一颗崭新的尽美尽善的风景明珠。

山水名家们说：武陵风光，兼有桂林之秀，兼有黄山之奇，兼有华山之险，兼有泰山之雄。这次亲往观之，果然不假。这里重嶂叠峦，奇峰遥列，石柱林立，挺拔参天。看那一尊尊姿态万千的奇峰怪石，似神，似仙，似人，似妖，似禽，似兽；有如行，有如止，有如舞，有如飞，有如喜，有如悲，栩栩如生，十分生动。我们离开桃花源，经索溪峪，登天子山，入张家界，翘首四顾，有人间迷宫、西天佛地，有仙山琼阁、猢狲小乐园，有八里栈道、十里画廊，有玉兔望月、姐妹观天，有海螺出水、月里金蟾，有金鸡报晓、雄鹰抖翅，有曲径通幽、别有洞天，有百丈峡、一线天，有黄龙洞、骆驼洞，有哮天犬、醉罗汉，有望郎峰、夫妻岩……真乃易步易形，一步一形，一步一景，观不完，数不尽，令人目不暇接。加之那苍松古柏，遮天盖地，碧波荡漾，俨如浩瀚大海，更为壮观。

我们到张家界，已是日沉天晚，云雾落地，带来了细雨和风，过了一个清凉之夜。第二天早晨，雨住，风停，红日出，白云起，青山现，绿水流。群猴追逐，百鸟比翼，山花献艳，万物争天，好一派迷人景色，真令人流连忘返。

七月二十日下午，湘西土家族苗族自治州李遨夫副州长和张家界接待科的同志，引我们沿金鞭溪前行三华里，再顺林间曲径登山百米，来到夫妻岩观景台。登台向对面山望去，见有两尊贴身并立的峰岩，这就是夫妻岩。立于左侧那稍高的石峰是丈夫，立于右侧那稍低的石峰是妻子。仔细看来，那满面笑容的丈夫，亲昵地凝视着妻子，嘴唇微启，排牙似露，似在对妻子窃窃私语；那含羞带喜的妻子，深情地偎在丈夫怀里，身略前倾，眼皮低垂，在谛听丈夫的心声。他们神情逼真，活灵活现，酷似一对久别重逢的恩爱夫妻在倾吐衷肠。

传说，这夫妻岩原来确实是一对年轻貌美、忠贞勤劳的夫妻。他们相亲相爱，终年在一起植树育林，造福世人，并且还会炼灵丹，制圣药，解除世人疾苦。有个嫉妒成性的山妖，嫉妒他们长得好看，嫉妒他们和睦恩爱，嫉妒百姓爱戴他们，便施魔法把他们分开，丈夫被打入黄龙洞水牢，妻子被投进红光岩火坑。哪知这对夫妻彼此忠诚相爱，淹死不改志，烧死不变心。仙人何道士把他们救了出来，使他们重在张家界相逢团圆。玉帝赞他们堪称天下夫妻表率，要他们立于金鞭溪源头，做夫妻榜样。这就是夫妻岩的来历。

当地人说，不和睦的夫妻，到夫妻岩前拜一拜，就会和睦白头；恩爱夫妻拜了夫妻岩，则更情深意浓；如果夫妻遇到了灾难，拜拜夫妻岩，就会化凶为吉；如果夫妻一方有了外心，拜了夫妻岩，夫妻自会真心相见，忠贞不二。近两年，来游览张家界，拜望夫妻岩的游客络绎不绝。据接待科的同志介绍，有不少港澳同胞和海外侨胞夫妇在夫妻岩前叩拜，愿他们像夫妻岩那样深情和白头偕老。

我们这些参加“武陵笔会”的同志，都是不信迷信的无神论者，谁也没有叩拜这无血无肉的岩石。但是，听了夫妻岩的故事，却无不为之感动。大家逗趣着互相问道：“你不叩拜叩拜吗？”“你看到的是什么夫妻？”碧野同志笑道：“我看到的是欢乐夫妻。”此一回答，正是他自己的写照，我们看到碧野和他的夫人杨静同志，一路上始终欢欢乐乐。雷加同志，举起他的“傻瓜”照相机，给夫妻岩照了张相，说这是“千里有缘来相会的夫妻”。他这位东北老兄是湖南的女婿，和他的妻子是千里有缘来相会的。拿照相机的同志给谌容和范荣康在夫妻岩前照了个相，祝他们这对中年夫妻创作出更好的杰作，湖南人民出版社的王正湘擦了擦他一千八百度的近视镜说：“我眼力不行，我看到的是朦胧夫妻。”他的活，把大家逗笑了。“朦胧夫妻”这个词儿，虽觉新鲜，却耐人寻思。过去，不是有不少并莲鲜花似的夫妻，禁不住“风吹雨打”，划界分枝，另结连理了吗？待雨过天晴，彼此反顾，原本无事。这时虽然有满腔恩爱、一肚子委屈，又能对谁去说？他们只能泪眼对泪眼，成了“朦胧夫妻”。当前，也有雷打不散的夫妻，参加笔会的峻青同志和他夫人于康就是一例。一九六八年，峻青走在上海大街上，被江青派人绑架了。从此，夫妻分离，不知音信。峻青的家被抄，于康和孩子们被扫地出门。随后，一次又一次地拉于康去陪丈夫挨斗，一次又一次地逼她揭发丈夫的“罪行”，一次又一次地令她与丈夫划清界限。峻青和于康是表兄妹，青梅竹马，一块度过童年，一块长大，一块走上抗日战场，彼此了解，彼此相爱，十分忠诚。他失踪了，她可以替他挨斗，但没有什么罪行可揭发，没有什么界限可划！她被弄下去“战高温”，依然教育子女相信爸爸不是反革命修正主义分子，是十多岁就加入革命队伍的共产党员，是忠于人民的革命者。孩子们含泪点头，把妈妈的话记在心中，相信爸爸，等待爸爸归来。等了一天又一天，等了一年又一年，六年过去了，桥下流过了多少水啊，可峻青还未回来。

他们有个小女儿，小时圆头圆脑怪好玩，被戏称为“小刺猬”。峻青被绑架时，她才九岁，到她十五岁下放时，爸爸仍音信皆无。一九七三年春节放假，她从农村回来，跑遍了上海监狱，不见爸爸足迹。“小刺猬”决心下定，捡破烂卖了三十元钱作路费，要进北京去找爸爸。于康对此拿不定主意，便请峻青的好友朱道南同志来商量。朱道南问“小刺猬”：“你决心上北京?”“小刺猬”答：“决心!”“找不到怎么办?”“一个劲找。”“如果找到把你关起来怎么办?”“那就和爸爸一块坐牢!”朱道南拍案而起：“好!”他即刻出去借来四十元钱，送她上路了。“小刺猬”找到中南海接待站，有个接待人员听说她是找峻青的，不分青红皂白，立刻把她赶了出去。她又奔到钓鱼台接待站，一位四十余岁的解放军同志接待了她：“你找的是那位作家峻青吗?”“是的。”“我读过他的《党员登记表》，你后天来吧，我帮你查查”。“小刺猬”眼睛一亮，觉得天下大放光明，急忙问道：“叔叔，我后天来找谁呢?”解放军同志给她一块小牌子，说：“你拿着它来到这，还找我。”

两天后，解放军同志果然查到了峻青的下落，他被关在北京一所监狱里。“小刺猬”找到了爸爸，即刻给妈妈报信，要她来北京见面。峻青和于康离别六年之后在监狱相逢，悲喜交集，热泪涌流。

此刻，峻青和于康看到夫妻岩这对石人的形象，听到爱情传说，触景生情，情思满怀，热泪涔涔。

朋友，如果你有兴趣到武陵风景区，观一观夫妻岩，一定会想起你们夫妻家庭的美满往事，能想见到你们的幸福未来。

（原载 1984 年 10 月 27 日《羊城晚报》）

面临悬崖与峭壁……

曾湘文

兔儿望月

弯弯曲曲的登山路，一半在云中，一半在雾里。张家界呵，你有几多奇？你有几多险？

一座倚天而立的山峰缓缓挪到眼前，向导告诉我们：这是张家界的最高峰，名叫兔儿望月，海拔一千三百三十四米。

哦，它莽莽苍苍，混混沌沌，岑岑寂寂，洋溢着一派原始的荒美野趣，透现一种自然的桀骜不驯。有人小声地说，曾经有一位游客一时兴起，居然挽索拎镐去攀登绝顶，未至半山腰，回眸千丈悬崖，仰望万仞削壁，顿觉进亦难退亦难，留下一次失态的记录……

有人哈哈大笑，有人沉吟不语，有人跃跃欲试，有人悄然而去，这沉甸甸的几许哲理，让我咀嚼品味了好久好久。

循着恒定的旅游线路，悠然前行，这是一种体验；踏着无常的荒蛮，攀兀石、拽古藤，拼命上进，这又是一种体验。虽然同样是登山，同样是取景，拘束与自在，安稳与冒险，雅致与野性，如同黑版画的明显对比，如同高瀑平潭的强烈反差。假如轮上我迈步，将怎样选择？

应该凝思山神，是否具有冒险的价值——绝壁上风情无限？山巅上圣域辉煌？……

应该叩询心灵，是否具有冒险的特质——忠贞的信念？坚韧的意志？……

当一旦认定，不值得冒险，抑或不可能冒险，那么，就抵制虚幻的诱惑，克制浪漫的冲动，去选择顺畅！相反，便是另外一种情境：扎牢鞋带，系紧行囊，庄严而从容地踏上险途！在攀援的过程中，体会长久的渴待与一瞬间重逢奇景的亢奋，即使碰得浑身瘀伤，摔得粉身碎骨，依旧不失坦然；只要成全无憾的人生，一切都在意料之中！

人生的旅途，有许多许多体验的机会，但真正属于生命内在的体验，有一次也就可以满足了。

我伫立在兔儿望月的面前，一条攀援的路从心头一寸一寸地向着它延伸……

倾斜的选择

海螺峰、文星岩、瞭望台、南天一柱、定海神针……一块块峥嵘的异石，一座座嵯峨的奇峰，构筑了生动而旖旎的张家界天然画廊。

徜徉画廊里，左右顾盼，俯仰浏览，最最让我动心的莫过于——石峰斜塔。

石峰斜塔，其实是一礅褐色的粗粝的石柱，形状颇似宝塔，它只有六米高，却有十五度的倾斜。

当我的目光触及石峰斜塔的刹那间，我的心不由得怦然一动。亿万年时间的飓风，翻搅着死气沉沉的地壳，久抑的潜能开始频频释放，山岩最大限度地承受着巨大的压力，这是一个何等漫长而沉重的过程啊。山岩不可遏制地躁动、变形、异化，于是出现了奇迹。

天苍苍，野茫茫，石峰斜塔凛然笋立，骄傲地展示着一种令人心魄悸动的力度——

这是勇敢、刚强的抗争力！压力迫近之下，它执拗地要求合理存在的空间，于是毫不怯弱地突破习以为常的逻辑，选择了艰危、滞涩、独特的兀立而倾的形式。

这是柔韧、坚忍的自持力！风雨剥蚀之中，它缜密地规划着相对的稳定和久远的存在，于是毫不迟疑地进行自我删节、自我完善，始终牢牢地把握分寸，维持着恰到好处的倾而不坠的态势。

石峰斜塔很美，美得让人惊讶、让人震撼、让人敬慕。这就是地地道道的崇高美！不是么？崇高美强调主体的力度，表现了在特定的时空，主体与客体经过绝对冲突而保持相对统一的状况。

石峰斜塔一经抽象，可以成为一种精神，可以成为一种涵养，可以成为一种风度。我这样想着，溶进了茫茫人海。

错过鸳鸯瀑

张家界，峰三千，水八百。

我们风餐露宿，领略了天子山的剽悍，感悟了金鞭溪的缠绵……可是，时间的经空间的纬，细细密密地编织了一串阴差阳错，浑然不觉地我们错过、错过了一大景点——鸳鸯瀑。

于是，在踏上归途的一瞬间，蓦然感觉，恬静的心灵从此添了一份惋惜，添了一份牵念，添了一份憧憬。

一个又一个的寂夜，总是忍不住独自凭栏，仰望苍穹，尽情尽致地遐想着那错过的鸳鸯瀑的美妙。

鸳鸯瀑应该是恬淡秀逸的，白练袅垂，涓涓淙淙如琴如瑟；鸳鸯瀑应该是凌厉磅礴的，狂飙天落，洋洋洒洒如鼓如磬；春夏秋冬，晨昏旦夕，阴晴雨雪，两瀑无缚无脱，铺琼砌玉，相映成趣，相得益彰……

好一阵子如梦如幻，好一阵子如醉如痴，终有火花闪烁般的顿悟……

倘若没有错过，鸳鸯瀑真实地濡染过我们的视域，那么，一切将是多么的具体，一切将是多么的有限，一切又将是多么的一览无余！

哦，因为神秘而遥远的错过，我们才会在心灵深处珍藏朦胧而永恒的美感。

天地之间，没有什么真实会是绝对的完美，而脆弱的人性往往又无法承受绝对的真实。既然如此，我们无怨无悔，虽然我们曾经错过。

（原载1989年9月12日《株洲日报》）

山和树的世界

肖 琦

湘西是山的世界。

远眺，莽莽苍苍，烟笼雾罩；近看，只见一个个庞然大物拔地而起，奇峰怪石如笋似剑，千姿百态。是仙境？是画廊？还是童话中的世界？

在千山万壑之中，金鞭岩更有特殊的魅力，它是一座直上直下绝对高度的三百米的峭壁，在晚霞中被映得金光灿烂。相传那是秦始皇的赶山鞭，龙王害怕秦始皇赶山填海，派龙女与他成亲。秦始皇夜里赶山，白天把赶山鞭压在枕头底下睡觉时，龙女用假鞭子换走了他的真鞭，这夜秦始皇赶山不动，一气之下，将假鞭子插在这里，扔下赶山大业回阿房宫去了。三姊妹峰是三位仙女偷游红尘，见马鬃岭上有三兄弟勤劳耕种，敬奉父母，于是倾心爱慕，依峰恋恋不愿回宫。还有望郎峰，人们可以从不同角度去揣摩她的衣着发式，有人说她是孟姜女，也有人说是红军嫂子盼郎归。桑植、大庸流传着《望郎歌》：

马桑树儿哟搭灯台，
望郎望穿几多岩。
你三年不回我三年等，
你十年不归我十年待，
不逢春雨花不开……

眼前展现三十多座奇峰组成的“大闹天宫”，其中或蹲或跃、抓耳挠腮的十多个小石猴拥簇着“南天门”峰前虎视眈眈的金猴峰。“南天门”内有一峰，峰上巨石如亭台楼阁，树影婆娑，似蟠桃园，忽见一群真的猕猴攀上峭壁，惊飞了岩鸡，摘食山葡萄、野枇杷、猕猴桃、野樱桃、野荔枝。

沿着小河往前走，含苞吐艳的楠木像一群妙龄女郎，在碧玉镜前梳理着万种柔情。两岸巨岩雄峙，峰顶仿佛在云中飘游，忽有一面绝壁挡道。

走出险峻的“一线天”，豁然是百花吐艳的大峪谷，望出去又是千峰竞奇，百峦叠翠，目不暇接，有根有据形似或神似命名的千里驹、海螺峰、龙凤岩、琴童石、兔儿望月、童子拜观音；有根据民间传说取名的三结义、锣鼓塔、止马塔、卸甲峪、四十八大将军岩……不一而足。它们美就美在似与不似之间，谁都可以替它取个自己喜欢的名字，即所谓“情骛八极，心游万仞”，“有一千个读者就有一千个哈姆雷特”，任你浮想翩翩。

这里不仅是山的世界，有惊心动魄的形式美和丰富的民间传说，也是树的世界，是林业工作者十分向往的绿色宝库。

这里的稀有珍贵用材树种、木本油料树种和观赏树种，初步统计多达一百零五科七百二十余种，还有几种是林学家引以为骄傲的稀世之珍，国外只能从化石标本中见到的活化石。穿过美丽的厚朴荷花，远远望见一群白鸽在枝头迎风飘摆，展翅欲飞，微风送来阵阵清香，那是驰誉全球的珍奇观赏树种珙桐。第四纪冰川期大量毁灭掉地球上的生物后，珙桐是仅在我国个别地质条件特殊的地方幸存下来的活化石树种。花序状若飞鸽，又称中国鸽子树。一九五四年四月，周恩来同志在日内瓦庭院中见到自我国引种的鸽子树，曾指示我国林业工作者，要重视珙桐的研究与发现。

一株高达四十九米的巨型银杏树，像是饱经沧桑的历史老人，奇特雅致的枝叶也显得古色古香，这种现存种子植物中最古老的孑遗植物，也是第四纪冰川期浩劫后在我国幸存的活化石。花序灿烂夺目的天师粟，十里飘香的巴东木莲，远望树花如白鸽群栖的香果树（亦名小鸽子树），都是我国特有的树中珍品。

神韵潇洒的白玉兰，引起人们许多联想。一九三八年十一月，敬爱的周恩来同志登南岳促蒋抗日，曾经漫步在玉兰树下，放眼燃遍南北的抗日烽火，寄托了忧国忧民的无限情思。一九七六年天安门事件时，游人们争相往南岳铁佛寺的玉兰树下缅怀总理。还有一种花瓣外紫内白的紫玉兰，又名辛夷，花苞像一根大毛笔，也称木笔，花蕾可供药用，树皮花叶能制芳香浸膏。二十年代初，在我国文学史上影响很大的创造社筹办刊物时，郭沫若同志为刊物拟进两个名字，一个叫《创造》，另一个叫《辛夷》，即立意于玉兰的风姿。

三十多年前，在湖北利川和四川万县、石柱县发现活化石古水杉，震惊过整个世界。七十年代初，湘西龙山县再次发现古水杉。不久，又在这片丹霞地貌林区附近的桑植县天平山、八大公山一带，发现了国内罕见的活化石标本园。林学家对包括这几个点的武陵山植被区进行了考察，他们的初步结论是：武陵山植被区外围有秦岭、大巴山、雪峰山和贵州高原，犹如万山丛中的一个幽谷，境内沟谷深切，地形复杂奇特，气候温和，雨水调匀，所以能成为史前残遗植物得天独厚的避难所，保留了第三纪以来变动不大的原始植被。以张家界为中心的丹霞地貌林区，又是武陵山中一块盆地，幽谷中的幽谷。

湘西这一片山和树的世界，是闪烁在祖国母亲衣襟上一颗璀璨的明珠。

（原载《新观察》1981 年第 7 期）

森林公园话奇树

张祖璜

位于湖南湘西的国家森林公园——张家界，是一个奇山异峰所组成的幽深世界。

今年春天，我来到这里，但见五彩纷呈的花朵，点缀在绿色的林海之中，和煦的阳光下，春风吹拂，一群青年男女身背竹篓，肩扛锄头，行进在丛林之中，他们是来植树造林的。

一位姑娘主动地向我介绍了这里的情况，她随手指着几棵树说："这是被人们称为'活化石'的珙树；那是一种木质呈肉红色的红榧木，用这种木料做成容器，六月盛饭都不馊呢！"

姑娘一口气介绍了许多树种，有笔直高大，叶圆如古铜钱一般的"摇钱树"，有文理美观、适宜雕刻的毛红椿，有坚硬耐腐、贵重如金的滇楸。她说滇楸和红榧一样，木质坚硬，是造船、打桩的良材。著名的长沙马王堆一号汉墓，那位"老太婆"睡的就是滇楸所制作的棺木，时逾两千多年，仍坚硬如新。这里有句民谣说："万楸千梓八百杉，不抵红榧一枝桠。"

姑娘所说的这些奇木异树，在我来说，过去都是闻所未闻的。我随姑娘的指引，漫步在这森林世界。几缕阳光射来，流光溢彩，一眼望去，林海之中，有的枝干虬曲，有的古朴苍劲，有的叶茂花繁，有的青苔满树，有的盘根错节，有的亭亭玉立，好一派原始的自然景色！

据了解，世界上的五大名科植物，这里样样齐全，仅木本植物一项，就有九十三科，五百一十七种。比起整个欧洲所拥有的种类来，还多一倍以上呢！现今世界上约有十三科裸子植物，这里就占了百分之五十，像香榧、银杏、台湾松等古老树种，这里样样都有。

一八六九年，法国神父台维来中国传教，因喜爱花草，便先后在我国的四川、武汉、桂林等地考察。一个偶然的机会，他在四川穆坪突然发现了珙桐树。他喜出望外，急忙对天划了个十字，感激上帝的恩赐。自此以后，各国的一些植物学家相继慕名而来，使这种“中国的鸽子花”远播世界各地，成为欧美一些国家观赏花木中的上品。

这里还有一种很少见到的“龙虾花”。花儿姹紫嫣红，颜色各异，那两片花丝钩卷着，真同龙虾一般。游人见了，无不喜爱，然而，你要采摘它，却十分不易，一要聚精会神，二要看得准，抓得快，握得紧，否则“虾”壳“啪嚓”一声，不仅会使你两手空空，而且会把你吓一大跳。

我们进入了一片密密的杉林。据姑娘介绍说，这是园林工人在一九五九年营造的。现在的森林公园里，这种人造林已达一万七千余亩。共产党员许龙远和妻子张程霞，从五十年代进山，已在这深山老林里生活了二十多年。优秀的林业技术员江勤诺，在采集一种珍贵的树种时，跌下深涧，光荣献身。如今，他被安葬在他生前工作过的种树园旁。

我知道了，这群年轻的造林人就是这里的第三代园林工人，人们总爱称颂张家界的美妙风光挟泰山、华山之雄险，兼桂林、黄山之秀奇，在我看来，这里最妙的还是它的森林，最美的还是它的园林工作者。

（原载 1984 年 5 月 10 日《光明日报》）

背水鸡、白蛇及其他

杨铭华

湖南青岩山自然保护区位于大庸、桑植、慈利三县交界的三角地带。在这二十多万亩土地里，密密麻麻排列了三千多座奇峰怪石，五条清澈碧透的小溪流水，在密集的峰峦和繁茂的原始次生林中，辗转缠绕，飘卷开来。有人说，这里的秀色不让桂林，但峰峦比桂林更神秘、更集中、更挺拔、更野……“独具赤脚山村姑娘的健壮美。这些挺拔的奇峰，威猛中带一点妩媚，浑朴中带一点狂狷，鬼斧神工，雍容大气。然而，张家界更别有系人心处，在它不太大的范围内，生活着种类丰富的动物。

前不久，湖南省资源考察组对张家界里的一个国营林场进行了初步考察，四万多亩面积，仅稀有珍贵动物就有二、三十种。最近，我有幸参加张家界风物调查组，得以耳闻目睹这个天然动物园里的珍宝，真是妙趣横生。

清晨，我怀着兴奋而又神秘的心情，随向导沿金鞭溪而下。两岸石蜂林立，迭秀竞辉；溪床裸露的卵石色彩斑斓无一星半点泥垢，森林植被保水固土的神异功能灼然可见。我尽情呼吸着湿润鲜爽的气息，倾听着各种鸟儿在村上的啁啁歌唱。突然，一阵像公鸡扑翅似的声音从溪边传来，向导机警地迈开轻捷的步子，跳下溪边铺满青草的小坪，打着手势招呼我快点跟上，一同轻轻趴在一簇茂盛的杂树后面。原来一只大红公鸡把头氽在水里，光彩绚丽，大红翅膀频频扇动，水花四溅。向导把嘴巴贴在我耳朵上轻快地说：“这就是背水鸡，它正在装水呐!”

这种世界珍禽，许多同志给我介绍过，张家界的山鸡特别多；有凤冠霞披的锦鸡，争强好斗的野鸡，嘴短脚长的秧鸡，胆小怕事的竹鸡……组成一个鸡系氏族。氏族中，唯有背水鸡生性文弱，温顺怯懦，因此，形成了自己独特的生活方式。为防止别的禽兽干扰袭击，栖息地大部选择在陡峭的石峰上，以干草做窝。最奇特的是它的嗉颈下面长着一个彩色花皮球似的水囊。水囊可为自己储存七、八天的饮水，因而得名“背水鸡”。它过惯了高山生活，除下山背水外，平常是不到低矮的山坡寻食、玩乐的，偶尔被人抓住，便会生气绝食，忧郁而死。

这时，我们眼前这只纯红色的背水鸡，装好了水，那水囊滚圆滚圆，像一个小花皮球似的挂在颈下。为抖干装水时打湿了的羽毛，伸长脖颈，红毛倒竖，左右急骤地摆着头，大红翅膀“扑棱、扑棱”地猛扇，溪滩就如滚动着一团火球，红艳艳的美丽极了。也是忘了情，我的脚碰着了一个松动的石头，被响声惊动了的背水鸡，昂头环顾，迈开长腿钻进了树丛中。

我们走进一条峡谷，古木参天，柯枝蟠曲纠缠，密密簇簇，林荫翳深。鸟儿欢歌，山羊咩叫，林间显得生气勃勃。向导告诉我，这片林中生活着两种异兽——“飞狐狸”和“不见天”，说起来颇有兴味。

“飞狐狸”是当地群众对鼯鼠的别称。它体长二尺六七，四肢由宽而多毛的皮膜连成一片，它就靠这种皮膜在山林间滑翔飞行。它的尾巴有两尺多长，毛又长又厚，与狐狸尾巴酷似。有了这条尾巴，飞起来，左右转弯，上下升降就很自如。鼯鼠昼伏夜出，如在月明星稀的夜晚，可以看到它们出来捕捉小动物或食野果的情景。它体内的“生物钟”十分准确，无论春夏秋冬，阴天晴天，每天都能准确地在日落后半小时出来觅食。

“不见天”就是鼹鼠。它不能在空中滑翔，绝招就是钻地道，因为它有着火箭式的身体和四条掌心外翻的短腿。特别适宜于地下生活。它的经济价值很大，银灰色的皮毛就像天鹅绒一般，看去十分美丽。

我们来到了一个干涸了的山溪旁，一块如宝塔似的岩石在太阳光下熠熠发亮。我好奇地去拣那块石头，却被向导一把拉住了。他紧张地告诉我，那发亮的不是石头，而是一种剧毒蛇——“白蛇!”我也惊住了，在很小的时候，我就听过一个叫《白蛇传》的神话爱情故事，知道那个与许仙真诚相爱的白娘娘是白蛇变的。可是，自然界到底有没有，心里一直持怀疑态度的，然而，在张家界却看到了这种很少有的白蛇，确实惊叹不已。

这是一种体长一米到一米半的蛇，鳞片全为白色，在绿树碧草间爬行时，就似一根软玻璃棒，特别是在太阳地里活动时，由于白色鳞片反光，远远就能看见。但是当白蛇钻到水里活动时，它如不搅动水，人就很难发觉它了。

在林间小径上漫步，惊飞了不少的山雀。忽然，从不远的树丛中跳出两只岩羊。我们一惊喊，岩羊敏捷地爬上一面陡壁，摆着一副毫无畏惧的架势，闪着一双冷漠的眼睛。显然，对我们扰乱了它们的正常生活很不满意，那副神态，令人十分好笑。向导对我说，这里鸟类较多，红脸锦鸡、红嘴相思鸟以及竹鸡、角雉等等都属于国家保护的二、三类禽类；八哥、画眉、黄鹂等就算很平常的鸟了。

太阳渐渐落下山去，鸟儿纷纷飞进窝里。然而，林间并没有安静，云豹寻食的吼号，猫头鹰的啼鸣，麝鹿的求偶叫声交织一片，使张家界这个天然动物园，不论白天黑夜总是充满生机，在祖国美丽的土地上，珍禽奇兽给人增添了无数乐趣。

（原载1981年4月25日《中国青年报》）

谈崇高与优美

王明居

张家界和黄山，都富于崇高美（即崇高，下同），但它们又各具特色：张家界号称山之钟馗，故于崇高中见狂狷；黄山则于崇高中见秀丽。我们既不能以张家界的狂狷去衡量黄山，也不可用黄山的秀丽去要求张家界。

张家界山峦起伏，绵亘数十里，险陡峻削，高耸入云，张牙舞爪，狰狞如兽，拥有巨大体积。一个非常自负的人，见到如此情景，也会感到自己渺小的。这种巨大的体积，便是一种崇高美。当然，以体积之大为特点的自然界的崇高，绝不止于山，无限的星空，巨大的恐龙，茂密的森林，也是以体积之大而获得崇高美的。此外，还有一种以威力之大为特点的崇高，如原子裂变，激光照耀，雷鸣电闪，大海咆哮，都显示出无穷的力量，而使人震惊，使人激奋，使人感动。

以体积之大为特点的崇高，康德称之为数学的崇高（数量的崇高），以威力之大为特点的崇高，康德称之为力学的崇高（力量的崇高）。前者偏重于静态，后者偏重动态。张家界和黄山的崇高，是以体积之大为特点的数学的崇高。

崇高的形象，映入眼帘，或走进听觉门户，向人的大脑发射出崇高的信息，激起脑电波的扩散活动，使审美主体产生强烈的震动、荡漾、回旋，出现与崇高美相契合的情感流，叫崇高感。如果说，崇高美属于审美客体，那么，崇高感就属于审美主体。

从崇高美的出现，到崇高感的获得，往往要经过艰难曲折的道路。当人们对崇高美进行对照时，有时的确会对它产生恐怖感，并由于恐怖而感到痛苦（痛感）；但当人们意识到令人产生恐怖感的崇高美并不影响自己的安全时，这种恐怖感和痛感便会逐渐消失。这时，跟踪而至的就是由于观照崇高美而产生的愉悦感、钦羡感、崇敬感，也就是崇高感。此情此景，审美主体的精神境界大大扩展，并陡然得到提升，且以胜利者的姿态出现在审美客体面前。例如：当你到黄山天都峰、鲫鱼背、阎王壁时，当你到张家界上的天梯、天桥时，由于山势陡峻、削壁万仞，稍不注意，就会失足，坠入万丈深渊。你不由得心跳加快，夹着恐怖之情，屏气凝神，小心攀援。当你克服艰难险阻，到达顶巅时，只见山峦起伏，烟波浩渺，千壑争秀，青翠横溢，你把高山踩在脚下，不禁手舞足蹈，大呼美哉，你深深感到胜利者的喜悦，哪里还有什么恐怖之情呢？哪里还有什么痛感呢？

崇高感与恐怖感、痛感的关系是非常复杂的：有时并不连辔而行，有时互有先后。有时夹杂并进。当你在张家界、黄山等名山漫游时，你仰而望山，俯而听泉，瀑布飞流急下，高峰巍峨矗立。你惊赞着祖国河山的壮丽，产生了自豪感、崇高感，你并不感到恐怖、痛苦。但当你游兴大发，到险境饱览风光时，你沿着崎岖的小道，拾级而上，愈攀愈险，愈攀愈奇，你频频回首，万丈深渊就在脚下，你不由得紧张起来，感到有点恐怖，如果你默默地镇定着自己，大胆些，没有什么大不了，这时，你的恐怖感就会逐渐消失。你把目光再投射到层峦叠翠之中，就会重新领略到山峰的壮美，而出现崇高感。但是，你的心理状态是多变的。当你向更高更险处攀援时，你可能还会出现恐怖感。如果到达极奇极险极怪之境时，蓦地狂风大作，暴雨倾盆，霹雳盖顶，你的恐怖感就可能猛地增长，甚至取代了美感，后悔不该前来。但就在此时，忽然雨过天晴风止，万物沐浴在灿烂的阳光中，壮丽的山峰，茂密的森林，咆哮的瀑布，翱翔的雄鹰，在你眼前又构成了一幅壮美的图景，你不禁又惊呼着，赞叹着，而刚才的恐怖感、痛感却立刻无影无踪了，这时，你又以克服艰难的胜利者而骄傲自豪了。可见，在特定情境中，崇高美是一种艰难的美，崇高感是一种艰难的美感，凡是到过张家界和黄山的人，都要经历意志的考验，在征服艰难的同时去观照崇高美，并从中获得崇高感。

但是，同是崇高美，张家界和黄山，却各异其趣。张家界以粗犷奔放见长，黄山以神奇险峻取胜。张家界迤逦驰突，腾挪起伏，悬岩诡谲，怪石嶙峋，浓云缭绕，莽莽苍苍，其独特的风韵，可用“古拙自然”四字来形容，如金鞭岩、雾海金龟、山里钟馗、定海神针、天桥遗墩、老鹰嘴、镇妖七塔、四十八大将军岩、天书高柱、大闹天宫、千年老鼠屎等等，都是大自然的作品，一切都带着远古时代的纯真。其中蕴藏着大量的史前期遗传下来的珍禽异兽、奇花芳草。单拿背水鸡来说，其嗉颈下有一彩色球形水囊，能贮水五磅，可饮用多时，这种世界珍禽为张家界的美增添了独特的异彩。美学家王朝闻先生在游张家界时，对它的美极其赞赏。他说：这里的一切，都应该是符合自然的，就连架设的水上小桥，也以树藤木石结构为宜，如果采用现代钢筋水泥结构，那就会损害张家界的古朴美和自然美。

如果说张家界的美是崇高中见粗犷的话，那么，黄山的秀，就别具一番风采和神韵。它虽然崇高壮美，但并不粗犷古拙，奔放狂狷，此外，它还有娇娆秀丽的一面。所谓泰山天下雄，华山天下险，黄山天下奇，峨眉天下秀，都是突出地描写山的个性的名句，其实，黄山何止于奇？

黄山七十二峰，大都海拔千米以上，海拔一千八百米以上的山峰就有九座，它们呈现出特有的崇高美。但在群峰之间，或翠绕羊肠，千回百折，或滴泉鸣奏，汩汩淙淙；或古潭澄碧，游鱼翕动；或绝处藏绿，细竹吟吟；或空谷幽兰，敛香待月；或清风徐来，流霞朵朵。至于眉毛峰、钓月台、观鱼亭、鸣弦泉、梦笔生花等胜景，无不雅致闲适，浚逸清新，恣意横生，尽得风流。这些都标志着它的秀美。秀美，乃是属于优美范畴的。

优美不像崇高美那样刚劲、强烈、激荡、奔腾、傲岸、雄伟、怪异、粗莽，不像崇高美那样给审美主体以突兀的震惊感、痛感、恐怖感，它始终是安宁的，沉静的。因此，优美决不会在审美主体的心中掀起轩然大波；它像微风吹拂的阵阵涟漪，缓缓地向四周扩散，慢慢地浸润着审美主体的心田，所以，它是客体和主体相契合的美。是和谐的美、平易的美。它的特点在于柔，它和崇高美所追求的刚是迥然不同的。李大钊说："美非一类，有秀丽之美，有壮伟之美，前者即所谓美，后者即所谓高也。"（《李大钊诗文选集》第116页）这里所说的美（秀丽），就是指优美，这里所说的高（壮伟），就是指崇高，黄山之美，不仅与张家界不同，而且与桂林出山相异。黄山与桂林山水虽然都很秀丽，但桂林山水更妩媚、娟秀。唐代诗人韩愈笔下的"江作青罗带，山如碧玉簪"，正显示出了它柔媚的风韵；而黄山的秀美与崇高美始终是形影相随的，桂林山水却缺少崇高美的雄姿和磅礴的气势。当然，我们不能以此去要求桂林山水，也不可埋怨黄山险峻难攀而说它不及桂林山水，这正如我们不可用黄山之美来贬低张家界或以张家界之美来贬低黄山一样。

（原载《东南西北》1998年1月）

武陵山，推开了向阳的窗户……

沈仁康

过去一些风景绝美的地方，常常被埋没了，还被称为“穷山恶水”。因为，那地方交通阻隔，偏僻遥远，山深林密，人烟罕见……用刀耕火种的办法只种出一些包谷，产量还很低，生活那么竭蹶……

什么叫“美”？随着历史大踏步地前进，“美”的观念也在大幅度改变。真的，生产力低下，温饱还是头等大事时，谁会去注意山石的奇怪、云雾的变幻，而只会想到能多长粮食、免人们于饥馑的山水，才是好山水。“美”被束缚在“致用”的阶段；随着，社会矛盾尖锐时，阶级斗争被强化时，“美”是和各政治集团的利益相联系的，“美”逗留在“比德”阶段，“德”是阶级利益的集中；之后，人们生活大幅度改变了，生活中到处充满了欢声笑语，人们在追求新的“美”，能给人美感的、能给生活增添色彩、愉快和兴奋的，人们都感到“美”，“美”到了“畅神”的阶段……

过去的“穷山恶水”，今天人们忽然发现了美，而且是出格的、罕世的美。四川的九寨沟、湖南湘西的武陵风景区、贵州的大型溶洞……近些年来相继发现、开拓。这些地方的画山绣水、清幽风光，大自然创造了几万年或许是几亿年了，人们真正认识到它们的美，却在今天，认识到它们是无烟工业的无价之宝，不过是近年来的事。我们的开放政策带来了旅游业的兴旺，世界旅游浪潮也给我们带来了涟漪。国内的人们在生活大大改善之后也掀起了游山玩水的劲头，有了那种想见见世面、观山看水的雅兴了……好啊！当我们看到各处风景区，走着一批一批风尘仆仆但又兴趣勃勃的旅人，我真看到我们生活的伟大侧影，看到人们再不囿于温饱之中，而走向了美的殿堂，成了美的知音……这是多么巨大的变化！才不过几年时光呀！在我们民族漫长的历史上，这是多么灿烂的、不凡的几年！

武陵山脉，如今不但向国内，也向世界推开了自己向阳的窗户，摘去了云霭似的面纱……

我们从长沙出发，到湘西去，我们为武陵的胜景所吸引，为那里的美所震撼。谁知，有些地方接待站刚刚成立，人群迫不及待地涌来了，他们来自长沙、常德，来自湖北、上海……这些年轻的大学生、工人、干部，对“美”的嗅觉可真灵敏啊！

武陵风景区，在湘西大庸县、慈利县、桑植县的交界处，它有三个部分：慈利的索溪峪、桑植的天子山、大庸的张家界。其中张家界建设了好几年了，也接待了十多万客人，已为外界知晓，成批的港澳同胞、外国旅游者也慕名而来了，索溪峪和天子山还是刚刚打过开场锣鼓，刚刚拉开大幕。

在一千四百多米的天子山上，人们很容易地捡到海贝、小鸟、鱼类和树叶等的化石，数量是那样丰富，形态又那样完整。这些化石向游人们诉说，这一带过去是大海，不知多少年前，造山运动使这里隆了起来，变成和泰山差不多高的武陵山脉。它的砂质层岩，并不十分坚固，上万年或许上亿年的风化，雨水的切割，在慈利、桑植、大庸三县交界处，被切割成一条深千米、长百余公里的大峡谷。峡岩的两壁是直起直落的悬岩陡坡，峡谷之中是千姿百态的、粗壮瘦削的、大大小小的、高高低低的石峰、石笋、石柱、石箭、石戟……不，它们还像各种各样的人物、禽鸟、走兽、风物。光是张家界一处，人们作过统计，石峰石笋大约有三千五百个，加上慈利县的索溪峪、桑植县的天子山，这种奇特石林组成者，不是成万吗！它们拔地而起，耸天而立，玲珑毓秀，奇异罕见，它们不像是砂岩峰林，倒像是陶瓷精制的盆景的放大；它们不像是大自然无意的创作，倒像是人们精雕细刻的产物。

这里的石奇，树也奇。在黄山西海，人们为云海之中朦胧显影的梦笔生花叫绝，细高的石峰上长着几株秀树。在这里，梦笔生花的景致触目皆是，人们要为无数的梦笔生花喝彩。石峰岩柱上的青松野树，因为没有土壤，一条根须往往要伸出几十米、上百米，才能找到一丝石缝。条件是艰难的，正像过去湘西人民的生活，但也决不能小觑了那些小树。它们在这世界上已奋斗千年了，我们叫它们“千年小树”。这里所有的石峰、绝岩上，都长着这种老练但又很有朝气的“千年小树”。它们给深谷、给奇峰，给悬壁一片一片郁郁葱葱的颜色。

这里的山坡很陡，六十度的，七十度的，八十度的，山径在山坡上攀缘，我要歌唱这样的山路：

茅草、山石、树林……
塞满了狭窄的空间，
山路勇敢地攀援，
像分叉的、弯曲的霹雳，
通向山巅。

因为开辟旅游区，许多这样的山路铺上了平整的石级，石级也很陡，向云里伸去，我吃力地但又是愉快地踏着这些石级，不禁这样想：

一级一级的石级，
翻过山去，
以千计程，
攀登者想少跨一步，
也都不行。

在武陵山，大自然时时向我们灌输美学。

我们从索溪峪上天子山，是沿着一条峡谷步行的。二十里陡峭山路，使我们上高了一千米。那峡谷里，没有人工的雕凿，有的是古木新花，黄岩青坡，那悠长悠长的鸟鸣，单一调门的蝉噪，使我陶醉，使我想起两句古诗："蝉噪林愈静，鸟鸣山更幽。""噪"与"静"，"鸣"与"幽"不是矛盾的吗？不，它们在这里和谐地、对立地统一着，没有声音，只是没有生命的死静，是荒凉的可怖。没有人声，唯有蝉噪、鸟鸣，才更领会到这"静"与"幽"的真趣。我觉得这里的一草一木一石一物，都是"美"的组合和浓缩。

在张家界金鞭溪的山径上漫步时，除了蝉噪、鸟鸣还有流泉的淙淙，那是天地间的自在琴簧。碧绿的流水从石缝里挤出，在石板上荡漾，在狭窄处轰鸣，更给这清幽加了神韵。我们沿着溪水，在林荫里漫步，时时感到四周高耸天空的山峰向我们围拢来。把我们围在中间，环视都是拔地参天的、秀而奇的石峰，总觉得"山重水复疑无路"了，不过，只转了一个小弯，就发现了通向前山的小径，觉得"柳暗花明又一村"了。大自然真会跟我们捉迷藏，它用"露"与"藏"的艺术对立统一的手法，用在这里使我们欣喜不已，使我们产生咫尺千里的艺术联想。大自然懂得任何艺术都忌直露，又忌迷离，在明朗中追求曲笔，在迂回里显示余味。"露"和"藏"的结合，要恰到好处，金鞭溪就是风味天成的艺术山水长卷。

在索溪峪的"千里画廊"、张家界的"金鞭溪"，是仰观数以千计的，千姿百态的石林；天子山的景色则不同，它是俯视上千米的深谷之间，石峰像无数攒动的、向上探首的箭镞。天子山的边缘都是断崖绝壁，因此观景台多达八十多个。这些观景台，都是俯视深渊，观景台本身也都是绝岩。从观景台看云烟飘浮，如海如浪，石林的尖峰伸出云海之上，像大海上的礁石。云在动，但人们常常觉得峰尖在动，云雾的流动变幻，使得静静的峰尖活动起来、丰富起来。“动”“静”在这里，也是艺术地相处着。大的石峰，雄伟而凝重，小的石峰，玲珑而多姿，它们有时候密集，有时候疏朗，于是乎，“雄”与“秀”，“密”与“疏”，也都恰到好处地、自然地给我们美感，没有单调，富于变化。

武陵风景，几年前被一位画家发现，称它为“养在深闺人未识”的胜景。它至今还有一种“野”味。有人说它是背着背篓、手提柴刀、不施脂粉、赤着脚板的湘西“野妹子”。是的，它没有市井味。正因为“野”，它的许多峰，许多水还没有名字呢！现在，人的艺术创造，正掺进大自然的艺术创作中去。人们细看那些石峰，不断给它们起名字：“山鹰展翅”“海螺出水”“雾海金龟”“千里相会”“唐三藏取经”“天书宝匣”……经介绍，游人们大呼：“像，真像！”形象酷似。不过，更多的游人并不着意去猜度那些石峰究竟像什么，而是欣赏自然界鬼斧神工的美，那种天趣自成的美，带有一点野味的美。

张家界是第一个国家森林公园，索溪峪、天子山都被划为自然保护区，这里有别处看不到的原始森林和珍奇草木、珍奇禽兽。中国鸽子树，开花时候一树白花，像无数白鸽在枝叶间扇翅；龙虾花的花朵，就像一只火龙虾。在别的地方你看到过吗？背水鸡，颈部有水囊，喝足了，一星期可以不喝了；玻璃蛇，五脏都看得清清楚楚；华南虎，云豹，满山可见的猕猴，你不觉得难得吗？还有神堂湾，至今还没有人进去过，只有千军万马的水声传出，它依然蒙着神秘的面纱……这不都有点“野”味吗？

湘西武陵山脉，山好水好人也好。在天子山逗留期间，贺龙元帅家乡的姑娘们，给我们表演了两个晚上的民歌，歌声悠长而深情，泼辣而浓烈。你会觉得这歌声是当地山水精气凝炼而成，是土地的灵气聚结而成，当然也是带有一点大胆的“野”味。我从歌声里了解了土家族、苗族、白族以及汉族人民的生活。旧社会到处是盐局、盐卡，暴征盐税，盐成了湘西的奢侈品，一担包谷才能换一斤盐。吃不起盐，人们就淡食，一年尝不到一点咸味。刀耕火种的包谷，产量不高，包谷也不够吃，更多的时候要吃薯类和薯藤。这歌声，就和湘西常见的、掩映在绿树之间的吊脚楼一样，就和人人背上都有的竹背篓一样，给这里的山水抹上了一点民俗的、引人的色彩。

我们在武陵山脉逗留期间，山下一直苦热，山上倒凉快得犹如初秋。后来，连着下了两天雨，天气像深秋了，山洪水暴涨起来，潺潺地在多石的山涧里奔腾起来，尽管水大，水质还是清的，那淙淙的水声，清脆之中又加了点粗犷和豪放；平缓之中又加了力量和速度。它不以奇花幽草在水面上宁静的倒影为满足了，它欣赏起自己的河床大石上撞击出几尺高的浪花来了。我要为这涧水写几句：

溪流像我们的人生——在浅滩上挣扎，
在急湾里奔突，
有宽谷，又有坦程！
一路上，
都有自己的声音！

我在离开张家界的那天，车子已经启动了，我仍频频地回头，我要向这里的古松、奇峰、流泉、云烟，还有民歌、背篓、吊脚楼……告别！你们都是我的美学老师。

（原载《文学月报》1985年第1期）

武陵山的评价

石　英

在湘西，一个自然风光的珠宝库被打开了。

据说在一个偶然的机遇下，一位摄影家履踪至此，忽然以惊羡的口吻大呼：这是世界第一流的风景区呀！

从此调转了人们的视线，开始注目于这一“养在深闺人未识”的具有天姿国色的极致。

于是，在通向湘西武陵山区的道路上，各种型号的汽车轮子碾平乱石杂陈的土路，甚至以步当车涉过一条条深浅不一的溪涧。人的本性好像并不是娇气，对于新奇的事物大半怀有一种不避险阻以亲睹真容为快的倔劲儿。

截至目前，已发现和开辟的武陵源风景区，主要包括大庸县的张家界、慈利县的索溪峪和桑植县的天子山。

其实，这一带过去虽然交通不便，但从来也不曾与世隔绝。古之驿道上，商旅络绎；高高山坡上，梯田重重。更不必说虬髯老树，常留有猎户的叉痕；长流的溪涧边，还印着采药人的足迹。甚至据说在周围环山的索溪峪里，明代还存在过一个相当繁盛的市镇，仅是卖肉的店铺就有十几家。后来在一次特大山洪的突然袭击下，才湮没了那嘈杂的市声，从此屋宇颓圮，人烟稀少，变得荒凉而寂寥。

但这里同样也存在着黑白的对立，正邪的冲突。自古以来，往往是打家劫舍的明火票匪的出没之所，同时也常常作为揭竿而起的起义者理想的根据地。遥远的年代，有百丈峡中农民起义者与官兵肉搏时震天动地的壮烈呼号；近世以来，桑植县的贺龙率领不甘屈辱的穷苦人们，挥起菜刀砍断了旧世界加在他们身上的绳索，震撼了封闭紧严的湘西崖谷，使反动官府胆战心惊。但在那时，也许我们更多的是有感于切身的伤痛，着眼于对人间贪狼恶虎的抗争，无心抒发什么山水情怀，无暇欣赏这里的奇花异草。这样，大自然的瑰宝好像被忽视了，直至不久之前，虽也增修了公路和铁路，在“左”的狂潮下，也开辟过乱砍乱伐的“浮夸田”，但对这里奇异的景物似乎仍然没有引起足够的关注。那时在几县的接合部，谁多一山一水好像也并不计较，在相当长的时间里，只有风梳轻拢着它那长青的发树，泉流润泽着岩隙的眼睑，甚至连那些地下隐宫——千姿百态的岩洞，也很少打开它珍藏的府库，人们只过其门而不入，并未深入堂奥得见其真颜。

说来也怪，尽管它们没有被置于应有的重要地位，却大半有一个好听的名字。不知何年何月，由哪位民间诗人或是山村学究，为这些奇山异水起了名号。风雅固然风雅，却含着辛酸意味，也许财主老爷们不屑一顾，风水先生也自有他们的偏见。但武陵山水却当之无愧地承担着这些名分，不惮人为的冷落，甘冒淫雨不断挥动山洪的长鞭，在雾雨风寒中，顽强地度过了多少年多少载！

多少年多少载，至少从表面价值上，似乎还没有发生根本的变化。天子山的名号虽为至尊，却从未戴上天子的冠冕；索溪虽然长年累月地抖动着闪光的珠链，也从来没系住匆匆过客的心弦；张家界虽也有名有姓，但究竟它的正宗谱系如何，好像也没有谁做过认真的查考。

而在历史新时期的春天里，武陵山超群出众的美终于被充分认识了。要说机遇，也许带有一定的偶然性；要说时间，也许已嫌太晚了些，但毕竟是发现了，认识了，无论如何，也比继续被埋没要好，要说它的“命”嘛，虽然够不上幸运儿，但也不算是十足的倒霉蛋。

眼前的武陵山，蓦然间身价百倍，摸摸它的每片树叶，仿佛都手沾甘露；踏着它的每块岩石，仿佛都会发出金钟玉磬般的回音。好像身为一个村夫的大艺术家，长期默默无闻，一朝被认识，便灿然于深山幽谷，光耀四外。对武陵山风景区的赞声越来越高，有人说它兼有泰山之雄，黄山之奇，匡庐之秀，华山之险，一身兼领诸多优长。其实，窃以为如果武陵山有知，它也未必会那么欣然接受这多的褒奖，须知它不是暴发户，从来不靠叫卖者声嘶力竭的高喊，当然更耻于乞求恩宠。它究竟有多大价值，好在真金从来不怕多磨，在这方面，我们的武陵山当是充满自信的。

当我今天来到武陵山风景区，又有一个新的发现：它虽然有了相当的名气，但还是那么仪态大方，质朴自然，未着意装扮，服饰亦不娇艳。天子山固然气度巍然，却没有那副居高临下的骄傲姿态；索溪源远流长，却好像在微笑说，远远未到成功的终点；张家界薄雾缭绕，好像以袖掩面，无意自封为山上之山。

的确，作为风景区，有待进行的工作还很繁重，许多必要的设施尚不够完善，诸如：攀山山路还没完全通达，有的风景点住处条件也欠佳，有的溶洞仅仅打开大门，更加琳琅满目的珍宝并未展示出来，还要不畏险阻地进一步探索……

有如一个有出息的事业家，追求是没有止境的，登高也没有绝对意义上的极峰。只要明天后天还存在更大的希望，只要宏图还有伸展的空间，只要生命还和太阳一样发光，只要真理还循着地球运转……那么，追求的过程就不会终止，武陵山风景区的姿容就会日臻完善。

我觉得，武陵山胜景的被注意，与其说是人们拂去云雾发现了美，不如说是美的光辉终归要启开有识者的慧眼。

（原载 1984 年 12 月 22 日《羊城晚报》）

海陆从来无静止　风云自古永流迁

陈国达

天工石刻赛人为，风雨长雕巧入微。
四海翻云千柱抵，金鞭驱砾白泉飞；
山重水复藏幽谷，流绕四门引翠微。
峡险崖危峰竞秀，武陵游罢画中归。

画家写生，取材于自然，经过艺术加工，又胜过大自然。然而武陵源的峰林景色，其造型之巧、神韵之妙、意境之美，却胜过用笔描绘的图画。它是一幅用实体镶成的长卷，是出自大自然自己之手的巨画。

一、武陵源峰林的风景特色及成因

从地质学的角度看，武陵源峰林的地貌风景有下列四大特色，它们的成因相互关联：

石奇峰秀

花香鸟语，流水淙淙。人们带着在饱览风景探索自然奥秘的心情，沿着林间石径缓缓而行，进入金鞭溪。在幽深的溪谷一侧，陡峭的石壁下，突然出现几根矗立的石柱。其中一根特别细长，宛如一柄长剑，自草丛中竖起，高入云端，这就是名不虚传的金鞭岩。它的柱面平直，好像被巨人刀削而成。走近细看，这样的平面有好几个，其中最明显的有四个，两两平行，分属两组，互相交叉，把石柱切成近四方形；由于边缘尖锐笔直，显得特别刚劲有力。进一步观察这些岩石，它所含的矿物绝大部分为石英，同溪流中所见到的砂子一样，所以称它为“石英砂岩。”它的砂粒大小相当均匀，团结紧密，质地坚硬，足以构成如此壮观的石柱。在它的身上还可以见到一些横纹，那是砂岩的“层理”。若顺层理将岩石劈开，便可见到“层面”。这是辨认沉积岩的特征之一。它的岩层颇厚，由几十厘米至一米不等。其层面倾斜平缓、几近水平。于是，石柱便像是一块叠得很高很高的“千层糕”。由于石质坚硬、柱身垂直，岩层既厚且平，各个岩层之间不易沿层面滑动，故石柱虽高也不致倾倒、不致顶部滑落。此外在柱体之内还有一些垂直裂面。其中最明显的分属两组，各与一组柱面平行。由此说明它们与柱面属于同一构造。这些裂面称为“节理”。如若将石柱切断，就会见到断面上节理纵横交错、形成网络状。据此可以看出：原来这根石柱就是顺着两组交叉的直立节理面将岩石切开而形成的。

环顾四周，在邻近的石柱上、在溪流两侧的山坡上，都是由同样的岩石构成的，其岩层厚度相似，更有同样的直立节理。并且岩层层理面及主要的两组节理面的方向，均与金鞭岩相同或相近似，由此可以断定：金鞭岩及其邻近的一些石柱，原来是溪谷两侧的山峰连在一起的，它们本是同一种砂岩组成的大片地层的一部分，只是后来由于某种作用把它们之间的那部分岩石消灭了，才形成此等壮观的奇柱耸立在人们面前。

然而，造成此种奇观的作用力是什么呢？首先是空气中含的氧气和水蒸气，它们可以通过化学作用使岩石化解。这一带的岩石虽然都是砂岩，其中的石英对这些气体的化学作用抵抗力强，不易被化解。但砂岩之间的泥质胶结物则抵抗力弱。胶结物被分解后，石英粒便易于脱落出来。其次，冰雪天岩石孔隙裂缝中的水结冰时，可使岩石爆破；气温变化从而引起岩石冷缩热胀，长时期的反复进行也可使岩石碎解。其三，植物的根伸入岩石裂痕，它既可以分泌出有机酸使岩石化解，又可由于它生长壮大的膨胀力使岩石爆裂碎解。以上几种作用，统称为“风化作用”。并相应地依次称为：“化学风化”、“机械（物理）风化”与“生物风化”作用。

其四，雨水降落时把岩石表面的风化物冲走。当雨水汇集成流后，它既可冲走风化物，又可利用挟带的砂粒当研磨砂，好像锯子锯解木头那样把流水经过的岩石磨削切锯。遇上岩石中的裂缝，更易大显身手。于是，小涧逐渐变成大溪，大溪逐渐变成深谷。这种作用称之为“流水侵蚀作用”，简称“水蚀作用”。

此外，“重力作用”也是一个重要因素。当风化作用将岩石化解、碎解，以及水蚀作用使岩石裂缝扩大，从而使一些岩石失去稳定性时，都会由于重力作用使其沿裂面（特别是直立节理）而坠落和崩塌。金鞭岩石柱脚下就堆有乱石，其上已长满杂草灌木，可以证明，它们是在今天所见的金鞭岩石柱形成之前就坠落的岩石块。

由此可以看出，在武陵源风景区内，像金鞭岩这样的奇丽石柱以至石峰，其成因乃是风化作用、水蚀作用与重力作用，它们齐心协力对石英砂岩精心雕刻的结果。

发育于武陵源的奇峰怪石群落中，其形态神韵像金鞭岩这样刚强劲直者不少。既有成排并立、齐刺蓝天的御笔峰，又有粗犷雄浑高压不屈的南天一柱等等。它们都同金鞭岩那样，在坚硬的石英砂岩的物质基础上风化、水蚀与重力诸作用，利用直立节理劈成的。

然而，武陵源峰林之所以引人入胜，还在于它的石柱百峰形态各异，形神变幻，丰富多彩。当你面对仙女散花、心里盼望着花球抛中你时，好像她正在向你微笑。夫妻岩也五官逼真，笑牙露齿。原来造成这种石柱的岩石性质与金鞭岩这类石柱略有不同之故。这些岩石虽然主要是质纯性硬层厚的石英砂岩，但其石英含量并非到处都是一致的。同一岩层的不同部分有差别，不同岩层则差别更大。在石英含量较少的部分，特别是夹在厚层砂岩中的薄层所含泥质成分相对增多，其坚硬程度自然也相应降低，对风化、水蚀的抵抗力也相对减弱。正是此种强弱不同，便使石柱峰发生凹凸不平，因而形成各种形状和神态。十里画廊的采药老人，他的头部和背部都是质地坚硬的岩石形成。天子山的将军岩，有如站在点将台上的大将，正在指挥千军万马冲向敌阵。还有花瓶石，轮廓清晰……这些都是坚硬岩层巍然屹立于石柱顶端，形成奇特造型的例子。梭镖岩的峰颚则是由较弱的岩层组成，故形神与上述诸石相异。

总之，由于岩石软硬不同，且配合巧妙，遂出现如此引人遐想的神态，巧夺天工的艺术造型。

寨高台平

“不上黄狮寨，枉到张家界”。在武陵源风景区，其峰林发育最盛的是西海，而最好的观景点却是黄狮寨。由于构成峰林的石英砂岩是从这里的西南开始，往东北方向延伸，直达枫树湾，长二十公里，宽约十公里。黄狮寨是一座坡陡、顶平、宽厚、高千余米的石山。它以其高崧可以望远、宽平可供休憩。当你登上这座天然的观景台上时，放眼望去数不清的石峰石柱、嶙峋挺拔，争露头角，密集广布，形成浩瀚的峰林，使人胸怀顿畅，欢乐不已。若遇云海连绵、群峰白纱披肩、时隐时现、虚无飘渺、瞬息万变，这时候，石柱石峰就像是沧海狂澜中的砥柱，更富诗意。

黄狮寨也是由石英砂岩组成。它之所以成为如此优越的观景佳地，是由于以下原因：首先，是因为该地段的砂岩层露出地面的时间较后，受风化、水蚀的侵袭尚浅，还未被众多沟壑所分割，石峰石柱尚未大量形成，得以基本上保存原有的完整面貌，成为面积较大的块体。这种块体形态的特点，在地貌学上叫做尚处于峰林演化史中的青年期，名叫“平顶山”或“方山”。由于该块体的岩块质坚、宽广，岩层倾斜度小，四周山坡又都是由直立节理发育而成的峭壁，因而形成高入云霄、顶部开阔平坦、气势雄伟的山寨。

与黄狮寨相似的，还有腰子寨。

此外，在一些石柱和石峰顶上出现蘑菇状小平台，诸如金龟探海等等，也是武陵源峰林地貌常见的奇特景观。这是由于硬软相间的平缓岩层所致。下面的软层较快地被风化水蚀而凹入，有时加上重力崩塌后，盖在它上面的岩层便显得凸出，形成悬空的平台，成为奇景。金鞭溪等处所见的谷壁倒崖，在壁上端有凌云飞出的石块，高悬半空，摇摇欲坠，也是成于相似的原因，只是常以崖壁下部的石块崩落起主要作用，致使上段的岩石悬空，是其特点。

当硬岩层盖于石峰之巅时，如果下部的软弱岩层其中段被风化水蚀作用侵袭消失较快，两旁尚有残留，则形成洞穴。若洞穴穿透石墙，形成通道，硬砂岩层便高跨两端，形成天然桥。如天下第一桥，天桥和仙人桥，均是由此生成的。

壁险峡幽

走进百丈峡，两侧峭壁千仞，危崖如削，仰头只见一线天，使人疑是失足坠入地壳的狭缝里了。经过插旗峰下的系马桩，沿小径往西南行，峡谷越来越险，真乃“一夫当关，万夫莫开”。漫步溪边，欣赏野花，在静寂中传来潺潺水声，猿啼鸟语，格外清脆悦耳。正是“峡高百丈洞云深，要识桃源此处寻”。这条峡谷从东北向西南延伸，大体上接近于直线，经跳鱼潭至插旗峪，长达十公里。

类似百丈峡那种风格深邃清幽、笔直伸长的峡谷或深壑，尚有多条，堪称武陵源胜景的又一特色。打开武陵源导游图，我们可以清楚地看到，与百丈峡大致平行的溪谷，在西北面的金鞭溪、索溪和王家峪等，在东南方则有施家峪、董家峪等。它们虽则长短有异，大小不同。但有一共同点：就是均从东北向西南方向延伸，因此可归属于同一组。

此外，还有一组峡谷是自西北向东南延伸的。水绕四门便是其中最典型的一条，它北接矿洞溪，南连龙尾溪，大体上在一条线上。与它平行的，在东面有十里画廊，西面则有琵琶溪、砂万沟等。这一组峡谷与百丈峡一组相交叉，呈网络状。

关于这些峡谷的成因，可以从下面两点来思考：第一，在谷旁峭壁悬崖上发育有无数的直立节理，其中一组特别发育，它的水平延伸方向与峡谷延伸的方向大致平行；当雨水袭来，很自然地顺着节理下切岩石，并开始产生小涧，并逐步从小到大，从浅到深。同时，在这一过程当中，地壳上升运动强烈，以致溪涧落差加大，致使流水下切谷底的速度比横切谷壁的速度大，也就是加深比扩宽快。于是，经过漫长的岁月，逐渐形成如此浚深而狭窄的长谷，这一点是比较易于理解的。其次在武陵源地区，最为发育的区域性节理共有两组，一为东北—西南，一为西北—东南。而景区的峡谷也分为两组，且各与它们中的一组平行。可见两组峡谷的方向与两组节理的方向是相对应的，其间的因果关系也就显而易见了。就是说它们的发育是受各该节理控制的，然而最引人思考的，还是它们的伸展形态，为何都是在几公里以上延伸的范围内能保持近于直线的形态？是否沿这些峡谷有可能存在着利用某种节理而发育的断层？就是说峡谷的产生，既循着特别发育的节理，又循着断层面而发展的；而其近于直线的形态，也是受断层所控制？这一问题有待进一步研究。

断层与节理都是岩石中的裂缝，二者的区别在于：断层的主要特征是，两侧岩块有过明显的移动，因此常有由于岩块被磨破所产生的小裂隙，以至形成复杂的裂缝；有时甚至变成强烈的破碎带，宽自几米到几十米以上。因此这种构造常为水流所切削以形成溪谷的最有利地带。它们大小悬殊，大的可长达几十公里、或百公里或更长。虽然可有弯曲，但多数大体上呈直线或弧线形。故所成溪谷也大多长而具有这种延伸形态。至于节理，其重要特征是两侧岩块没有过明显移动，是为一简单的裂缝。长度一般短小，但常成组成群出现以形成长带。所以也能被流水利用来削蚀岩石以形成溪谷。游客们若有兴趣鉴别武陵源诸峡谷的地质构造背景，可沿峡谷两侧寻找断层证据。其中最常见的有，由于两侧岩块移动时互相摩擦，所产生的光滑如镜的“镜面”，以及因摩擦使裂面括损的线条状、或槽状的“擦痕”。如在百丈峡的峡谷内即有见之。此外还有伴生的小裂隙、破碎带等。虽然由于泥土砂石的掩盖，这些证据不一定出露，但若仔细观察，有时仍可找到一二。

水碧山青

武陵源峰林景观的佳丽，不仅在于它的峰柱之奇秀、寨台之高平，危崖长峡之险幽，还在于它的水木清华、泉石相衬、树峰相依之美。它既有石林小涧、峰间溪湖、水琴长鸣、银瀑高泻；复有古木参天，芳草繁茂，峰顶葱茏，古树垂壁，实乃人间仙境。由于林密水丰，故多珍禽异兽，只见鸟歌枝头，蝶舞花丛，猿啼幽壑，使千峰万壑的胜景更添丽色，倍具魅力。武陵源水的来源有二：一是直接来自降雨。据统计，本区年降水一千五百毫米，它既是湖南多雨地区之一，且是暴雨集中区之一。二是来自泉水，即间接来自降水。构成武陵源峰林的砂岩、孔隙及裂隙（如节理）多，具备了岩性与构造两个条件，故蓄水条件好。这些蓄在岩石孔隙中、裂缝中的地下水，慢慢地渗出来，便形成清泉甘露，并为瀑布溪涧供给源源不断的流水。

草木生长，除水外还离不开土。构成峰林的砂岩中含有少量泥质，并夹有泥质砂岩，这些泥质风化遂成土壤。这就是武陵源风景区内无论是峰顶崖边，抑或是石隙砾丛都能长树披草，千仞峭崖之巅可以挂着岩松，天桥上下绿枝挺拔的原因。

水土充足，为植被繁茂提供了条件，而植被广布又为水土保持创造了良好前提，水土与植被的协同作用，既为武陵源增光添艳，更给峰林景观保持长久青春，并能造成“久旱不断流，久雨水碧绿”的优越环境。

综上所述，构成武陵源峰林地貌的地质因素是多方面的，由于它们的综合作用才形成如此壮丽奇趣的景观。这些地质因素可归为两大类：即内部因素和外部因素。前者提供物质基础，是依据；后者提供加工动力，是条件。简列如下：

1. 内部因素。是指地壳本身的地质作用。包括两个方面：一是岩石因素，它提供了质地坚实、厚层为主的石英砂岩，其中含有少量、但比例不均的泥质。二是构造因素，砂岩层的褶皱和缓，基本上保持平整，而直立节理十分发育，可能还有断层（尚待证实）。

2. 外部因素：指空气、水以及重力所起的地质作用。分三个方面：其一是风化作用，包括化学、机械（物理）及生物作用。其二是水蚀作用，主要是流水的冲刷和侵蚀。其三是重力作用，使风化物散落，岩块滑坠、崩塌。

二、武陵源峰林形成的历史背景和有利环境

历史背景

依笔者研究结果，地壳构造的演化，是循着这样一条规律进行的：地壳运动的强烈阶段与缓和阶段交替出现。一个地区某一地质时代处于地壳运动强阶段时，叫做“活动区”阶段；其后进入缓和（相对稳定）阶段时，则叫“稳定区”阶段。再往后到了另一个强烈阶段时，又重新转入活动区阶段，但这时的活动区不是前一阶段的历史重演。它已变为更复杂、代表更高演化阶段的新型活动区。这种规律称之为“动定转化递进律”。武陵源地区就曾经过了这样的地壳演化历程。

构成武陵源峰林的岩石及其所具有的构造特点，是由本区如上述的地壳演化所决定的。这种演化史可分为四个时期：

1. 石英砂岩物质准备期

约在十五亿年前，即在地质学上叫做“中元古代”时，湘西北地区正处于活动区阶段，这时候地壳运动强烈，有些地段发生沉降形成海槽，介于海槽之间有留在海面的群岛，它们分别叫做“地槽”和“地背斜”。从邻侧陆地及群岛上河流冲下海槽中的泥沙，沉落海底，积成厚层。这一时期由于地壳断裂多，地壳下面的岩浆从断裂喷出海底或岛上，成为火山，有如现在的菲律宾一般。这一时期地壳运动如此强烈，显然属于活动区阶段，又由于这种活动区以具有地槽为特征，故名“地槽区”，这一时期也相应地称为“地槽阶段”。随后，地壳运动逐渐增强，到地槽阶段的中期出现了造山作用，致使地槽中的沉积物发生褶皱和断裂；并垒迭起来，升露海面成为山脉。在造山过程中，还有大量的岩浆侵入，形成了许多花岗岩体。以后本区地槽阶段转入晚期，地壳运动逐渐减弱。

经历了这一时期后，湘西北地区的地壳演化史就为武陵源石英砂岩的形成打下了物质来源的基础。因为已褶皱成为山脉的地槽沉积物中，以及这时所形成的花岗岩中，都含有大量石英，可为后来产生砂岩提供砂粒的

一部分。

2. 石英砂岩产生期

自成地槽区的山脉形成后，本区的地槽阶段就进入了晚期。随着该山脉被当时的风化、水蚀等作用的削蚀，高度便逐渐减低。到了约六亿年前的“古生代”初期，山脉被削平，变成平坦的地面，这时候地壳运动转弱，没有造山作用，以大范围的整体慢升降运动为主，是居于稳定区阶段。又因其地面高低起伏的坡度很小，平宽开阔，一望无际，好像平台，故称为“地台区”。这一时期的相对稳定阶段，称为“地台阶段”。

时间到了三点八亿年前，即古生代中期，称为“中泥盆世”的时候，本区适值地壳运动的沉降时期，海水浸入，武陵源一带处于浅海的近岸地带。因是滨海地带，离陆地不远，所以从河流冲下来的泥沙入海后，砂子及少量泥土先在此沉入海底。经过若干万年的积累，遂积成厚达千米的砂层，砂层逐渐压实固结，便成为今天所见的石英砂岩。又出于当时这里是地台区，海底平广开阔，所形成的石英砂岩也就分布很广。今天所见到造成峰林的武陵源石英砂岩，只是出露地面的部分而已。

此外，在金鞭溪的跳鱼潭等路旁的石英砂岩中，其层面上有波浪状高低不平的形态，称为“波痕”。乃是当时砂子沉到水底之初尚系松散状态，同时海水较浅，使它受到波浪冲击而发生波痕。后来砂层固结成为岩石，这些波痕便保存下来。在索溪峪等处的砂岩里面有时还可以见到许多条状小洞穴，叫“痕迹化石”，是当时海滨小动物在未固结的砂层中活动、或居住遗留下来的洞穴。波痕和痕迹化石，通常见于由浅水的滨海沉积物所成的岩石中，可作为识别当时古地理环境的依据之一。

当石英砂岩层产生以后，随着地壳的时升时降，海水也时有进退。至二亿八千五百万年前的二叠纪，石英砂岩因地壳上隆而升露地面以后，陆上一度或为沼泽，有植物繁衍，形成了含煤地层，将砂岩层覆盖起来。我们今天在袁家界即可见到石英砂岩层之上覆有这个含煤地层，其中含有黑色炭质页岩，可资认识。

3. 有利构造发育期

随着地壳运动转化递进的进程继续发展，到了约二亿年前的三叠纪末，湘西北地区开始再度发生强烈的地壳运动，出现了造山作用，使在以前地台阶段中形成的，原属平整状态的各处地层一同褶皱起来，形成山脉，并发生了断裂和节理。显然，这些现象标志着本区的地壳演化史又转入一个活动区域段。不过这不是从前已经出现过的地槽阶段的重复，而是变成一个新型的活动区。由于在这个新型活动区里面所成的山脉之间，往往有一种特殊的盆地，为石油、煤等矿的重要产地，名为“地洼”，所以这种地区，就叫“地洼区”。这时候的活动区阶段，也就相应地叫“地洼阶段”。地洼阶段的造山作用也出现于武陵源地区，使石英砂岩层也发生了褶皱。不过褶皱较和缓，山层尚基本保持静止水平；而突出表现在直立节理十分发育，遂为后来产生峰林地貌提供了有利的构造条件。

4. 峰林的诞生和发育期

地壳演化的地洼阶段，其进程可以划分为三个时期。早、中两期地壳运动渐趋强烈，主要造山作用即发生于此时。到了晚期，则地壳运动逐渐转弱，造山作用渐趋缓和。在武陵源地区，原在地台阶段形成的各个地层，自从地洼阶段早、中期被强烈的造山作用褶皱成为山脉后，在其露出地面部分即已开始遭受风化水蚀。三百万年以来，本地区的地壳运动虽有时升有时降，但总的进程是以上升为主，直到今日仍然如此，故露出地表的地层所遭受的风化水蚀仍在继续。于是，当某处位于上部的地层被剥蚀殆尽时，新露出的下部地层接着遭受风化水蚀。在二叠纪含煤地层被剥蚀无余的地段，石英砂岩便暴露地表，成为风化水蚀作用施展灵巧技术雕造峰林的优先地区。今天武陵源的峰林发育地带，即是例证。袁家界虽有同样的石英砂岩层分布，但因其上有二叠纪含煤地层的保护，未能接受天工的雕刻，就只能做若干万年以后的未来峰林的预备区了。

总的说来，武陵源峰林形成的过程，可以归结为：

曾是地台浅海滨，沉沙结石广平伸。
造山揭出地洼带，褶断诞生节理纷。
升露岩层遭水蚀，劈为崖柱顺裂纹。
万年雕镂功成渐，绣就画图稀世珍。

有利环境

武陵源峰林风景之所以如此奇丽，除了地壳演化史的背景特点外，还有一个重要因素，就是有利的开发和保存环境。这是在其历史背景的第四时期之末，即现在所见峰林诞生以后的目前环境。如果把历史背景叫做先天条件，那么这就是后天条件。这一时期的有利条件，就是武陵源所处的地理位置及气候特点。

武陵源位于湘西北的中山区，海拔高度平均约千米。地居北纬二十九度二十二分左右，属北温带南缘，为一多雨区，年降水一千五百毫米。年平均气温摄氏十三点四度，最冷的元月平均摄氏二点六度，最热的七月平均气温摄氏二十四点三度。气候温和，雨量充足，由于此种优越的地理位置和气候环境，才造成它的水木清华，泉丰林密。既为砂岩峰林增添秀色，又极利珍禽异兽繁衍。更为保持水土、减少风雨流水对石峰石柱的侵蚀破坏提供了良好条件。此外，由于夏无酷暑，冬少严寒，使之成为全年型旅游胜地。

三、开发与保护

峰林之钰　稀世之珍

尝闻世上石林峰林不少，但就现在已知者来说，能与武陵源媲美者不多。依笔者游踪所及，形态颇似武陵源景观的峰林有六种：即丹霞峰林、科罗拉多峰林、喀斯特峰林、玄武岩峰林、土林及风蚀石林。它们的风格虽有所长，但其综合观赏价值，比武陵源则尚有逊色。

武陵源地貌的优胜之处，可以概括为五个方面：一是石峰石柱座座形神具备，壮丽奇幻；二是石峰密集，三千余座，成为真正的“峰林“；三是分布范围宽广、连绵成片、蔚为壮观；四是在峰林之海中，沟壑纵横交错，配合峰林构成举世无双的绚丽图画；五是林密水丰，苍翠连绵，相互衬托，奇甲天下。

先说丹霞峰林，它最近似于武陵源石英砂岩峰林，它有千姿百态的奇峰异石。是由红色砂岩砾岩组成，以其鲜艳的色调著称，这一点为石英砂岩所不及。但因其岩石的生成时代较新（自一亿年前至三千万年前——即白垩纪至早第三纪），其固结坚硬度较易被风化水蚀，峰柱棱角易被磨钝，大多数已失去刚劲峥嵘的神韵。其次，它只发育于地洼盆地里面，人烟稀疏、植被破坏太多，石蜂石柱缺少衬托。姑不论河北省承德的双塔山、棒槌山，石柱孤立、寂寞伶仃，即使是粤北的金鸡岭，以致闻名遐迩的丹霞山——是笔者命名“丹霞地貌”的标准地，其树木也不及武陵源之密茂。再者，从已被发现的丹霞峰林看，都比较分散，像武陵源这样大片密集者较罕见。在日本爱媛县的古岩层公园，笔者曾看到过“暮霭峰林披薄纱、几疑此日在丹霞”的风景，虽古木参天，水碧泉甘，但只有寥寥可数的石峰数座，令人扫兴。

其次谈科罗拉多峰林，它发育于美国科罗拉多高原的红石公园、石拱公园以及其他一些地区。它是由二叠纪红色砂岩构成。因其岩石的年龄较丹霞峰林岩石老，固刚硬度略近于武陵源的石英砂岩，故石峰既具有武陵源峰林之神韵，又具有丹霞峰林之艳色。但由于科罗拉多高原海拔三千多米，干旱寒冷，树木罕见，更缺泉声鸟语，满园荒凉；并且峰柱稀疏，伶仃孤寂。在那种凄寂的环境之中，竖立着几根为印第安人所崇拜的“图腾”，乍看有些奇特，但毕竟是“虽说荒原多异石，还欠文物饰风光”。

喀斯特峰林是由石灰岩、受含有二氧化碳的地下水“溶蚀”所成（详见下文），其名起源于南斯拉夫的喀斯特地方。由于它的岩石与武陵源的石英砂岩不同，成因有异，故形态神韵均另具特色。自古有言：“桂林山水甲天下，阳朔山水甲桂林。”其“平地孤峰一样齐”的怡人景色，自不待言。其他如云南路南的石林，广东肇庆的七星岩，江西峡江何君等地的喀斯特峰林，都很有观赏价值。这种峰林还伴育溶蚀而成的洞穴，具有幽深而变化莫测之优点（武陵源区的黄龙洞即属此类，见后述）。但若以峰林本身来衡量，则即使拿喀斯特地貌的标准地南斯拉夫而言，虽以洞穴之胜驰名世界，但其峰林仍不及武陵源风景区这种奇、秀、幽、险、野的立体长卷画那么蔚为壮观。

玄武岩峰林的岩石属于火山岩。在这种岩石分布地区，如我国沿海一带及日本等地，常有见之。其岩石色黑，因属火成岩，故石柱的成因与砂岩峰林有所区别。论其形貌风格，由于玄武岩是喷出地面的岩浆（岩流）冷凝后形成的岩石，冷凝时由于体积收缩形成的直立节理将岩石裂成六角形，故塑成的石柱独具特色。但因各个部分抗风化水蚀的能力一般比较均匀，故所成石柱大都显得单调，缺乏砂岩石柱所赋有的线条曲折，凹凸复杂，造型奇特，形态多变的谐趣。

土林分为两种：一种是黄土林，另一种为一般土林。二者都是由于流水沿着它们的直立节理侵蚀、溶蚀，加上重力作用的崩塌而残留的柱状地貌。黄土林通常出现于黄土分布地带，如我国的甘陕晋冀诸省均有见之。一般土林多见于未固结的沉积物中。如山西太后盆地有由黏土层、砂质粘层土所成的土柱，是其一例。这类地貌风景的特色是：土柱矗立，嶙峋雅致。但因土质所限，刚劲雄伟高插云天者不多，并且多数缺乏绿荫流泉陪衬，虽然风格有某些独特之处，但若论奇比趣，则更难与武陵源为伍了。而且由于土柱脆弱，又多数缺乏植被保护，寿命较短。

至于风蚀石林，是由带着砂粒的风将岩石磨成的地貌。见于干旱地带，多呈方柱形、蘑菇状、塔状或城堡状，成群出现连绵成长带，称为风城，有时也称魔鬼城。如北疆的乌尔禾风城，是其一例。这种景观虽有“玉宇琼楼胜天宫，舒展谁家画卷丛”之美。但若论气势，则远不如武陵源石英砂岩峰林之刚劲雄伟。论环境，则更少绿水青山衬托之秀美。

珠联璧合　双胜并美

武陵源峰林之胜，除石英砂岩峰林所具四大特色之外，还有另一特色，那就是得天独厚，在其邻侧及外围巧妙地点缀着许多奇趣的石灰岩洞穴和峰林。它们与雄伟奇特的石英砂岩峰林互相衬托，融为一体，锦上添花。

在武陵源区内的石灰岩洞穴，主要集中于索溪河谷北侧，以及天子山东南缘。石灰岩峰林主要分布于天子山、喻家嘴、腰子垭至水兴一带，面积颇广。在较大范围内，除了邻近诸县境的石灰岩分布地区外，还有永顺县的猛洞河，澧水上游的茅岩河，大庸市东南的天门山等处，均有这种溶洞及峰林发育，成为外围的风景胜地。

石灰洞穴成因：它是一种溶蚀洞，是由于石灰岩受含有二氧化碳气体的水流入地下，经过石灰岩时对石灰岩所起的破坏作用。当水中吸收了二氧化碳，便变成碳酸。石灰岩的化学成分为碳酸钙，这种岩石虽然相当坚硬、质地致密，但若遇着碳酸就会慢慢地与之化合而逐渐溶解，变为可溶于水的重碳酸钙随水流失，留下空洞。洞穴起初很小，以后因石灰岩继续被溶解而逐渐扩大，成为今天以供人进入游览的大洞。流入地下的水称为“地下水”。地下水对石灰岩这样的破坏作用，称为溶蚀作用，也叫做岩溶作用。

石灰岩成为水成岩，是由于水中的生物遗骸骨骼沉积，以及溶于水中的钙质沉淀而成，故有层理。生成后又可发生节理。此外有时还可发生断层。这几种裂缝都是地下水沿着渗透或流经石灰岩的有利构造。武陵源区的石灰岩，既有众多的层理，又有很发育的节理，更有断层，加之雨量充沛，地下水丰富，所以溶洞很多，而且巨大的不少。

黄龙洞是武陵源溶洞中最著名的一个。当人们走将进去，只感到巷道曲折延伸、幽邃不知远近，且又巷纵横，如入迷宫，还有殿堂厅室，更有河库潭瀑……真乃离奇变幻，莫测高深，一个神奇的世界。然而，若加仔细观察，识别方位，又觉得这些厅堂巷道之布局并非全无规则可言。原来这里的石灰岩，其层理比较平缓，岩石中发生的节理大多数是直立的，共有几组，其中最发育的有二组，互相交叉，把石灰岩裂成网格状。因此，沿着层面发生的溶洞，成为平宽阔大的厅堂，而沿节理发育的溶洞就成为纵横交错，曲折变化的巷道。

在殿堂厅室的天花板下，垂着千姿百态、华丽无比的“吊灯”，在地板上还摆设着令人叫绝的“盆景”、刺天的“银箭”。这些奇景乃是涓涓滴泉所成，依次称之为石钟乳、石笋及石柱，当含自石灰岩溶解出来的重碳酸钙液的地下水，自洞顶裂缝渗出时，其中二氧化碳逸出，水分蒸发了，重碳酸钙便沉淀下来，重新形成岩石附在裂缝处。在这种沉淀作用的滴滴点点地进行过程中，初时只在洞顶出现一个小突起，逐渐加大，并向下方增长，久而久之便形成了今天所见的钟状或乳房状的石钟乳。而未能在洞顶沉积、落下地来的重碳酸钙液，遂在地面沉淀、积累、向上增长，形成石笋。当石钟乳同下面对应位置的石笋双方增长相遇相接时，就成为石柱。

石钟乳或石笋里面如若存在着空洞，或石灰岩被地下水溶蚀成为巧合的空洞时，就可以成为石鼓或石琴，敲之有声，弹奏成乐，被誉为“击石胜似管弦声，如闻仙乐耳暂明”的音响石。

此外，在石灰岩洞穴里被地下水淹没的地段，便出现了地下河，也称暗河。倘若暗河只是地表河流潜入地下的一段，则称伏流。

石灰岩峰林成因：石灰岩峰林的成因也与石英砂岩峰林的形成相异。它们是由地下水的岩溶作用造成的，故也称之为“岩溶峰林”。其形成过程分为两种：一种是自石灰岩上部裂缝顶端开始溶蚀，裂缝越来越大，两侧的岩石逐步消失，残留下一堆一堆的石峰，但在更多的情况下则是通过溶洞的扩大，洞顶愈来愈薄，最后穿透出现“天窗”。天窗再次扩大，以致全都消失（常伴有崩塌），形成“溶斗”（也叫石灰阱）。当多个溶斗互相连通，便残留下石峰。起初有些石峰基部还相连着，称为“峰丛”。到后来基部也分离了，就变成为峰林。这种峰林依其标准地命名，故称喀斯特峰林。

喀斯特峰林的分布，常有规则，即常成列成行出现。这是由于该处石灰岩中节理十分发育，其裂缝大有利于岩溶作用的发挥，沿几组主要节理形成溶洞、溶斗，使大部分石灰岩消失后，便留下如此成行成列的峰林。

石灰岩石峰形态各异，变化万千，但它们的大体轮廓常与岩层的形状有关。一般说来，节理平缓的，顶平呈筒状，层理倾斜的，则呈顶尖的锥状；在锥状石蜂中，其两坡有时一边陡，一边缓，状似驼背的老人，称为“老人峰”。

在石灰岩峰林区内常见有穿洞、天然桥等胜景，也是由于溶蚀作用所成。

石灰岩峰林、洞穴形成的历史背景：武陵源风景区内的石灰岩溶洞及峰林形成的历史背景，基本上与石英砂岩峰相近似，因为它们是属于同地区的地壳演化史的产物，只是在岩石产生的时代，当时的古地理位置及物质来源等方面略有不同而已，其产生的历程如下：

（1）石灰岩的诞生。前面已经指出过，在湘西北地区的地壳演化过程中，处于地台阶段的三点八五亿年前的沉降运动时期，形成石英砂岩之后，至二点八亿年前的二叠纪初，本地区曾经隆起成陆，并产生了含煤地层。但这一段隆起运动的时间并不太长，不久便再次沉降，形成浅海。因为这时仍属地台环境，地壳相对稳定，海底沉降缓慢，同时又因其离陆地较远，河流中冲来的泥沙很少到达区内。再有，由于海底平坦开阔，海水深度不大，阳光充足，生物繁衍，多鱼类、珊瑚、海百合及其他浅海动物栖息，这些水生生物的遗骸骨骼积成的石灰岩厚度大而分布广，为今天所见的溶洞、溶峰的形成提供了物质基础。我们在索溪峪管理处至蔡家峪公路所经的石灰岩中，还可以找到这些生物的化石，可资证明。

（2）构造条件的配备。前文在介绍石英砂岩峰林形成的构造条件时曾经指出：本地区中生代初期进入地洼阶段后，遭受到造山运动的侵袭，形成许多节理，为后来风化水蚀作用提供了利用的裂缝。同样，对于本区的石灰岩来说，该时期的造山作用对它也产生了影响，并造成多组交叉的直立节理。这就为后来造成溶洞与蜂林提供了构造条件。

（3）溶洞、溶峰的溶造。上文在论述石英砂岩峰林形成时期，本地区的地壳运动以升降为特色，并以上升占优势。而本地区溶洞、溶峰之形成，也主要在于这一时期，并且与升降运动有关。因为这一时期的地壳间歇上升运动，可使地下水的岩溶作用随之逐步下移，遂使所成溶洞具有多层的特色。在武陵源地区，溶洞计达五层之多，其海拔高度依次为一千米、八百米、五百米、三百五十米及二百米。

珍惜国宝　爱护国宝

综上所述，武陵源峰林堪称奇甲天下的国宝。它是我们中华民族天赋的宝贵旅游资源，必须大力开发使之为发展旅游，为发展国民经济服务。

然而，另一方面，在开发过程中又要注意保护。因为事物总是不断发展和变化的。“海陆从来无静止，风云自古永流迁”，有生必有灭，武陵源峰林自然也不例外，除物质准备阶段的时间不计外，它渡过的岩石形成、构造条件配备，以及天工巧匠精心雕刻几个阶段，历时长达三亿多年才形成今天的面貌。它的发展和变化决不会到此为止，今后还会继续不断地前进。目前尚在青年时期的黄狮寨、腰子寨，将会逐渐转入壮年期；现在已到壮年期的，如西海，将会逐渐进入老年期。也就是说，肥峰将逐步变成瘦峰；高柱将变成矮柱，于是美景将会逐渐消失。即使像御笔峰、金鞭岩那种被诗人吟为“长历风霜犹矫健”，与“高穿云表引自豪”的无畏精神，与“频迎雪雨砺骨坚”的英雄气概，但以地质时间的尺度和自然规律看来，则还是不能脱离诞生—成长—衰老—消亡这个进程的。虽然这个进程用人类的时间尺度来说是漫长的，进行是十分缓慢的，它以若干个十万、百万年计，但最终还是要走完的。

自然界的规律是不可改变的，但可以设法使它减慢衰老的进程。怎样做到这一点呢？那就是科学开发、科学保护。

分析我们之所以享有这个天赋国宝的原因，是由于占有天时、地利与人和之故。地利是有利的地壳演化史，给我们造就了以构成这种峰林的岩石和节理构造，加上外力的风化和水蚀及雕塑成峰林溶洞。天时就是峰林形成以后的地理气候条件，从而孕育出林茂水丰的现代环境，既有植被的保护，又有山清水秀与之衬托。人和便是它藏之深闺，人为破坏极少。

武陵源的未来，在于科学开发与科学保护。而二者的关键在于人和。它包含两个方面的内容：一是直接方面，不在峰林区内采石。在建房、开路时不要伤害峰林石柱，遇有崩塌可能的石块应加以处理，使之稳定，间接方面则是保护森林、维护植被。这方面的作用是多方面的，包括保持水土，减缓自然对峰林的风化和水蚀，形成良性循环，永世利用的自然生态环境等等，而最显而易见的作用是保护景观。试想，若是光秃秃的峰林和沟壑，那么武陵源将是个什么样子？再比如：若是夫妻岩顶上的树木被砍掉，原来有说有笑的两口子岂不成了僧尼？散花仙女手上的树去掉，她将抱着空篮，怎能引人遐想？——有了森林就有了活力、就有了生命、有了情、有了无穷无尽的美和魅力。

……必须处理好经济效益与生态效益的关系，绝不可能顾此失彼贻患儿孙。

（选自《中国地理》1992 年 10 期）

一个美丽千古的约会

罗长江

一

穿越时空，我来赴一个美丽千古的约会。

伫立在总面积为二百八十平方公里的砂岩大峰林景观的制高点，天地之间若闻长裙曳地的窸窣之声。月华如水，天光浅黛，晨雾铺展无边浩瀚。浮出云表的数千座岩峰的峰巅，一如几亿年前浮出海面的岛屿。月亮在浪花滔滔般的野性抚摸和温情拍击下，激溅着银光闪闪的声音……

云烟轻揉的远山，如静伏的昆虫触须袅袅。迢迢银河沉入宇宙深处，时间深处。

罡风，自遥远的泥盆纪呼啸而至。怀揣一腔热切，我徜徉于世界之初生命之初的海滩边，沾满了宇宙凉意的嘴唇，舔动自远古漶漫而至的大海回响……

二

清辉不觉寒。

海滩是一片银色海绵，滋滋地吸收着清冽的夜气，发出轻烟和微光。一位情有独钟于这片奇异景观的诗人，曾经心血来潮地将其命名为“天子海”。凝视砂岩岩峰的一层又一层海水沉积线和一道又一道波蚀浪痕，踏着成片成片连成厚厚岩层的笔石化石和珊瑚化石，捡拾着零乱散落得满海滩都是的亿万年前的生命碎片，理所当然便为一个个鹦鹉螺化石和一个个巴附于寒武纪岩石上闪射珍珠光泽的贝类化石而遐思悠悠了。

在这蒹葭苍苍的月白风清之夜，我的双脚踩着啧啧作响的水声。揣想生命刚刚完成了单细胞、藻类、鱼类的进化之后，晚古生代泥盆纪末纪的某些原始的有肺鱼类，兴许就是从我现在所驻足的地方，探头探脑从海水里爬上岸来，用四条粗短的从鳍进化而来的脚，开始了由海洋向陆地进发的最初旅程……

巨大的黑色之蚌喘息着张开。

火烧云追赶着庞大的海鸟群在嘹亮地叫喊。

躁动的快感碧波万里。

珊瑚礁从大海深处走出来一串串蒸发着远古气息的童话，纷纷地，开放成花……

三

将张家界、天子山、索溪峪三大景区融为一体的砂岩大峰林地貌，其制高点之一在天子山上。天子山的山脊与峰峦既被圈入大峰林之中，又给悬浮于大峰林之上。与千百座砂岩岩峰顶部等高的环形山腰，有一条长达五十公里的壁岸路为标志的壁岸线。壁岸线在三亿八千万年以前的地质年代，便是这片曾为古海洋地带的真正海岸线。在泥盆纪的五千万年间，这儿曾几经沧海桑田的巨大变迁：大地的升降运动，海陆的轮番更替，气候的冷热交换，生物的生死嬗递，一切在发生着惊心动魄的变化——

冲蚀。消融。崩解。漩涡。喷流。水晶。熔岩。冰川。季雨林。沉积层。辐射。潮汐。雷暴。雪崩。山洪。沼泽。阴影。独角犀牛、东方剑齿象、恐龙与古鲸的厮杀……

时间静止着。

古生物钟响了。

可供计时标志的各种生长纹饰的化石——跌落在湛蓝海盆的古生物钟呀，在深海的漩涡撞击下会发出悠远动人的沉响吗？钟声会传递我最热切的期艾和最美好的许诺吗？

飞鸟入睡了。波涛的絮语将我轻轻摇晃着。交相辉映的银河，繁星明灭成光斑的颗粒，如浮萍，如卵石。海天间充溢着宇宙子宫的羊水。

浪与浪相簇拥。

梦与梦相堆积。

古生物钟的沉响，唤醒着我曾绵亘千古的漂泊之旅……

四

我想像我曾是一只漂瓶。

随着原始海洋从这里退却，代之以沉积为厚达五百米的石英砂岩盆地；随着大陆板块的错动变化，古海洋再度涵盖这片盆地；随着石英砂岩高原的隆起，古海洋又一次从这里引退——一则寓言中的漂瓶，随着古海洋的几度位移，便在海陆从来无静止的颠簸里无边无涯漂流着，便在风云自古永流迁的沧桑里无休无止漂流着。

漂流是一种偶然也是一种必然。

无意去猜测命运亦无意去咀嚼种种际遇。

我以海往我身上铭刻的音符为语言，一个世纪又一个世纪地与水族们吐出的泡沫亲热地呢喃着，一个世纪又一个世纪地与苍穹吐出的云纹美丽地交谈着，关于和谐交融，关于共生共荣，关于道化自然，等等。

寓言也许远比人类的历史要长。有一天，地球上人类诞生了。寓言中的漂瓶搁浅沙滩时被一个孩童拾起。谁也不知道里面装着人类的所有欲望。当瓶塞拔开后，欲望纷纷跑了出来，遍布人间。

岁月之海从此涨满欲望之潮。

漂泊中渐渐知晓地球上的水原来息息相通。

一个偶然的原因，发现人类在屏息谛听来自东半球和西半球的两位哲人以“展望二十一世纪”为题的对话。两位哲人纵贯古今，横跨全球，从宇宙天体、生命起源、宗教哲学、道德伦理、科学技术、文化教育、环境保护、国民经济、政治制度、和平战争，一直到未来的世界大同，几乎探讨了人类社会、当代世界所有最迫切的问题，并对未来世界作了预测和展望。其中关于人类与自然的论述，可谓振聋发聩！

哲人说，现代文明确实有通过科学而防止自然灾害的功绩一面，但由于它的出发点在于为了人的利益去征服自然甚至不惜破坏自然，是以对立关系处理人与自然界的，因此，受到伤害的自然已经开始向人类施行报复。可怕的是，人类的力量已经达到了足以导致人类自我灭亡的程度，如果人类为了满足贪欲而继续滥用这些力量，必将把人类引向毁灭……

我震惊。我愤懑。我如坐针毡。

环顾星空，俯视地球，这湛蓝如晶、飘然翼然的宇宙间最美丽最迷人的星球，这哺育了人类千百万年的“生身之母”，无论如何也不该遭到情感上的遗弃和戕害呀！

人类只会钟爱自己倾心自己已经太久太久了。这是对大自然的真正意义的大背叛！地球无疑是人类的母亲，大自然无疑是人类的恋人。基于人类的良知，我们理应重新认识大自然，倾慕大自然，珍爱大自然。美国一位学者把人类倾慕大自然的情结归于寻求“第二情人”的心态使然；中国一位学者甚至认为，人类皈依、热爱大自然是具有提升人类文明品位奠基意义的一项情感建设！

于是，为赴这一千古约会，我选择一个黑夜，一个水天一色、混沌如初的时刻上路。

怀着乡愁的冲动为寻找家园而来。

怀着浪子的心情为重返家园而来。

红尘滚滚，拂去关于痛失家园的种种喟叹。长空，大河，山岳，湖泽乃至万古苍凉之上，一支音乐在回荡不已：

不要问我从哪里来，
我的故乡在远方……

五

这是庄子曾经描绘过的一则爱情故事：

一个小伙子与他的心上人约好在桥梁下相会，等呀等呀，却不见心上人儿如约而来。水位渐渐上涨了，及膝，淹腹，一寸寸漫至喉咙，只剩下两只眼睛浮在河面上了，仍在炯炯然痴痴然张望着那条青石小径，两耳在倾听着是否有裙带抚过蓟草的窸窣之声。负心的小女子终于没有出现，而抱着梁柱死去的小伙子仍然坚守诺言，不肯撒手，任凭岁月将身子泡得胀大，变形，任凭头发在激流中盘缠如一窝水蛇，任凭臂膀上长满了牡蛎，千寻之下，痴痴等待一场无望的约会……

我惊叹别出心裁的美国女作家苏珊·格里芬从女人与大自然之间的相似点出发，出色地论证了自然即女性，女性即自然的庄严命题，从而礼赞女性和大自然同是造物主创造的美化身。基于人类良知对自然生态和精神家园的重新认识，当我以人类的名义，满怀愧意丛生的虔诚和深沉久远的爱情冲动，回归与走近大自然这位情侣的怀抱时刻；当我穿透时空、跨越古今来到这块以稀世地貌砂岩大峰林而著称的“养在深闺”的“村姑”面前：我热切难耐，我忐忑不安，我语无伦次，我泪流满面，只知道如一位诗人那样，用了世界上最轻最轻的声音，轻轻轻轻轻轻只知道一任这归心低首的魂灵，在你的容光里含泪颤动……

亲爱的人啊！我还是我，还是千百年前、千万年前曾经与你肌肤相亲的我，千百年后、千万年后仍将与你共度沧桑的我呀！只需你——一位令我崇敬不已的大诗人与长者如是提醒说——只需你按一下我的太阳穴，你就知道我冰凉的血液里凝聚了多少喧嚣的波涛；只需你感应一下我这肱肌隆动的胸脯上宛如波蚀浪痕一般起伏不已的呼吸，就会唤回三叶虫、蓝绿藻、空棘鱼类、鹦鹉螺之类的关于古生代的漫长记忆。

——我的亲爱的人哪！

六

我站在齐腰深的等待里了。

浸进晨雾夜岚铺展的浩茫里，我禁不住上天入地地神游于这一片汪蓝，一任幻觉舒开长臂往空中划出优美的弧度，一任幻觉潜行于峰三千水八百之间。飞身空谷，忽产生一种类似飞狐突然袭击障碍物一般的快感。驻足断崖，有苍苔顺着脚趾顺着手指爬上喉结。一座座砂岩岩峰扭动腰肢，开始舞蹈了，洞穴伸长成呜呜牛角号。亿万年的落叶堆积出发酵的情感，满天空流溢着包谷烧的香味。发情的麝在视觉里在感觉里奔跑不已，美丽的趾印在悬崖上旋即绽开浓烈的欲望……

在绝壁与绝壁之间在野性与荒美之间荡来悠去的小猴儿，你们好！

带着悦耳的哭腔，爬到岩石向着遍地星光倾诉生命的娃娃鱼，你们好！

月阴月晴下自峡谷明明灭灭闪闪烁烁走出来的童话，你们好！

以热情洋溢的花枝和怀抱空巢的垂荫迎待我的到来的鸽子花，你们好！

海已经死了，花依然开放。这花指的是龙虾花。循着龙虾花的一路清芬，循着金鞭溪的迤逦水声，我来到景点名为“千里相会”的一堵巨崖前。偌大的夜幕上，轮廓分明地衬映着一对情人剪影。有缘千里来相会，万水千山总是情。一抹微笑，一个凝眸，一声带电的惊喜，一番含嗔的娇羞……无不展露出风情万种。只是，如眼前这样热恋中的男女，生命可以不惜而属于自己的那份情感却不可不坚守，又怎是一个“情”字了得的啊。

“千里相会”前有株重欢树。亲爱的人儿，我发誓要请求你答应：我们的约会就放在重欢树下吧！我这就去采来藤萝、香草、五色花，精心装扮你，我会为你铺就云彩一般感觉美丽、波涛一般富于弹性、德彪西的音乐一般充满梦幻情调的婚床。接下来，我将请求你答应——答应做我的新娘！

亲爱的人儿，浸进脖子深的迎待里，我在殷殷呼唤着你的回眸。

长夜如歌。我在水中等你……

（原载《湖南文学》1995 年第 8 期，《散文选刊》1995 年第 10 期选载，收入《新时期湖南文学作品选》〔湖南人民出版社 2011 年版〕等多种选本。）

风景的绝唱

罗长江

一种苍凉美，一种狂狷美，一种大气美。

千百座砂岩岩峰兀自挺立成一种奇观。峰林间，一柱柱阳光静静斜射着，一缕缕云雾静静升腾着，一道道溪瀑静静明灭着，一阵阵林涛静静起伏着，一阕阕天籁静静萦绕着……

壮阔是横无际涯的壮阔。

静穆是无始无终的静穆。

面对气象是如此崔嵬画面是如此辉煌气氛是如此静穆的千峰万壑，面对地球上这独一无二的大景观、天宇下这恣肆汪洋的大手笔，一切语言和文字都显得苍白，孱弱，甚至多余。索性如野牛如老狼如猛虎一般，立在悬崖边作一番嗷嗷长啸多好，声音便越过峰峰壑壑，涌至峰天相连的远处，让满世界经久不息地荡起喃喃不已的回声，粗粝、古远、雄性且野性的回声！

如浪的峰峦排挞而去……

如涛的云雾倾泼而来……

我盘桓于西海天台的万丈悬崖之上。一年前，一位身着长袍足蹬布履的长者，正襟危坐在我身边的这棵苍松下，搁于膝头的古琴，便溢出一片天籁般的音乐，在千峰万壑间荡漾不已。古琴演奏家是应台湾制片人之邀，来此为他演奏古曲《潇湘水云》拍摄外景的。绿波浩淼，岚气氤氲，天光云影，气象丛生，砂岩大峰林风光一经与博大精深的古琴演奏艺术融为一体，不由你不如痴似醉，不由你不失魂落魄。便如日本著名指挥家小泽征尔当年一样，禅定般盘腿坐地，曲罢良久仍垂首不语，末了只幽幽地吐出一句："深啊……"

时光回溯到两年前。公元一千九百九十二年五月，联合国教科文组织世界遗产委员会派来考察的两位蓝眼睛官员，就是从我现在所心骛八极神驰万仞的这个观景台，逶逶迤迤爬到月亮垭的凌空处，面对大峰林的磅礴气势和大云雾的壮丽景象哦哦连声，叹为观止的。一路上，千年藤葛间荡来荡去的猴群，愣头愣脑冲着行人婉转着歌喉的窠中小鸟，被洪水冲倒的树木任其自然地横陈山涧，蟾蜍无所顾忌地跳上蓝眼睛官员的脚背，风儿眯着眼躺在花蕊里休憩，小松鼠自由自在地啃着阳光……极其生动极其和谐极其天然的一帧原始生态图，使得眼光本来十分挑剔的两位博士颔首不已，确认这里是具有绝顶美好的自然现象、地层、地貌的自然风景区。它所拥有的壮丽而参差不齐的石峰、郁郁葱葱的植被以及清澈的湖泊、溪流，还有美丽无比的溶洞和阴河，足可以与美国的大峡谷等几个国家公园和纪念物，与西澳大利亚班来尔突出的砂石峰地区相媲美；而在规模、数量、品类以及植被、活水量、石峰轮廓的垂直度诸方面，这里都分别超过了上述地区以及中国国内可与比拟的所有地区。

显然，这是两位专家站在世界自然景观之巅写下的权威结论。哦，大峰林大峰林，分明是一阕独领风骚的千古绝唱……

如蝴蝶默默静止于花朵，我默默静止于观景台的一块舌子般伸向百丈峡谷的巨石之上。阳光之吻自凝碧万古的天空贴近我的嘴唇。大峰林气运丹田，自神秘莫测的幽谷潜入我的掌心。阳光极清纯极清纯。空气极清纯极清纯。“声音没有被机器切割过，色彩没有被画笔修改过，秩序没有被观念规定过”。没有噪音。没有霓虹灯。没有车队咬着车队的尾巴。没有商标没有绑票没有股市风潮没有旋转餐厅没有海湾战争没有世界杯没有国会纵火案没有花柳病艾滋病没有海洛因没有……

唯有大峰林与原始同在。

唯有原始感与人类同在。

唯有亿万年前被古海洋浸泡被古海浪摇撼的，跟砂岩高原一同徐徐隆起和冉冉上升的，与砂岩大峰林一道被雷霆被闪电被冰刀霜剑所切割、削砍和塑雕的这阕古老又年轻的白太阳与风景所在。

阳光无处不在。无处不在的阳光是远古的冲动而成的岩峰们最亲密的影子，是未被尘嚣侵扰的乔木们灌木们最亮丽的叶冠，是未被工业文明染指的溪涧里最优美的鱼类所吐动的泡沫和藻类所闪熠的粼光，是未被都市风掳走的原汁原汤的民间歌舞，是似乎正在睡去的时间，是水墨画泼染出来的寂寥如斯的空间，是超越时空的一种意绪与心态，是人类和宇宙息息相通的一种律动与僭化……

我沉浸在《大峡谷交响乐》的磅礴与雄浑之中。冷峻而深邃的大峡谷，蕴藏和勃发着无穷生机与活力的大峡谷，时远时近时沉时浮的一般雄风——不，一般雄魂——在蒸腾在回荡的大峡谷啊！神秘中暗含着一种凛然不可侵犯的威严，从容中透出一种沉稳、恢弘与大气，令你惊心动魄，令你灵魂出窍，令你顶礼膜拜般归心低首，并为其所尽情展露在我们面前的永恒魅力所慑服、所倾倒。而响彻天地之间的千古绝唱——砂岩大峰林风光，亦包含了呈枝桠状分布的十来个大峡谷，所拥有的东方式的永恒魅力与神秘感，和所拥有的令人回肠荡气的雄魂与风骨，足以令我们豪气四溢，雄视大千。只不知——只不知什么时候，才能拥有属于我们东方同时也属于全人类的大峰林交响乐呢？

一只苍鹰在我的视野上空和思维空间盘旋。在我的心目中，鸟是地球生物圈中最自在的一种生命形式和最自由的一种生命现象。当我的目光和思想随了那只苍鹰一声呼啸射向辽阔的云天，并以鹰类的优美姿势翱翔于大峰林之上时，蓦然发现这里实在是鸟族的乐土和王国。没有鸟族居住的大自然是死寂的大自然。而当我感觉到这里的鸟儿皆是这阕风景绝唱中的一个个音符时，自有一种无法掩饰的审美感动，生动和烂漫着整个天空和大地。

然而，我要说，这里的鸟儿没有历史感，没有古典悠悠的书卷气。不曾往“在河之洲”的《诗经》里关关叫唤过；不曾若垂天之翼的大鹏扶摇九万里而逍逍遥遥的游历过；亦不曾被王摩诘往唐诗中喂养过被李清照往宋词中喂养过。自地球上出现生物伊始一直到本世纪七十年代末的亿万年间，自这块土地上出现人类活动伊始到本世纪七十年代末的数千年间，这里不似泰山、华山、嵩山乃至其貌不扬的骊山、香山之类，得历代皇帝幸驾而风光过；不似峨眉山、九华山、普陀山乃至近在咫尺的天门山、五雷山之类，得历代香客朝拜而红火过；不似庐山、桂林、三峡以及毗邻的桃花源、岳阳楼之类，得历代诗人吟哦而声名远播过。放逐中的屈原公虽然写下“沅有芷兮澧有兰”的句子，可惜他侧身而过，便与藏于澧水流域的这片天姿国色失之交臂了。诗人刘禹锡、那个写过脍炙人口的竹枝词的刘禹锡，当时被贬朗州即今常德，离这里亦不过一箭之地，可惜也没得这个缘分涉足这片奇山异水。于是乎，这片保存完好的呈原始状态的生物圈，这片地处僻壤的砂岩大峰林景观，便如人所云，只能被拥有汽车、火车、飞机、摄影术、森林的人工采育和营造的现代文明所发现和赏识。砂岩大峰林风光，便和南极洲蓝幽幽的冰大陆风光，和乘坐飞机看到的云海风光，和宇宙飞船上看到的以星空为背景的球状大地风光，和踏上月球凝望的寂静神秘的球形山风光，和天文望远镜遥望的相距几百万光年的漩涡形、椭圆形、蟹状、棒槌状的星云风光一样，同属于我们这个时代。有人把张家界之长期“养在深闺人未识”归咎于人们审美意识的麻木和审美情趣的浅薄；也有人把她的被埋没被忽略归咎于地域的偏僻、交通的闭塞，以至于历代文人墨客未能涉足的缘故。这些看法都不无道理，但究其实张家界的被发现也许注定只能是二十世纪八十年代的事情。这不仅是因为公路的修通、铁路的开通，更是因为现代人的心灵目光与大自然的重新接通使然。科学的进步、日益发达的工业文明给人们带来了与日俱增的物质享受，同时却也带来了环境的污染、心灵的隔膜、人性的异化等等被人们呼之为“城市文明病”的东西。人们在驯性文化氛围中生活得太久了，便格外渴望得到野性文化的熏陶，让自然、纯朴和本色的人性得以回归与拓展。恰恰，张家界迎合了、满足了人们的这一心理需求，因而，大峰林的美最原始，也最现代，最古老的原始风景线和最新潮的现代风景线，在砂岩大峰林身上得到如此生动完美的结合，这实在是一个奇迹、一份造化、一种天意，理所当然应该得到人类最不吝惜情感和笔墨的认可与赞美。

一部名为《绝唱》的外国影片，曾使我唏嘘不已。影片中的女主人公是位绝色美人，在一场意外的变故中双目失去了光明。爱她到了极致的恋人为了表示不渝的忠贞，竟将自己的眼睛也给断然弄瞎。砰然声绝的琴弦，弹出了一支令风云失色的爱情绝唱。好长一段时间，我对男主人公的极端行为感到不可理喻。只有到了现在，当我与大峰林的爱恋发展到了我中有你你中有我的盐溶于水一般的境地，才对因了刻骨铭心的爱情而不惜自虐自残的举止，平添无尽的激赏与感动。

往后的日子里，我会更加珍惜情感，珍爱大自然。

（原载1995年1月26日《湖南日报》第七版，2008年入选中等职业教育与五年制高等职业教材《语文》第四册。）

第三千零一峰是铜像

罗长江

永远忘不了山色向晚的那个黄昏。西沉的落日将神堂湾、十里画廊、西海一带成百上千座岩峰壁涂成赤赭，满天空流溢四散着无限的红光。群峰之上，逆光而立的贺龙铜像仿佛被无限的红光簇拥着、托举着、提升着。雄峙苍穹的巨大身影，乌黑而铁青，在火红火旺地燃烧着激情的落日的光辉里，焕发出摄人心魄的震撼力，充满了壮美、恢宏、凝重与神圣。

这座中国目前最大的铜像，是一位蜚声中外的著名雕塑家呕心沥血之作。农民出身的开国元勋身着军大衣，伫立于三千奇峰之前，那根曾叱咤风云的大烟斗捏在手中，那匹曾仰天长啸的大白马依在膝旁，天风吹衣，目光如炬，整个造型、色彩、气韵与大峰林风光浑然一体，甚至连大衣上的皱褶亦和岩峰们浑然一体。远远望去，俨然一座“虎视何雄哉”的砂岩奇峰，与大峰林一道沐风栉雨，拔地摩天。

武陵源素有“峰三千，水八百”之称。那么，雄峙于天子山上的贺龙铜像，便是第三千零一峰了？

元帅是桑植人。天子山原来属桑植管辖，历史上这儿曾出了个揭竿而起的土家族义军首领向大坤，号称向王天子，遂得名。向王天子终因抵挡不住朝廷进剿而兵败身亡，在人们心目中却依然是位了不起的英雄。至于历经艰难百战终而成了共和国开国元勋的贺龙元帅，当然更是家乡的骄傲。一代元戎的铜像屹立于故乡的奇山秀水之中，既告慰了元帅的在天之灵，也寄托着黎民百姓祈求元帅英灵庇佑这一方山水的朴素情结。

我不止一次来过这儿凭吊与瞻仰。铜像矗立于被命名为“云青岩”的一块临崖的巨石之上，高六点五米，重九点三吨。铜像身后，便是低于铜像的一大片一大片列队成阵的岩峰。人们自然而然便把元帅与千军万马联系起来；与“醉里挑灯看剑，梦回吹角连营”，“沙场秋点兵”的戎马生涯联系起来；与“想当年，金戈铁马，气吞万里如虎”的烽火岁月联系起来。

元帅还没有成为“元帅”的几十年间，从两把菜刀劈盐局首义开始，领着一拨拨娄澧子弟攻城夺隘打天下，一次次胜利一次次失败，一次次跑回到家乡拉队伍重整旗鼓。“杀气三时作阵云，寒声一夜传刁斗。相看白刃血纷纷，死节从来岂顾勋？”本世纪二十年代至三十年代，其时人口不过十余万的桑植县，死难的工农革命军与红军将士即达上万人。一瞥铜像背后的千军万马，眼前便倏忽跳出无数阵亡将士的面影……铜像啊铜像，它不仅仅是告诉人们这里出了顶天立地的人物，还凝聚着人们对那个年代，那段岁月，以及喂养了那个年代那段岁月的雄魂浩气的深深缅怀与向往。

一则关于中国人健忘的故事令我震惊不已。几年前，曾在抗日战争期间为中国建立了特殊功勋的中美空军美方飞行员，自愿组成一个观光团来中国大陆访问。一下飞机，团长汤姆斯正打算与前来迎接的中国官员热烈拥抱，孰料遭到官员随从的礼貌阻拦，他们是迎接一个日本商务代表团来的。接待汤姆斯一行的只是省政协名下的“黄埔军校同学会”分会负责人。当晚在昆明春城餐厅设宴为观光团洗尘。酒席本是早就定好的，孰料一个日商要在此举行答谢宴会，所出的价钱要高得多，所以餐厅经理就请同学会改变地点或改变时间。勃然大怒的汤姆斯当即甩给经理一叠美金，要他按最高标准订。往后的几天里，观光团发现与之接触的中国官员与老百姓，对中美空军在反法西斯战场上的那段历史几乎一无所知。自尊心受到伤害的汤姆斯，把在中国参加抗日战争获得的纪念勋章全都挂在胸前，走上街头，看看有没有人认识。可惜绕着昆明闹市走了一大圈，也没有人来搭理他，更别说要像对待英雄那样欢迎他了。只有几个年轻人操着“洋泾浜”英语，打听这位美国老人有没有美元兑换。总之，半个世纪还没到，由中美空军共同用鲜血和战功铸造的丰碑，已经为人们所遗忘了。

走在离铜像不远处的游道上，我是以十分痛切和激愤的心情，向同行的友人述说这个故事的。正好这时有群日本游客从后面赶了上来，其中一位干练精瘦的矮个子老人打着手势，嘴里叽里咕噜着，初听以为是向我打听一个名叫“李炳仁”的人，后来才知道说他们是“日本人”，询问天子山度假寨往哪儿走。顺着我的手指方向，老人说着生硬的中国话“谢谢”，与他的同伴们走了。而老人那双眼睛，我却总觉得在哪儿见过……

哦，想起来了，是在余秋雨先生的散文《这里真安静》里头。本世纪四十年代，曾将古老的黄河流域整个儿浸入血泊的日本陆军元帅、日本南方军总司令寺内寿一死亡的消息，震动了新加坡的一座日军战俘营。正在受到全世界唾骂、正在受到公审的一群日本战俘，张罗着要为寺内寿一筑一座符合元帅身份的坟，并决定墓碑必须采用柔佛（今属马来西亚）南部的一座石山上的石料，因为日军曾与英澳联军在那里发生过激战，好多石块都浸染了日本军人的鲜血。于是，他们以修建战俘营宿舍为由，征得看守他们的英国军官的同意，开始大规模地采运石料。而远在柔佛的那方染血的巨石，则只能在星夜秘密偷运；山道上，椰林下，低声的呼号，受过伤的臂膀，勒入肌肉的麻绳，摇晃的脚步，警觉的耳朵，尤其是星光月夜下那一双双不肯认罪服输的眼睛，使人触摸到了人类精神中极为可怖的部分……从资料中得知，这群战俘还为其他战死的日本兵一一筑坟立碑，就连被国际法庭公审和处决的战犯，也被他们想尽办法，弄到了每一战犯处决时洒血的泥土，汇集起来到这个坟地“下葬”。阴气森森的坟地，墓碑排列整齐，好像还在期待着什么指令似的。

包括半个世纪前国土惨遭日本侵略者蹂躏的那段屈辱与苦难在内，近代以来的中国史充满了各式各样的悲剧。我们这个曾经苦难深重的民族，却似乎缺了点悲剧意识，多了点忘性。并非要去纠缠历史旧账。并非要驮满历史的积案负重而行。只不过：一个民族的耻辱与辉煌，一个民族的精神和魂灵总该不能遗忘吧？有过耻辱却缺少耻辱感，有过悲剧却缺少悲剧意识的状况总得从根本上有所改变吧？

每回每回，我盘桓在云青崖前，凝视着如柱如塔如戟如剑如碑林如方阵的千百座岩峰，阳光照射，云烟蒸腾；便总是觉得有一股孔武之气阳刚之气，在流溢回荡，而我却宁肯不把它们想象成牵着名驹披着铁甲的一群无言而严峻的陶俑。那深埋于岁月厚土之下不曾腐烂的“世界第七大奇迹”，属于三千年黄土八百里秦川的北中国。这里位于中国南方被历史称为蛮夷之地的所在，应是炎黄大战中溃败一方的炎帝部落的后裔，抬着先人直挺的尸首，带着满身的伤痕与血污，还带着苍凉邈远的想象和代代复仇的信念，由北而南迁徙于藏匿于这崇山峻岭之中，操吴戈披犀甲于三闾大夫的《国殇》之中。

武陵源的好些地方，如百仗峡、插旗峰、卸甲峪、锣鼓塔、乱窜坡、止马塔等等，一一拓印出了古战场的痕迹，使人遥想起当年矢石交坠，直杀得天昏地暗的情景。果然应了《国殇》里头的话：“诚既勇兮又以武，终刚强兮不可凌。身既死兮神以灵，魂魄毅兮为鬼雄!”终于抵挡不住进剿官兵的向王天子，连人带马一纵身跃入眼前这深不可测的神堂湾中。当地人说，至今仍可听见其间金鼓玉槌、战马嘶叫的杀伐之声，向王的兵马一直雄魂不散呢。

好一个“杀伐之声”！好一个“雄魂不散”！对于壮士来说，一千遍慷慨的承诺，当不上一次勇敢的献身。《国殇》所表现的在强敌面前，壮士犹操必胜信念，生者争先死者不悔的气概，恰恰应是这方山水以及由这方山水养育了的子弟的生动写照。于是，你便可明白了：在熊熊火光边喝血酒，杀仇人和被仇人杀一样地毫不在乎的民风，何以延续千百年而不衰；于是，你便可以理解了：贺龙队伍唱着“要吃辣子不怕辣，要当红军不怕杀；刀子搁在脖颈上，脑壳砍哒碗大个疤”，果然前仆后继如割韭菜一般，割去一茬何以又能冒出来一茬……

下张家界，过澧水，再往前走几步路，便是上古时候被舜帝放逐的尧的臣子，后来被称为四大恶人之一的驩兜的地方，唤作崇山。尔后，朝廷见这儿历代都有山民造反，以为是驩兜阴魂不散，遂派人劈山开沟，以断其“龙脉”。可见这种生为人杰、死亦鬼雄的猛士之风，堪称源远流长。其实，除了后来成为苗民先祖的驩兜；还有头被砍去后以脐为口以乳为目，舞动双斧仍呀呀叫喊着上阵的刑天；还有头撞不周之山，虽肝脑涂地仍盛怒不息，令天地失色的共工；还有头上长角，以铁豆为食，被肢解后鲜血仍要化作猩红色枫叶的蚩尤；还有与日逐走时在离此不远处留下过煮饭用的支鼎之石，后来居然喝干整整一条河流的夸父……流贯在这些战败者的英雄的血液里的，不都是拥有至为可贵的一种精神在么？雄魂不散的向王天子身上固然可以感觉到这种一脉相承；就是终而获得决定性成功的贺龙元帅，他和他的队伍同样是受惠于这种精神的熏陶与激励——

从岁月的泥泞里走来，
从历史的血泊里走来，
从“壮士一去兮不复返”的悲壮里走来，
从“毕竟还我万夫雄”的雄魂不散里走来！

贺龙铜像附近长有一大片芦苇，蓬勃而茂盛。按常识只在河流湖泊中生长的野生植物，为何蓬勃到海拔千多米的高山上来了？科学的解释肯定是有的，可人们宁肯相信这样一种说法：元帅曾在湖北的洪湖开辟过根据地，对生命力尤为顽强的芦苇怀有特殊的感情。铜像安放的日子里，元帅托去一个梦，一团团雪也似的芦花，便在“洪湖水浪打浪”的歌声中飘上天子山来了。

骨子里始终流贯着英雄血液的元帅，后来是含冤饮恨而死的。幸得历史还元帅以本来面目，并铸一尊铜像于天子山上，以彪炳其与山岳同在的丰功伟绩。从此，千百座砂岩岩峰便给赋予了一种崭新的含义。《将军令》、《十面埋伏》之类的氛围犹在。“驾前六军错锦绣，秋风鼓角声满天”之类的阵容犹在。天地间氤氲不已蒸腾不已一股荡气回肠的雄性魂……

向我问路的那位日本老人，并不一定是当年的战俘（当然这不妨碍他同样可以拥有那样一双眼睛）。是也罢，不是也罢，他和他们一群面对这尊中国元帅的铜像，不知是一番什么样的感想？遥想元帅当年，雄姿英发，战场上导演了几多“樯橹灰飞烟灭”的壮剧，而令包括日本侵略军在内的敌手们闻风丧胆。半个世纪过去了，不知往来如织的游人们是怎样叩读铜像的。读得出一种历史感来么？读得出一种被唤作民族灵魂与精神的东西来么？

如同大地需要如眼前这般拔地而起的奇峰一样，世间需要奇伟的男儿，需要千秋不灭的猛士精神。岁月可以流逝，战争可以消失，记忆却不可健忘，精神却不可萎缩。一个民族要生生不息和强大，就必须拥有“猛志固常在”的精神支柱。如同人们千里万里而来，对包括铜像在内的这片拔地而起的奇峰，由衷地充满惊奇、激奋的审美感动一样。

（原载1995年3月25日《湖南日报》，入选《湘西散文选》〔湖南文艺出版社1997年版〕《张家界游记选》〔北方文艺出版社2004年版〕等选本。）

鸳鸯瀑，秋日的私语

罗长江

你说你喜欢秋天，我们便携手来寻秋日张家界的鸳鸯瀑了。

阳光暖暖的，暖暖的。不雨花犹落，无风絮自飞。走呵，走呵，便发觉这么越走越深，是走进一个远离尘世的听不见人声、鸟声、水声、风声的世界了。阳光无声无息。云彩无声无息。连感叹也如嫩嫩的叶子飘落地上，无声无息。你将你采来的一只色纹极美的蝴蝶，轻轻夹进一本说禅的书中。书里写道：听山谷声是禅的第一步。……

泉声咽危石，日色冷苍松。走着走着，忽然你停下来，示意我听脆生生的鸟啼。在这种山水画的意境里，鸟儿也便自然而然成为王摩诘喂养的——老衔着一首绝句的那只了。越往前走，地势越陡。因了你与我同行，寂寂的攀走便平添了几分诗意。按照禅语“一期一会”的意思，“一期”便是人的一生，“一会”便是只有一次的相会，譬如秋草的穗叶随风摆动，聚了又散，散了又聚，却因风、穗、叶、时间都在同时运动着，聚散之间便没有一次是相同的聚会。想着这么令人闻之肃然的见解，越发觉得应该十分珍惜我们将与鸳鸯瀑的历史性“一会”了。

到啦。一片深邃苍郁之中，巨壁上悬下来两道白瀑，汇成一团后遂往谷壑飞漱，水印木刻般往空山之中钉一帧永恒的风景……我俩相视一笑，这便是我们所想象所期盼的鸳鸯瀑了。遂一同揣想瀑之“鸳鸯”所蕴含的象征意义：互为独立的人格和互为交融的情爱，如琴似瑟般协奏着你便是你我便是我，我中有你你中有我的男女声二重唱……

兴奋中两句诗脱口而出：

站起来——我与你是相偎相依的夫妻岩，

躺下去——你与我是穿越时空的鸳鸯瀑！

哦，鸳鸯瀑！火辣辣的情感之瀑，生生不息的生命之瀑，仅仅是成熟的情感因了成熟着的季节，不似春汛那么激动和夸张，不似夏洪那么喧哗与张扬罢了。此刻，有的是一份宁馨，一份恬美，一份——阳光如细雨酥酥洒落树叶一般的温凉，一份——月光如圣泉潺潺淌过草坪一般的悠远。远远听去，甚至就是那支感觉极为柔美流利的名曲《秋日的私语》，回荡在群山之中这深深的山谷。我思忖，这才是你所喜欢的，真正意义上的美感的秋天吧？

沉浸在乐曲的意境里，我与你痴痴地望着飞动之美的一“鸳”一“鸯”出神。那股自强不息的原动力，那份耳鬓厮磨的亲热劲儿，让我们由衷地报以会心一笑。星移斗转也罢，地老天荒也罢，它们就那么相偎相依地流过一个世纪又一个世纪的峰峦，穿过一个传说又一个传说的峡谷，远远望去是一份爱的宣言情的剖白，细细听来是一腔情的倾诉爱的呢喃……是的，天柱可以折，地可以裂，山可无棱，夏可雨雪，而唯独爱情不能绝。真不敢想象，没有爱情的世界那还成什么世界呵！

鸳鸯瀑的“鸳鸯”二字，极易让人想起古装戏里的梁祝，董永与七仙女，宝哥哥与林妹妹，典型的中国传统文化的产物。不过，名字毕竟只是一种符号。古往今来，人类爱情的本质是一致的，关于瀑布的许许多多联想与寄寓亦是相通的。“瀑布歌道：我得到自由时便有歌声了。……虽然渴者只要少许的水便够了，我却很快活地给予了我的全部的水”。写这散文诗的是一位外国哲人，可他关于瀑布的歌唱同样适宜于鸳鸯瀑，同样能唤起鸳鸯瀑前你我的深切理解与感动。为了自由，山溪选择了瀑布的生涯；唯其成为瀑布了，方才唱出自由的歌声。长时间以来，我就渴望心灵中有这么一片山野的净土，净土上有这么一道生生不息的瀑流，不被亵渎，不被污染，不为世俗所囿，自自由由地，很快活地为了爱和被爱而奉献我“全部的水”……

你跟我说起过，在你曾经生活过的地方，屋前有一条通往河边土岗的小路，一对白发老伴，总是风雨无阻地徐徐步向每一天的晨光和夕阳。我一直为你淡淡勾勒的画面所感动，总觉得那份和谐、宁馨、安详，实在是一种很美很美的情调，很美很美的境界。亲爱的，我们走向和走近鸳鸯瀑的过程中，是否意识到我们也在走向和走近一种很美很美的情调与境界呢？

我躺在地上，把头枕往你的怀里，你说你喜欢这样子听我说话。我们便任鸳鸯瀑附在耳畔喁喁私语，任宁静的天空轻轻贴近你和我的嘴唇，任缠绵的感觉纠葛成爬满岩壁和树身的野藤。倏忽，我记起一部小说中的一个很美很美的情节，主人公和恋人一起去野游，来到一座山里，发现一个现成的山洞，据说豹子刚刚走开。她踩着豹子走过的花斑般的足迹，捧着两人的衣服，到瀑布下的山涧边去洗。挂着铜铃铛的小狗撵在脚跟后，摇开一路玫瑰红色的，葡萄紫色的，米黄米黄色的龙虾花。谁也没有见过那么美的云彩，瀑布像她的唱歌的头发，云彩是它们的发源地……

好美啊你说好美啊。

后来呢你问后来呢？

后来，——我说，后来两人就不顾一切地吻着，发誓豹子回来时，就这样让它带走。抿抿散发着三叶草气息的红唇，你感叹不管这故事真是人家写的，还是我杜撰的，都很美，美得使人生疼，且隐含一份接近瀑布的禅意了。我好惬意，忍不住像犁着浪花前行的小船，哗哗哗拨开草丛和灌木叶，携着你奔跑成麝鹿，让满林子满山谷散发好闻的香气……

群峰浸浴太阳的光芒，宛如秋叶之静美。

（原载《散文》1991年4月号，并入选《中国20世纪散文精华》〔复旦大学出版社2001年版〕等多种选本。）

张家界赋

罗长江

横空出世，三千奇峰，地球上风景之孤本。

清丽无尘，八百秀水，天宇下绝色之美神。

君不见：宇宙洪荒，天地造化，初始于三亿八千万年前之地壳运动，胎生出国色天香“张家界地貌”；峰峦啸聚，恣肆汪洋，赫赫乎二百六十平方公里之石英砂岩，挺立成美轮美奂大峰林奇观。丹崖翠谷兮若梦若幻。水魄山魂兮忽隐忽现。孔武之气、阳刚之气、崔嵬之气，大象之所倚也。苍凉之美、狂狷之美、壮阔之美，大美而无言哉。奇山异水皆极品，“张家界顶有神仙”，此之谓也。

山水美在斯，人文蔚于兹。二亿余年前之“芙蓉龙”，化石填补中华空白。廿万年前之金台村，石器敲亮初民曙光。舜“放驩兜于崇山，以变南蛮”。濮置悬棺于云崖，乃成遗响。战国之虎钮錞，叩亮关山明月。城北之古人堤，沉淀岁月沧桑。东汉相单程吹角连营，首开湖南蛮汉冲突之先声。近代贺云卿惊雷放电，打响南昌武装起义之头枪。世代书香老院子，走出著名地质学家田奇镌。山川钟秀九溪水，养育南北大侠杜心五和“两弹一星”元勋陈能宽。至于地域文化，蕴金藉玉；民族艺术，溢彩流光：桑植民歌兮漂洋出国；永定花灯兮灯海人山；茅古斯舞动风、水、火；硬气功透出精、气、神。更兼红色土地，遍地传奇，得英雄以造时势，爱风雨而起苍黄。

嗟乎！山水精神兮，交相辉映。名城气象兮，雄姿英发。当年景区初创，佳丽乍现，回眸一笑百媚生。从兹旅游立市，好风借力，天下谁人不识君！登高致远，自强超越。建设世界旅游胜地，众志成城兮宏图大展。全面实现小康社会，众望所归兮一路铿锵。诗曰：“旅游兴市铸名城，东方风来满眼春。天生一个张家界，人间果然有仙境。”

（原载《张家界读本》〔湖南人民出版社2009年版〕，曾发表于《光明日报》。）

一封没有邮戳的信
——致张艺谋

石继丽

有的人，你原以为可以忘记，其实没有。他们一直在你心底的一个角落，直到生命尽头。孤独时你会怀念每个角落里的黑暗之光，因为他们组成你的记忆与感情。但你已经不能拥抱他们，只能在最后明白，人生就是一个念念不忘的失去的过程。

——题记

从18岁开始，我就开始在你的电影里看着别人替我过着梦里的人生，看着他们替我爱，替我死，情动，落泪，叹息。在那样的电影里，一生就快这样过去了。

当你被鲜花和掌声淹没的时候，我静静地站在人群的角落；当所有的人群开始远离你的时候，我向你走来。

看，马车都准备好了，还有一间吊脚楼上的木房子，一双黑布鞋，一张土家滴水床。想将你从北京的忧伤中救出，从英雄的寂寞中救出，从北京那些胡同里的琐碎、烟尘、高跟鞋、小报记者的流言蜚语或大肆吹捧的洪灾中救出。

我是挂满银饰的苗族女子，会唱几十首桑植民歌。一路上我们不会结故事，但一定不结寂寞。当马车过黄河的时候，你可以停下来向西北望，谁都有自己的故乡；当马车驶过长江的时候，你就要坐好，你将随旅途不断地跌宕起伏，像你一生的情感。你若看见天空被洗过，鸟儿在天上飞过，蝉在耳边喊过，我们就到了这次旅途的目的地：张家界。

大口地呼吸，这里是一尘不染的世界。没有垃圾，也没有是非。

南门码头

放好行李拴好马匹，我们骑单车去逛南门口。那里有很多木匠篾匠锁匠，以前还有赶尸匠。如果你看见有人在卖有人在买一些栀子花或油菜花，不要奇怪，就像眼前这些灰旧的木楼都曾经有过浪漫的过往。600 多年前，这里住着许多杭州苏州洞庭湖上来的客人，他们用木船载来丝绸和盐，再用甜言蜜语载回银元和翠翠。

转角处就是望江楼，1949 年的革委会。五角星，无产阶级万岁，破落的铜锁以及屋檐翘角上深深的荒草，武侯祠，你会看见很多历史的痕迹，它们都证明这里发生过很多故事；吊脚楼，雕梁画栋的四合院，石板街，48 个码头，你会看见很多古典的画面，它们都证明这里曾发生过很多故事。此刻水面上没有浪花也没有漩涡，像世界的表面生活。

8 年前，这条老街还没有拆迁，你应该来这里拍摄《山楂树之恋》。老三从乡里来看那个青涩的女孩子时，坐过的船，下过的河，穿过的码头，甚至用身体碾过的草都是和南门口码头一模一样的。绿莹莹的河中心还有无数只嬉戏的白鹭，洗衣的女人，孩子天空的风筝，炸爆米花的老人，都是你很喜欢的背景。那个痴情的老三等“我”的夜，也是澧水河畔的夜，几只乌篷船，几只黑鸬鹚，漫天种芝麻似的星星，和年轮一样圆的月亮，她们将梦一般的清辉洒下河面。只是那迎面吹来的风，没有黄河岸边的冷。

还有两个地方你得去看看，顺着这条河往左走，就是凤湾桥头的画院。李军声是月光里的贼，将张家界的山和水都偷去了，种在他的画里，还偷去了吊脚楼、水车和金黄的草垛。很多游客跟着做了月光里的贼，他们从李军声那里又将张家界的山和水偷走，将土家吊脚楼、水车和金黄色的草垛偷走。他们排在一起，就成了沈从文的《湘行散记》。

顺着这条河往下走，有座欧式教堂，每到周末就听见里面传出很好听的赞美诗。在教堂的背后住着一位戴老花镜的老先生，他叫范墨因。他有和他的毛笔字一样挺拔的身躯，也有和他胡子一样纯白的爱情故事。今年刚好满 100 岁。

最后我们一起沿着河岸往回走，慢一些，脚步再慢一些，听我轻轻地唱那首《山楂树》，深情，忧伤，像站在俄罗斯呼啸的原野。忘了告诉你，赵小明不久将在这澧水的两岸修建十里吊脚楼群。

天门山

摇几片桨就到了对面的天门山。这次我们不祭拜鬼谷子也不祭拜李自成。学问和历史一样沉闷，就像风情万种的女人照样让人生厌一样。

翻过 99 道弯，我带你去看的是浩瀚无际的云，波光粼粼，望不到尽头，像无声地盛开在天空的昙花。一阵风吹来，她们散开；又一阵风过去，她们聚拢。瞬息万变，像人生的很多际遇和爱情。那天空是九寨沟的水一样的颜色，缎子一般，替你扯下来给巩俐做件旗袍。裁缝要找上海最好的。当她穿上时，浓密的乌发高高地盘在脑后，左侧配一个蓝色的水晶发夹。那天，她会是世界上最优雅的女人。

山顶都是水墨一样的老树，远山，古庙。野花很多，豆子一样洒在小路旁，很细的花瓣，很干脆的色彩，很淡雅的清香，风吹来，摇摇摆摆，像一个个羞怯的女孩子。每到秋季，满山遍野都是夺目的火红，天门山就像是一只妖娆的红狐狸。最好看的是她的冬季。每棵树都像是从安徒生的童话里走出来的，长满毛茸茸的雪花，晶莹剔透。在城市，人的肉体和灵魂是分开的；在这里，雪将它们合二为一。你会忘记功名利禄，忘记情仇爱恨，忘记前生今世。

半夜的时候，鸟儿会喊你醒来看日出。那轮圆日，比泰山的还大，缓缓地从东边升起。天空，由牛奶白变为淡蓝，到柠檬黄，到鹅黄，到橘红色，到霞光万丈的金色，最后整个天空都变为你最喜欢的《大红灯笼高高挂》和奥运开幕式上的中国红。这红，你根本不用费尽心机，它就在你的眼里，你只要用摄像机原版带回去。

下山的时候记住顺着 99 道弯走，山窝窝里藏的有 999 个鬼魅的小狐狸。那凄美的《天门狐仙》是谭盾、梅帅元和杨丽萍的混血儿，比《印象刘三姐》要阳春白雪。你是否可以坐下来看看，里面最少有两个比董洁和章子怡漂亮。哀婉的音乐，雪白的衣裙，华美的灯光，浪漫的等待，绝版的天然峡谷，都是旅人遗忘掉红尘俗世的理由。你见过一只狐狸修行千年只为等待一个人吗？你见过一只狐狸只为你而生，为你而死，只为你万种风情吗？你见过狐狸为你黯然落泪吗？相信你会像喜欢《图兰朵》一样喜欢上这风情万种的天门狐仙，喜欢你的《走西口》一样喜欢上桑植民歌，喜欢红高粱一样喜欢上吊脚楼里那扇扇小窗里透出的温暖的灯光。

这里，适合你拍一部类似《庐山恋》的爱情片。这山，在注入了精彩纷呈的文化活力后，比庐山更有仙山灵气。

离开的时候，我们要用挥手告别。这山和其他山不一样，她不仅有生命，还有一只孤独的眼睛。

眼睛，不仅看懂你的表情，还能读懂你脆弱的心。

月亮岛

划乌篷船带你去月亮岛，走走停停，停停走走。两岸有很多紫薇树，天上有很多云彩，水里有很多倒影。当你看见一轮弯弯的月儿沉睡在河流的中央，别吵醒她，她还在一个长长的梦里。放下那柄小桨，打起赤脚悄悄上岸。

这里每到秋天都开满紫色的荷花，也像一只只乌篷船。池塘里住着无数只青蛙，夜里出来敲锣打鼓，像大户人家娶亲嫁女，只是少了唢呐。蜻蜓胆小，悄悄地在荷叶上踮一下脚尖就逃了。蝴蝶倒像是这个桃花庄的寨主夫人，在莲子上打坐，一派雍容华贵。岸边还会开出几片芦苇花，它们不是花，而是孤独。

没有人来打搅的。这里比你到的任何地方都安静和干净。没有一片纸屑，也没有一声机器的轰鸣。你可以找见你儿时很多的伙伴，比如蛐蛐，比如瓢瓢虫，比如螃蟹。你也可以什么也不做，就只坐在卵石上回忆，那些夏天就会回来。那些老歌，鬼故事，野菜，蓝布衣，爷爷奶奶，外公外婆，哥兄姊妹，表哥表姐，儿时的伙伴，男女同学，都陪你在回忆的走廊里停留很久，耳语很久。你也可以静静地举着你的玻璃茶杯，从那透明里看见黑暗，从那完整里看见碎片，从一片茶叶在杯子里的忧郁或沉醉里看见自己的悲喜狂欢。

如果下雨，我们就坐进舱里，看对面的崇山。炊烟在屋顶上袅袅升腾，一家又一家，一缕又一缕连在一起，如同蓝色的绸带飘逸不定，慢慢地与山岚、地气、水雾融为一体。来，我们用大瓷碗喝苞谷烧，忘记舜，也忘记欢莞。这酒和陕北的不同，玉米比高粱酿出来的酒味道更辣，像四川女子。酒给人最大的诱惑是喝了就可以回到前秦魏晋，可以去到南北东西，可以没有任何条文制度和戒律。这世界需要人遗忘的东西太多了，比如疲惫，劳累；比如贫穷，卑微，蔑视；比如冷遇，暗算，欺凌，遗弃。

水，能理解你的一生。水，也流走你的一生。

这里适合拍《摇啊摇，摇到外婆桥》或者《幸福时光》。

天子山

下一站，我该先带你到哪里呢？五雷山，洪家关，七连寨，普广禅寺，这里值得你看看的地方确实不少。但它们都有历史，免不了有些阴冷。骑上马，我们还是往景区出发吧。一路的暖色，野菊花，橘子，稻草人，叫不出名字的火红色的树叶。嘘，我怕你的目光会将它们点燃。

宝峰湖，那水是七仙女从天上遗落在人间的相思泪。那满山的竹林是七仙女丢失在人间的排箫。黄龙洞，是哪吒闹海的神秘宫殿，那门口吱吱转动的风车是时光的闹钟。哈里路亚剧场和外面的诗意田园都像一幅幅西欧的油画。我知道这些地方你只会停留一会儿就走，都太直白，又远离现实生活，不适合你电影悲怆苍凉的风格。

从水绕四门翻九座山越九道岭，抵达天子山。这里的山是先人种植的一湾又一湾红高粱，一根一根朝天立着，挺拔，俊朗，年轻。每一根都自由地舒展着，那手指样的峰尖无限伸向了云层，从高处看又像一列列整装待发荷枪实弹的士兵。山的周围又被更大的山包围着，像女人错综复杂的百褶裙，紫红色夹着深绿色。雾从四面八方涌到山尖，涌到山腰，沉入山底最后又再次飞舞上青天，簇拥成一望无际波涛汹涌的云海。你知道我不擅长描写景致，尤其是我无数次看惯了的风景。维特根斯坦说：看见眼前的事物是多么难。总之当我从西藏回来，我不再觉得念青唐古拉山山脉有多么美，甚至有些后悔从张家界到西藏的旅程。

这里，那些石笋，石柱，石峰，石台，石壁……成为“张家界地貌”的代表。

这里适合拍《十面埋伏》或《千里走单骑》。那鬼魅莫测的云雾变换，那呲牙嶙峋的根根山峰，那左拐右拐的迷离山路，适合玩阴谋，算计，圈套，陷阱，不需要雕琢，不需要再造。主题曲就用刀郎的《怀念战友》。

金鞭溪

累了，就走金鞭溪。那水，是琥珀样的初恋，能洗去你身上厚厚的烟尘和内心沉沉的忧伤。

早上是一溪的雨雾。像芦花，像花针，像绢丝，又轻又细。溪水，卵石，草丛，像伊斯兰女人罩上了面纱。万物会慢慢呈现它的原色。天空是蓝色的，树是绿色的，山是紫红色的，水是无色的，只有花糅合了姹紫嫣红，洁白的是鸽子花，殷红的是杜鹃，深粉的是龙虾花，浅蓝的是铃铛，金黄的是野菊花……远远看去，就像小溪铺上了一层华贵的地毯，上面绣着纷繁的花鸟图案。在这里，鱼儿是小提琴，鸟儿是大提琴，猴子是架子鼓手，蝴蝶是舞女，蝉是女高音，小溪是主持人，不要惊醒几尾娃娃鱼，它们在浅浅的水流中恬静地睡着了。每一个生命都是艺术家，就你，是唯一走在这条银链似的小溪的匆匆过客。

那些连绵起伏着的山峰，是黄石寨随意丢下来的孩子，像被雾雨清洗过一样，一座接一座，一根接一根，还是高高的，尖尖的，每座山峰好像一朵闪闪发光的紫罗兰，他们是大自然无声盛开的花朵，再不需要任何美丽的装饰。在豹纹蝶和相思雀的牵引下，你还会看到两岸的山峰为你开放出爱情的花：千里相会，夫妻岩。他们是两对远隔重洋赴约而来的情侣，凝眸不语，深情相拥。他们是旅人们顶礼膜拜的精神领袖，绽放成尘世中最璀璨的玫瑰花朵，开在人世间，永不凋谢。

转过一个弯，就到了紫草潭。可见苍山几曲，苇丛几丛，枫树几棵，在那里点缀。那潭秋水，依旧是澄蓝清澈。叮咚，叮咚；汩汩，汩汩；哗哗，哗哗；啦啦，啦啦。这些奇妙的沙沙声穿过广阔寂静的森林直抵你的灵魂。关于俗世的羁绊，关于情感的纠结，关于前生今世的痴怨，都被水带走。

心，原来是可以洗的，它甚至可以像一条小溪那么纯净，只要你愿意。

今天我来当摄影师，你是唯一的主角。为你拍两张相片。一张背景是《宝莲灯》里的劈山救母山，寄给你的老娘。这个世界上哪个女人也不会像你老娘爱你那样久长。一张背景是《西游记》里的花果山，留给我。在影迷的心中，你就是 72 变的孙行者。不管流言飞语让你上天堂还是下地狱，你过去是，现在是，将来还是。

这条 15 华里的悠长小溪，适合和你最亲密的人牵手走完。

这里适合任何一个初恋故事开始，因此你的任何关于纯净爱情电影故事的拍摄都可以从这里开始。

袁家界

从水绕四门坐百龙电梯，八分钟就可以穿越一座高山，离开现实。

一年四季，这里的风很猛，雨很冷，雾很浓。一下电梯，第一感觉是到了另外一个不相干的地方。这里比人间要冷得多，树叶差不多落尽了。偶尔，有零星的挂在树梢上，也是那种焦枯的黄或者深褐的红。细细一看还发现树梢上的水滴很大，而且不滴，原来已结成了冰。这里是迷雾的世界。这雾，相信正是你所喜欢的。看透了人事，看多了真相，看腻了繁华，现在喜欢的正是这种朦胧、简洁与悲壮的苍凉。

美丽和真理一样，可以让人放下很多东西。有浓雾作为背景，就像有了上好的宣纸一样，一草一木，一枝一叶，一山一石，轻易地构成一幅幅疏密有致、浓淡得体的水墨画。可惜珙桐枝头的那只灰雀被风吹走了，要不然拍下来，会有几分八大山人的笔意——那个古怪的老头，是我最喜欢的画家。游道在云雾中神出鬼没，走上天下第一桥，站在中间，上下空白，四面朦胧，长啸一声，天地杳然，宇宙微茫，山风来，衣袂动，头发乱，目光远，很有些遗世独立飘飘欲仙的感觉。雾散一些后，可以看清更多真实。到处是悬崖绝壁，到处是云雾回旋往复，如一条白色的轻柔的飘带，有着艺术体操运动员也舞不出的繁复与灵动，在山涧肆意妖娆。这里，就是《阿凡达》借用的场景之一，那“悬浮山”像埃及金字塔紫红的颜色。

黄石寨

人到中年后，会懂得时光的力量。

时光，不仅可以把绿叶染红，还可以把头发染白。

登上黄石寨后，我发现时光的魔力远远不止这些。它可以把风变成削铁如泥的大刀，把雨水变成无坚不摧的凿子，甚至可以把阳光变成一把巨斧，把山岩变成可以任意切割的萝卜或者粘泥。大自然这个富有想象力的艺术家，正是用这些工具，花了千百万年的心血，将黄石寨雕刻成了一个山体和岩石的艺术博物馆，来颠覆我们脑海中对山的印象。放眼望去，群峰耸叠，如针，如剑，如龟，如龙，如手掌，如天书宝匣，如定海神针，如南天一柱，如天桥遗墩……有些则是超现实主义的雕塑，什么也不像，却仍可以抓牢人的目光，让人无限想象。

前花园是一个观景台，这里游人稀少。拣一块石头坐下，一件件欣赏眼前如花园里陈列的盆景般的奇山异峰。看久了，便开始怀疑起科学来，我渐渐地认为他们是长出来的，是大地的儿子，我还觉得他们会长高，他们像所有的湘西男人一样，倔强、健壮、不屈不挠，饱受了风雨的洗礼；他们像我一样，想抚摸高天上的流云；他们和我一样，不爱说话。

静静地，等一片叶子的飘落。

叶子红与黄不要紧，有没有虫眼不要紧。看着它从枝头落下，在悬崖峭壁之间，翩翩辗转，像一只蝴蝶，没有犹豫，没有哀怨，没有后悔，只有优美。悬崖很高，落下去的时间也很长。如果把叶子想象成一个人，把它的落下想象成离别，把它在空中的摇曳多姿，想象成百转千回的人生，这时候，会想起珍惜这个词来。要珍惜的很多，珍惜这过如云烟的旅途，珍惜这叶子飘落的深秋，珍惜那素不相识的笑脸，珍惜那递过矿泉水瓶的双手。

人生，因为珍惜而显得美丽。

宝峰湖

张家界是水的博物馆，什么样的水都有。随便一条小溪的水，只要直接描绘出来，不要加任何修辞，就是很流畅很美很干净很悠远的诗；随便上一座高峰坡望一望，雾气茫茫的四周，铺陈着的，便是一篇翠绿色的虚实有度的散文。

我直接用文思送你到无量山的深处，一个叫宝峰湖的地方。

往上望，坡上多是翠绿的山竹，婆娑摇曳。在一片翠绿丛中，偶尔会见一株清雅的白色，远远地开着。她们不会丛生。她们都很纤弱，一茎上去，不再分枝，伶仃地站在那里，仿佛风大一些，就会被吹折。

半山处，凸显一个湖。那湖水是一片凝固的深蓝，晶莹碧透，如一块可以揉碎的翡翠。恍惚中人会觉得自己就是桃花源记中的那个以捕鱼为业的武陵人，只不过眼前少了一林落英缤纷的桃花。水上，偶尔会有木船。船尾一般都有一个披着蓑衣戴着竹笠的船夫，他们是打鱼的。这里有很美丽的传说，有很多神奇的故事，有很多小龙女……还有李白，那首“桃花潭水深千尺，不及汪伦送我情”里所咏赞的那汪湖水，也一定有着和宝峰湖一样翡翠的女儿绿，一定有着和宝峰湖一样看不见底的清澈。

据说，弥渡是《小河淌水》的故乡。那是最动人的中国民歌。听的时候，仿佛眼前溪水浅浅，仿佛窗外明月远远，仿佛有人在千呼万唤，仿佛你远在万水千山。你却在这里找得到小河淌水的意境。黄红英如果站在湖水的中间唱，声音到山顶，会足够远，足够清凉，足够穿透往事天上的莲花一样的云朵，到达灵魂的深处。与歌曲的意境不太符合的是这汪湖水太深、太静。按歌词和旋律描述的，那水应该是清清浅浅的，是流动的，有浪花、旋涡和巴岩鱼的，而且可以让朴素如黄红英那样的姑娘，挽起裤腿站在水里洗衣或者洗那头长长的黑发。歌里的河水，可以把月亮荡漾成一块一块破碎的银光四射的镜片。

可是没有。那水，却挽成一条银练，穿越坚硬的石英砂岩，从悬崖上飞流直下，在风中演绎一曲罕见的绝唱。那飞出的浪花，线条不是很直，像随手画的，简洁而自然。它贴着石壁穿过那一些起伏的山峰，到达100多米山下的一排排水竹下面。随着四溅的浪花的开谢，诗意就出来了，越过层层阻碍，像风吹过的绸缎，很多折皱，声音随之很响亮。我把衣服脱掉，躺在石板上。任水或者月光，将自己洗得一尘不染。

瀑布成就了一个剧场，舞台上行走着很多和这座大山和这汪湖水有关的神秘人事，叫《梯玛神歌》。

走出湖外，有一座木桥。木桥过去一里，有一座老庙。上面的瓦都是明清时候的。山外，有一条护城河，在青山云雾中蜿蜒。沿河往上走，穿过一片水竹，走出尘世，走出人烟，可以看到云雾缭绕的梦境般的对岸，有一个小小的庄园。有竹篱笆，有吊脚楼，有狗，有鸡，还有辣椒。柴门外面，有银白的沙滩，沙滩上泊着一条木船。还有一座风雨桥。栏外有点点滴滴的往事一样的雨。

风雨桥的那头，是叫武陵源的一颗佛珠一般大小而珍贵的小镇。

九　溪

马车绕过城南，带你到另一个史书上找得到名字的小镇。从这个秋天开始，我要带你熟悉我们这里的每一棵长在石英砂岩上的鸽子花树的气息，熟悉那些时光与灯影的轮廓，熟悉一个土家族的历史和未来。

远远望去，水面还是像朱自清笔下的“女儿绿”，水面上还是有那么几条木船。九溪三面环水，只有一端和高绝的武陵山脉相连。小镇很小，清一色的古建筑群，小青瓦，花格窗，司檐悬空，木栏扶手，走马转角，古香古色。每一栋吊脚楼都是以榫穿卯相连，无钉无栓。吊脚楼中间也是清一色的青石板路，纵横交错，像是一个用尺丈量过的棋盘，左右行走皆成棋局，住在里面的每个人都是一颗受人摆布的棋子。每一栋老木楼每一块斑驳的石板都可照见这里曾经的繁华。

但它和凤凰不同，凤凰是爱城；九溪却是一座愁城。六百年前，这里曾经是朝廷平定少数民族反叛的军事重镇，上演过无数场叛乱和杀戮。这条铁索桥桥上曾走过无数沈从文笔下的翠翠，她们穿着绣花的嫁衣，顶着绣花的红色盖头，用背篓背着绣花的花铺盖，敲锣打鼓从这条铁索桥上走过去，在九溪的那头开始一种忐忑不安无休无止的等待。这条铁索桥更走过数以万计年轻的年老的兵，他们从广西、湖北、江西一路狂奔而来，在这里枕戈待旦，醉卧疆场，舍生取义，最后战死的英魂被千里迢迢送回故里。传说这里方圆几百里随时会狼烟四起，战火纷飞，硝烟弥漫。赶尸匠比修吊脚楼的“墨头”还多，寿衣店比裁缝店的生意还忙。

于是剩下很多年轻的寡妇，剩下一扇又一扇等待的窗，窗下一双双渴望的眼睛，最后剩下三三两两荒山野岭中的贞节牌坊。

这铁桥是用女人的思念熬成的，那孤独的泪光是铁链冷凝的色彩。长长的铁桥上有无数个铁圈，每一个铁圈就是一个士兵和女人的故事，每一根链条都是士兵短暂和女人清寂的一生。站在这条长长的铁锁链上，眼前像是看一部悲凉的老电影。年轻的男人们，意气风发，金戈铁马，只为光宗耀祖，建功立业，将自己作了祭奠台上的供品；而年轻的女人们呢?“人寂寂，夜悠悠，天涯信阻暗凝愁”用自己的谨小慎微和身躯为贞节牌坊送上了最隆重的厚礼。他们是无私的，无私到看不见自己的存在。她们是尘埃，是尘埃里盛开的苦涩的寂寞的英雄的花。

关于黑白，关于对错，关于爱恨，时间久了，总会让人看得明白。

独立码头，清风徐来，四寂无人。淡绿的泛着阳光的水面显得空了一些。

这里欠的是一叶小船，和你的生命一样。如果你坐进船舱里，摆几本线装的诗词，船头，放一个炉子。最好有月亮挂在对面的山头那棵猕猴桃树上，满河静谧，两岸晶莹。有亲人来，就撒一网，捞起来的可能有泥鳅、小虾，也有可能是另一轮河水洗过的、纤尘不染的月亮。那么我们就不喝酒，不谈宋词，只听天籁。

这里，适合你拍《英雄》。在这朝生暮死之间，有多少尸骨未寒的魂灵遁入空寂，却在人世中再也捞不起一丝纪念。当那个男人死去的时候，伤口应该被盖上一层自然的太阳光，温暖他的今生，也温暖他的来世。

吊脚楼上的村庄

那个类似斯卡布罗集市的镇叫王家坪，在张家界的东部。这里没有香芹，迷迭香，鼹鼠草，也没有刀客，没有剑术秘笈，没有江湖。还是骑马去。

翻过几个垭后，到了九条岭。远远望去，人像只蚂蚁，有时候赶的是牛有时候赶的是云。清洗过的阳光将他们拍成合影，像一对情侣。摘几颗猕猴桃，野梅，柿子，那蚯蚓一样扭捏的乡村小路总是走得到尽头的。

埋伏在村口的是绵延起伏的群山，每个山头都像一个圆润的窝窝头。窝窝头中间是一栋接一栋的橘黄色吊脚楼，像庄稼人随意洒在土地上的黄豆，每一颗黄豆长得都不一样，弯弯的炊烟正从瓦背上回旋，像太极拳。窝窝头之间是一条条鸡肠一样细瘦的小溪。溪水白花花的，像婴儿亮晶晶的眼睛。几座风雨桥就横在了溪水之上。一样陈旧的颜色，一样斑驳的苔藓。桥上正走着几个背背篓的女子。她们随时会笑，随时会唱歌，随时会干农田活。在夜里，想起远方打工的丈夫，她们才流泪。

和摩梭族女人不同的是，她们的爱像泥石流，却一生都只会爱一个男人，一生只会等一个男人。上前敲门借一宿，她会打开的。在你没有开口之前，她会为你炖好一只土鸡或一锅腊肉。还会为你请来几位歌师傅。你们一起大碗地喝酒，大声地唱歌。这里，每一个人都是有实力的歌手。

村子里依次熄灭的是炉火、灯光，最后熄灭的是星光，像一朵孤独的雪绒花从天边的朝霞里渐渐融化。

这个长长的夜里，整座村庄就是你的宫廷，蝉是你的太后，画眉是你的皇后，蛐蛐是你的妃子，漫天萤火虫是你的宫娥。你是唯一的皇帝。天亮之前，请你把眼睛闭上，你会看见你的国度盛世吉祥，你的以后万寿无疆。

这里连牛都懂得感恩，不适合拍《菊豆》和《秋菊打官司》。这村庄土地肥沃，也不适合拍《一个都不能少》《老井》《一个和八个》《活着》，它们都太沉重而苍凉。这里只适合拍摄《我的父亲母亲》，还得改改剧情。我们这里的人老了，是用寿歌来送行的，是你很感兴趣的关于死亡的美学。

洪家关

脚步不约而同地慢了下来，表情自然而然地凝重起来。

因为走过那座长长的诗意的风雨桥，便是洪家关乡的贺龙纪念馆。

贺龙铜像在广场中央，就如我们一路上看到的张家界的山，毫不商量拔地而起，高大威猛，刚正不阿。张家界奇峰三千，他是第3001座山峰。纪念馆内陈列的是贺龙的生平。从他带领二十多个湘西汉子的两把菜刀闹革命开始，南昌起义，转战湘西，长征，抗日，解放战争，一直到晚年被囚，两个月里，只能接屋檐水喝，身患糖尿病的他最终却死于医生的一瓶葡萄糖。

这时候，他只是一个土家汉子，憨厚，直爽，带着包谷烧酒的烈性，只管是非，不管进退；只管是非，不管得失；只管是非，不管强弱；只管是非，不管生死。

离开洪家关的时候，在贺龙雕像的脚下，请按我们土家人的习惯认真地给他老人家叩三个头。

他的老木屋瓦背上，没有炊烟，却有一轮斜阳，橙红的，像一只熟透了的柿子。

那只黄狗，一直没有醒。

送　别

我知道自己留不住你，你属于电影属于世界。张家界也留不住你，你像风一样，不生根。来，就着这“三下锅”，吃掉最后一只“七姊妹”，那辣，会让你先流下些汗水再流下泪水。

接下来我就该为你打包行李了。经营艺术的人常不会经营生活。我的梦中常常会出现一幅奇怪的画面：在北京的拥挤的胡同里，有一间小屋，墙上两张老地图，地上几件脏衣服，小床上，一半儿是你，一半儿是书。

那房子太贵，太小，太乱。我想送你钥匙头型的双檐吊式的吊脚楼。窗户雕上梅兰竹菊或龙凤呈祥。顺便捎上一串黄色的玉米，红色的七姊妹，棕色的蓑衣，一只小背篓，它们适合挂在正房的中柱上。客厅里配的是一把木椅，一个火坑，一个铁汤灌，一只弯弯的铁钩，那里适合挂黑黑的腊肉。为预防有人偷你的思想偷你的艺术偷你的灵魂甚至肉体，你要睡吊脚楼上的闺房，那只窗户只进得来蝴蝶，进不来苍蝇。大黄狗给你当武警，他是所有动物中最忠诚的战士。娃娃鱼给你当厨娘，它是生物中最爱干净的护士。另外，那块西兰卡普里裹的是两颗种子，星星和鸽子花。你到了北京，要赶快将一颗种在吊脚楼的天窗上，一颗种在大门外的庭院里。她们会在你睡去和醒来的第一时刻向你温柔地道安。

还想给你带去一只草垛，一条小溪，一座大山，一个探春一样的未婚妻。可惜，有的我买不起；有的，我还没有找到。这件行李很大，上面写上“永不退回”。

将天门山的云，金鞭溪的水，黄龙洞的笋子，天子山的红月亮，黄石寨的白雪，《魅力湘西》的碟子，每样只取一点点，统进一个箱子。它们是玻璃制品，上面写下“小心轻放”四个字。

还得给你装点桑植民歌，大庸气功，阳戏和茅古斯。它们都很能满足你对传统文化的渴求，找得见时光的影子。这件行李也大，上面写上“张艺谋”亲启。

最后给你装进三条意见：第一，剧本一定是一个很好的真情故事，你再拍电影的话，要将数量和质量分开，比如《满城尽带黄金甲》《三枪拍案惊奇》，那钱是可以节约下来，给灾区修建几十所希望小学的；第二，剧本一定有三个感人的细节，它不是炫舞和色彩代替得了的，比如《英雄》，纵观他的一生，都没有两件侠客事；第三，在你拍之前一定要跟着艺术感觉走，拍完之后再计算它的利润。比如《金陵十三钗》，看似满银幕的艺术手段，却缺少真正的艺术灵魂。那不是你，在我的理想“你”中，你就是不食人间烟火的国际顶级导演，像一束百合，绽放在红尘之外，不会为了和美元欧元接轨而出卖自己的那么诡异的创意和智慧。这件行李也不轻，上面写上“查无此人，原件退回”。便于我下次一而再再而三地给你邮寄。

完了，我要亲手给你围上一条土家蜡染。记住两个字：珍重。要明白即使你走得再远，也终究达不到想要的永远；即使你走得再近，也终究回不到你想要的梦境。

送你回去的还是那架马车，还是那个挂满银饰的女子。一路唱的不是《三套车》，而是桑植民歌，歌名就叫《去哒去哒又转来哒》。它们一样的婉转，纠结，百转千回。如果你忍不住要来张家界拍电影，也要早些来。不然我老了，再也不能给你驾马车，再也给你洗不了一路风尘。

我老了，就连你拍的好电影，我也看不清那些绿色的红色的白色的紫色的蓝色的画面；再优美的主题曲，我也听不见那粗犷的惆怅的苍凉的忧伤的声音。

（作者石继丽，现为张家界市文联副主席，中国作协会员。此文选自《中国少数民族文学2013年选》一书。）

红与白

金克剑

红色，是晨起的太阳，是燃烧的火焰，是婴儿临盆出世时的生命之血，是出嫁女儿的红绣衣，是新娘头上的红色露水帕，是大红双喜字，是高高挂着的大红灯笼，是神龛上那一对蜡烛……

白色，是漫漫飞雪，是素裹的雪松之躯，是飘飞的白色祭幛，是孝子头上的麻布白纱，是胸口一枚枚素洁的纸花，是凝重的无字哀乐，是轻飘的白色纸钱，是渐渐化为灰烬的白色灵屋……

红也喜事。

白也喜事。

土家人把死当成喜庆的节日，却为出嫁的喜事哭上十天半月，所谓生也热闹，死也热闹，爱也爱得热热闹闹。又有谁能破译出这生命哲学的深层奥妙呢？

千古绝唱哭嫁歌

喝着清冽冽的山泉水，土家姑娘长大了。小伙子把木叶吹出了杜鹃红，爱情的酒就浓香了。从男方报日起（即向女方告知娶亲的日子），姑娘就不再出门做活，便在吊脚楼闺房架一张方桌，置香茶十碗，邀亲邻九女依次围坐，哭起嫁歌来，俗称“陪十姊妹”。先是由嫁娘撕心裂肺哭出第一声，谓之“哭开声”，于是众女帮腔，依序哭去，不舍昼夜，哭个昏天黑地，哭个路断人稀。哭父母，哭哥嫂，哭姊妹，骂媒人，哭开脸（用丝线扯汗毛、修眉毛，谓之“告别女儿身”），哭上头（梳妆），辞祖宗，哭上轿……短者三五天，长者一两月。追忆父母情，感谢养育恩，诉说别离苦，宣泄心中忿，托兄嫂照护父母，教女儿处事做人……

哭嫁歌多为即兴而作，见谁哭谁，无有定规。也有固定歌词，如比古人、共房哭，十画、十绣、十二月之类，节奏因句式长短而多变，曲调因风习地异而不同，向以“嗡”“蛮”“啊呀呀”“了了呐”为衬词，一泣一诉，一反一复，长歌当哭，哀婉动人。

如“女哭娘”：“了了呐，我的娘哎。野雁一声蛮啼落秋，月移花影上木楼。眼泪蛮就像那堤坝水，这边揩了那边流……娘啊娘，儿要走了呐，儿再帮娘啊梳把头。哎，犹记鬓发野花艳，何时额头起了苦瓜皱？摇篮还在耳边响蛮，娘为女儿熬白了头。燕子齐毛蛮离窝去，我的娘哎，衔泥何时得回头？……”

在女哭娘词中，尤哭诉娘的养育之恩最是让人肝肠寸断：“娘啊！娘怕儿奶水不够要饿饭蛮，残汤剩水娘不嫌；没有鸡来蛮没有蛋，你背到一边吃薯片。我的娘啊，娘！夜里你把儿睡手腕蛮，一夜你不敢乱翻转；左边尿湿你换右边蛮，右边尿湿你换左边；若是左右蛮都尿湿，娘啊！你把儿抱在心口前。干的地方你让儿睡蛮，湿的地方你沤干。我的娘哎，娘！”

这使人想到《诗经》“哀哀父母，生我劬劳”的那种伤痛，真是其词也哀，其哭也真，哭者为之动情，听者为之动容。

再听“娘哭女”：“儿啊，你莫哭了呐，铜锣花轿催女走蛮，好多话儿没说够。我的儿呀，儿去了蛮娘难留，往后的日子你要重开头，孝敬公婆蛮勤持家，夫妻恩爱哎度春秋……”

也许，娘的情感要理性化一些，在哀哭声中不忘传教女儿未来为人妻为人媳为人母的“做人处世之道”。

山寨里的儿时伙伴，也是恋恋不舍：“了了呐，姊妹家，同喝一口水井水蛮，同踩岩板路一根；同村同寨蛮十八年，同玩同耍长成人。日同板凳坐蛮，夜伴灯油过；绩麻同麻篮蛮，磨坊同推磨。姐姐哎，了了呐，如今是一片青篾抽了去蛮，好好的圆桶散了箍。不让走哎也得走，白云过山难挽留……”

伙伴们的哭声无疑触动了嫁娘对父母之命、媒妁之言撮合而成的婚事的不满情绪，一腔的愤懑顿时化作恶言秽语劈头盖脸向媒人泼去。“骂媒人”是哭嫁歌中最戏剧性的章节：“板栗开花吊线线啦，那背时媒人想挂面；板栗结果球对球啦，那背时媒人想猪头。豌豆开花蛮荚对荚，那背时媒人烂嘴巴；绵藤开花蛮一根茎，那背时媒人烂舌根。树上的鸟儿你骗得来蛮，岩上的猴子你骗得走。哄得我爹蛮点了头，哄得我娘开了口……”而媒人呢，笑吟吟站在一边，不恼也不怒，不时还假惺惺陪“哭”几句：“燕崽崽大了它出花楼，狗崽崽大了它往外走。不是我给你搭个桥蛮，你还在娘家坐天牢；不是我给你做个中蛮（从中说合），你么背起包袱找老公？要是我再隔年把两年不多嘴蛮，只怕你抓住我的两手跪在我的面前磕响头……”这一长一少、一哀一喜、一恼一笑的表演，风趣而又诙谐，让围观者忍俊不禁。

此时，雄鸡啼晓，山岭浑染出一线红，堂屋里即高奏起发轿鼓乐。那一刻，哭嫁声惊天动地，汹涌成感情的波涛，这简直是“生离死别”的哀号啊，就是铁石心肠的人也要陪着抛洒一腔热泪：“五更鸡儿蛮声声催，催我要穿露水衣；催我要穿露水鞋蛮，催我要和爹娘来分离。分离苦哎，情依依，一声唢呐一滴泪。山中野猫蛮你瞎了眼，为何不拖五更鸡？五更鸡儿蛮声声催，锣鼓花轿催得急；哥哥背着妹上轿蛮，身影留在堂屋里。辞别祖宗儿远去蛮，不知何日是归期；世上三年逢一闰蛮，为何不闰五更里？……”

在哭嫁歌声中，哥哥背着妹妹下绣楼，进堂屋，踩“金斗”（土家对升子的神话性称谓），辞祖宗，作为骨血的转移，嫁娘以哭向祖宗告别，叫数典不忘其祖，同时，祈求祖宗在天之灵保佑未来之家庭平安幸福，昌隆发达。

灯笼火把一齐点燃了，哥哥背着嫁娘上轿了。土家人天不亮嫁女之俗，称作“提出把”，亦曰“喜把”，它隐约地漫散着古代毕兹卡（土家语：本地人）的“抢婚”遗风。不过，如今嫁娘已有哥哥“保驾”，“抢婚”的故事已不再重演。也因了这份责任的沉重，哥哥“哭上轿”就特别显得悲戚：“背妹花巾蛮捧在手，哥拉一头妹拉一头。想起儿时蛮背妹走，笑声撒落野山沟；如今背妹蛮出门去，泪水巴着颈根流。脚像绑了蛮磨子岩，心上好比刀子抠。妹妹哟，你莫哭了呐，蒙帕已经盖了头……”

至此，哭嫁程序已近“尾声”，簇拥着花轿的“十姊妹”一齐抱头哭别：“花轿抬着蛮姐姐走，山路弯弯难把姐姐留……花轿走哎溪水流，不见姐姐蛮再回头，不见姐姐再回头……”

火把如游龙般迤逦前行……

“哭嫁歌”的旋律仍在旷空中回荡……

谁也说不清土家女的哭嫁起于何时，也说不清土家女缘何把延续生命的婚典当作一次大喜大悲的情感宣泄和控诉的舞台。更为奇者，在美丽的张家界土家山寨，人们把姑娘会不会哭嫁，作为衡量姑娘聪明与否或知事与否的标准。因而，姑娘们从十一二岁时起，就要拜师学哭嫁，一俟寨中哪家有女出嫁，合寨妹娃子必赶去“学乖”。哭嫁歌，既是一门哭的艺术，又是一门唱的艺术。它容纳了广阔的社会内容，再现了多姿多彩的社会风俗。它是土家妇女集体创作的千古悲歌，更是一种民族精神与个性的重塑与张扬。哭嫁歌湿透了整个婚仪，它撼动的不仅仅是古老的土家山寨，更撼动了一代又一代土家女人和男人的心……

死亡摇滚

暮色苍茫。在白云悠悠的吊脚楼深处，由远及近传来一阵阵粗犷悲怆的伐鼓踏啼之声："想起来，想起来，想起姣姣做的鞋（土语读"孩"）；做的鞋又合脚呃，可惜人乖命不乖。乖乖你转来……二十八个小后生，辫子拖齐脚后跟；喂喂着抬也抬也，抬到望乡台，就在台上埋……"

那是哪家办丧事，乡邻们正在跳丧庆祝呢！

跳丧，又叫打丧鼓，即奔丧者围棺击鼓跳舞唱歌狂欢作乐，这种奇异的葬俗，不知在张家界土家山寨流传了多少年多少代。

土家"老人了"（土语：父母亡故谓之"老人了"），凡远亲近邻，无论人亲人疏乃至叫花子，必从四面八方赶来闹丧，叫"人死饭甑开，不请自然来"。夜色降临时，"坐大夜"开始了。在激越沉重的鼓乐声中，由道士引领，孝子（长子）手捧亡父（母）灵牌，率直戚孝男孝女或百客孝，亦步亦趋，跟着道士绕棺翩然而舞而歌。每当唱完一首，舞者、围观者与鼓乐队必应声而和，而孝男孝女则面棺三拜九叩，拜毕，继又起身且歌且舞，于是者反复十数遍不止，说是让后辈体验前人披荆斩棘的辛劳艰苦。所唱歌词多为追念死者的生平劳绩，养家糊口的种种苦楚之类。歌声高昂凄婉，舞步古朴粗犷。

绕棺歌舞进行到一定时分，鼓乐突然转调，只见道士将拂尘几甩，便从堂屋舞出，来到院坪，先是率众舞者旋转劲舞，继而左穿右插，变换成不同队形，如"六耳结"、"8"字形、"S"形等。这些平时扶犁驶耙的舞者，此刻已忘乎所以，如痴如醉，进入迷幻境界。他们手之舞之，足之蹈之，有的甚而很自然地模拟凤凰展翅、犀牛望月、懒牛擦痒、饿狗舂碓、燕儿扑水、猛虎下山等禽兽动作，不断逗引围观者哄然而笑。随着鼓点锣钹加急，道士舞步越来越快，只见灯火中舞影晃动，难辨人形。在穿插"8"字、"六耳结"时，舞者稍有一走神，就会相互碰撞，自然也碰撞出阵阵哄堂大笑喝彩！此刻，丧场成了作乐的露天舞台，欢笑声淹没了亲人的哀号悲鸣。

一曲舞罢，过"奈何桥"仪式就跟着开始了。只见院坪一侧，有座用三张大方桌叠成的“品”字形“桥”，两侧饰以翠竹松柏纸花，俨然如一道诗意风景。这是座“假想桥”，桥下是湍急的洪流，是毒蛇与水妖的魔窟，孝子们携儿带女胆战心惊从桥上走啊走，仿佛追随祖先们跋涉在远古大迁徙的漫漫旅途。这是一次心路历程的考验。不料，那位道士像山鬼一样，在桥头架了张凳子，封锁了出路，并根据过桥者不同的身份即兴编词唱歌拦桥，每唱一首，过桥者必丢一份“买路钱”，一直唱到无词可唱方撤障放行。这些土歌，或奉承，或挖苦，或训诫，或搞笑，还不时带点“荤”，掺点“色”，大俗中不失机智，荒诞中不无幽默，唱到精彩处，逗得观者们捧腹大笑，一边有鞭炮助威，锣鼓攒劲，引得一群猴子从山那边赶来看人间热闹。

在猴子们看来，土家闹丧纯粹就是搞笑，简直有悖人情。道士公的解释是：闹丧是专门让神看的，即巫傩文化中的“敬神与娱神”，只有神们喜欢了，乐意了，才愿网开一面，让亡人上天堂。原来神们也好玩好色。这与《可兰经》所说的“能把同伴逗笑的人，就有资格上天堂”，有异曲同工之妙。

跳丧一直跳过了午夜，灵堂里已摆好方桌，上置茶烟糖果酒水之类，二十来个土家老歌师团团围坐，唱丧歌“伴亡”，寨子百客或站或坐，既作听众，又作伴唱。土家人“素以歌死为常典”，故多数土人都能唱。旧志云：“家有亲丧，乡邻来吊，至夜不去，曰伴亡。于柩旁击鼓，曰丧鼓。互唱俚歌哀词，曰丧鼓歌。”丧歌分歌头、歌身、歌尾三部分，内容有叙事长诗、神话故事、民间传说、历史演义等。歌师们搜肠刮肚地追忆死者的人生历程，歌颂土家创世英雄的不朽功勋，赞颂先民开疆拓土的千秋伟业，歌唱农家生活的苦难艰辛等。

丧歌虽是普通山民所唱，但多如一首首充满人世哲理的华丽诗章：“生无常，死无常，生死无常两茫茫。古来多少英雄汉，恰似南柯梦一场。万里长城今犹在，哪见当年秦始皇。吕后未央斩韩信，霸王自刎在乌江。几多人登山涉水，几多人撒野逞强。到头来，残花三月雨，嫩草一朝霜……”

丧歌内容庞杂，包罗万象，表面似用歌舞以娱诸神，实则借此劝人行孝行善以净化人的心灵。最打动人心的是那支流传了数百年的《十月怀胎》歌：“……一岁她在娘身上，两岁她在地上爬……七岁她把厨房下，八岁叫她纺棉花。九岁十岁结姻缘，十七八岁到婆家……”这首古歌从死者出生时唱起，一直唱到她寿终正寝，这无疑是对伟大母亲悲苦命运的诗化颂扬。有时为了调节气氛，就唱“送骆驼”：“一只骆驼一条尾，两只耳朵四条腿。两只眼睛一个嘴，它也送亡人。亡人送到望乡坡，转身又送骆驼哥。两只骆驼两条尾，四只耳朵八条腿。四只眼睛两个嘴，它也送亡人……”如此反复唱下去，送的骆驼只数越多，腿、耳、眼、尾、嘴各类相加的数字就越大，这是对歌师心算口算智商的考验，若数字加错了，就要引起听众哄笑。如果唱得疲劳时，就来一个风流韵事的山歌对唱，插科打诨，有情有色，闹得满堂笑声。

丧歌唱到黎明，该是上山（出殡）的时候了，这时掌坛歌师就转了调子唱“送亡人”，这是丧歌的高潮，掌坛歌师一人领，灵堂内外百人和，群情激昂，歌声高亢，挥拳顿足，天摇地晃，似乎大家都在着力送亡人魂上九天，其情其景，让人热血沸腾：

领（白）：大船儿，

众（白）：摇——橹！

领（白）：小船儿，

众（白）：荡——呀！

领（唱）：船头上，

众（唱）：是艄公；

领（唱）：船尾上，

众（唱）：是梅香。

齐（唱）：送亡人哪上天堂啊，上天堂啊，子子孙孙长啊、长啊、长啊（此处反复咏唱，摇头晃脑，如痴如醉）、长是长发祥啊！

这哪里是在奔丧，分明是在跳现代迪斯科和摇滚乐舞！

土家人的精神世界就是这样让人震撼不已，让人捉摸不透：为什么用欢乐歌舞来吊唁死去的长者，却用哀哀的哭嫁歌庆祝女儿出嫁的喜事？

或许，这是一支胸怀豁达的民族对生命哲学的逆向解释。新娘子用哭的伤痛历练认命的勇气，从而擦干眼泪义无反顾地迎接新生活的挑战。而用载歌载舞的盛典吊唁死者，既是对死者的慰藉，又是奉献给死者的荣耀——欢送亡灵回到祖先故地，回到最原始的神话的圣殿；而对于生者，亦是一种慰藉和激励——欢乐洗去了生者的悲愁，冲淡了死别的痛楚，从而让生者笑对未来，更重要的是，生者从死者身后的荣耀中也悟出了自己作为一个人的价值。

（作者金克剑，中国少数民族作家学会会员，湖南省作家协会会员，湖南民间文艺家协会理事。曾先后创办并主编《张家界》旅游杂志、《旅行》杂志。）

夜宿南滩牧场

石绍河

这是湘鄂西边界的一大片天然草场，海拔在一千米以上。

从短而窄的白石乡街上一家小吃店出来，白亮白亮的满月已爬上了锯齿状的山包，起伏又坦荡的草场在透明的银色里沐浴着，忘情而又忘形。我们乘着几分醉意，在月光的牵引下，踏着融融清辉，往南滩牧场接待站走去。

牧场接待站是一栋两层的砖混楼房，平时供职工住宿，有客来时，临时腾出几间，就算客房了。季节到了仲夏，城市里已变成了火炉，空调、电扇一刻都没有闲过。但在这海拔千余米的牧场，如同暖春，惬意得很，尤其是在月朗星稀的夜里，真让城里来的人有些乐不思蜀。

进得房间拉亮电灯，趋光的飞蛾扑来，撞在玻璃上，发出很响的“噗噗”。窗户是不能打开了，我索性走出房间，朝一片开阔浓密的草地走去。草地厚实绵软，踩在上面像走在雪地或棉团上，嫩嫩的草茎叶尖吻着脚踝和腿肚，像小猫抓痒般受用。我在草地中一块干净的石头上躺了下来。我用双手枕着头，瞪圆着双眼张望晴朗朗的夜空。天深蓝高远辽阔，没有一丝云彩，清澈得水洗过一般，贼亮贼亮的星子，像细碎的钻石，稀稀拉拉地撒在天幕上。载着嫦娥和吴刚的月亮，肆无忌惮地睁大着眼睛俯瞰着大地，看岁序更替，人事沧桑，草木枯荣，而自己却从古至今青春永驻，光芒四射。整个草场沉浸在银色的光华里，似婀娜多姿的少女，线条柔美，流光溢彩。近处，树影婆娑，幽幽闪光；远处，山脊朦胧，暗香浮动。我和月亮久久对视着，月光在我身上无声地流淌，轻悄地抚摸。此刻，这世界仿佛只剩下我和月亮了。

累了，闭上眼睛，清爽的晚风送来各种奇异的味道。凭我在农村生活多年的直觉，我静静地分辨着各种味道：带着丝丝甜辛味且有点泥腥气的，那是遍地疯长的野葛；发散着浓香味的，那是正在盛开的夜丁香；飘荡着苦寒味儿的，那是深茂肥软的青蒿；味道甘美温软带有一丝凉气的，那是蓬蓬勃勃的麦草。还有木莲、野豌豆、狗牙根、车前草、青钱柳、四照花发出的独特的味道。除了草木味，风中还有一种牛羊粪散发的膻腥味，青饲料窖藏的酸腐味。我的鼻子真有些顾不过来，弄到后来，什么味也分不清了。

身旁一条小溪，在月光中叮咚流淌，似一架巨大的钢琴悠扬地弹拨着。小溪的旋律时而激越，如山呼海啸，万马奔腾；时而舒缓，似闲庭信步，喃喃私语；时而不疾不徐，像一唱三叹，荡气回肠。溪畔的草丛中躲着一群天才的演奏家，它们是专在晚上演出的小虫子、小动物。纺织娘、蟋蟀、花花公子、小青蛙等演员和着小溪弹奏的旋律，你方唱罢我登场，好不热闹。我仿佛跌落到音乐的殿堂，正在欣赏一场盛大的交响乐。在音乐和歌声中，我似乎听出和读懂了虫的情恋，虫的伤感，虫的舞蹈，虫的嬉戏。这是天籁之音，恬静和谐。

置身这样的氛围，我油然记起两句诗来，“松风吹解带，山月照弹琴。”诗中勾画的宁静到极致的山林之美，不也正契合南滩么？古人追求天人合一，崇尚倚松傲啸对月烹茶的超然生活，今天我们追求人与自然的和谐发展。我躺在这幽幽的草地上，发千古之思，对这点有了深刻而独到的体味，领略了真正的山野之趣。

正当我迷醉在自然的音乐中，耳畔响起了轻快的牧羊小调，那是一个牧民给牛羊一边添加夜草一边随口哼唱的：

手拿羊儿棍，打开羊栏门，赶出羊儿一大群，个个上山林。羊儿多又多，赶上对门坡，一个一个渡过河，个个听吆喝。

接着，调子一转，那人又唱起了情歌：

河边杨柳细条条，无风无雨摆摆摇，时时见妹时时好，一时不见好心焦。

我听得如痴如醉。

添加夜草的牧民披着一身月光，转过一个山包不见了，那抒情轻快的夜歌却在草地上久久飘荡。我在歌声中朦胧起来。在这片近二十万亩的南方天然草场里，青草鲜美，野花铺地，湘西黄牛在悠闲漫步，膘肥体壮；成群结队的山羊，像洁白的云团，忽而涌向东，忽而涌向西；骏马在草场上纵情驰骋，蹄下蚂蚱、蝴蝶纷纷向两边弹开。“风吹草低见牛羊”，让人疑心来到了北方草原或是西部高原。扒开黑黑的腐殖土，撒下萝卜白菜种子，不多久，就会长出鲜嫩滴翠的白菜，生脆甜甘的萝卜。城里人最喜欢这高山草场上下来的蔬菜，他们说这是绿色生态食品。这里挖出的药材、种出的花卉、烤出的烟叶，都是受人欢迎的东西。忽然有一天，从大老远的地方来了好多客人，他们支起帐篷，燃起篝火，杀牛宰羊，采来野菜和萝卜白菜，自己做饭炒菜，围着篝火边吃边唱，边唱边跳，好不尽兴。他们把这称为高山牧场生态游。在这片草场上，养殖业、种植业、旅游业都是大有可为的。

一只夜鸟从我头上飞过，很响的叫了一声。我被惊醒。摸摸头发，沾了好些夜露，潮乎乎的。今夜逝去的很长一段时间，我在似梦非梦中，猜想着南滩的将来。我很吃惊，向来思维迟钝的我，在这样的地方这样的夜晚，思维却无比活跃。

不知过了多久，我从地上爬起来，伸了一个长长的很惬意的懒腰。天还是那么深蓝。星子还在眨着深邃的目光。月亮还在天际轻轻滑行，不留丁点痕迹。草丛中的演唱会还在继续。晚风还是那么清爽。真难得的一个夜晚呀！沐浴在清风和银辉中，浸泡在奇香和音乐里，我忘却了时间的流动。

走回牧场接待站时，各个房间都传出均匀的鼻息和鼾声。只有在远离尘世，褪却铅华的地方，人们才睡得那么踏实那么深熟。日趋浮躁变得功利的人呵，真该经常抽空在这样的地方这样的夜晚好好坐坐。

（作者石绍河，1964年出生，苗族，现居湖南桑植。中国作家协会会员。出版有散文集《清泉石上流》、《大地语文》。作品多次入选各种选集或作为中考、高考阅读试题。）

桑植民歌

谢德才

欣赏桑植民歌，她就像你的母亲一样，无法选择，都是美的。

湖南桑植，是个好地方，红二方面军从这里起步，贺龙在这里诞生。生活在这块土地上的桑植人，在沉闷中，激发了潜藏在心中的酸甜苦辣，吼出去，就成了桑植民歌，一种力的歌，一种情的歌，一种展示百味人生的歌。歌声犹如茫茫的红土地，圆满、厚重、雄浑。

来到这里，你就会知道，这里的山上冒民歌，树上长民歌，地里种民歌，锅里煮民歌，河里流民歌。民歌有小调、风俗歌、劳动号子等，调子中有喜悦的表达、愤怒的倾吐、苦辣的抒发、风土人情的表白、黑暗的揭露、光明的憧憬，更有爱情的独白和美好生活的追求。演唱的方式，有独唱、对唱、串唱、合唱、自由地唱。这里的民歌大人唱，三岁的小孩也会唱。这里的人们心情寂寞时，“顺手捡把柴，讲起没钱我苦愁来……”的歌声，很快从心底涌出，唱着唱着，心里就像灌进了阳光一样，暖和。当人们心情激动时，抑制不住对生活的热情，扯开喉咙，就会唱起“桑植是个好地方，地是刮金板啦，山是万宝山，树是摇钱树呀，人是活神仙”，优哉游哉，乐在其中。

当年桑植人追随贺龙闹革命时，他们唱道：“要吃辣椒不怕辣，要当红军不怕杀；刀子架在颈项上，砍掉脑壳只碗大个疤。”坚定、豪迈、气壮山河。他们放木排时，边驶排，边唱“正月是新年，郎要上四川”，木排悠悠，歌声悠悠。倘若遇到漂亮的妹子，他们就像见到了魅力的风景，心动，嘴怎么也关不住了，“韭菜开花细茸茸，有心念郎不怕穷；只要二人情意好，冷水泡茶慢慢浓”的歌声会流进人的心底，歌声像媒婆一样，牵线，搭桥，好多的男男女女因此缔成了一种爱情的契约。他们把民歌引用到多种场合，派上用场，放出心声，让歌声不自觉地飘扬在辽阔的大地上。尤其是在节假日期间，民歌就忙了起来，唱民歌成了桑植人传递与表达兴奋的方式。歌声如酒，恰似这里盛产的苞谷烧，越饮劲越足，越唱越过瘾。这里的歌风吹不到，雨淋不湿，日晒不裂，雪掩不住，就是刚钻出来的雾，只要一听到是桑植民歌来了，就会很自觉地退回去。桑植民歌真有“上天能赶乌云走、下地能把海填平”的功夫。她先后去过北京、莫斯科、维也纳金色大厅，一展风采。现在，她已成为创建文明、和谐桑植的源泉。

这里的民歌为何这么奇特？因为这里山的灵气养育了她，这里水的清凉保育了她，这里土的肥沃滋润了她，这里民族风情的独特靓丽了她。我爱恋着她，她给我的生命带来了活跃，给我的情感带来了寄托，给我的思想带来了流动，使我真正地感受到活在这个世界的生命意义。

桑植民歌，折射出了桑植生活中的岁月，是一部历史之歌。

（选自2007年11月13日《人民日报》，此文入选《张家界2008年初中毕业会考语文试卷》。）

寂寞四都

谢德才

这几天，心里有说不出的味道。今天早上，我披件棉衣，挤上去永定区四都的中巴车，算是解脱吧。

打开四都的门，迎面扑来的，全是四都的寂寞。

四都，在陌生人眼里，认为是一座大城市，美丽、动人，可你到了那里，感觉就完全变了，它卧在一个古老的山沟里，看起来，一点也不顺眼，就连她自已也瞧不起自己。我置身于她的怀中，竟怀疑起自己的眼睛，难道这就是我要看的四都么？

这里的山，高大，肩并肩地挨在一起。我立在山坡上，岩崖上扬起了一阵风，摇掉树叶，满地都是，稠密如雨，稠密如雪。我踩在落叶上，一点声音没有，气味也没有，无奈涌上我的心头。我恨那些无情的风，把我要看的深绿、浓绿给赶跑了，见不到山上美的肌肤了，就连一些多嘴的鸟儿，现在掠到这里，也成了哑巴。

当我走过一幢幢木屋的时候，心凉，那些木屋有的打着赤膊，有的歪身，样子怪难看。我亲热地叫喊着一家屋子里的主人，可他们听而不闻。我所见到的，是锈迹斑斑的铁锁守着门，炊烟喜欢钻出的瓦片上被那些青苔毫无商量地擅自霸占。像傻了一样的我，待在那里。许久，一个老头走近我："有事吗？这屋里的人，出了门，打工去了，好几年没回来了？"我摸摸口袋，让支烟，点上，他吸一口，吐出来，抬抬浓眉，又跟我说，万余人的四都，出门打工的，好几千，村庄里修公路、种洋芋、栽红薯、掰包谷谷子的时候，看不到年轻人的影子。

沿着山路，往前走，背后响起急促的脚步声，我调过头，发现那是一群上学赶路的孩子。他们见我，就像见到警察一样，步子迈得更急更快了。我重复着他们走过的脚印，绕过山头时，有个孩子蹲着那里，不动，是他的脚撞到岩头，撞到一块尖尖的岩头，撞破他的脚趾，血冒出来。给包扎时，模糊我的眼睛。从孩子的口里，我知道她出生不满一月，爸妈外出打工，把她甩在一个连自己的饭都难糊上口的奶奶那里，幸亏这个孩子没有三长两短，而今，背动了书包。

孤零零的校舍，依在山脚。石头垒成。没有围墙。一些藤儿，就像一条条的蛇，快爬到教室的后窗，张着嘴，像要吃什么似的。教室的窗户，大多是白纸或报纸糊上的。风，也太霸蛮了，还没邀上一场雨，就先自个儿把它扯得稀烂，害得坐在教室里的孩子冷得受不住，不时地搓手，揉耳，双手围成小喇叭似的呵气。尽管如此，孩子手中的笔，仍不听使唤。

夜来了，好像谁得罪了四都。她什么话也不说，什么话也不想说。山里的灯光也变得吝啬起来，晃到你眼前的，都是些脆弱的光线。渐渐地，夜深了，可她一点睡意也没有，咬出了一点名气或没有名气的狗，催她入眠，不停地“汪汪”，惹怒了天，淋湿了四都的心。

我离开四都前，雨，越下越大。我知道，这是四都在留我，不许我走，我跟四都反复地说：“四都，冬一过，春就来了……”

（选自《美文》2008 年第 3 期；此文入选《2008 年中国散文年选》。）

芭茅溪的汤

谢德才

你喝过芭茅溪的“神仙汤”吗？

芭茅溪，山山都有芭茅。这里的溪流，是从岩缝里、土层中、植物的根系中慢慢地挤出水来汇集而成。它，如山路一般，喜欢在幽静的大山里绕来绕去。这里，是八大公山国家级自然保护区绿色旅游的金三角，是“洪家关—洪湖”红色旅游路线的经典景点。

大名鼎鼎的“神仙汤”，其实就是用“家乡菜”做成的汤。

家乡菜，又名香菜。它，住在耐寒的山坡上。你往天平山的方向行走，拐上一个弯，再拐上无数个弯，经过地势险要、沟壑纵横的地方，爬到海拔1000米以上珙桐呆的溪水旁，你就可以感受到香菜生长的环境。绿油油的香菜，一坡坡，一片片，一湾湾。山里的牛羊，踩过去，踩回来，还毫不吝惜地啃吃它们，香菜却从不怨言。它，一辈子坚守溪水。生了死，死了生。

不知谁的发现，认为它是一种了不起的野菜，便从山里小心翼翼地采摘回来，清洗干净，晒干，切成粉状，在坛子里沤上一段时间，再扯出来……做成一种汤。

汤的香味，常从芭茅溪的“柳荫饭店”溢出。

店里老板，来这里已经几十年。客人一来，她满脸微笑，让客人如沐春风。

你在店里，点好饭菜，不用等多久，喝点茶，抽点烟，嚼点瓜子，老板就开始挪动起桌子，安顿好锅子，摆好你点的菜。

香菜汤自然也上了桌。

几个人往桌边一围，围出温馨的味道。客人面前，都放一碗香菜汤。老板还说，汤少了，只管喊，免费添加。

这汤，热气直冒。香菜的叶沫，浮在汤的上面。你用嘴轻轻地一吹，叶沫立即散开，微黄的颜色，立即就亮了出来。

喝汤的时候，你不用着急，一着急，嘴巴就会烫出一些泡来，闹出一些笑话。喝这汤，你最好是慢慢品。品它如品百年老酒，品得越慢，味道越好。

一桌子的菜，有鱼，有鸡，有野味……吃完以后，给人记忆最深的，要数香菜汤了。

这汤，不像冬瓜汤那样模糊；也不像菖腌菜汤酸得打喷嚏；更不像苦瓜汤那样苦涩。这汤，透明，如炒干蜂蛹的香，醇得可口，鲜美无比。凡喝过这汤的人，都称之为“神仙汤”。

这“神仙汤”，你喝进嘴里，会爽到心里。

吃饭的时候，喝了这汤，可以多吃一点饭。山里有个村，七老八十的人，不少，都说是喝了这汤延年益寿。山民在山里采摘粽叶，带几个番薯成天在荒无人烟的大山里转来转去不觉得饿，也不感到累，不怕刺棘，不怕蜂叮，不怕日晒，也不怕雨淋，说是动身之前喝了这汤；山民们喝了这汤，歌声更甜，舞姿更美：“香菜啊，香菜，常年山里呆，每逢四月人来采，做成汤，人们喝了乐开怀……”山歌声，响彻村村寨寨。她们编织的“炸笼舞”，原汁原味、幽默风趣。山里的女人，因青山秀水的滋润，绽放出花朵般的美，加上喝了这汤，姿色大增，一张张微红的脸，勾人魂。

吃完饭，喝完汤，老板还会赠你一些香菜，让你回家做汤吃。

如果你不是特别赶时间的话，最好不要急着回家，可以到香菜汤店子附近走一走，花几分钟就可以看到贺龙当年两把菜刀砍盐局的旧址。看完旧址，还可以走上一座石拱桥看一看。

这时，闲着无事的风知道了，会邀上香菜汤的香味，追赶你的脚步……

（选自《散文选刊》2013 年第 1 期）

南岔的鱼

谢德才

看山，去张家界；吃鱼，到南岔来。

南岔在桑植县。桑植，贺龙元帅的故乡。去南岔，与去贺龙故居的方向相同，也是同一条水泥路。车子从县城动身，经过八斗溪，再翻一个不大不小的坡，心目中的南岔就出现在人们的眼前。

这个极小极小的乡下地方，许多年前，怪丑，鸟儿不愿来，车子绕道，就连躺在她怀里的一些老房屋，感觉也不是滋味，待不下去，迁的迁，移的移，渐渐地，离开了这里。剩下的，几乎就是这里的荒凉、忧虑和寂寞。

自从这里耸起一座气魄宏伟的贺龙电坝，坝上的鱼因此也有了舒适的生存空间。一条条的鱼，从澧水源头的七眼泉里冲出来，潜入河水中，喜悦无比。这条河，两面的青山努力地热恋，紧挨几乎接吻。这山，仿佛一床绿毯静静地铺着，满是奇异的绿呀！

这河里有不少的鱼，鲤鱼、鳜鱼、鲢鱼，还有许多，它们的名字，我实在是叫不出。它们在水中游、洞里钻、滩上跳。一队队地游上去，一排排地游下来。它们没有夸张的色彩，足以乘风破浪；无波光粼粼的河面，可纵身跃起。生活在这条河里的鱼，一点也不浮躁，一点也不孤独，一点也不忧愁，充满的是激情，爱上的是欢乐，歌唱的是阳光般的生活。

当你走进一家家的鱼店，鱼的香味立即就会扑入你的鼻孔，钻入你的心灵。清煮的、红烧的……烹制各种汤肴。油炸，色鲜；熬汤，清甜；清煮，鲜嫩可口。

无论你是诚心到这里来吃鱼，还是无意地碰上，给你的都是你喜欢的。到这里吃过鱼的人，感觉这里的鱼总是吃不厌，食不腻，究其原因，大约是这里的鱼长期生长在这条没有污染的河水里，营养的成分可与对虾、龙虾等海珍媲美。

不是热天来这里的话，老板会把你安排在洁净的屋子里吃，保你吃得痛快；若热天来到这里，她们会从屋子里挪出一张张的桌子，搁在河沿的水泥板上，几把椅子一围，亲切感就围了出来。你吃的时候，风就再忙，也要悄悄地从山那边翻过来，看你，亲你，吻你，抚摩你，享受这种待遇，你的浑身像刚擦过清凉油一样凉爽；聪明的小狗，知道你来，老远也摇起尾巴跑到你的身边，生怕打扰你，默默地躲在桌下清扫卫生；洞里的水看见了，忍不住，跳出来，溅起又薄又细的水花，尽情地淋浴着你。倏地，一双双眼像涂了“明油”一般的山妹子，靓在你的面前，张开丽质的歌喉。

如今，这里的鱼店“胖”起来了，鳞次栉比的“小洋楼”风光起来了。南岔人有了吃的，有了存款，自来水不知不觉地溜进屋子，柏油路也引到家门口。说起来，还挺有趣，最近一位陈姓的台湾同胞回乡探亲，竟走错了路，找不到家。

南岔的鱼，我不禁惊诧于你那浓浓的香了。

（选自 2008 年 9 月 4 日《人民日报》）

张家界看“海”

谢德才

我曾到过大连、青岛、海南，与这里的大海有过无数次的亲密接触。在海浪扑打的湿漉漉的沙滩上，眺望一望无际的蓝天碧海，我感受到大海的波澜与壮阔，也深刻地体会到“海纳百川”的宏伟。而这一次，我又领略到张家界“海”异样的魅力。

（一）

领悟山的美丽，感受绿的春意。倘若选择到张家界武陵源的文庄，那就是百分之百的正确。

文庄的山，虽不具备天子山那般柱石成林、峰谷成海，但，也少有其他地方山的普通。

它，不是怪怪的瘦，而是像馒头一般的浑圆。这里，裸露的石头，少见，而满山隆起的乳峰却星罗棋布，独具景象！看上去，你绝对会发现惊诧心灵的美。一团团的云雾、一缕缕的青烟、一片片的彩绿，包裹这里的山。山，包成翡翠；山，裹成碧玉。啊，一幅巧夺天工的画卷！

这里的绿，原生态的，由种类繁多的草木汇集而成。竞相生长的它们却相安无事、悄声无息。长在这里的树木，一辈子生活富足，尽享万物生长的绿与山的美丽。山，不嫌弃它；地，不冷漠它；雨水，长年累月滋润它。空气、山泉都被漫山遍野的绿过滤，土壤堆积厚厚的落叶松软肥沃，成为草木生物的天然粮仓。绿，没有孤独与寂寞，正如庄子所说“独与天地精神往来”，它将生命与宇宙的空间心灵畅谈，已经达到完美的境界。它们白天向着阳光微笑，晚上靠着虫鸟睡觉。一天天，一年年，凭着顽强的生命力，它们想长成多粗就长多粗，想长多高就长多高，不停地往缝隙、空间处延伸。伸，像义务，也当权力，让文庄成为永久绿的海洋。当然，在它们当中，也有追求苗条的时尚，细得像藤条。无论苗条与丰腴，它们对叶片编织繁茂却从不吝啬。透过慢镜头，你就会发现，它们简直就是一支支由青少年组成的前赴后继的绿色大军，脚趾拼命地往泥土里钻。一深钻，山里的绿也愈加浓郁。

山坡上，铺着绿；田坎边，栽着绿；沟渠边，也流荡着绿。

文庄的绿，无处不在啊！就连风看见以后，也会像野兔在山里窜来窜去。它一声嘶吼，或一阵狂欢，那绿就如听到口令一般立即排好队，准备荡漾。一波荡去，一波漾来，如撩起美少女们翩翩起舞的裙，令人产生浮想联翩！

你心中有绿，绿心中也有你！

当我快要离开文庄的时候，突然发现一个盲老头坐在柳树下乘凉，沉静地吹着笛。我好奇地走近他，轻拍他的肩膀："天这么晚了，您老还不回家？"他说："莫个够呀，我还要欣赏夕阳下的绿呢！虽我不晓得绿长成啥样，但，能听到绿发出的亲切呼喊，摸到绿温柔的面孔，闻到绿散发出的屡屡清香！"

（二）

你步入幽雅的文庄，也就等于扑进歌的海洋。

这里的歌，唱给你听，一律免费，不需分文门票，也不必为座位徒劳。

这里人，爱唱歌，无论男女老少。你与她们聊，聊啊聊，哪怕只停顿几秒，歌就会从她们的嗓子里往外跳；你同他们一起走路，走啊走，歌就会在你耳边寻找。他们的担子往肩上一扛，扛出歌；鞭子往牛屁股上一抽，抽出歌；锄头往肩上一搁，搁出歌；书包往肩上一背，背出歌；妙龄男女的手一牵，牵出歌："深情的秋波啊，一位姑娘在遥望；靓影倒映啊，神韵载遐想；日月的轮回，融入深邃的梦乡……"

村里，还有群小姑娘。她们穿着民族服装，能唱，能跳，还能弹奏，一看就是训练有素，像是村庄专门为远来的客人准备的。哪怕刮风下雨，她们都是神清气爽，为你端上热气腾腾的绿茶，递上香甜甜柔软软的糍粑，欢快地为你歌唱："马桑树儿搭灯台哟，写封书信与郎带哟，你一年不来我一年等哟，你两年不来我两年挨哟，春天不到花不开哟……"

这里的歌，一唱出来，如小溪一样的水一样透明，像大海一样激情豪放。阳光见到，突放光芒；桃子听到，醉红脸庞；杜鹃闻到，次日绽放；远道而来的不会说普通话的鸦雀听到，开始半年来这里一回，后来改为一月一访，为欣赏这里的歌，它们索性在树枝上为自己搭起了挺有个性的“天堂”。你听上这歌，即使山里再美的景致、女人再漂亮，都会失去诱惑。因为，山里的歌声早已挤满你的心房。

听！一曲悠扬的歌声已唱响：“圆润青春的曲线，绵绵的情意流淌；坚贞茫茫放眼，漂亮点缀文庄……”

听！天刚蒙蒙亮，不知从哪家就传来一声鸡公啼鸣。接着，整个山庄错落有致地拉开新一天的合唱。

文庄的绿海，伴随绿海而生长的山歌和鸟语鸡鸣，令人神往。

（三）

绿，在休闲的时候，也喜欢到处散散步。它选择上山涧湖泊，既未经任何许可，也不给谁商量商量，纵身一跃，闪进湖中，感悟湖的宁静。阳光下，湖水见上绿，如见久别重逢的恋人，忘情地拥抱，绿深藏在平静如镜的水中，是湖水由树木染绿，还是树木被湖水浸绿？你越凝视、越琢磨，望着一湖青山绿水就越发晕乎。湖边，一对对正在戏耍的野鸭子，见到这亮丽的景色，猛地扎进湖底，好一会才又冒出水面。一会儿，又双双划动脚掌，快速地向远处游去，身后留下利剑般的波纹，刺破了满湖的绿啊！突然间，它们加速地拍打着翅膀，飞了起来，是那样的欢快，那样的自在……。湖边的绿感觉玩不够，便炊烟般地向天空升腾。这时，天脚边，由白变绿，由蓝变绿，由红变绿。一会儿，绿塞满整个天空。

与文庄的绿海一样，文庄的水、文庄的路和文庄的房子，也是要拜访的好朋友。

这里的路，原来小得连蚂蚁也不愿行走，泥巴欺负它，茅草挤占它，石头压上它。路，几乎无一点自由的空间。当遇上一阵大雨，路比泥鳅还滑。人行在上面，如走在钢索上一样害怕。无事的蛇，喜欢挺着丑得要死的肚子在路上困觉、打鼾，如果稍不小心，它的头一抬，腿就给缠着，或被它刮上一口，留下一道道的伤痕。

而今，原来的泥巴路如沙子一样冲跑了，像雾气一样蒸发了，换上的，是一条条宽阔的硬化道路。崎岖曲折的山路，也能挑得起整个村庄，一头连着百姓的命运，一头连着理想的追求。如玉带环抱绿色，环绕富有生气的村庄。

牛上了这路，好不自在，摇着铃铛；城里的车，也随主人一起，又蹦又跳地来到山里，尽享绿海、歌海和田园之乐。路在脚下延伸，幸福也在百姓心中延伸。

这路之所以蜿蜒漂亮，那是因为喝上省环保厅的“奶”而成长。

文庄人走出去，外面人走进来。走啊走，走出一片新天地：文庄的房屋，一栋连一栋，红瓦白墙！

这些房屋，看上去，像画，更像一颗颗宝石镶嵌在绿海上。百姓喜上眉梢，逢人便说要感谢各级政府，感谢省环保厅。是的，省环保厅和交通部门等单位的同志一来这里就是十天半月，有的一待就是几年，住百姓家，吃农家饭。因为，他们的朋友和亲人就生活在文庄。

走近一家刚贴上婚联的房屋，与一位脸上透出红润的年轻女人打着招呼，说着话，正准备找个地方洗洗手，她马上走过来，带我走到水龙头边，笑呵呵地拧开水龙头。一拧，自来水也“咕咕咕”地笑起来。我惊讶道：“嘿，自来水！从哪儿来?”她说：“好远呢！”说完，陪我走到盛开着鲜花的窗台边，指着对面的一口大水池，说：“就靠它！”

大水池里的水似乎在我的血脉里缓缓流动：哦！我明白了，池里的水，是从遥远的山那边翻过来的；我更明白了，这水池不仅蓄满清澈洁净的水，还贮满山外人如海一般深情！

（选自2013年《中国散文排行榜》）

黄石寨素描

陈 颉

中国看山张家界，张家界看山黄石寨。黄石寨，一个美轮美奂的空中花园，一帙妙趣横生的峰林青史。

黄石寨上，石英岩峰，斧凿刀劈，浩浩荡荡，簇拥着，挺立着，似茂密的竹林，片片排排，郁郁葱葱。拉近视线，根根石柱，剽悍刚烈，兀自矜持，会突然闯入你的眼帘，这些美的精灵，忽左忽右地伸着，长着，赤条条，脆生生，让你忍不住想伸开双臂去拥抱。

坐缆车上黄石寨，脚底立体透明的石柱上，低冠的岩松桀骜不驯地站着，一年四季，同阳光对语，与风雨交谈，总是按捺不住萌动，为争一席之地，相互搅和撕咬，凑凑拥拥，贴贴挤挤，你会感叹生命的潜能原来是如此的强大。缆车随上滑动，眼前，孤傲的峭崖，葱郁的树木，向你频频点头，而后与你擦肩而过。四周，目之所及，渐敛的云气笼罩着绿色的寂静，谷底植物与峰林相映成画，碧绿森森，飕飕地盘旋起湿漉的氤氲，空旷深沉，恬静生动，暗示峡谷深邃清幽的本色。此时，你会强烈地想抛弃城市的繁华浮躁，抛弃一切贪婪的欲望，归容到这方不被束缚的峰林，慢慢地沉浸在静想默想之中。

站在六奇阁，旷远纯净的蓝天下，石峰遥相呐喊，彼此呼应，阳光驻足的峰林，如高楼林立，雅致婉约，磅礴万千。如柄柄利剑，直指天穹，寒光四射，处处磊落万丈，时时迸发生机。我凝视着这深沉的峰林，内心充满了躁动与感喟，造物主赐予我们生命的同时，也造就了黄石寨的野性大气和灵性旷美，谁会回避与之自然而纯洁的拥抱呢？

摘星台上，天地苍茫一片，眼前深谷令人目眩，重叠连绵的石峰，莽莽苍苍的云海，在深谷间飘荡着，变幻着，好一幅绝伦美奂的泼墨影像。向下，五指峰如镶嵌在深谷怀抱的五根金条，棱角分明，璀璨夺目，更像是人的五根手指，指节清晰，刚劲有力。心贴上这陡峭奇异的石壁，风拍击岩石掀起阵阵林涛，一袭撩人的生机，似乎生命中最本真的感动，瞬间已被抓住，让你超凡脱俗，并退居尘世之境界。

不知何时，天空下起小雨，从摘星台下来，穿梭于寨顶的人流间，心无法平静下来。“风萧萧兮易水寒”，在细碎的秋雨中，路旁的小草挂着晶莹的水珠，一些小野花粲然绽放在草丛中，赏心悦目，与那碧草浑然一体。其实，黄石寨的雨也是有灵性的，细雨中，整个山峦瞬息万变，飘飘渺渺的雾，自下而上，从远到近，像是昨晚没有散尽的月光，又像是一层层透明的轻纱在缓缓撩起，造型奇妙，如梦似幻，似卧牛，像睡龟，浑圆自然，备具灵性。风吹拂着我的衣襟，水珠般的凉意从崖边袭来，我精神一振，这又是谁用豪放的雕刀刻画的杰作呢？傍晚时，雨停了，远处山色又跳出了她的轻俏，郎秋的蝉鸣更加浓稠了，摇摇晃晃，辩不清虚实。峰林在白雾与绿色中若隐若现，显出几分拙朴之气，不仅有乳白色包容的空间感觉，还有绿色托举的递次意象，似乎隐藏着某种玄机。我站在这梦幻般的边缘，尽情放纵心情，人世间的纷争，渐渐沉静，瞬时已遁为虚无。

路边避雨时，我问及一位来自浙江的老奶奶，看样子已年近八旬，她说因有心脏病，家人把她留在了宾馆，不让她上来。后来，她乘家人外出后，独自一人坐缆车上来了。你能承受得住？我问，老奶奶笑着说：还行，“不到黄石寨，枉到张家界”，我感觉黄石寨就是一座用岩石垒成的空中花园。从黄石寨下来，雾已散去，峡谷依旧空旷沉寂，峰林依旧骄傲挺立，过滤一样纯净，锤炼一样精神。秋风里，如果你坐下来与黄石寨峰林做一次虔诚的恳谈，灵性的黄石寨，她会让你领略她那合理和谐而又神秘奇异的意蕴。

（作者陈颉，湖南省作家协会会员，张家界市作家协会理事，湖南省第四期中青年作家研讨班学员。此文荣获2010年“江山如画·我的张家界”全国电视散文大赛优秀作品奖；选自《中国少数民族文学2011年度选》。）

散文三章

陈　颉

摆手舞

摆手舞，用手的姿势与土地交谈，山寨土家人被歌声赋予生机。

篝火圆月夜，轻灵的体型，美丽的银身纹饰，独步舞姿，俨然最水灵的花儿，摆手堂最初最野的谣曲，如稔熟树草庄稼的呓语，又如满堂金属的声音，聪敏耳际。

一平一曲，一伸一展，锣鼓敲起来，声音有如寨上的牛哞与晒场的号子，聚天地心灵之力，在土家人万劫中濡染、扩展和蔓延。浸润其间，滔天盖地般的来势，被声流推向高处，背裹沉沉的欲飞之梦，谁能触摸你的誓言？

一点一偈，一紧一缓，绕着篝火走，蹦出的不再受压抑的曲线与视线，点头如穗，手摆如蛇，虔诚的姿势，神圣凝重，无限柔情中弥漫坚毅。

摆手舞带生命激情与灵魂的飞越，憧憬着幸福与理想的光环，在四季轮回中舒展美妙的身姿，石火旁喜庆丰收的旋律，音喉中吆喝的歌谣，流淌的是镰锄的呼吸与花儿一样的欣喜。

摆手舞打扮的是四周的山峦，扛起的是一方天宇的呐喊。每年四月，浓郁的土家山寨风情，唯有代代相传的手舞，有枝有梗，绿得醉人，它兑现土家人的深切期望，点缀山寨的喜悦与沉思。

这粗犷的天韵，歌声如古老的梦幻，穿越山梁旷野。

这坦荡的贞洁，手势把欢乐写上两颊，浸润晨雾流水。

（2008 年 3 月 22 日“中外散文诗学会张家界国际笔会”朗诵作品）

茅古斯舞

从乡村深处超越姣美，奇特沉稳，凝重热烈，刻着奥义。预约的山风揩拭柔美的乐章，一片片蓝焰浅摇一汪汪笑脸。惬意从舞步淌开，诗情在心间穿越。

摒弃空洞平淡的歌声舞姿，缄默中隐喻的暗恋，从心灵深处訇然涌来，散落一地的欢乐，正肥沃土家山村的土壤。

篝火染红万千峰峦，铿然绝响的舞步，尘沙飞溅。烟柳如织，霞光如血，喷撒收获的韵味，香气裹满稻草的身子，更加丰满。

灵幡纸钱漫翻飞舞，火红如笑，渲染箫声中隐去的狼烟，披散长发与咯血的夕阳沾为一体。

舞动的手臂，向上攀附的感怀和篝火燃亮的渴望，是万年神韵辉煌的意蕴与馨香。山的子民，在火中焚身以塑，凝重而浪漫，美奂而凄怆。火光穿透躯体，晶莹如玉，丰稔的岁月洗净了所有的尘埃。

舞的魂融进泥土，懂得识别遗失的密码。密集浓缩，镌着晃动的符文，思念伴随灵性的步子，在肆意中碎响。

在火的穿透中，人静如瓷，立得坦坦荡荡。仰首如灯，血液的燃烧，刻下古典的锋芒。火红如魂，困厄已久的窜跃情思扎起一朵朵轻飞的梦，遮蔽岁月流淌的年轮。

（原载《散文诗作家》2009 年第 1 期）

傩　戏

虔诚，为谁而唱？幽蓝火焰，托吉祥之梦，如秋水之魂，正朗诵凉透的名字。卵石间弹跳的脚掌，被血腐蚀，汗珠从腰间滑落。信念养活生灵之梦，脸面激动，半红半醉，烟气随风移动草木土香，这长长的序曲，是记忆深处一本散发芬芳的线装书，音乐操纵的颂词，随旋律升腾，远离睡眠，罩上雾障。

裱纸香灰，忍遗弃痛苦，金蛇狂舞漫满山乡。跫跫足音，在草树间逍遥，方寸不乱。昂贵的音符散落一地，穿着长裙的影子，并不沉默。歌声鹤唳，滑进一条深深的河流，乡情由傩戏的扶持，变得暖和。半条淌血的躯体，一代代任性的灵魂，洗礼着历史，抹下覆盖的冰层，季节被一杯水淹没。

一片蓝焰，是一帧香骸，虚无遥远，朴素的元素，生存不易疲惫的空间，正纯洁如初。沉重的夜，淌出心颤的乐曲，抑或更迷人的交响，正抵达一种心境。这恣肆的舞蹈，这离奇的音乐，是掳走泪凝深处一缕动人心弦的孤傲的魂呵！

（原载《岁月》2008年第12期）

我的张家界浪漫之旅

流　云

春天是一幅画，春天是一首诗；当我们走进张家界的春天里，便会见到这样一番景象：气温回升，大地复苏，草木萌动，春笋破土。满山遍野的杜鹃花，五彩缤纷的樱桃花，大朵大朵的山荷花，争妍斗艳，幽香四溢。绿叶丛中，百鸟啼啭，充满生机。然而，张家界真正的春季为每年 4 月 2 日至 6 月 29 日，共 89 天，平均气温在 10℃至 22℃之间，气候宜人，特别是空气清新馥郁，令人耳目一新，精神振奋。若逢春雨飘飞，烟云蒸腾，座座绿峰，时隐时现，如临瑶台琼阁，令人心旷神怡。

“春季花儿开，花开一朵来；一对阳雀那个飞过来……”一曲桑植名歌《四季花儿开》以其优美的旋律将我融入到张家界的春光里。

花与老人

初春，一个阳光灿烂的日子，我像是去看望老朋友似的来到了黄石寨，由于心情十分爽朗，我便弃车步行在大氧吧至黄石寨索道下站的公路上。此时，一阵淡淡的幽香扑鼻而来，我见到了一株株盛开的梅花，红色的，黄色的，白色的，五彩缤纷，煞是好看！在长约 1200 米花径中，我还见到了青松与茂竹，它们与梅花相伴，足以让人品出“岁寒三友”的绝世风范！

“入山无处不花枝，远近高低路不知。”当我临近黄石寨索道下站处，只见梅林深处走来一位满头银发的老人，他慈祥的脸上挂满了笑容；他叫张辅仁，刚满七十岁，是台湾人，现任黄石寨索道公司总经理。14 年前，他初到张家界黄石寨观赏后便有了这样一番感悟：“我学生时代在台湾见到中国画时并不相信是真的山水，后来见到黄石寨风景后才发现画家们远没有把真实的张家界画出来。于是，我决定留在张家界把这胜似名画的风景刻在心灵深处。”后来，他开始筹建起这家由大陆和台商共同投资的客运索道公司，继而担任总经理负责经营管理。他以一颗感恩的心回报大自然，在不断实施经营计划的同时，也开始编织他花的梦想！

一株株梅花，一棵棵杜鹃花，一束束玉兰花，还有驰名中外的鸽子花，把黄石寨装扮得无比美丽！张辅仁先生还告诉人们，每年正月梅花盛开的时候，有许多人千里迢迢赶到这里拍婚纱照，他们要把一生中最幸福的记忆刻在黄石寨啊！

花儿是美好的象征，而人们通常将花儿比喻成少年；然而眼前这位年逾古稀的老人却是如此痴迷他的“花儿”事业。他酷爱养花，且将种植花草融入到企业文化中去，不惜花费大量人力物力在去往黄石寨的路旁种植梅花达4000多株。他永远拥有一颗年轻的心，人称“活神仙”！

张辅仁先生把张家界当成自己的家乡一样无比热爱，他熟悉黄石寨一草一木，一山一石。几年前，他曾陪同来自台湾的国民党荣誉主席连战夫妇登上黄石寨，并如数家珍般地向连战先生介绍了摘星台、五指峰、金龟探海、前花园等绝色风景，以至于连战先生亲切地称他为“张家界”！老人认为这是对他事业的肯定，也是对他最高的评价！

黄石寨景区四季花常开，“春有杜鹃花，夏有龙虾花，秋有鸽子花，冬有梅花”。万紫千红的黄石寨是多么令人向往啊！

金鞭溪：少女的眼睛

“每一个神话，仿佛都是一卷慢慢舒展的古老画轴；亦仿佛是一壶陈年的佳酿，带您走进山里的世界，细数张家界的点滴历史，感染这样醇香浓厚的山水情！”

一位叫梅子的女孩在十年前为金鞭溪写下的一首诗留在我编写的旅游书中，而这位才貌俱佳的女孩以金鞭溪青山绿水为背景的玉照也留在了我记忆深处。朦胧的云雾中，我似乎总能看到她会说话的眼睛，忽闪着，忽闪着，像是在对我倾吐着她心中许多忠言啊！

梅子魂归天堂了，她是在乘出租车为游客送机票的路上而香消玉殒的，才22岁，花季一般的年华啊！真是：“揉碎桃花红满地，玉山倾倒再难扶！”少女与诗，少女与金鞭溪；而金鞭溪也不断地幻化成了少女的眼睛，满是春光。那紫草潭、跳鱼潭酷似少女波光楚楚的眸子，而溪岸是眼睑，长在溪边的水草便是那长长的睫毛了，流动的溪水是忧伤的泪泉；少女的眼睛含情脉脉地与你对望，风儿为她梳理着发梢，鸟儿为她捎来春的消息，绵绵春雨让她变得更加清丽无比啊！

春到金鞭溪，便是投入到了少女温情的怀抱。金鞭溪因那直冲云霄，傲立群峰之间的金鞭崖而得名。它源自张家界国家森林公园境内的土地垭，由西向东北方向，经老磨湾后，汇合琵琶溪、花溪、沙刀河、茶溪、矿洞溪后，便入溇入澧，归入洞庭。金鞭溪曲折婉转，随山而移。两岸峭壁凌霄，峰峦千迭。溪岸有古木参天，奇花异草，林间有嬉戏的鸟兽，水中有悠然自得的游鱼。因了电视剧《西游记》花果山外景地在此拍摄，更是添了许多神韵；还有“劈山救母”、“神鹰扶鞭”、“千里相会”等神奇的传说让人神思遐想啊！

金鞭溪如少女一般的清纯，这里的空气中少有杂质，其植物资源十分丰富，森林覆盖率高达98%。经测算，这里每天释放氧气量达8660立方米，每年释放氧气量达4521吨，故有天然“大氧吧”之美称。

在“大氧吧”里，可以远离尘嚣，而将身心完全地融入其中，躺在溪岸的岩石上，看着奇峰峻岭上的蓝天，听着涓涓的流水声，在夹杂着青草味儿的空气里，洗涤我们倦怠的心灵。

我爱金鞭溪，犹如爱多情的少女一般；我爱她的宁静，她的俊俏，她的清纯，她的柔美，她的青春活力！

天子山：男人的脊梁

一座山若男人雄性般地挺拔在人们的心头。

丰子恺说：“桂林奇特的山，给广西人一种奇特的性格，勇往直前，百折不挠，而且短刀直入，率直痛快。”而我说天子山，也代表着土家族人坦率、正直、阳刚、勤劳与善良的禀性。

农历二月初五，我决计上天子山。当得知我要上山时，天子山索道公司许总经理热情地邀我共进中餐，他还告诉我山上有雪景可供观赏。从市区到索溪峪需一个小时车程，再转乘景区环保车到天子山索道下站。沿途便有索溪峪的山光水色映入眼帘，山野中偶尔会出现一簇簇红、白色的山花与一棵棵吐着嫩绿芽儿的树木向人们透露出春的气息。

然而，当我与随行的导游小孙乘缆车登上天子山后却见到了另一番景色：山顶是皓皓白雪，山下却是绿意盎然。有了360度体验后，我看见一大片石笋像武士般地昂然挺立在山坳里，气势宏伟。我在缆车里不时用数码相机拍着那一道道绝色风景。小孙在我身旁也不住地赞叹：“啊，太美了！”

上山后，我们便被笼罩在了茫茫雪色里。一根根晶莹剔透的冰挂，一簇簇洁白的冰凌花，还有雾凇与云海让人目不暇接，叹为观止。我们来到贺龙公园，只见一个高大的男人铜像威风凛凛地耸立在山顶，还有一匹骏马依偎在男人的身前。这就是共和国十大元帅之一贺龙的铜像了。我们无比缅怀元帅的丰功伟绩，他是我们张家界人民的骄傲，更是祖国的骄傲！

“天子山色绿如烟，石林森森来眼底，紫气腾腾人欲仙！”相传古代有土家族首领向大坤揭竿起义号称天子，故而天子山据此得名。因了向王天子，天子山的御笔峰、神堂湾等著名景点都沾上了民族英雄主义气息，不过最让人觉得有些叹惋的是向王天子率众部将连人带马在神潭湾投崖的传说，似有几分悲壮色彩！

一根根石柱，一堵堵石壁拔地而起，如古城堡，如石将军，如玉柱擎天，如浮屠坐地，如凌霄宫阙，……石头王国里尽显豪迈气派！“丹青不足描其形，诗文不足书其致，盖鬼斧神工，天造地设之所为，非人力所能仿佛其万一也。”

云卷云舒，万山藏形，而在一派茫茫雪色中寻觅着昔日熟悉的峰林却没了踪影。我守望在“石船出海”景点处等了约一刻钟后，那石头人儿竟然一个个渐渐地露出了真容，而且还是红褐色的石英砂岩，我惊喜得连连拍照，可仅仅几十秒钟后又隐去了身子。我怅然若失地望着那被云雾遮掩身子的石人儿，最后只留下一个石头的背影。坦荡荡，一股男儿的英武之气在天地间回旋。我站在山顶，从心底吼出一声：天子山，男人的脊梁！

黄龙洞：田园牧歌

“仙境尘寰咫尺分，洞中别是一乾坤。”

自武陵源军砥坪沿索溪河而下约五公里处的北岸，山中有一个洞叫黄龙洞。有人说它像人的“肚脐眼”，然而，台湾著名女作家琼瑶游览黄龙洞后却感叹：“洞中乾坤大啊！”

据有关资料显示，黄龙洞现已探明总面积48万平方米，全长15公里，垂直高度140米，内分两层水洞。整个溶洞犹如一株古木盘根错节，洞中有洞，洞中有河。经中外地质界70多位专家的考察后，作出的结论为：“黄龙洞几乎包括了《洞穴学》的全部内容，是世界溶洞的全能冠军。”

黄龙洞内石笋林立，颇为壮观。最为突出的有定海神针，它高达19.2米，其两端粗，中间细，最细处直径只有10厘米。1998年4月18日，黄龙洞景区为它在保险公司买下了一个亿的保险。另据介绍，大约在3.8亿年前，黄龙洞地区还是一片汪洋大海，沉积了可溶性强的石灰岩和白云岩地层，经过漫长年代开始孕育成了洞穴。直到6500万年前地壳抬升，出现了干溶洞，然后经过岩溶和水产生作用，便形成了今天的溶洞奇观。相传在很久前，洞内曾有黄龙藏身，故而得名黄龙洞。

“奥从混沌元气制，自然凝结非琢磨”。黄龙洞不仅可观赏到千奇百怪的石头“宝贝”，你还可以听到地下河泉水潺潺而不绝于耳。尤其让人回味无穷的是：由钟乳石和石笋形成的一组天然的大编钟，以木棒轻敲之，可发出悦耳的嗡嗡声，犹如古代某种乐器所鸣。有人说，这洞中的“石琴山”抚石弄琴，发思古之幽情，想人生之艰辛，竟能如此熟悉，犹如自己久寻的知音啊！

“人间千年还嫌短，洞中乾坤一日过”。四季恒温的溶洞让人流连忘返。然而，走出洞外却又是另一番景象：竹篱茅舍，水车飞转，风雨长廊，大鲵观测站；还有田野里的油菜吐着芬芳，刚抽出嫩芽儿的柳絮随风舞动着腰肢与歌唱的飞鸟伴舞嘿！

洞里洞外好风光，人间春色一览尽。我又一次来到黄龙洞参观时，好友邓道理告诉了我又一个关于春天的消息：2009年5月14日至18日，由张家界市市长赵小明和黄龙洞旅游股份投资公司总经理叶文智联袂创意策划的“中国张家界国际乡村音乐周”在黄龙洞生态广场与其他核心景区举行。

乡村音乐，是美国流行音乐之一，20世纪20年代起源于美国南部地区，原指居住在山区村民所唱的歌曲，后经演变发展，逐渐风靡全世界。本次活动所指乡村音乐，泛指世界一切具有鲜明民族特色、各种表现形式的民间音乐艺术。届时，以“天籁世界，洞听中国”为主题的音乐周活动邀请了世界五大洲20个国家和地区的20个演出团队，内蒙古、西藏、四川、新疆、云南等国内8个演出团队，共400多名中外著名表演艺术家参加演出。张家界市人民政府还公开承诺：活动期间景区门票不涨价，而实景演出可供广大游客免费观赏。

在黄龙洞内听石琴与流水音乐，而在大峰林深处听来自世界各地的乡村音乐，好一曲唱响春天的田野牧歌啊！

江垭：借我一段柔软的时光

相约去江垭泡温泉了。

从黄龙洞景区至江垭镇的公路上等待约十分钟左右便迎来了去江垭的专线班车。一路上，青山绿水不断映入我的眼帘，似乎有一种“轻舟已过万重山”的感觉。仅半小时车程就到达了江垭镇。

来到下榻的江垭温泉三星级酒店，拿上预定的房卡入房休息片刻，再到餐厅包厢用餐，继而散步到了温泉大厅。一声亲切的问候，一个躬身礼，便有了一种至尊的感觉。

入室更衣后沐浴，这是中国传统“沐汤”的第一步“澡身”。以干净的身体，纯净的心灵享受大自然的馈赠。随后是：“爽神”、“探泉”、“沐汤”、“拭肤”、“养体”、“执兰”、“思静”和“感恩”。江垭温泉的设计，完全吸取了中国传统“沐汤”文化之精华。

先入同心泉，其池水清澈纯净，水质如玉；池中一柱喷泉冲天而起，水雾与热气交织在一起。温泉区有室内室外，且大大小小温泉池二十多个。红酒温泉、花草温泉、椰奶温泉、咖啡温泉、杜仲温泉、艾叶温泉、薄荷温泉等各类健身与名贵中药原料温泉，其功效妙不可言。

江垭泡温泉有动、静之分，你可以到室外大池中游泳，在瀑布泉下穿梭；又可以在“热地带”石板上躺着接受热疗，或独自寻一偏静温泉池中静泡，既能养身又能修性啊！

“放纵性情，收藏温馨”。几年前，我曾策划了一次“山水之约”的文学笔会，有一位女诗人对江垭温泉情有独钟，她写下了充满激情的诗句：

泡一泡，
疲惫的心开始复苏；
熏一熏，
困顿的眼透出灵秀；
洗一洗，
灵与肉在这里升华……

温泉养生具有很深的文化内涵。《礼记》云“儒有澡身而浴德”。唐代诗人描绘杨贵妃入浴的诗句为：“春寒赐浴华清池，温泉水滑洗凝脂。”而湘籍文化名人李元洛等为江垭温泉写下了：“依香拥玉月明时，恍若华清妃子池。洗却风尘千种俗，唯留胸底一腔痴。”“深藏万丈质纯清，尽洗人间世俗尘。只泡三分心已朗，浩然明月一身轻。”“幽境湘西别有天，山藏江垭好温泉。一洗了之尘与俗，人间半日作神仙。”走进江垭，心里暖暖的，我似乎触摸到了一段柔软的时光！

观山峰之雄伟，品峡谷之清幽，览溶洞之奇观；张家界的春天是绚丽多彩的，它拥有春雪、梅香、细雨、云雾、温泉、鸟语等一幅幅美丽的图景，真是“满园春色关不住啊”！

（此文首发于2009年湖南省旅游局、湖南地图出版社联合编辑于3月出版的《湖南旅游》。）

回归天门山，以爱情之名
——山无棱，天门合，才敢与君绝

丁云娟

到天门山，这是第二次。

一年前的同一个季节，我一个人登临了这座被誉为“张家界之魂”的山峰。游走过很多城市和旅游区，但唯独这里让我念念不忘。每个人的心中都有一个哈姆雷特，我不喜欢跟着人群涌动在某个观景点做个V字证明自己曾到过，我留恋这山间的清风和浮云，以及让我贪婪呼吸的林木清香。更重要的是，我曾在这里许下了一个心愿，就在传说中那个通往天界的天门洞前。

看见天门洞的第一眼，我没有登临长城的激动，没有触摸大海的雀跃，而是从心底深处涌出的安静，我很想对它说话，但是那一瞬间，却无法表达。天门洞的下方有一个很大的香炉，香炉上挂满了祈福的红丝带。到过天门山的人都会把写上愿望的红丝带系在这里，有祈求平安的，有求子的，有求学的，也有求缘的。看着身旁忙着写愿望的游人，我忽然知道自己想对天门洞说什么，于是，我在一条红丝带上写下了“希望在一年之内遇上心爱的他”。相较于刻字、上铁锁，我也更喜欢这种环保的祈福方式。系上红丝带的那一瞬间，我的心有种飞翔的快乐，也有了一种肃穆的等待，毕竟，这是一次真正地对天许愿。我对天门洞说，如果真能实现，明年的这个时候我会和他一起再来天门山。

一年后，我和他来了…

天门山索道——通往幸福王国的时空穿梭机

要去天门山，必须要乘坐一条长7.5公里，据说是世界上最长的索道，因为是第二次乘坐，我没有丝毫的害怕，反倒是嘻嘻哈哈地给他做起了向导。我像回放电影一样的给他说着接下来会看到的一切，他只是微笑着看着我，当我终于因口干舌燥而停下来时，他轻轻揽我入怀，说“喝点水，休息一下”，我开始安静地依偎在他身旁。跟随着索道一路攀升，看着青翠的田园，深蓝的湖泊，林立的高山从脚下飞速滑过，时有云雾从索道轿厢的窗口中钻进来围着我们打个转又转瞬即逝，轿厢里充满了尖叫和欢笑声，大家都被这“打开窗户乘飞机”的兴奋感所淹没。而此时此刻，我只觉得这条索道是一个时空穿梭机，它带我飞越到一个名叫幸福的王国。

山顶空中花园——两个人的天荒地老

抵达天门山顶，清凉猝不及防的扑面而来，天门山是张家界海拔最高的山，山顶的温度比市区低10℃左右，相比于地面都能煎鸡蛋的市区，这里简直就是一个天然的空调房。天门山的石头是我所见过最美的，独特的喀斯特地貌造就了它们的千姿百态，它们就随意地停留在林间，每一个角度都是一个天然的盆景，难怪这里也被叫做“原始空中花园”。

我和他手牵手走在这如梦似幻的石头花园中，蓦地看到前面一大群人围着一棵大树在拍照，过去一看才发现这棵树竟然是长在一个大石头上，而它们有个很浪漫的名字叫“木石之恋”，传说是一个痴情的女子用这个木与石的奇迹督促了她丈夫理想的实现。他从大树旁扯下一根小草，飞速编了一个草指环扣进了我的无名指，一阵潮水般的幸福感席卷而来，没有钻戒和玫瑰，但在这里，我们找到了两个人的天荒地老！

鬼谷栈道——勇气背后的小小幸福

天门山山顶很大，可要问起最好玩的地方，只要去过的人都会不约而同地告诉你——鬼谷栈道。这条栈道与其说是悬在峭壁中更不如说是悬崖的一部分更直截了当。走在上面，你会觉得自己就是一只可以自由穿梭于绝壁的猴子。记得第一次走这条栈道上时，我切身体会到了腿发软的感觉，但我不是林妹妹的类型，走了一小段就适应了，倒是沿途都能看见有人脸色惨白，闭着眼睛被人牵着走，有人赖在地上死也不肯再往前走，有人则一直贴着凹凸不平的石壁慢慢前移，不要以为这些都是女孩儿，有几个就是身强力壮的大男人。我当时就想，以后一定要找一个敢走鬼谷栈道的男朋友，这样才能保护我。

事实证明，他就是那个能保护我的人。在栈道上他没一点害怕，反倒是兴奋得不行，说悬崖的风景比在观景点震撼多了，这样才是真正的旅游。后来，我们在栈道上一个凌空伸出的玻璃台上做了一个泰坦尼克男女主角在船头飞翔的经典动作。闭上眼，拂面的是清凉的山风，背后则是他温暖的胸膛。这一刻，我突然明白，真正的爱不需要惊天动地，只需要这种小小的幸福。

天门山寺佛舍利——今生回眸，永生相约

穿过鬼谷栈道的惊险，我和他来到了山的另一头，一座造型精巧、规模宏大的庙宇静静地横卧在青山绿树间，这就是有着上千年历史的天门山寺。相较于之前的嬉闹喧嚣，这里则是一个远离世俗的天界佛国。当地人对于天门山寺有着近乎狂热的崇敬，据说，天门山索道还未开通时，到了既定的日子，他们就算是走上一天一夜也要到天门山寺来祈福许愿。在去年的时候，天门山寺中安奉了一颗从尼泊尔中华寺迎请回的释迦牟尼佛真身舍利，这无疑给本来就香火旺盛的庙宇更增添了熠熠佛光。寺里的大师介绍，不是每个人都有见佛舍利的缘，与舍利有缘则与佛有缘。我信缘，也惜缘，我们生命中的每一秒都不可能去复制，我们去过的很多地方，见过的很多人，可能会因为种种原因，一生只能有一次，所以，在说再见的时候一定不要有遗憾。

我和他跟着大师走进安奉佛舍利的佛堂，大师叮嘱我们，进门要脱鞋。第一次进需要脱鞋的佛堂，我的心有一种莫名的紧张，他似乎看出了我的紧张，轻轻拉住我的手。带着满腔的虔诚，我们双手合十参拜在舍利塔前，他突然转过头来对我说，如果说今生的相遇是因为前世的回眸，那我想在今生与你多几次的回眸，我们要永生永世都在一起，让佛舍利来见证我们的爱情。看着他的认真，我的眼眶渐渐潮湿，前世来生太遥远，此时此刻就已足够。

天门洞——山无棱，天门合，才敢与君绝

游完了山顶，坐上景区的巴士，我们前往到天门山不得不去的点，也是系着我心愿的地方——天门洞。通往天门洞的路蜿蜒99弯，据当地人介绍，这条公路修建了8年，最初也只是依山而建，并没有刻意地考虑有多少弯道，结果，在修建完成后发现刚好是99个弯。9在中国就如一个至高

无上的图腾，这神奇的99道弯给本来就玄谜丛生的天门洞更增添了几分神秘。

随着公路丝带般的一盘盘撒在身后，天门洞态势崔巍地立在我们眼前。第一次看见天门洞的他嘴巴成了O形，对于大自然的崇敬，我们俩有着惊人的相似。他急不可待地牵着我就往通往天门洞的石梯奔去，挂满红丝带的香炉又一次呈现在了我的眼前。一年的时间，红丝带又增加了厚厚的一层，天门洞用它的博大承载着无数人的愿望，我的愿望在中间就如沧海一粟，但它真的实现了。

我告诉他有关红丝带的故事，他很惊喜，搂着我俏皮地说："我说怎么就遇上你了，原来你在这里给我施了法呀。"我抡起拳头就准备向他砸去，他又说："不过，我甘愿被你施法，并且是一辈子！"他握起我停在半空的拳头，走到写心愿的地方，要写下我们两个人的誓言，我想了想，写下一句话"山无棱，天门合，才敢与君绝"。以前，觉得琼瑶剧本里的语言都太煽情，但此时此刻，除了用这种琼瑶式的浪漫，我找不到更合适的表达方式了，而这句话，我们俩都会铭记一生，天门洞则会为我们证明一世！

天门狐仙——一辈子只为你一人风情万种

入夜，城市中霓虹四起，我和他则依偎在天门山下的峡谷剧场，静静地感受着山石林野独特的清香。来这里，是为了感受一场被谭盾大师称为"21世纪的梁祝"的山水实景音乐剧《天门狐仙·新刘海砍樵》。去年来天门山的时候这场演出还在筹备中，没能一睹其风采，这次出发前，我特地在网上搜索了相关信息。看过的人对这部世界首台大型山水实景音乐剧的场景、演出效果都是好评如潮，特别是赞赏其中的音乐，说是句句销魂。最神奇的是，大家都说看了这部剧才知道什么叫真正的爱情。怀着期待和疑问，我和他来到这里进行爱情探秘。

随着一百多名土家少女天籁般歌声的开场，演出拉开了序幕，当近万平方米的全玻璃钢舞台随着灯光变换色彩时，全场观众全都欢呼起来，我当时就感觉自己进入了真实的阿凡达梦境世界，这就是演出给我的第一个惊喜。随着剧情深入，我了解这讲述的就是湖南的一个经典爱情传说《刘海砍樵》，一个修炼千年的狐仙爱上了一个贫穷的樵夫，两人冲破各种束缚只为能在一起。当狐仙撕心裂肺地向天哭诉"为你而生，为你而疯，为你而死，为你而痛，一辈子只为你一人风情万种”时，我的泪就滑了下来，我第一次觉得“风情万种”这个词如此的美，如此的真；当刘海哥和胡大姐站在万丈悬崖的两头，无奈地深情呼唤“我多想能做一天你的妻，我多愿能做一天你的郎”时，我心里很疼，我恨不得冲上舞台帮他们打跑拆散他们的村民和狐群……谭盾大师的音乐魅力让我完全融入跌宕起伏的剧情中。

不过，这世界毕竟还是美好的，最后，胡大姐和刘海哥终于有了幸福的归宿，他们俩在60多米高的飞桥上相会时，整座天门山都被灯光照亮了，所有的观众都起立鼓掌，为这唯美的场景鼓掌，为刘海和狐仙的爱情鼓掌，大家都深深地陷入了这场穿越千年的爱情中。

走出剧场时，我发现身边的恋人们都是紧紧地牵着彼此的手，有学生情侣，有年轻夫妻，还有很多银发的老年人，我和他也一样，虽然没有交流，但我依稀看见，所有人的脸上都写满了两个字“幸福”。

第一次来天门山是因为偶然，第二次来是因为爱情，我还会第三次来，和他一起，是因为感恩！

（此文选自《游记散文选》）

黄龙洞

吴 旻

寂寞了亿万年。

等待了亿万年。

当海水已经悄悄枯竭。

当隆起的山峰也望穿了眼。

终于，你打开尘封的心，敞开了一怀惊世骇俗的大真大美。

雄卧在青山绿水之间，永不知疲倦地张一张嘴，悠然吞云吐雾，迎日送月。而你斑驳的内心天空，从未有朝霞灿烂，也未有夕晖相映。只有时间的足迹不着声色地在钟乳石上高一脚低一脚，粗一脚细一脚，淋淋漓漓，留下不尽的沧海桑田。面对你这样一部禁锢万年的奇书，世人该如何探寻你、如何解读你呢？

如今，我剥脱掉世俗的衣衫，背负一方晴空，虔诚地走进你幽深的静寂和远古的神秘。亘古的珍藏在你心中无穷变幻：那哗哗生长的石笋竹韵悠悠，那裙裾飘拂的石花美妙绝伦，那傲骨高耸的雪松冰清玉洁，那层层叠叠的石林扑朔迷离……粗者圆润如柱，充满雄性的壮美；细者玲珑如针，缝合着破损的想象。黄龙洞，你孤守了亿万年的寂寞情怀，曾经写满了怎样的辉煌与失落？如今又镌刻着怎样的悲欢与离合？你到底是谁的断笔残章？你又是谁的苦思绝唱？你以无法抗拒的雄奇魅力吸附了我，无法遏止的渴念在我心海燃烧沸腾。我怦然心动地扑向了你，更深地潜入了你。

倏忽间，一切都凝固了，静止了：阴河的流韵，天仙水的幽梦，石头的音符，生命的震颤……

倏忽间，一切又都流动着，流光溢彩：时光的脚步，岁月的峥嵘，神话的云烟，历史的雕塑……

黄龙洞呵！亿万年的流蚀沉积，雕塑了你起起伏伏的岁月，雕塑了你起起伏伏的生命，雕塑了你起起伏伏残缺而完美的爱情。面对你，所有的语言都失去了固有的意义，所有的情仇爱恨都凝作了永恒。

有一支歌石琴在为我唱：“让生命化作那朵莲花，功名利禄全抛下……”

黄龙洞，触摸你山的精魂，浸淫你水的精神，我已脱去凡身肉体，与你合而为一。

（原载 2003 年 11 月 8 日《文艺报》）

龙王洞探幽

吴　旻

我一直在想，那扇门里，究竟隐藏着什么呢？

据说，走进龙王洞，就打开了“地心之门”。我不知道，是怎样的沧海桑田，又是怎样的世事变幻，让它像一位世外隐者，静静安卧在世界自然遗产武陵源风景区的身旁。

武陵源城区向东10公里处，从山腰沿石阶平缓而下，一个巨大的洞口黑黝黝张着，吞吐着摄人心魄的想象和诱惑。探入洞口，一股幽凉幽凉的阴风迎面扑来。只见幽暗的灯光照着影影绰绰的石柱，照着影影绰绰的石壁，所有的石头都生了琥珀之光，奇幻多姿、光怪陆离。洞府宽敞幽深，寂静得让人觉得有点玄。置身这大山的腹地，就仿佛置身另一个神奇而陌生的世界。恍惚间，三亿多万年的沉寂被高一脚低一脚地踩响了，细细瘦瘦的石笋噌噌噌地往上长着不为人知的心事，矮矮胖胖的钟乳石叮叮当当敲响晨钟暮鼓，粗粗壮壮的石柱嗨嗨嗨地喊着号子撑起龙宫宝顶，石花薄薄呵开如荷如莲的婆娑，石幔徐徐撩起如裙如裾的风情，瀑布娓娓道来，阴河微波如语……几亿年的历史，几亿年的沉积，几亿年的传奇，一个接一个相继醒来，一一在眼前铺开。一切都是凉飕飕的，甚至连肌肤也浸出了凉津津的细密水珠。一切都是静寂寂的，只有心开始不平静了，喧响着亿万年前大海的潮起潮落……

这时，如果能听到一嗓子两嗓子野性的呐喊，会是怎样一番韵味？

穿过一扇自然天成的柱门，是宽敞的大厅。绿的蓝的橙黄的粉红的灯，光影相映，如梦如幻，迷迷离离。一个接着一个的厅台，莫非当年龙王爷和他的妃嫔曾在此喝茶嬉戏？一条连着一条的曲廊，想必当年两旁站立过护卫的虾兵蟹将。曲径通幽处，朵朵石荷在洞壁困酣娇眼，将开未开。那可是小龙女的香闺么？高台上，一根细长的龙头拐杖孑然自立，老龙王早已不知踪影。

蓦地，一个水花池在光影中晃悠悠铺开一片晶莹，俯身掬一捧水，雪亮雪亮的星星纷纷扬扬从指缝间滑落。定睛细看，池中居然优哉游哉着几尾尚不知名的小鱼，细细黑黑如一抹惊鸿。遂有人惊叹，复又疑问，这亿万年没有阳光照进来的石灰岩溶洞，怎么可能孵化生命？那么，是远古洪荒遗留下来的生命力极强的遗民？抑或是洞内的灯光探照升高了水温？百思不得其解，只有留待考古学家去做科学研究了。

拐过一弯窄窄的石门，抬头，只见一只石鸟倒悬于石壁之上，乍看之下像极了凤凰，伸展着羽翼，抻着细长的脖子，尖尖的嘴端衔一颗晶亮的水珠，将滴未滴。将滴未滴时，时间和空间一瞬间就这样定格了。活生生一幅凤凰吐珠图！而正下方，一棵年轻的石笋正翘首以待。它居然就是这只“凤凰”一滴一滴的水珠浇灌着长大的呀！它生长多少年了呢？“凤凰”于此垂挂，含辛茹苦多少年了呢？

谁说石头没有生命？这，不就是石头创造的生命的奇迹么！

而洞壁半腰的一层翘岩之上，正上演着横空出世的经典爱情剧！前面那一对年轻的恋人若即若离，犹可见阿妹低头佯装掩面。后面是一对白发苍苍的老者，耳厮鬓磨紧紧相拥在一起，犹可闻喜极而泣的幽咽。他们等待多少年了？他们相守多少年了？也许，连他们自己也记不清了。

谁说石头没有爱情？这，不就是石头演绎的爱情的绝唱么！

有生命就有爱情！另一边，有生命的石头们正在吟唱一首摧肝折肠的歌。那根垂挂洞顶的钟乳石，滴嗒嗒使劲地朝下抻长着手；地上承泽着他的雨露直直站立的石柱，噌噌噌使劲地朝上抻长着手——眼看就要抓住了，他俩多么想握住对方相牵相拥合而为一啊！可是，仅仅就几公分的距离，让他们怅望了千年万年。也许，千年万年后，有人再来看到他们时，他们的手真的握在了一起。我心疼地看着这一幕，一首歌的旋律缥缈间无声升起：“千年等一回，千年等一回啊，我无悔……”

景自天成的舞台，无须任何的伴奏和装饰，就让喑哑了亿万年的歌喉唱出最朴素也最动人的情歌。无声胜有声。眼热心跳之际，脑子里瞬间闪过一个荒唐的意念：哦，龙王洞，有情有义的龙王洞，有始有终的龙王洞，在你深邃的怀抱里，哪怕晕厥几分钟也是痛快和值得的……

流连忘返时，有着点滴的痕迹触目惊心，告诉我们地球上曾经发生的灾难。在洞府的最底层，在那被称为“地心”的地方，时不时有一处两处伤痕斑斑的钟乳石，好像被揭掉钙质的皮肤组织一样，赫然嶙峋着赭色裸露的骨质。那是地质构造在岁月磨砺中的裂变，让石头在碰撞与解构中不断蜕皮。亦可见到许多根从中对断的石柱，上半截戳在洞壁的顶端，隔着十几二十公分的距离，与下半截一一对应。那是地壳沉陷时被活生生扯断的呀！就像一对手足兄弟，一个在河那边，一个在岸这头，永远可望而不可即。

那是怎样的一种沧海桑田呵！那是怎样激溅着热血的悲壮呵！此时此刻，我仿佛看到了那一场惊世骇俗的大自然的搏击，我听到悲怆无畏的生命与历史创造的交响！

也许，为了化解这一场毁灭性的灾难，才成就了号称“天下第一柱”的龙王宝柱吧。洞穴的最深处，四根巨柱雕梁画栋，气势磅礴，由高到低依次排列，顶天立地，支撑起龙王宝洞。只见粗壮圆润的石柱上，石树层林尽染，状如黄山雪松；石幔披褶戴皱，犹如落地窗帘；石裙结穗垂缨，恰似配环戴玉；石像浮雕浅镂，若佛若僧若仙……一根石柱就是一幅素描山水壁画，一根石柱就是一栋小桥流水人家，一根石柱就是一片田园美景，一根石柱就是一座仙岛蓬瀛。

我呼吸到了亿万年前的气息。我触摸到了远古的无与伦比的美丽。倾听着大地生生不息的心跳，恍惚间，我已化成地心之上的一根石柱，顶天立地，呼气生风，吐气为叹，不知天上人间，不知今夕何年……

（原载 2014 年《文艺报》）

我在绝情谷底
——游张家界大峡谷记

刘　年

一

往下面一看就喜欢上了这里。

那么高，那么陡，连下去都很难。

让我一下子就想到了《神雕侠侣》里的绝情谷。

二

人在谷底，抬头望去，云天一线。

这里已是另一个世界，离现实已经很远了。

把大峡谷里如云梯般盘旋的栈道、新颖刺激的诺克里滑道、神秘的水底沉船、深不可测的土匪洞、奇形异状的山崖都一笔带过，把渡口那棵独立寒秋的紫叶李也忽略不计。在这一路的曲折和幽静里，似乎适合想一些与现实无关的、遥远的、纯净的，为常态的人生所淡化或者遗忘的东西。比如说岁月，比如说烟云。

比如说，爱情。

三

“爱是一朵六月天飘下来的雪花还没结果已经枯萎。爱是一滴擦不干烧不完的眼泪还没凝固已经成灰，等到情丝吐尽它才出现那一回，等到红尘残碎它才让人双宿双飞……爱是迷迷糊糊天地初开的时候那已经盛放的玫瑰；爱是踏破红尘望穿秋水只因为爱过的人不说后悔；爱是一生一世一次一次的轮回不管在东南和西北；爱是一段一段一丝一丝的是非，教有情人再不能够说再会……”

林夕用这样的歌词对爱情进行了阐述。

金庸在书里说得更简单：爱情，是一种有毒的花。

金庸还说：欲解情花毒，须服断肠草。欲知爱情事，须防断肠老。

峡谷里有花，金黄的，紫白的，多是野菊，也有水仙，都不是情花。如果是的话，我想我一定会去摘的，哪怕管理员会罚款，哪怕它的刺再毒。

人生如果受伤是必然的话，我宁愿受的是情伤。

四

脚步慢些，再慢些。

不要等不及转弯，不要急着看前面的风景，稍微走快些，就有可能错过一处美，因为这里美，是含蓄而不张扬的美，是一定要凝神细看才能得其深味的美，也是稍纵即逝，错过就会不见的美。随便一座小桥，不管有没有栏杆，都可以横出诗情；随便一块石头，不管有没有青苔，都可以立出画意。石壁上，随便垂下一茎红叶藤，就可以飘出风的样子；河滩上，随便露出一丛兰草，就可以写出水的形态……

导游说这条河是龙女的化身。他说的龙女，显然是龙王公主的意思。然而，这水的清澈、柔美和幽静，让我不由自主想到那个几乎不食烟火的白衣女人；一路上，一朵浪花的开谢，一片落叶的去留，一群鱼儿聚散，也总是让我想到那段惊心动魄的离合悲欢。

所以，我觉得应该在龙女的前面加个“小”字。

五

转过一个大弯。

老远的一缕瀑布，飞流直下，像谁遗落的一袭纱巾。

导游说上面有一个渠道，1965年修的，号称是南方的“红旗渠”。那种高崖绝壁，鸟飞上去，都十分不易了，更何况还要在上面凿岩砌石，穿山打洞。那时没有太多的施工设备，几乎完全凭着人力，把水引到了需要它的地方。

只要你愿意，没有什么不能做到的事，这是我越来越相信爱情的原因。

只要你愿意去开渠，爱情就是水。

六

《神雕侠侣》在金庸的小说里，不能算最好的一部，却是很动人的一部。

十六年，有的人可以挣到家财万贯；十六年，我们的国民生产总值可以翻一番，而金庸却让杨过和小龙女，用十六年来互相等待。在这网婚、试婚、闪婚流行的快餐时代，在这“宁愿在宝马车中哭泣，不愿在单车后面幸福”的物质时代，这种关于等待的故事，恍如隔世离空的虚无飘渺的美梦。就是这个故事让我相信：人间还有这样一种活法——不为了名利，只为了爱情；人间还有这样一种死法——不为了名利，只为了爱人。

栈道弯弯，流水潺潺。水边，偶尔可以看到一丛丛水仙，有的开着淡白的花。溪风拂过，摇曳舞动，仿佛一群浑身洁白的蝴蝶。而我更愿意把它们想象成一群冰清玉洁的蜜蜂。

它们的翅膀上，都用针刺了字：“我在绝情谷底”。

字应该是那种温柔秀丽的蚕头小隶。

七

下雨了，点点滴滴的。

穿上雨衣，仔细听，雨打在草叶上和打在雨衣上，是完全不同的。雨衣上的雨声要清亮得多，让我想起了玉润珠滑的琵琶，还有《雨打芭蕉》那首曲子。

龙女河的对岸，有一间小屋子，青瓦黄木。因为是才修的，所以庭前空空荡荡的，什么都没有种。房子也不大，但有两个宽敞的花格窗。我开始想，如果是一个无边无际的夜，窗子半开着。桌子上可以没有茶，也可以没有酒，但必须有半截红烛，一把剪刀，当然，还要有一个白衣的女人。按书里的描述，那个女人应该披着一袭轻纱般的白衣，犹似身在烟中雾里，除了一头黑发之外，全身雪白，面容秀美绝俗，只是肌肤间少了一层血色，显得苍白异常。——偶尔，抬起头来，与她目光相对，只觉她洁若冰雪，冷若冰雪，不可逼视。

那时候，我宁愿在窗外站成一棵芭蕉，为了那一夜的雨声。

八

路越走越远，水渐深渐蓝。

那是一种有别于蓝天的靛蓝。

水中有老树，有芦苇，还有野鸭。野鸭显然没有白雕漂亮，也没有大雁富有诗意，但它们也是成双成对的。当船靠近时，它们不约而同地扑打着翅膀，在水面划出长长的两条平行线，然后起飞。在青山碧水之间，它们显得身躯很小，像两只大一点的麻雀，姿势也很笨拙，但并不妨碍它们拥有平凡而纯真的爱情，并不妨碍我在心中默默地念那首元好问的《摸鱼儿》：

问人间情是何物，直教人生死相许？天南地北双飞客，老翅几回寒暑！欢乐趣，离别苦、是中更有痴儿女。君应有语：渺万里层云，千山暮景，只影为谁去！横汾路，寂寞当年箫鼓，荒烟依旧平楚。招魂楚些何嗟及，山鬼自啼风雨。天也妒，未信与、莺儿燕子俱黄土。千秋万古，为留待骚人，狂歌痛饮，来访雁丘处。

九

导游说这里正准备开发一个蹦极项目，让人有了很多期待。

试想，站在千丈绝壁上，站在蓝天与白云的下面，站在小说与现实的中间，放下一切俗事杂务，只留一缕情丝牵绊，纵身跃入纯真的深渊……

那一刻，也许我就是杨过。

（此文选自《游记散文选》）

苦竹寨，一个千年的传说

朱和成

五月，一个美丽的季节，我应市作家协会之邀，与全市三十几位同仁一道来到桑植苦竹寨等地采风。

在苦竹寨我们游玩了苦竹河。

那天，我漫步在长满青苔的古寨石板路上，从寨口经丹心阁古戏台，在木板屋、吊脚楼的巷子中，左转右拐来到渡口。看那流动的水儿碧绿清新，我拾起几个小石子，向水中抛去，那好看的水花舞起一圈涟漪，特有诗意。

一只小蜻蜓在我头顶调皮地撞了一下，我下意识地抬头看了看天空，太阳依然艳丽，但挂着一些云彩。一会儿，天穹收住晴空。

不知太阳钻进了云彩？

还是云彩遮盖了太阳？

云层很薄。天空蔚蓝。

站在船头，放眼望去，苦竹河两旁的全景隐隐约约地飘入我的眼帘，两岸绿树常青，百鸟鸣飞，一栋栋古色古香的吊脚楼在树林中若隐若现；河水清澈见底，鱼儿在水中欢快戏耍。岸上有水果铺，饮料摊，小百货，纪念品，琳琅满目。穿一身素衣的白族阿妹在没有客光顾摊位时，欢快地唱起“郎在高山打一望”，那悠扬的歌声便在山中，在水上，在我们的身边飞扬。

河道弯弯直直，远处水天一色，颇有些天上人间难分难舍之朦胧。岸上有老农挥着鞭打着黄牛犁地，竟然还在田中边犁地边唱“桑木扁担软溜溜……”虽看不清他的表情，但听那歌声，我想这里的人们一定生活得有滋有味。

看到这朴实的农民，使我想到一些严肃的人生话题：现在人们的物质生活丰厚起来了，可有些人精神上却有些空虚，总感觉不到幸福所在。其实，幸福是一种心境，不必腰缠万贯，亦无须锦衣玉食，只要拥有亲情，拥有友谊，拥有真诚，拥有温馨，拥有对生活的热爱，生活就是美好的。

想着、想着，船儿一荡，我的心也一荡。这水、这歌声真好，我的心放下了，在水中溶掉了，身后的是非和名利也荡远了。湿漉漉的水雾营养着脸呢，久浸在书堆里的双眼也水灵灵了。撑船的阿妹问："向上呢，还是向下呢？"

上边有桥，下边也有桥；上边是水，下边也是水。大家说："随意。"

是啊，随意！

船头有阿妹，船尾也有阿妹，大家欢快地说着、笑着，闲聊着。

相传，几千年前，这里是一片茂密的竹林，这里竹笋带有甜味，是出了名的好吃，村民生活自在又逍遥。林子旁住着一名叫阿水的白族姑娘，生得花容月貌，心灵手巧，自幼爱读书，又会挑花绣朵；山歌唱得更是叫绝，似百灵鸟让人听后忘记饥饿和疲劳。这位才貌双全的阿妹被称为寨里一颗明珠。

在邻寨棉花垭村，住着一个叫阿程的小伙子，为人忠厚老实，做起庄稼活来，勤快又精细，方圆几十里，没有一个人能比得上他。

阿水和阿程不在一个寨里，但两人经常一起上山打柴，对唱山歌，日子一久，相互产生了爱情。以后两人接触更加频繁，干起活来劲头更大，感情也越来越深厚。两寨的人都羡慕他们俩，说他们是天生的一对，地造的一双。真是金童配玉女，织女恋牛郎。

可惜，阿水和阿程这对有情人、寨民们的神仙日子不久就被官兵扰乱……

原来，寨主把阿水的美貌呈报了京城官差大人，说是寨里有天姿国色的美女，有美味可口的竹笋，何不献给皇上享用。

那年春天，皇上真的派官差大人带许多官兵，来寨中巡视了一遍，发现这里确实是个出美女的地方。随后，官差大人便派官兵晚上去抢阿水。阿程得到消息后，连夜跑去通知阿水，之后，两人逃进了竹林。在竹林中阿水抱着阿程大哭，泪水落在刚出土的竹笋上，又流在草地上，慢慢地阿水的泪水在脚下变成一条小溪，将竹林与寨子一分为二……

第二天，当人们寻找阿水和阿程时，只见一条清澈见底的溪水从寨前流过，将竹林分开，两只青红的鸟儿在竹林中欢快地飞舞。官差带着官兵找不到阿水，就过溪将林中的竹笋全部挖走带回京城，哪知，皇帝老儿吃在口中时，那鲜美可口的竹笋已变成苦涩难咽。从此寨里年年就有悲剧发生，年复一年，溪流越来越宽，而溪对面竹子却越来越少，最后绝迹。寨子与河流因此得名。

寨中美女不畏权势，不贪享受，她们热爱自己的这片土地，爱恋这土地上勤劳的阿哥们……

难怪，我们在水上戏玩时，头上的上空有一群飞舞的漂亮仙鸟噢。

特别是领头的那两只更为艳丽。

阿妹们自豪地谈论着这些美丽悲壮的传说，纯真的脸庞露出一对对诱人的酒窝，没有做作，没有邪念，没有虚伪，没有高低富贵之分，没有老少男女之别，一切完全浴化在水里了！

多美的水！

多美的阿妹！

（此文获2005年“西线风光惹人醉有奖征文”三等奖）

张家界历久弥新的老院子

罗建辉

沿着古宅/千年新鲜的石板路/触摸/影影绰绰的往事/看书香千年俊彦辈出/等历史风尘落定/在沧海桑田的瞬间/听一旁澧水波涛/涌泉般的倾诉……

——题记

对于中国这个拥有五千年文明史的国度而言，它的一切似乎都为历史的烟云所笼罩，所浸泡。虽然，时间以无可匹敌的力量不断地冲刷与掩埋，曾经鲜活的往事已变得扑朔迷离，但铭刻于大地和人民心中的历史烙印依然顽强而坚韧。崇尚历史追问往事，从中获取现实的力量，从中辨识前行的方向，注定要成为国人世代相传的宿命衣钵。在红尘滚滚的今天，在张家界建设世界旅游精品的大氛围下，我们拥有太多的理由回望代表旅游之魂的历史文化。或许也根本不需要任何理由，凭借一个偶然的契机，我们便能走进岁月的深处，剥开历史的尘封——历史依然活着，往事依然新鲜。

湖南省重点文物保护单位、国保待批单位、我市旅游文化的龙头企业老院子正是这样一个地方，一个让人追问历史、破解真相的一片古老而神奇的土地。这座位于张家界市鹭鸶湾大桥东的土家豪门古宅，凭借着一旁太极西绕状的澧水千百年的滋润，在自北宋仁宗以来漫长的时间隧道里，几度废兴，现存的距今 300 多年的古宅在原址上翻修建于清雍正初年，岁月的尘埃之下，埋藏的是历史鲜活的表情，斑驳的宅墙之上，传承的是田氏先人悠长的心绪。星移斗转，春秋轮回，相伴老院子的除了千年尘封的往事，还有百年孤独的清寂，就这样守望，在沧海桑田的变幻中等待发现、等待幸运之神的垂青、等待那一记跨越时空的叩问。这一天终于来了，公元 2005 年 3 月的一天，集“全国三八红旗手”、“湖南省创业成功女性”等多种荣誉于一身的著名民营企业家覃董事长在已经拥有一家价值3000万挂牌三星级、准四星级私营酒店的基础上斥巨资近3000万元开发建设的老院子旅游文化有限公司开业了！老院子终于等到了这个石破天惊的破题。素有“湘西第一女强人”之誉的覃董事长或许没有想到，正是因为她，改写了老院子的历史，也改变了老院子的命运……

我始终认为，张家界的奇山异水是世界级的，是独一无二的，但对于自然人文景观而言，如果没有深厚的历史、文化底蕴作为支撑，其审美价值与审美效应必然是平面的。景观一旦有了历史文化的支撑，亦如躯壳有了灵魂，其所显现的灵动往往较之景观的外在物化形态拥有更为持久、更为强大的魅力。我个人认为，从这个意义而言，我市开发的一些仿古、复古的建筑作为旅游景点来吆喝游客，实际上是一种逆历史潮流而动的幼稚而荒唐的举动。建筑的时代性从某种意义上而言，决定了它的不可重复性。因此，如老院子般那些经历岁月风雨、见证历史沧桑变幻、彰显着人类文明成长轨迹的古建筑，它们的巨大价值往往不仅局限于物质形态本身，从那些破旧的、残缺不全、依稀可辨的古建筑的躯壳上，我们看到的将是人类成长的历程。甚至，它的残损、古旧和原始粗糙等缺陷，对于今人而言，都将激发一种莫可名状的激动与震撼。漫步在老院子古朴的深宅大院里，我们或许可以找到与先人对话的契机，我们或许可以从与历史沟通的过程，更清楚而明白地观照我们自身，从而使我们迈向未来、创造幸福的步子走得更加扎实、坚韧。

老院子的古建筑，从其外形而言，无疑具有典型的毕兹卡（土家族）建筑的特征：飞扬灵动的马头三花墙、五花墙、庭院深深的镇宅龙龟造型的天井四合院，光滑圆润的石板路……这一切物化的景观都是那样让人似曾相识，或许对于不解老院子千年书香、千年私塾、千年人才可持续发展旷世奇迹的人们会因产生这些物化的景致并不如张家界的奇山异水自然景观的误判。然而，只要我们对老院子的历史稍加探究，只要我们对老院子的来龙去脉稍加梳理，当会发现，由于有了具体的历史文化背景和事实的支撑，这一切立刻显出了它独特的价值与意义。这不是一个田氏后人随便复制的古建筑，站在它身后的是数千年中华文明史上的一个重要节点，这一片土地尘封着老院子先祖、北宋仁宋一品大员田承满奉旨平蛮的烽烟，深藏着古老的土家民居文化、风水文化、易经文化、儒家文化等多元文化，蛰伏着自北宋以来34代人才辈出的玄机和一个田氏大家族千年来生生不息、永葆功名富贵的传奇与神话……站在这些我们似曾相识的建筑背后的，是一段千余年来湘西大开发、大移民，文明大交流、大融合的波澜壮阔的恢宏历史。每一片破碎的青瓦、每一堵荒芜的残垣、每一处先人们无意或有意的灵动布局如“金盆东扩、太极西绕、官轿北起、笔阵南开”的风水文化遗存等，是那样令人倍感亲切、令人怦然心动、令人回味无穷。刹那间，我们似乎可以因之与历史沟通，与先人对话，触摸那些诸如田虎造反影影绰绰的往事，倾听那些光绪皇帝御赐“宝菱增辉”巨匾荣耀渐行渐远的声音……千年的历史仿佛在此刻都变成了现实，往事依然新鲜。原来，当今世界上的外界和我们自己长久误读的张家界，并不是一片除了奇山异水外的荒蛮蒙昧，千年的文明之光在老院子为代表的张家界这片神奇的土地上，从来都不缺少光芒，而只是缺少了发现。

表面看来，怀旧似乎是人类与生俱来的本能，很多人在怀旧，那些点点斑斑的往事，在某一个特定的环境下会变得让人心驰神往，甚至比亲历时还要迷人。或许时间是经历最有效的酵母，让那些富蕴传奇色彩的老院子往事，在它的冲刷下，现出了其中所蕴含的抽象层面上的本质的东西。而真正驱使人们怀旧的动力却不是本能，在怀旧这个人类永恒的主题背后，是人类对自身永不停息的追问与思考，是人类为弥补现实缺陷而作出的一种必然选择。怀旧是柔软的，其核心在于人类对自身和历史的悲悯和人文关怀。

经历千年风雨兼程，老院子走到了今天。由于其地处张家界市城区的特殊地理区位，其所积存的历史遗迹于今已变成现代社会弥足珍贵的巨大文化精神财富。而张家界建设世界旅游精品伴随着的经济高速发展，已使得曾经零星散布于这块土地的历史文化遗产加速了消逝的进程，老院子成了硕果仅存的唯一。今天，人们在享受经济起飞所带来的巨大的物质丰富的同时，又因现代物质文明的弊端产生了对往昔岁月再回首、再认识的强烈欲望，怀旧又一次在世纪之初成为一种时尚，老院子的价值正在于此，现代文明社会所缺失的，正是老院子所拥有的，这也正是一帮独具慧眼的商界精英看好老院子开发的吸铁石。

把最隐秘最传奇的多元文化真相深蕴于深庭重院之内，把最奥妙最神奇的千年人才可持续发展的奇迹演绎为俊彦增辉的历史表情，把最灿烂最鲜活的昔日豪门古宅的繁华记忆凝固于旧巷古屋……这就是老院子，拥有丰厚文化积淀，却不事张扬的老院子，大气而低调，蓬勃而宁静，恰如一位沧桑历尽的老人，一袭布衣，不事雕饰，从容与悠闲之间尽显文明之本真，令人称羡不已。如果说覃女士与一批有识之士的奋斗是老院子回馈当代的惊喜，内在的多元文化与外在的土家古宅是其反哺现代文明的珍馐，那么，老院子以其千年英才辈出的辉煌，无疑成为张家界文明弥足珍贵的记忆。历史与现实正在老院子深情对话，由著名的华谊兄弟影视传媒公司拍摄的二十五集大型电视连续剧《借问英雄何处》等10多部影视剧先后在老院子拍摄就是铁的佐证之一！

笔者作为老院子项目开发的决策者，见证了老院子开发的全过程，现实与未来如月印万川的铁律告诉人们：被国际著名音乐大师谭盾命名为“张家界文化的新院子”的老院子，必将永远历久弥新……

（此文荣获全国首届电视散文大赛三等奖，在《中国旅游报》、《中国散文精品选》发表。）

寻“仙”紫霞观

李伊忠

“白云生处有人家”，这“人家”，不是山水的主人渔家樵夫，就是超凡脱俗的仙家所在。紫霞观正是在这白云缭绕之处。她坐南朝北，东接黄龙洞，西襟卧虎山，前有宝峰水和索溪奔泻脚下。如此去处，岂无“仙”缘可觅？难怪沈鹏老先生在这里题上“武陵仙源”四字。

紫霞观，于“宋咸淳元年，为善人唐绍甫舍基，道士何无瑕建立”，后毁于人祸，恢复于公元一九九二年。观者，乃道教徒修身养性之所也。然何以冠名“紫霞”？或因观处紫霭绮霞之间，修道者可于此吐纳天地真气，沐浴日月精华，因而题上这一灵光的名号。又据当地人言，有澧州蛮酋，四处游走，遍访仙踪，得神灵谕示，来到武陵，据山野之险，聚四十八峒蛮民，与当朝分庭抗礼。官家遂遣师进剿，蛮酋兵败，孤身逃亡至白云山，被纯朴二村妇藏于洞中。官兵围山搜洞，终无所获，遂坏洞门，致山崩石裂。蛮酋与二村妇皆生死未卜。后当地人于晨昏之际，常见岩罅崖缝间有袅袅红岚，以为仙踪灵迹。一张姓道人云游至此，依松入梦，见二姑持拂尘而立，道貌仙姿，自云紫姑霞姑。人们为此将观冠名为“紫霞”。

我一俗人，一年四季琐事缠身，还不时惹些闲气，身心疲惫。近日病闲，出外散心，也仿古人觅仙求道，“摆驾”紫霞观。

远望紫霞观，巍峨的建筑群落与亭台楼阁高低错落，掩映于幽篁翠柏丛中，不时有清脆的钟磬之音传出，古韵悠然。

老子出关亭，是自下而上的第一层建筑，山门上题有“道法自然”四字，两边是“三千奇峰始得正觉常步云，八百秀水为成大道争入海”的对联。出关亭内，正中是“老子骑青牛”塑像。老子身着道袍，手执拂尘，鹤发童颜，须髯飘然，浓眉善目，日角月悬，神情淡泊安然；胯下是那温顺壮健而平和朴拙的青牛。据传，老子生下来就是这般模样。他生于战乱频仍、社会急剧变化的春秋时期，目睹周王室衰败，骑青牛离周隐去。在西游至函谷关时，遇见关令尹喜，请为著书立说，老子于是留下《道德经》五千妙言。其要义为“空虚无形之道，乃万物孕生之母”，治国修身，就“致虚极，守静笃”，效法天道自然，讲究清静无为。后世将他神灵化，宣扬老子先于开天辟地之前，与万物本源之道同为一体，“老子离合于混沌之际，与三光为始终，观天作谶，升降斗星，随日九变，与时消息……道成仙化，蝉蜕度世”。“老子骑青牛”四周，布置以老子说法度人图，共百条幅，皆为道教传说中故事。

山亭往上，是“之”字拐石级路，沿途两边乃八仙山。八大仙人，或姓张或姓吕，或姓韩或姓李；有贵为皇亲国戚的，有衣衫褴褛、醉歌游市的；有身为将军的，有仗剑除恶的；有风采卓然的，也有丑陋邋遢的。他们或穿红或着绿，或散发或跣足，各自携带着看家法宝，或拄杖，或挎篮，或持大拍板，虽形容不同，神态各异，但却个个飘逸气爽，快乐逍遥。在我看来，八大仙人恰似刚从出关亭中走出，得道羽化，散布于山石丛林中，好一幅“道”的生动写照。民间流传，“八仙过海，各显神通”，充满着生活的动感和灵韵。他们姓氏性别不同，尊卑贵贱有别，但殊途同归，终至成仙就道。品过“道”，观过“八仙”，我似有所悟。

在第一拐弯处，有一仙人脚迹岩，一双赤足大脚印（约为常人的两倍以上）深深地嵌进青石岩中。导游介绍，这是大脚仙人留下的，游人脱了鞋袜将脚踩上去，可以消灾袪病，益寿延年。有游人听罢，还真的去鞋除袜，将双足贴了上去。我虽不信，但也不像有的客人对此嗤之以鼻。我认为游途中添些妙趣，乐上一乐，岂不美哉！纵然明知为假，也无所谓。想那小说传奇，多为编造，但人皆乐此不疲。可见工作宜较“真”，生活宜随和，切不可拘泥。

来到第二层，便是三清殿。三位尊神，分别为玉清原始天尊、上清灵宝天尊、太清道德天尊。客人在此可烧香求卦，祈求神灵保佑或点化。这些尊神，给我的印象，他们太过威严凝重，远没有仙人们的那般洒脱飘逸。这大概是因为神的地位在仙之上的缘故。神们身份尊贵，为天界执政管事者，如人间帝王官吏。而仙们却是不多管事的散漫者，犹如人间之名士隐逸者；加上神大都有帝王封诰，且享受祭祀，仙则多由“得道”而成，也不一定得到祭祀。有祭祀，要受人间香火，自然要正襟危坐，显示出玄妙之莫测。

三清殿有一侧门通地下洞窟，这洞窟便是地府十殿。“照前生所犯罪过，应后世该得祸福”，洞中陈设前世罪孽深重者经受煎烹煮炸、刺割锯剁诸般刑惩的惨状，让人不寒而栗……，这是一种形象的说教，它在警戒世人：善有善报，恶有恶果。不过，这已不是道的东西，而是佛的内容了。

第三层，便是玉皇殿、观音殿，既有佛也有道。这种道佛同处的现象，在国内并不少见。据史料记载，道教在其发展过程中，曾与佛教有过激烈冲突，但自南北朝之后，便相互融通，甚至出现道教徒与僧尼同处的现象。这种相融与相处，也不失为一种包容和成熟。

游罢第三层，我觉得有点累，便在观音殿旁的茶房歇息。一老道给我筛来一杯热茶。我向他道了谢，并趁机问起“道”来。

他笑说：“道在人心，人人可道，随处有道。道其实就是一种美好的境界和精神。”

“您能否详细说来？”

“自然、自在、自由、和谐、随缘、包容，都是道。”

“道需要修吗？”

“道有天道、人道。天道自然成，不需修炼。像那紫霞二村姑，生性善良，能急人所难，天生禀性，是为天道；人性有善恶，如果恶大于善，要消恶从善，就必得修炼，是为人道。”

“修道必会成仙吗？”

“我从来不信什么修炼成仙之说。但修道之人必然精神充实，且能化苦为乐，譬如逐日之夸父、辞官躬耕之陶潜等。”

“这么说来，世上既无仙也无神了。”

老道颔首道：“要说有仙，那也只能叫做仙人，仍是人的范畴，只不过比凡俗之人要超脱一些而已，比如八大仙人。而神，在我看来，只是木偶泥胎，一种符号而已，已了然无生趣和人趣。”

此言信也！“与君一席谈，胜读十年书”，老道的点拨，如那《桃花源记》中的山中隧道，凿通了我与“道”的隔阻，使我心地豁然开朗，一下进入那有“良田美池，男耕女织，黄发垂髫并怡然自乐”的仙境。

（原载于2005年9月《湘声报》）

巍峨挺拔天子山　伟岸英灵元帅魂

覃　葛

在贺龙元帅的故乡湖南桑植县，有一片山色秀奇水宜人的风景胜地天子山，在山腰新建了一座贺龙公园。高六点五米、重九吨多，被鲜花簇拥着的贺龙青铜像，是公园主景之一。铜像造型生动，手握烟斗的贺龙元帅向游人微笑，眉宇间透着一股英气，和蔼中有威武，自信中藏沉着。战马依偎在贺龙元帅的身旁，似乎在向主人倾诉依依惜别的深情……

铜像背后是一片奇山秀水，远观，宛如一片片生气勃勃密密麻麻的竹笋，似乎正噼噼剥剥爆响着欢唱着，从大地宽厚温暖的胸膛里钻出来，直刺蓝天。从整体看，褐红或青白的石壁，溢翠的秀林，银亮的溪水，与高耸的青铜雕像浑然融为一体，整个公园显出一种和谐的静穆美。如果你在雾中赏景，御笔峰、武士驯马、天女散花似汪洋中的一只只小船，在翻腾的雾海里浮沉隐现，仿佛整个世界在倾斜，仿佛整个世界只剩一片雅素的白与醉人的绿，颇有一种动态美。

如果你春夏游贺龙公园，那时水秀于谷，鸟唱于林，气候宜人，花香浮动。你还会常碰到一群群活蹦乱跳的猕猴，向你丢石头做鬼脸，在老藤深树里悠然自得荡秋千；或者，你会看见黑乎乎的娃娃鱼，在柔嫩清亮的溪水里笨手笨脚游泳，不时“哇”的大叫一声，吓你一大跳；偶尔，你可能碰上爱美的麂鹿在溪水边照镜子，烂柴棍似的五步蛇在森林深处流浪，作逍遥游。如果你金秋上贺龙公园，那时秋色正浓，霜叶正红，满山遍野燃烧着一树树温暖的红花，似晚晴，似流水……如果你隆冬去赏雪，整个公园银装素裹，绿树枝头是沉甸甸的香雪，褐红或灰白的绝壁上躺满娇懒的睡雪，叽叽喳喳的喜鹊在冬枝上吵闹不休，惊飞起，抖落一条条冰枝上嫩寒的雪粉，那时公园是一个冰清玉洁的童话世界，人入其中，也似乎变得冰清玉洁了。

（此文发表于1991年3月22日《人民日报·海外版》）

秋色无边

宋兴跃

古时文人骚客素喜春游、秋游：春游多是踏青，秋游常去登高。近来蛰居太久，便也想学学他们，趁着秋光魅惑，过足一把秋游的瘾。“十一”假期的最后一天，我和妻早早地起床，简单收拾一下行囊就出发了。她想乘索道去登黄狮寨，而我懒懒散散，只想顺金鞭溪走一走。因而，进入张家界森林公园大门以后，我和妻便“分道扬镳”了。

入了大门，只要顺着公路朝前步行约1里多远，便可见一泓流水淙淙而来，盈盈而去，那就是金鞭溪。有一桥大大方方地横亘于溪上，那即是游溪的入口。伫立溪口，清风拂面，烦忧渐消，心境空阔。时已至秋，本是暮气袅袅的季节。然而，目光所及，尽是葱葱草木，浅浅鸟影，丛丛小花，簇簇阳光，潺潺溪水，即使层峦叠嶂之上，或潮湿阴暗之角，也无不绿意盎然，间或还有三两只猴子出没嬉闹，四五条人影拍照留念，六七尾小鱼溪底徜徉，一片郁郁生机，没有丝毫衰败的印记，甚至没有点滴垂暮的征兆。我不禁张开双臂，贪婪地张开嘴巴，大口大口地呼吸着绿意。

沿溪而下，两岸峰柱林立，水依山绕。最让人怜爱的，莫过于妩媚动人而又清新脱俗的溪水了。游道随溪而转，行走中，我经常不由自主地脱离游道，悄悄地靠近溪边，生怕惊扰了灵性自在的小鱼，然后俯身轻轻地触摸一回溪水，谛听一回水声。金鞭溪的水哟，爽滑甘甜，蜿蜒缠绵，时而急奔，时而漫步，时而小憩，静如翡翠，蹦似珍珠，匍匐于红砂岩脊背时又成玛瑙，她永远都是那样清清亮亮、简简单单，虽无“飞流直下三千尺”的粗犷和豪迈，无“黄河之水天上来”的雄浑和壮丽，却有“清泉石上流”的温柔和高洁。如果女子真是水做的，那金鞭溪的水无疑能化身成一位掩映于绿树红花间的婉约派的女子，亭亭玉立，淡妆素裹。此情此景，任何人看着都会心旌摇曳，而我，则梦想变成一方小小的砂岩，远离喧闹的人群，静静地依偎在她的怀里，与她相拥而语。

智者乐水，仁者乐山。我不是智者，然而始终乐水无悔。水是流动的诗词，是我灵感的源泉。一路游玩，一路尽兴，不知不觉间，竟至溪尾，要不是妻的来电将我惊醒，我恐怕要迷失在金鞭溪的倩影里了。此时，我的行囊已空，而我的心灵已满。

（原载2013年10月30日湖南《科教新报》）

流淌在溪流中最温柔的时光

江云霞

每当年轮在悄无声息地增长时，我那份无声的牵挂，从早春的二月随细柳梢头的绿结，到花开满山时，就系在我的心头。

如今，我已经是两鬓青丝间夹杂着灰颜色的色调，儿时在流淌着溪流玩耍的温柔时光不断地重复在我的脑际。

就在今年，各色杜鹃花开放的 5 月，满山遍野的山花似锦绣般铺在天地间时，我拥抱着最柔和的风影，呼吸着有花香味最纯净的空气，来到张家界最清澈山涧溪流——金鞭溪。

这里早已成为世界闻名的风景区。

清晨，各种翠鸟聚集在茂密的森林中，已经开始了音乐会，欢快的轻音乐，迎接着我这个故人的到来。

一朵朵似锦绣的杜鹃花，花叶上还点缀着晶莹剔透的夜明珠，已经在召唤着我的灵魂；窥视着我心事的云彩，带着我走进这条养育我长大的溪流。

小溪两旁，遮天蔽日的大树遮挡着明净的天空，透澈，团团白云的泛着玉脂的光泽只能窥视着这一切。

路边、山涧，杜鹃花开得正旺，黄如琥珀，紫若葡萄，白如白雪，红的似火，鲜嫩欲滴，仿佛一碰就会溅出汁水来。青翠的各种植物，那种翠，总让我忍不住伸出手感受一下那种像绿宝石般诱人的绿。

茂盛藤蔓，风姿绰绰地缠绕在树上，就想起树是男人，藤是女人的传说。

驻足屏息，静静感受云间飘过的唯美，花草，林中弥漫的诱惑。

清澈纯净的溪流，环绕、静静地流淌在小溪流中的岩石缝隙中，有的漫过石块，给光滑的石面覆上一层透薄闪耀的水晶，有的停留在石头的脐眼里，与一群棒棒鱼娃嬉戏玩耍，还有些许调皮的，从溪边树根的裙角边溜过，顺带载走了因苍老飘落下来的叶子。

小溪中坚守的磐石，它坚定而执着，千百年的流淌，抚平了巨石的棱角，变得圆润光滑。

恍惚间，它想告知人们什么。

回忆着儿时在溪水中嬉戏的时光……

每到骄阳似火的季节，阳光穿过透澈的水面，随着水的漫流在溪床的沙石上泛着粼粼的波光，如点点碎金在水中闪烁时，我都会与同伴拿着沙撮（撮鱼的家什），提着木桶来到浅浅的溪水边撮鱼。

我试探着走进溪水中较大的水凼，一股凉意即刻涌遍全身，那是透骨透心的凉，真让我透彻地感受到一个爽字。

那时候的水中的鱼儿，胆子比我们还大，是不是用的它的嘴，轻咬你身上的凌霄，你若站着不动，它们便在你腿间穿来绕去，蹭得你脚背脚趾直痒痒。

撮鱼，是我小时候的最爱，每当撮到大一点鲫鱼，就会发出雀跃的欢呼，让这宁静的山涧溪流瞬间沸腾起来。

金鞭溪中不仅有常见鲫鱼和刁子鱼，还有像活化石的娃娃鱼，菊花鱼，棒棒鱼，屎屁股鱼，岩趴鱼，小虾就不用说了。

撮鱼搭虾玩累了，就找一块石板半截在岸上、半截在水中的石板做床，让大半个身躯舒坦在徜徉在冰凉的水中，双手枕在头下，优哉悠哉地看着蓝天白云，看着鸟儿燕子在空中翱翔。

如果你的游泳技巧还不够好，坐在岩石上，观摩着岩蛙，可以欣赏到最标准的蛙泳表演，而且你还可以跟着学蛙泳。

每到月光明亮、繁星闪烁的夜晚，姐姐带着我打着火把，提着水桶，让漫天飞舞的萤火虫提着它的小灯笼，在我的面前照着黑夜的路，到溪水里寻觅着躺在小溪中纳凉的螃蟹和岩绑（简称牛蛙，野生的，灰色，像蛤蟆）。

干这事，我很来劲，就像抓特务一样，让我高度紧张。

每当我发现螃蟹时，我就会抿住呼吸，拿着手电筒射着它的眼睛，让它乖乖地趴在那里，一动不动地缴械。

你若惊了它，它便飞快地举着两把张开的钳子横窜着躲到石缝里。那凶悍而又胆小的样，让人忍俊不禁笑出声来。

一不小心，螃蟹夹了手，我就会猛甩我的手，嘴里喊着：救命。

姐姐这时看到我这傻样，就会笑呵呵前来救援。

那时候，我们都会提着满满一水桶的虾和螃蟹、岩蛙，满载而归。

我不知道还有多少像这样难以忘记的永恒，不知我该用怎样的笔墨来记录搁浅在脑海中的永恒。

经历了世事沧桑，还是没能放下心中的牵挂：

那炊烟袅袅从农舍上空冉冉升起；雄鸡高亢的鸣叫、打斗；那牧童嘴巴里叼着狗尾巴草骑在水牛上，乐悠悠的神气，就仿佛是将军凯旋；那浣洗的衣裳甩起的水花，闪烁、明亮，似夏夜漫天飞舞的萤火虫。

那煤油灯、锅巴饭、粽粑叶、水车、油纸伞还有油榨房传来的吆喝声，都渐渐远离我的视线。

匆匆的岁月，脚步声踏破寂静的山峦，热闹了静谧的溪流。

在翠色匀铺的画卷上，已经写满了张家界的名字，金鞭溪也像闪亮的星星一样点缀在整个张家界的画卷上。

烟雨蒙蒙、芬芳满树，莹莹碧水、蜿蜒曲折，明洁如镜，都是描绘着这奇山异水极美的词语；这里的空气犹如氧吧那样纯净清新，大山深处的一花一草，一枝一叶，都会洗涤着红尘中污垢后的心灵。

这蓝天、白云、袅袅峦峰相映成山光水影、泉林野趣的怡人美景更加诱惑着每个到这里观光的人们，更加迷恋着烟雨张家界。

这清清的溪流，甘甜的溪水，还是沿着古老的轨迹欢快地流淌着……

它，还是那么清澈，还是那么甘甜！

（此文选自《网络文选》）

绿色大地，心灵盛宴

鲁 絮

张家界“绿色大地”生态庄园，文化、瓜果、柳林、荷池……取自自然的元素时时叩击着游客的心门，行走其间，俨然一部心灵世界的“行者无疆”。

——题记

“东是柳，西是荷，南北是楼阁。春夏秋冬，周而复始。有土菜解馋，有香茶解烦，有山歌解乏，有美酒解寒……”许多人儿沉醉“绿色大地”后不约而同自诩，这不是无意提防，也不是故作张狂，委实情难自禁，只怨那是一道心灵盛宴！

终究挡不住传说中“绿色大地”生态园之“诱惑”，我独自前往。这是个夏日，迈步出张家界城区，沿张青公路行至5公里处，我便与“绿色大地”生态园第一次相会了。放眼望去，园门不大，但宛若老山藤长成的门梁蓊郁苍茫，犹如大石笋立成的门框晶莹温润，仿佛展示着独有的神秘，又展示着独有的神韵，似乎提醒着“莫要小窥”！

干脆不作停留而径直入园，一条清爽小路就此承载我的脚印，开始品味心灵盛宴之旅。我并未按路标指引，而是走到哪里，就“品味”哪里，品味到哪里，就“沉醉”哪里。初会这绿色大地，我选择了不随便，却随意！

行走在源远流长的“文化长廊”，那些张家界优秀儿女的风采令我动容。古往今来，他们或尽忠报国，或造福于民，或决胜沙场，或秀于文坛……的确值得敬仰！

行走在生机勃勃的“瓜果长廊”，各种瓜果似乎应有尽有，芳香扑鼻，令我不忍采摘，而每一个用天然杂木搭成的瓜架都配一条通俗易懂的农谚，颇有田园书香境况。更兼四百米“瓜果长廊”与多彩鹅卵石小径“比翼齐飞”，的确心旷神怡！

行走在绝无仅有的“灵芝园”，我陡生超凡脱俗之感！灵芝可谓仙家之物，而此园方圆十二亩之数恰好一个轮回，难道暗示“绿色大地”的每个轮回都宛如仙境？

再行走刚柔并济、美轮美奂的“土家吊脚楼”群之时，我无需负担地“顺便亲近”了绿色山珍宴、土家十大碗、土家赶年宴等一系列菜肴茶品！

再行走三百棵桂树尽展芳华的“桂花园”，领略价值连城的“桂花树王”风范之时，我无需掩饰地“借机招惹”了五百多种珍稀观赏树木、园林绿化苗木和上千种古树古桩盆景！

再行走飘逸乡土气息的“农耕博物馆”，感触远古土家人生产生活所必需的“器皿”和娱乐不可或缺的“什物”之时，我无需顾忌地“执意溯源”了至真至善的土家风情！

待入“柳林”随风谛听，及至“荷池”伴日凝视，那诸多人儿或嬉戏，或歌舞，或品茶，或垂钓，或采瓜摘蔬，或烹饪餐食，或打豆磨浆，或碾米榨油……我感慨万千：这难道就是休闲农业与乡村旅游的精髓，难道就是休闲农业与乡村旅游的魅力，难道就是休闲农业与乡村旅游的底气？

不若，绿色大地怎能在新中国的年轮转过55圈当儿横空出世，既借力张青公路距市城区5公里地段处之通畅，又包容永定区沙堤乡吴家边村旁300亩田园之风光；既发掘国家AAA级与省五星级休闲农庄之潜力；又打造树桩盆景、苗木花卉、游道小品、果园菜圃、绿色长廊、社巴篝火、园木建筑、实物展示、特产制作、农家厨房之“十大功能”！

不若，绿色大地怎能成功举办2005湖南旅游节张家界生态瓜果品尝活动，圆满举办2006中国旅行商暨中国乡村游启动仪式，胜利举办2009年湖南第二届茶业与旅游业对接论坛等，迎来国内外政要和友人莅临与热恋！

不若，绿色大地怎能获得湖南省五星级休闲农庄、张家界市餐饮名店、国家AAA级旅游景区及全国农业旅游示范点、湖南省旅游餐饮示范点诸多荣誉，且连续三年被湖南省人民政府授予十佳休闲农业企业称号！

更须另眼相看，绿色大地未来建设目标响应建设社会主义新农村号召，采取公司+农户经营模式，集约土地资源，种植高效农作物，促进区域农业产业结构调整，大力发展区域经济，带动村民致富，提升区域经济发展整体水平，提供宜人的户外休闲空间，形成以特色农业为主导，以湘西民族风情为依托，以农耕文化为突破，集种植、垂钓、养生健身、餐饮住宿、会务培训、农业观光体验、旅游度假于一体的生态农业示范基地，并定位于世界旅游精品城市的“田园客厅”，打造湖南省人民政府和张家界市人民政府“定点接待中心”！

无墨也成画，无弦也成韵……今会这美其名曰“绿色大地”的生态园，果深感壮哉，再逢秋、冬、春，我必定再来！

我以为，这年头，这时代，能沉醉“绿色大地”，是幸福的，更是幸运的。那一道心灵盛宴，无论迁客骚人，还是凡夫俗子，不管达官贵族，或者商海精英……都会醉得同样宁静，醉得同样自然！

（刊载于《中国乡镇企业·休闲农业特刊》2012 年第八期）

界 上

胡家胜

张家界有许多叫“界”的地方，袁家界是张家界的界上之界。界如同北方的塬，四周陡峭，山顶平坦。“张家界顶有神仙”，原国务院总理朱镕基一语道破天机。山不在高，有仙则名。张家界是山中俊男，以其险、奇、秀、幽而名冠天下。

上袁家界乘坐“百龙电梯”，犹显轻松、便捷。在没有“百龙电梯”之前，自是绕道攀爬。仰伏之间，一条蛇行山径爬崖过岩、环山穿云，得费上半天工夫，累得腰酸背痛、满头大汗，方达界顶。十几年前，“百龙集团”总裁孙寅贵先生站在界下突发奇想，何不在此架一道“天梯”？于是，说干就干，考察、立项、投资、劳作，历时五年，梦想终于变成了眼前这座垂直高度 335 米，运行高度 326 米，由 154 米山体内竖井和 172 米贴山钢结构井架组成的登临仙界之梯。“百龙电梯”的建成，一下缩短了界上界下的距离，上界只需 2 分钟，真可谓一眨眼的工夫，即可去拜会神仙居住的地方了。

我是乘坐“百龙电梯”登上袁家界的。电梯有近一半是在山体的竖井内运行，我眼前没有参照物，感觉不到它上升的速度。然而，当眼前豁然一亮，我就发现自己被快速拔高，透过澄明的玻璃窗，远处的石英砂岩大峰林一下收入眼底，它们春笋拔节的气势快速摄入我的眼帘，犹如科教片中植物生长开花挂果的慢镜头，如梦似幻般的神奇。我想，这“百龙电梯”已不仅仅是安全、快捷、舒适的攀登工具，它让我看到了三亿八千万年前海陆升降的地质演变过程。难怪电梯内的导游小姐提示说，这一幕叫“出水芙蓉”。可我分明看到的是一尊尊兀然崛起、穿越时空隧道、奇拙古朴的石峰。

原想界上该是深涧幽谷、危崖高耸，可一上界之后，却令人心旷神怡。眼前是一片开阔地，四周的山峦尽收眼底。“横看成岭侧成峰，远近高低各不同。”这样的景色只有登临高处才可能出现。直觉告诉我，这里是一片空中田园。袁家界是一个自然行政村，四周的危崖绝壁阻断了与外界的联系，这个束之高阁的村庄因此保留着土家人浓郁的民族气息。尽管这里的旅游开发已有好些年了，可我仍然看到了农家炕上喷香的熏腊肉、板壁上的金黄包谷束和火红的辣椒串，野外饲养的草凳似的土鸡，以及他们的热情好客和诚实守信。走上原野，退耕还林后的稻田阡陌隐约可见，地里的草帽顶、牛打架、苦麻菜、艾蒿草生机蓬勃，地头的巴茅草、铁蒺藜、葛麻藤粗蛮劲野，林子里的鸟鸣虫唱犹如天籁，让人们仿若置身岁月的苍茫与自然的野趣之中。这让我想起人类在与大自然的抗争中付出了多么沉重的代价。当人类败下阵来之后，便开始自省、抚慰、谦让，人与自然得以相互休养生息、和谐相处。

在界上走玩，虽然能见崖畔峡谷中的大峰林奇观，能触摸原野上红的花、绿的叶、青的草。然而，那种真正土家人的生活却让我永远怀想。许多年前，我与文友曾多次深入界上采风，我们在吊脚楼里与庄户人家唱歌、喝酒，听他们摆古，讲向王天子、迷魂台、四十八座将军岩的传奇；夜宿吊脚楼，看天上明亮的星星和皎洁的月亮，听山寨的鸡鸣狗吠，偷窥青年男女在草垛和林树下对歌；抑或去地里摘几根嫩生生的黄瓜，掰几穗玉米烘烤的情景至今不忘。我想，他们就是居住在袁家界上的神仙了。在这无数可以尽情游览的景观之中，唯有这高高的袁家界上更加令人向往！

（发表于2005年11月15日《文艺报》）

我眼中的张家界

宋伯胜

写张家界的冲动就像哑巴表达自己的情感方式，憋了好久又发不出一个准确的音符，急得只好指手画脚。这种感受在我写张家界时遇到了。长期浸泡在如诗如画的环境中，找不到与美不相适应的错觉，除了惊讶，我还能说些什么呢？

看张家界容易，写张家界真难。一种是视觉冲击力，一种是心灵震撼力。要把视觉冲击力转化为心灵震撼力，是认识上的飞跃。还有甚者，因张家界的美丽超出了他的想象思维而大为不满：古里古怪，岂有此理！的确，张家界像出水芙蓉天生丽质，掺不得丁点水分，任何化妆和美容都是由不自信开始的，真正的美是不需要美容的。

我眼中的张家界是一座山。这座山不像一般的山那样斯文秀气，富有曲线和弹性。它是地壳运动撕裂阵痛后留下的伤痕，是一种残缺的美，悲壮的美。那是3.8亿年前的一个夜晚，电闪雷鸣，风雨交加，造山运动在激烈的鏖战中将绸缎般的海水撕成条状或块状，使海水下沉，高台隆起，再经过无数次的切割、剥蚀留下坚硬的外壳骨架，凝固成各种富有相像的图形。从此，这里成为湘西边陲上的一颗风景明珠。拥有奇峰三千，秀水八百。耸立在天地之间的如“金龟探海、金鸡报晓、神鹰护鞭、定海神针、神兵聚会等著名景点，就是那个时期的杰作。谁说铁石心肠没有感情？这里的石头与人的想象力结合在一起，就变得多情了。它们裸露在天地之间，不成体统地相互拥抱，像夫妻、像恋人、像老人怀揣儿孙。有一块石头站在高山之巅，像怀春的少妇盼望远归的丈夫，虽有山峰挡住了她的视线，但她还是深情地望呀望，一望就是亿万年，她的深情感动天地，终有一日天门洞开，望眼欲穿，人们根据她的地理特点，取名为“望郎峰”；有一块石头一高一矮，像久别重逢的夫妻紧紧相拥，人们根据她的体貌特征称她为“夫妻岩”。张家界的山改写了山的概念。它一根根的像笋，一片片的像林。类似的动物图形，植物图形，人物图形举目皆是，是图形艺术的宫殿。可谓“想象随手指，巧匠不能为”。

从另外一个角度看山，对张家界的理解或许更深沉更深刻，揣摩大自然裂变时的心情，就像分娩的妇女一样，虽然痛苦着，但快乐着。那是新生命的一次延续和呐喊，是战胜自我的一次超越，是脱胎换骨的一次颠覆。大自然用博大的情怀和无私的奉献，把悲伤留给自己，把美丽留给人间。张家界的山是用情感堆积起来的。

我眼中的张家界是一片林。因为这片林，这里成为中国第一个国家森林公园的诞生地。为了这片林，老厂长刘开林绿了青山白了头，科技干部江勤诺为采摘一棵珍稀树种摔死在老木湾中……山林不会忘记他们。林是张家界的根，是张家界的命，是张家界又一道风景线。

张家界的林分为两类：长在沟壑中的树根系发达，树干粗壮，枝叶茂盛，遮天蔽日。游人走在森林之中，只能透过树干间隙看到天窗般的天空，森林里湿润的空气，惹得百鸟的啼鸣，如交响乐团在山谷回荡；生在石头上的树十分怪异，它们在危岩崖上因营养不良而成畸形，像“小老头”，长了千年还是那个样子；挂在悬崖上的武陵源松不知何时变成了藤状物，犹如蛟龙在空中飞舞。石头和树都钟情于这块贫瘠的方寸之地，它们从岩层的缝隙中长出来，单体独立又互为整体，大多相同又各不相同，像杂技演员一样行走在危岩体的边缘。它们用树茎支撑变形的躯体，把惊险化作游戏，在悬空的峭壁上花样百出，与石头一起构成了一幅幅精美的画面。

石头与树堪称绝配，天人合一，巧夺天工，神得不可思议。若是仔细观察，即可揭开神秘面纱。石头用缝隙给树干提供生存空间，树干用树茎紧紧缠着危岩碎石，它们彼此渗透，互为依托，吸收养分，像连体的婴儿共享一个器官。就这样它们谁也离不开谁，织成了一张网络生态系统。这就是危岩不倒，石头上长树的奥秘所在。

石头和树像国画、像盆景，它们都是神来之笔，自然杰作，是风雨雷电的造化，春夏秋冬扮演了园艺大师的角色，为了给树干剪枝造型，自然之神用酷暑与严冬这把无形的钢刀，雕刻它们身上多余的脂肪，使它们肌肉发达，游刃有余，刚柔并济像雕刻作品。就像舞蹈演员从小接受肢体训练一样，它们用无声的语言展示美的艺术，那种训练是残酷的也是值得的。

张家界的石头和树塑造了美，是美的化身。

我眼中的张家界是一团雾。由雾组成的风景既神秘又神奇，时而处在动感之中，使不变的风景变幻莫测，充满生机与活力。她时而化作一缕轻烟，像女人丢失的纱巾散落在青山绿水间；她时而化作一团云海，绰约的峰林如帆船一样慢慢地划向她的心海；她时而化作一丝烟雨，朦胧中的山色在烟雨的衬托下更加妩媚柔情。雾是水的云，云是水的雾。水做的张家界由多条小溪流组成，这些小溪流纵横交错，像血管一样为大山输送血液。它从植物的根系中，岩层的缝隙中滤出来，如母亲乳汁哺育万物生长。在这种环境下长大的动植物或叫珍禽异兽，或叫奇花异草，是同类物种中的极品或珍品。金鞭溪里有一种鱼叫“娃娃鱼”，因它的叫声酷似婴儿的哭声而得名；紫草潭边有一种花叫“龙虾花”，因形状美似龙虾而得名；还有一种花叫“五彩花”，因一天变幻五种不同的颜色而得名；沙刀沟里有一种树叫“栱桐树”，因叶片与花蕊组合后像一群白鸽俏立枝头，又被称为“鸽子树”；鹞子寨上有一种鸡叫“背水鸡”，它胸腔的吸水功能像水缸一样，喝一次水能管半月之久。至于猴子、獐子、麂子、冬虫夏草等就不足为奇了。类似的动植物在张家界有586种，比欧洲大陆还多一倍多。动植物的种类足以说明张家界的生态环境，它们是监测环境质量的活标本。

我眼中的张家界是一群人，这群人就叫“土家族”。他们像岩缝里的树茎一样，扎根在贫瘠的土壤里，大山是他们的脊梁，岩层是他们的脸庞，树根是他们的意志。凡旅游资源丰富的地方，生产、生活条件都很恶劣。那年月，资源不等于旅游，产品不等于商品，“穷山恶水”就是张家界的代名词。俗话说：“狗不嫌家穷，儿不嫌母丑。”倔强的土家儿女，一代又一代地厮守清贫，传承艰辛，用赤子之心感天动地，把昔日的穷乡僻壤变成了世界知名的旅游胜地。

新疆有一种树叫胡杨，它生长在环境恶劣的沙漠里，据说，此树三千年不死，死了三千年不倒，倒了三千年不腐。这种树根系发达，在沙土里延绵数公里，当沙漠里的水分、养分不足以维系根须生长时，高大的胡杨树用剥离自己皮肉的办法，将水分与养分供给根须的生长。它用残害自己肢体的方式孕育新生命的诞生。成为沙漠里一道亮丽的风景。

土家人就像胡杨树一样，也是这样生活的。为了保护世界自然遗产，景区需要治理，拆迁势在必行。拆迁，意味着背井离乡，意味着利益的流失。每动一块砖头、每揭一匹瓦砾，土家人的心里都在流血。这是他们的祖业呀！是他们用血汗垒砌的家园呦。他们穷怕了，等了千百年才时来运转，好不容易熬到出头的日子，拆迁却开始了。难道他们注定要受穷吗？面对抉择，高风亮节的土家人服从大局，用人格魅力展示他们的气节和境界。当个人利益与整体利益，短期利益与长远利益发生矛盾时，他们舍弃了赖以生存的故土。那一刻，他们没有怨言。许多人在离开景区时，跪在屋场的废墟上手捧热土，热泪盈眶。那是对故乡的眷恋……这就是张家界有名的“世纪大拆迁”。

如今，张家界在土家人的呵护下已成为风景。而他们在建设世界旅游精品的过程中得到了升华，成为风景中的“风景”。土家人创造美，而美的惯性作用又改变着这座新兴的旅游山城。城市因他们而改名，交通因他们发达，世界因他们而精彩。

地貌的奇特性，气候的差异性，生物的多样性，文化的独特性，这就是我眼中的张家界！

（刊载于《中国产经报》）

追爱金鞭溪

宋伯胜

像山里人取名字一样，因文化底蕴不足，取的名字也单调重叠，就地名而言，叫坪叫峪叫界者居多，就人名而言，或春或霞或蝉或蛾。张家界也是，满目是山，遍地是水，山水相缠，难舍难分。于是，城区与景区都叫张家界。从张家界到另一个张家界，由一座隆起的山脉隔断，这座山到了沙堤的马鬃岭突然陡立，斧劈一般。山体变化引起地貌变化，原先的沙丘叶岩地貌由石英砂岩代替。这种岩层呈褐红色，像红砖码成的高楼，岩层的缝隙处长出怪异的马尾松。松与峰搭配堪称一绝，像铁艺像盆景像仙境，它不像丹霞地貌那么荒漠，又不像喀斯特地貌那么杂乱，这就是联合国新近命名的世界上独一无二的“张家界地貌”。

张家界地貌的核心是黄石寨、鹞子寨、袁家界、天子山和金鞭溪。特别是金鞭溪像动脉一样把整个景区连成一片，潺潺溪水抚摸深深沟槽，有古树、野草遮挡，羞羞答答，像挑逗的妇人风情万种。爱的诱惑惹得峰林聚集，对叠成营。这儿既是领地分界线，又是情感冲突区，它们为追爱金鞭溪而来。

为显示自己的法力，参差不齐的峰林长得古里古怪，类似于“八仙”模样。它用石墙垒成战壕，以保护的名誉霸占金鞭溪的情感空间。起初，峰林委派小石头试探水的深浅，在透明的溪水中伪装斑斓，见溪水无厌恶之感，把半截浮出水面，那半截石头被水浸泡后光滑溜圆，像玉石一般，为防止伪装被识破的尴尬，它把露出水面的部分用青苔和水草包裹，那水几多欢喜，在石缝间踏歌起舞，溅在岩泊上的水分被青苔吸收，像一个富足的水袋，用手一摸，多余的水分从指缝间渗出。渐渐的，峰林在快感中相互怂恿，把金鞭溪揽入怀中，任琼浆玉液抚摸创伤心灵……

峰林一厢情愿地享受水的惬意，它哪里知道活蹦乱跳的金鞭溪正处于青春发育期，她思想活跃，心情奔放，一心向往山外山、天外天的美好前程，它扭动腰肢，用“美人计”摆脱峰林的纠缠，悄悄地溜进沟壑纵横的密林深处。

“金鞭溪哪去了？”峰林急得直跺脚。刚才还在怀里，怎么转眼间就不见了呢？它有些后悔有些自责。为追金鞭溪，它花了三亿八千万年才变成今天这副模样。那是远古时代，大地汪洋一片，它被大海埋没着，有个性不敢任性，有骨气不敢表露。好不容易熬到今天才露山显水，金鞭溪怎么不领情呢？在它看来，铁石心肠都可以改变，柔弱的金鞭溪也是可以改变的。它为金鞭溪而来，为金鞭溪而变，到头来还不是竹篮打水一场空？峰林有些疼痛，像十指连心，找不到疼痛的准确方位。

“金鞭溪到底哪去了？”峰林睁大眼睛反复拷问自己。眼前的金鞭溪像一个绿色染坊，蓝天白云，峰林幽静，除了绿色什么也找不到。天是绿的，地是绿的，山是绿的，水是绿的，连河里的石头都是绿的，这些绿色植物适应环境生长，它们在浅水中发芽，在石缝里定根，把金鞭溪染成了绿色的海洋。绿色，就是金鞭溪的特色。

“到了手里的恋情就这样溜走了？”峰林不甘心，也不死心。爱情是需要手段的。它把有思想、有哲理、有个性的山峰叫到跟前，商讨对策，对金鞭溪形成拦截之势。水在哪儿，山就跟在哪儿，树茎草根就扎在哪儿。这下，打中了金鞭溪的七寸要害，瘦弱的金鞭溪像水蛇一样在石缝、石柱、水草、乱石之间扭来扭去，躲来躲去。逃避不是解脱的办法，它曾主动出击过，在不同的季节寻找不同的替身。春天的烟雨，夏天的白云，秋天的彩虹，冬天的白雪。无论扮演什么角色，骨子里都残留着水的基因，那是金鞭溪生生不息的生命。一招失灵，招招受困。一些峰林家族干脆赖在金鞭溪不走了，它们误认为爱情的魅力在于等待和守候，这里成了山的世界。

追爱好苦的，苦得牵肠挂肚，机关算尽。起初，峰林用恐吓的办法把石头变成兵器，满山遍野长矛大刀，点石为器，刀刀见血。好凶的一座山呀，抬头头昏目眩，低头魂飞魄散。勇敢的金鞭溪纵身一跃，飞流直下，那惨烈的场面唤来千古绝唱；男子钟情女子怀春是生理反应，花季妙龄最容易触景生情。峰林又在“千里相会”搭起戏台，以“望郎峰”和“夫妻岩”为背景，把至情至爱的人间悲情演到极致。纯洁的金鞭溪不为情所困，她只在“紫草潭”边打一个转，献一束“龙虾花”，告别了昨日的忧伤，峰林知道，金鞭溪才貌双全，有些孤傲，没有偶像开导是行不通的。它请来了智者老人说情，连普希金、高尔基、鲁迅也在其中。他们谈古论今，引经据典，把“滴水穿石”“望眼欲穿”上升到哲学层面，从他们的言谈中可以感受到爱的光芒。然而，倔强的金鞭溪就是一根筋，她说：“哲学是高深的也是朴素的，就像穿鞋一样，鞋子大小只有脚板才知道。爱情，是一种感受，两情相悦才叫幸福。”一番话，说得智者们瞠目结舌。

金鞭溪延绵数十公里，这一路躲闪容易吗？它不仅要摆脱群峰的骚扰，而且还要防备水草青苔的色情诱惑。这年月，拒腐防变谈何容易？一不留神，水草在她心里荡漾，青苔占据她的河床，一旦东窗事发，谁给她立贞节牌坊？金鞭溪有点淡淡的忧伤。她在群峰的包围中多次突围，好惊险、好刺激、好辛苦的。她时而跌进深潭，时而化作瀑布，时而柔情似水，时而一路悲歌，搭配这么多的感情，何苦呢？还不是想为自己找个出路，奔个山外前程。

爱情是需要折腾的。金鞭溪好不容易来到“水绕四门”，与等待多时的龙尾溪、百龙溪、小索溪整编汇合，四水交叉犹如四门迎宾。这是一块稍为开阔的坪地，青山环抱，白云朵朵，她的心情舒坦了许多。也该憩憩了！正当金鞭溪与她的姊妹们双手合掌祈求神灵保佑时，急速追赶的峰林猛见溪水踪迹，因毫无思想准备被惯性作用撞得东倒西歪，有的还伤痕累累。这些峰林都是冲着金鞭溪来的。在它们眼里，溪如形，水如情，溪中潭比肚脐眼还神秘，溪中草比眼睫毛还要动人。金鞭溪在此打住，它们也就在此扎营。于是，在“水绕四门”的交汇处又多了两个景区——袁家界和天子山。这两个景区和金鞭溪一样，都是神来之笔，自然杰作。

是金鞭溪太妩媚了？还是峰林太执着了？一路的爱与被爱已经演变成某种伤害。就在金鞭溪喘气的过程中，群峰再次相聚，围堵比任何一次都严实一些。但见阴云密布，杀气阴森，“十八罗汉”从天而降，面目狰狞；“四十八大将军岩”手执兵器严阵以待；还有一些虾蟹小将摇旗呐喊，前来凑阵，可谓四面楚歌。如果说峰林对金鞭溪的追爱还有一些怜悯之心，那么，这一次由爱到恨，反目成仇了。可怜的金鞭溪疲于逃命，慌不择路，一头钻进了“十里画廊”。至此，金鞭溪完成了爱的历程，流向索溪，汇入澧水。

山水纠缠，爱与被爱，是疼爱还是伤害？这是人生的一道思考题。爱，不在占有而在拥有。

深闺秀色锁不住，一腔溪水鸣不平。这，就是金鞭溪！

（刊载于《中国产经报》）

寻找澧水源

向延波

她没有她的三位兄长湘江、资江、沅江那样宽阔的胸膛和深厚的歌喉，所以她的名字中单单取了一个水字，女儿如水嘛，在我的印象里，她就是一条女儿河，她把她的俊俏、清纯、风情都藏在大山的褶皱里。莫说那句“沅有芷兮澧有兰”早已让她的芳名顺着湘风楚雨打湿了文化的经卷，也莫说“南洲之美莫如澧”让无数迁客骚人流连忘返。山明水秀的澧水、民歌飘香的澧水、多情女儿的澧水、革命肝胆的澧水，像一弯蛾眉，浅浅地挂在湘西北的额角上。

我生活在一个名叫桑植的小县里，这里是澧水三源中北源和中源的发源地，所以这个小县城所在的城关镇当仁不让地叫做澧源镇。澧水从桑植发源，下永定，过慈利、石门、澧县，最后到津市流入洞庭。款款依依的三百八十多公里，成就了“三湘四水”中最美丽的一条河，也成就了桑植这个澧水源头最美丽的山城。桑植是典型的“一城山色半城水”，澧水让山城陡增了几分灵性。每天，澧水从我的窗前流过，曾让我千百遍地吟咏，她的渔舟唱晚和秋水长天、她的浊浪排空和静影沉壁，都被我一一撷之笔下，成为文章里精彩绝伦的部分。

远方的朋友来到桑植，站在郁郁葱葱的梅山上赞叹一声“好美的山城啊”，手里的相机有点忙不过来，我就有些自得，说那是当然，因为这里就是澧水之源。朋友不以为然，他的目光和手中的相机一样深沉，望着夕阳霞影里的澧水和远处的山谷，目光向往起来，他要去寻找真正意义上的澧水之源。

第二天是一个晴得让人难忘的好天气，我们一行四人从澧源镇出发，溯源而上。车窗外澧水时隐时现，青山隐隐水迢迢，我们不时驻足流连。过了两河口、陈家河之后，到了芭茅溪，我们就见到了澧水最精致的部分了。

芭茅溪是当年贺龙元帅两把菜刀刀劈反动盐局举义的地方，如今革命的枪声已经远去，河水平静地诉说英雄的往事。这里还是民歌之乡，无论男女老幼，开口能唱民歌，芭茅溪每年都要在澧水河边举办赛歌会，清溪水一样的嗓子擦亮了桑植民歌，水乡的风情声名远播。如果你仔细倾听，在幽静的山林间，一首情味隽永的桑植民歌《棒棒儿捶在岩板上》就会沿着弯弯的山路飘下河来："郎在高山打一望，姐在河边洗衣裳，洗一洗来望一望，棒棒儿哟捶在岩板儿上……"

已经深入澧水源头的腹地了，澧水两岸没有了高楼簇拥下的集镇，远离了市声的澧水在山谷间静静地流淌着。她像一个分娩后的女人，露出了苗条娇好的身材。两岸是铺天盖地的野菊花丛，燃烧着整个山野，把秋日的澧水点缀得斑斓绚丽。芦苇轻轻地俯下来，在河水的浅吟低唱中书写着水面，像素描的笔意，自然而大方。在秋日的阳光下，河水露出圣洁的光芒，一切都是那么舒展，山林的静、河水的清和田园的诗意都是浑然天成的，连那古潭边的一叶扁舟，也横出了"野渡无人舟自横"的意境。唯一的一户农家小木房暖洋洋地躺在阳光下，静静地细数着山中岁月，老人脸上是一派安详，无论风霜还是雨雪，都已经不重要了。连那原汁原味的狗吠声，也在泛黄的芭蕉叶下无心搭理我们这些红尘中人。我的朋友已经忘记了赞叹，他的镜头已经站好姿势，开始抒情……

五道水是澧水源头第一个小镇，小镇三面环山，安静恬然得如同世外桃源。两条清溪欢快地奔流而来，汇合在一棵千年老树下。土家吊脚楼齐刷刷地长满两岸，镇上人行走在江南的水墨画卷中，抬手满把绿意，俯手一掬清亮，夜里枕着清清浅浅的溪声入梦。偶尔听得窗外"欸乃"一声，斑斑驳驳的树影下，有一只小渔船悄然划过，船头的鸬鹚和吸着烟卷的老汉相对而坐，几分悠闲顺着水面荡漾开去。

我们在镇外一处小店野餐，菜是天然的农家菜，小青葱拌豆腐，外加澧水源头地道的"趴趴鱼"，吃得两颊生津，一口余香。餐罢野味，沿野店上行百米左右，我们终于来到了七眼泉。只见七股清亮的泉水从山根处并排泻出，那是真正的山的精髓水的玉液啊，在地脉的深处不知浸润了多少韶华岁月，迂回了多少经纬脉络，吸纳了多少日月精华，才有这一泓泓一脉脉一条条，才有那下游的浩浩荡荡、洞庭的横无际涯和大海的烟波浩渺。朋友的心中激动不已，在大师黄永玉亲自书写的"澧水源"的石碑下留下了珍贵的一帧照片，像孩子一样地开怀大笑，他的笑声，像天边刚刚出岫的白云一样纯净。

我们继续沿着那些无名小溪溯源而上，我们去拜访那千年的小桥，我们去拜访人迹罕至的小石潭，我们去问询溪边的幽兰和野花，在野菊花燃烧的旷野里恣意地奔跑，然后以一种深情的方式，俯下身子，把我们追随了一天的心思轻轻放下来……

真正的澧水源在哪里呢？或许在更远更深的山谷里。在一棵无名小树下？在鸟儿飞过的轻岚里？还是在芦苇轻飏的梦呓里？我想，都不是，真正的澧水源就在我们的心里，当我们和她相遇的一霎间，她的美丽就已经从我们的心里开始流淌了……

（原文载于《文学界》2010 年第三期，原标题为《青山与源头》。）

在溇水的日子

向延波

在公式化的城里工作久了，我常常怀念起在溇水边的那段时光来。

师范毕业那年，少年意气的我被分配到家乡溇水边的一所村小任教。那边交通闭塞，生活清苦。幸好，学校临江而建，许多难以言说的意趣和风景让我落寞的内心雀跃欣喜，那种自以为“怀才蹇遇”的愤懑很快被滚滚的江水荡涤一空。张开手臂，揽山光水色入怀，心中暗自庆幸“祸兮，福之所倚”，老天真不薄我。

于是开始了课山教水的生活。白天，窗外有呼啸的江水挟岚气的缥缈、芦苇的缱绻、水鸟的呢喃来听课，夜晚，枕着水声入眠，做一些轻轻浅浅的梦。

我那时酷爱临池书法，兴致一来，就叫两个学生抬出方桌到江边的大石上，展纸泼墨，凝虑息心，纳天地自然的灵气于笔下，全然一副逸士仙客的行径。厌了，笔杆一掷，随手一副钓竿，溇水水清鱼肥，席天幕地任君收获那三鳞五鳞的欣喜。可惜我的钓技太孬，鱼大多不肯自愿献身，就于晚饭后吆三喝五带学生到溇水的小支流上捡“凉筧”（溇水人守株待“鱼”的工具），用柳藤儿将鱼串了提回校去。如果这还嫌不够直接的话，就干脆去水上人家“打秋风”，那木排上用树皮钉成的小屋里洋溢着好客的古风，水上的主人们让你在排子上悠悠地享受清蒸鲤鱼的口福。

溇水是神秘的家园，流传着许多奇闻逸事。学校前面就是著名的“玉女晒羞”。这山是有灵气的，溇水自古多“肤如凝脂”的美女，而且多情如水。就美而言，我可以作证，有一个村子十个姑娘里面至少五个绝对超过那些名演员，我虽不是贼眼兮兮的登徒子，但美色于前，谁不赏心悦目呢？

我的学生们大多都是“浪里白条”，在浊浪排空的溇水上荡舟嬉水比他们做课堂作业轻松得多。他们当老师，我乐意当学生，一个星期后，我可以单独驾筏子了，于是，我常常独自一人驾舟顺水漂下数里，感受溇水两岸的风情。

溇水的主人要算那些壮实如牛、义气云天的排子客们。他们如同沈从文笔下的水手，在沿江吊脚楼大多都有相好。每一扇格子窗里都收藏着他们痴痴的情话和几乎雷同的故事，因为常年撑船，他们力大无穷，那年乡里组织全民运动会，溇水上五个小伙每人以一敌二，硬是拿下了拔河冠军。他们认为出门在外老婆可以不要，不讲义气不行。我和他们都很有交情，星期天，常和他们一道放排拉纤，在夜晚的河滩上燃起篝火，听他们讲艳史，讲惊险，讲神秘莫测的“赶尸”和“压马”。我们的下酒菜很简单，三个石头架一口锅，等烧开了水，四五个伙计开始下水摸鱼，盏茶功夫定有收获，活泼乱跳的鱼，不剖不剁，整个儿丢进加好佐料的锅里，这种吃法称“飙鱼”，有时涨水浪急，我和他们便在石崖下就餐，没有鱼，就将一把小石子洗净了，放进盐水锅里，喝一口酒，挟起微咸的石子放在口里吮吮，再放回锅里，再喝一口酒，真是辛酸而浪漫。

当我带着拉纤的满身伤痕告别溇水时，一个排子客对我说“你把卓麻子的姑娘搞了没”，我正色以告，他笑了：“没得卵用。”他又说：“日后有哪个敢逮（打）你，你讲一声，我立马和几个弟兄剁了他，不剁是狗×的。”就是这个排子客，他的亲兄弟却就在昨天夜里与人家媳妇偷情败露，被男方家族用火枪打了半死。

我故作豪迈状地哈哈大笑，我想只有这种笑声，他们才觉得溇水一样令人亲热。

（原文载于《文学界》2009 年第二期）

为秋

彭小娟

这是一个传奇的秋天，可我总觉得那至美的秋，此时，只能在这仙人溪里触摸得到和看得见，因为，如果我们不到这里欣赏那秋的妩媚，或许，就错过了一个灿烂的季节和一个如此纯美而多情的秋天。

“山明水净夜来霜，数树深红出浅黄。”这是唐朝大诗人白居易在《司马宅》中描写秋的美丽诗句。当我又一次徒步仙人溪踏秋的时候，这诗句中的景色再现于我眼前。沿途，那盛满一汪秋的水库，弯弯曲曲地伸向几公里的远方，水库一边依山环绕，一边依着小路和田园。我们几个朋友在水库的堤坝上摆弄过几个造型留影后，又往前行，穿越在秋红秋绿秋黄的秋阳里，那比人还高的野芦苇不时地伸出纤纤细手拽住我的衣裙。雷雨过后草丛中长出的雷公屎，绿茸茸的晶莹剔透，清香里包含着神秘，是如此的馋煞人。水库这边深不可测的碧潭让秋风吹出阵阵涟漪，时而清晰地可见一群鱼儿自由自在地游来游去。

路的两旁，有参差不齐叫不出名字的树，倒影在水中摇动着，一眼望去，树上缠着的藤蔓上竟然还开着几朵金黄色蝴蝶般的花儿。我顺手采摘下一朵戴在胸前，像是赶赴一场美的约会。田埂上一丛丛玫红色的野郁金香伸着长长的脖子，有人摘下了几枝把它插在了我的头上，我几近认真地问身边的朋友，看我像不像那个戴花的女人，朋友戏说我比那个戴花的女人还拉风。那边的水库环绕在崇山的裙边，隔着秋水望去，蜿蜒起伏的山峦被秋色所淹没，山峰锁在云层里，仿佛秋的美也一直爬上了通往云端的天梯，秋色俯视着我们，向我眨着迷人的眼睛，我们都陶醉在秋的群山秀水间了。此刻，“天上秋期近，人间月影清。”我想，再过几天中秋就要到了。

走到水库的尽头，呈现出一排排斑驳的自然石窟，如笋的钟乳石，从伶牙俐齿里流出一股股清泉，石笔上的虎儿草似可爱的小老虎端坐在石窟两边，尽职尽责地守着它们的城堡。一簇一簇的野秋菊像悬吊在天边的星星，诉说着千百年来一串串仙山仙水里寂寞的故事。忽然，一条宽阔的溪流奔涌而来，连接着水库的源头，不知不觉我们已到了仙人溪。这里，因昨天晚上下了一整夜的雨，引起山洪暴发，溪水已没有了往日的温存，它漫过了所有大大小小的卵石和溪中用大石头搭建而成通往两岸的水路。走着走着，我们傻眼了，溪水还在急速而涨，我们无路可走了，要横过溪水才能到达这次秋游的目的地。我和一个朋友站在一块巨大的石头上，看着湍急而来的水没有惧怕，反而放下背包，将包里的水果拿出来洗干净，坐在巨石上，头戴着一路走来还没有来得及凋谢的花，悠然自得地吃了起来。此刻，我才真正领悟到“行到水穷处，坐看云起时”那柳暗花明与淡泊宁静的心境。

在天水之间恰似神仙的超然画面，正好被跟在我们身后的市文联副主席石继丽捕捉到了，她迅速按下随身携带的相机快门，将这不是刻意造作的瞬间定格成了永恒。曾记得去年秋天，跟随迈友们也是在这样的秋天，这个地点，我站在没有涨水的石头上，做了一个泰坦尼克号那绝世经典的动作，漫步者里的摄影师也将这一瞬间拍下传到了网上，那飞翔的双手，灿烂的笑容，飒爽的姿态，仿佛在说只为途中与你相见，我便在这仙山仙水中重生。这个浪漫之举的地方，今天却湮灭在跟我们开着玩笑潮涨的溪水之中。

只是为了看秋，我愿冒着生命去等待，等待溪水的退去，等待云开雾散，等待花开花落，等待小鸟歌唱，于是，终于等到了溪水稍稍消退的时候，我们迫不及待地挽起裤脚，手牵手向着秋的彼岸走去。看溪水涨落，在寻秋的路上，大家牵手搀扶着蹚过没过大腿的溪水，到达目的地后，又见那溪中有一池泳地，我们毫不迟疑地跳入冰凉的溪水之中，像回到儿时嬉戏在五龙滩上的童年，那样开怀，那样忘却了尘世的烦忧，那样奋力地挣扎在水中央，任激流冲撞，随波逐流在秋水的怀抱，仿佛在世外桃源里流浪。

有人说，人生何尝不是一场轰轰烈烈的秋天，浅踏流年，撑过葱绿，走过繁华，最后，步入这般红金黄的秋日。在这秋的暮景中，我安然地静倚着一抹斜阳，淡定地看着花开花落，云卷云舒，任由那缕缕凉风，撩动我那缓缓的思绪，风中，我俯身拾起落的秋叶，又一次目睹了秋的风采。

此时，我不经意间吟咏了王勃“落霞与孤鹜齐飞，秋水共长天一色”的诗句，心里淡然了好多。于是，有人说要拾起的那枚秋叶，欣然地把它夹在《唐诗》里，让我时常翻阅，读她积淀的美，厚重的情，通透的丽。学秋不亢不卑，像她一样，用豁达支撑着透明，用淡定捍卫着美丽，这才是秋高尚的品质。

我喜欢秋天，我钟情于秋天，我赶赴秋天这山里的邀约，也是因为我母亲生我于秋天。那个苦涩的秋，带给我的是意味深长的一段历史的印记，那时的秋天没有富足的收获，人们不能丰衣足食，但小小的生命还是冲破饥寒、冲破层层枷锁，顽强地生长于那个灰色的年月，并且在父母的呵护之下，自顾自怜地长高长大了，而且，在青春时期也出落得亭亭玉立。

我降落在秋天，我从秋天一路走来，所以，多年后在这个网络时代，我帖上的 QQ 语录上写着“所谓一叶知秋，昭示着秋天的来临，可我喜欢这秋叶飘落时的静美和那花叶的梦，纵然零落成泥也微笑着”。此时，我又好像聆听到这样的天籁：秋你衔一抹春的清丽，披半肩夏的温媚，沿着季节的小路，走到秋的怀里。从你那含情脉脉的眸中，我看得出，你还眷恋着风华正茂的春季；从你那恋恋不舍的脸上，我读出了，你还思念着温情四溢的夏日。可你那泛黄的裙袂，毕竟撩起了秋天的涟漪。

在回家的路上，涨落的溪水已恢复了平静，回到原本属于自己一贯坚持的位置上。沿着水库边的小路，我们每个人都带着那份秋醉和酒醉，醉意朦胧地哼唱着《秋蝉》：“听我把春水叫寒，看我把绿野催黄，谁道秋霞一心愁，烟波林野意悠悠，花落红，花落红，红了枫红了枫，展翅任翔双羽燕，我这薄衣过得残冬，总归是秋天，总归是秋天，春走了，夏也去，秋意浓……”这幅舒展秋天的画卷，那优美的旋律拂过被风吹动的一片片芦苇，在看秋归来的路上，我是真的又陶醉了。

或许，今生我都是为秋而生，也为秋而来，如果有一天我在秋的怀抱中静寂地死去，也必将在秋的灿烂中涅槃重生。

（选自作者散文集《为秋》一书）

秋的守望

彭小娟

很长一段岁月里，我一个人故弄玄虚地默守着孤寂，从青春到青黄，把文字偶尔拿出来当做灵魂的依托，写一些自己看不懂，别人也不懂的东西，让它充实着我无聊时的光阴，让一些琐碎的记忆和即兴的情绪得以记录下来。有时候觉得，我对文学也可以借用张爱玲对她爱人写的一句话，来形容我对文学这样的爱好：“见到你，她变的很低很低，低到尘埃里，但心里是喜欢的，从尘埃里开出花来。”是的，文学很高雅，也很傲气，一般人都想写一写，玩一玩，但大多都有始无终，不能修成正果，而我也勉强只能算得上一个有心之人，一路坚持着将春、夏、秋、冬里飞扬的思绪，收拾在纸上，用时间包裹着，然后，到秋天里一一打开，晒一晒。虽说在文学的殿堂前，我觉得自己很低很低，但心里一直没有放弃过对它的追求和喜欢，我相信，只要自己笔耕没有停止过，从岁月的日记里也会开出一朵二朵花来。这些花朵是否有着醉人的芬芳，并不重要，它只要曾经来到过我的面前，在我的心海里绽放过，这，就足够了。

是生活给予了我特别的厚爱，让我一直以来用特别的心和满怀着浪漫的情怀，体味着生活带给我的万千滋味；是貌似清高的文学特质，让我细腻而敏感地洞见芸芸众生的可歌可泣可笑和可悲；是天人合一的灵性让我从心底有流淌的人间故事，时常化作灵感倾泻在指间；更是这一方秀美的山水，孕育了我跃动和寂静的个性，它引领我朝着文学的方向走去不愿放弃。然而，这些年过去了，也许我不是作为一个专职与执着的作家耕耘在文学这片土地上，而是作为政府部门的一个公务员，混杂在世俗与不食人间烟火之间。这样的职场造就了我难以取舍的个性，让我深深了解和看到官场上的游戏和裙带性，而我内心的宁静与思维的走向，不能也不会向那世俗的潮流方向前行，所以，时而发出孔雀般美丽与凄迷的叫喊，我常常将这些或快乐或痛苦的喊声书写成自己的感叹，从而将生命中各个阶段的音符串连成半生的文字，便形成了我的散文集，这在我的天空里，或许是流星般划过的一道美丽如花的彩虹。

这些文字的缀成，有着期望和现实的连接，有着岁月和时空的步履，有着颠覆情感的跳跃，也有着我秋天到来的收成。所以，我这样心爱着秋，守候着秋，只因为秋是一个美丽的茧，当紊乱的心情，疲惫的身躯想要歇一歇时，我可以安心地蜷在茧里独享其美；秋是小溪中随波逐流的一丛草垡，它飘过冬的寒冷，又会在春的呼唤中破土而生；秋是挂在城边小街吊脚楼上的花灯，它明亮闪烁，在黄昏过后的夜色里让人心定神安，有着一种旅途跋涉后的归宿感；秋也是历尽沧桑的一生中最辉煌的时光，它有着如释重负的洒脱和稳健，让人倍感万物生命的和谐、可贵和温馨。

去年，秋后的一个星期天，我去大自然呼吸一下新鲜的空气，就只身一人来到仙人溪边漫步。走在五十年代修建的水坝上，站在定格了半个多世纪的五面红旗下，我远远望去，秋阳里那蜿蜒曲折清澈明镜似的水库，恰似山的一只眼睛，水灵灵的，好像深藏着许多鲜为人知的故事，透过水中虚幻的倒影与现实中跌宕起伏的丛林，它们完美地融合在了一起，那一刻，我的脑海有了一幅五彩斑斓的油画之感，我想，秋天真是太美了！这些大自然的造作和季节的变化，逃不过我的眼睛，因为我无时不见证着这些生命的成长，树叶黄了又绿，绿了又黄，一春又一春，一秋又一秋。

在秋的微风中，我踏过水库一边靠山的幽幽小径，默默地让自己沉浸在这散发着成熟的秋香的气息里，看小草头上长出一撮一撮的黄发，在风中摇摆；望野芦苇低头时的黄胡须亲吻路人；还有树上叶儿伸出金灿灿的手掌抚摸我的脸颊，这一切都呈现出大自然精致与流动的岁月之美。这时，我的心被路过的行人吵闹声扰乱了，我不知道是否因为他们，让我此时对秋的感怀、秋的遐想、秋的弦歌断了，我回到了城市的现实之中。可，对于秋，我与生俱来就有一种坚定不移的热爱和海枯石烂的守望，因为我生于秋并与秋天连心。

我以诗的形式写过一篇《秋天日记》：阿秋，我凌乱的思绪\剪不断的秋愁\在芳草萋萋的山岗上\莫名地将尘封的泪水滑落\在万丈红叶中\将一颗飘然的心安放在凡尘之上\看秋光乍现\看秋色欲滴\于是，我决定在秋的怀抱中陶醉\于是，我决定在秋的凋零中老去\阿秋，摘一朵幽香的黄菊\我带上一份纯净明亮的心情\在崇山的制高点\当秋云涌过\我站在悬崖上\感受最清新的风\我站在悬崖边\看最美最透亮的风景\我抵达悬崖下\看秋叶飘落\看暮归的夕阳\我掀开记忆的门\只为

证明自己曾来过 \ 我带着那颗骄傲的心 \ 回到当初的起点 \ 在秋天的日子里 \ 穿越一切季节的界限 \ 执秋之手与秋偕老 \ 在秋天的时光里 \ 看生命开出更美的枝桠。这，是我站在秋天的崇山峻岭上，从心灵深处对大自然迸发出的秋愁与美好。

在时光流逝的旷野里，在百转千回中，人的一生该有多少个秋串织而成，那是每个人的宿命。那些虽然一纵即逝却沁人心脾的感念与故事，却会在心中渐渐堆积，慢慢地变成一份凝重、美丽、隽永在自己的文字里，成为一道田野中风吹麦浪的风景，为你为我也为这灿烂的秋天。

（选自散文集《为秋》一书）

武陵源美学考

罗晓晴

一

二十世纪七十年代末，当武陵源第一次以其不可思议的、独一无二的审美特征陡然出现在世人面前时，人们不由得惊呆了。

在这片僻远蛮荒的土地上，千百座石英砂岩岩峰拔地而起，粗犷怪诞地、棱角分明地、英武倔强地、刚劲有力地、甚至有点蛮横无理地簇拥而立，它们或下比上小，若金钟倒挂，失重悬浮；或壁立千仞，若积木层叠，直上直下；或恣意倾斜，摇摇欲坠……如一位作家所发现和称道的，它们便成了山的叛逆，毫不留情地、不容分说地否定了、篡改了我们长久以来形成的关于山的概念和审美情趣。它们如戟如剑如梭如标如塔如针，放眼皆是刺破青天锷未残的咄咄逼人之势；它们藐视常规、突破常规，以自己的方式，固执且傲然地展示着一种令人心魂悸动的冷峻美，峭拔美，崇高美，大气美！这种美，足以令那些“连绵起伏的，有坡度的，供人攀援的”千人一面的山岭愤怒或汗颜。

你不妨去黄狮寨的六奇阁、摘星台，去贺龙铜像一侧的云青崖、点将台伫立遥望。这块包容了张家界、天子山、索溪峪、杨家界在内，共计390平方公里的号称“峰三千，水八百”的土地上，到处是绝崖奇峰，列队成阵，浩浩荡荡，横无际涯。便想起那些曾为人们所津津乐道的石林、土林之类，倘与这武陵源砂岩大峰林相比较，无疑是小巫见大巫了。面对这大自然的杰作，唯有击掌叫绝，唯有叹为观止，这是大自然空前绝后、独一无二的大手笔、大创造啊！

二

《辞海》载："狂"者，纵情任性，气势猛烈，越出常规之谓；"狷"洁身自好，不肯同流合污之谓也。

亿万年前，这里原是一处很平常的所在。只因为砂岩们不愿受禁锢于这一种模式、一种造型，不愿承袭一种约定俗成的惯性思维，便一反常规地涅槃成武陵源砂岩大峰林这一番"前不见古人后不见来者"的峥嵘气象——此可谓之"狂"也。它们莽莽苍苍，混混沌沌，岑岑寂寂，远离现代文明，远离工业污染，又没有任何传统的文化负担，浑身洋溢着一派蛮荒的情趣，彰显着一种自然的、原始的、本色的桀骜不驯，则可谓之"狷"也。

这里的岩松，或单枪匹马傲立于千仞峰峦之上；或凌空飞出斧凿刀削的岩壁；或群体扎根于连天的石崖，形成一大片一大片的只有飞鸟才能企及的原始森林，它们生长的地方往往连一颗尘泥也没有，但它们硬是凭着一种不屈的信念，扎根悬崖，笑傲风雷，终于从一粒粒微小的种子长成参天大树。与有些风景区的那些难以长高长大的侏儒模样的岩松相比，与许许多多被人类嫁接、栽培，被环境同化、异化，被大自然无情淘汰的树木相比，武陵源的岩松是否多出一种风度，一种气节？

这里的水亦然，风亦然，无论是平日里，自危岩绝壁间汩汩沁出的细流；无论是如狂草般掠过峡谷的夏洪；无论是想驰骋就驰骋，想碰撞就碰撞，如龙吟如虎啸，如走雷如奔马，自编自演，自悲自喜的天风，一并蕴含着洋溢着狂狷之气，一并铮然有声地拓展了我们的美学领域。

三

有人曾把中国文化归结为驯性文化和野性文化两种。驯性文化主要是指以黄河流域文明为代表的中原文化；野性文化主要是指以长江流域文化为代表的南方文化，是千百年来不被正统文化所重视、然而却一直倔强地生存和发展着的近乎"蛮夷"的文化。应该说，这两种文化是缺一不可的。少了前者则会缺乏理性，少了后者却将缺乏人的诸多自然属性。有人把武陵源之长期"养在深闺人未识"归咎于人们审美意识的麻木和审美情趣的浅薄；也有人把她的被埋没被忽略归咎于地域的偏僻，交通的闭塞，以至于历代文人墨客未能涉足的缘故。这些看法都不无道理。但我却认为，武陵源的发现，也许注定是 20 世纪 80 年代的事情。这不仅是因为公路的修筑，铁路的开通，更是因为现代人的心灵目光与大自然的重新接通使然。

众所周知，科学的进步，日益发达的现代文明给我们带来了与日俱增的物质享受，同时却也带来了环境的污染、心灵的隔膜、人性的异化等被人们呼之为“城市文明病”的东西。人们便强烈地渴望着一种未被污染未假人工的自然之美。恰此时，武陵源裹挟着其天造地设的原汁原味的原始之美和空前绝后的独一无二的狂狷之美突兀出现在人们面前，这不能不引起人们心灵的震撼与共鸣！一种相见恨晚的情愫油然而生，人与自然便达成了一种充满美感愉悦的相互吸引的默契。

因此，我们可以说，武陵源美的发现，既是其自身魅力使然，也是现代人精神张扬的结果。而从社会文化的角度看，似乎可以理解为，人们在驯性文化氛围中生活得太久了，才格外渴望得到野性文化的熏陶，让自然、纯朴和本色的人性得以回归和拓展，恰恰，武陵源迎合了、满足了人们的这一心理需求，因而，武陵源的美最原始，也最现代，理所应当地得到人类最不吝惜的情感，以及文人墨客的认可与赞美。

（1992 年《大庸报》首发，1993 年被《风景名胜》、《散文选刊》选载。）

壮美杨家界

胡少丛

杨家界自然保护区与张家界国家森林公园、索溪峪自然保护区、天子山自然保护区共同组成张家界市武陵源风景名胜区。杨家界是四大景区中最后开发的一个，因而其知名度最低。但是，知名度低并不意味着其风景品位就低。实际上，这四大景区风景品位是一样的，因为它们是紧密相连的一个整体，只是风景资源各有千秋。若说张家界国家森林公园突出雄奇和灵秀，索溪峪体现含蓄和婉约，天子山囊括壮阔和神秘，杨家界则彰显阳刚和大气。杨家界对许多人是陌生的，我也只去过几次，而去其他三个景区却是无数次。

杨家界有三条黄金游览线：空中走廊、乌龙寨、香芷溪。我到过其中两个：空中走廊、乌龙寨，而香芷溪仅道听途说而已。

一个阳光煦暖的冬日，我邀朋友拍照片，专程游览了一次空中走廊。朝着空中走廊方向，其游道在山脊上蜿蜒前行，两旁是茂密的森林，透过森林的空隙，可见山脊的两边是纵横的峡谷和高耸的峰林。途中有个著名的景点叫一步登天，是一座独立的石峰，高耸入云，其上还生长着一片婀娜多姿的武陵松。有两个用钢铁焊制的云梯笔直地搭上峰顶，甚是壮观。我和朋友鼓足了勇气爬过一次云梯，开始是胆战心惊，后来是小心翼翼，真有登天的感觉。登上云梯最后一步阶梯的时候，我的头探出云梯，高过石峰，身凌高空，恰似翟志刚从神舟七号出舱。我踏上峰顶，犹如在太空行走，环绕不太宽阔的平台俯瞰，我如尘埃之渺小，峰林如苍宇之浩茫。

走过一步登天，下山脊前行几百米，即可望见空中走廊。一条栈道挂在高百丈宽300余米平坦的赭红色石壁之上，是一条名副其实的空中走廊。沿着300多米长的栈道一步步向上攀登，我看到对面的峰林越来越辽阔。阳光从前方照射过来，无数根光柱投射在峰林间，使峰林更显挺拔和妖冶。来到栈道的尽头，有一块石头平台，旁边的石缝里长出了一棵苍老的乌冈栗树，枝干遒劲有力，屈曲多姿，绿叶葱茏，堪与任何树桩盆景媲美。我从平台上向下看，只见一座柱状石峰伫立在一片田园风光的边缘，壮观无比。我不禁想起唐代诗人王维的诗句："居人共住武陵源，还从无外起田园。"要用相机拍下这一奇景，必须靠近平台的边沿。而我恐高，实在不敢靠近。我却极力怂恿我的朋友尽量靠近平台边沿。他终于去了，把美景摄进了镜头之中。

我和朋友从空中走廊返回时，已是太阳偏西了，没有时间再去乌龙寨拍照片了。不过，我们几年以前都到过乌龙寨。乌龙寨在高高的石峰之上，爬上去需要消耗较大的体力。游道在石壁之上逶迤前行，像一架飞机的舷梯，有惊无险。在一个叫鬼门关的地方，游道狭窄至极，人需侧身才能勉强通过。上得山顶，有一幢木屋兀然独立，据说当年是个土匪窝。寨顶上有一个观景台，站在上面往下俯瞰，可望见一片峰林景观。这片峰林不同于武陵源景区内任何一处峰林。这片峰林的科学术语叫峰墙，远看酷似万里长城的城墙，令人震撼，叹为观止。难怪一位美国人游览武陵源后写了一篇游记，将标题命名为《武陵源像长城一样伟大》。

据说，香芷溪也极有特色。其中绝壁藤王、马蹄岩、龙泉瀑等景点最为著名。

杨家界之所以至今默默无闻，除了缺少宣传之外，最主要的原因恐怕是交通比较闭塞。目前，杨家界观光索道正在建设中。几年之后，杨家界将会迎来更多的游人，它那非凡的阳刚之美将会赢得游人更多的赞叹，武陵源自然美的多样性将得到更多的展现。

（选自《游记散文选》）

物外田园野溪铺

胡少丛

唐代大诗人王维在乐府诗《桃源行》中写道："居人共住武陵源，还从物外起田园。"诗人本是描绘自己向往的世外桃源，但是到了野溪铺后，我突然感觉到野溪铺就是诗人理想中的境界。

我曾多次登临杨家界景区的乌龙寨顶俯瞰天波府，一座座酷似万里长城的峰墙，令我震撼，令我惊诧于大自然的鬼斧神工。我也曾多次产生过走进天波府，近距离领略万里长城般伟大峰墙的无限魅力的冲动。无奈错过几次失之交臂的机缘，我只能将这种冲动保持了10多年。

一个层林尽染的秋天，我随同20多位本土文艺家走进了天波府。

阳光煦暖，和风习习，我们感到无限的惬意。沿着龙泉溪逆流而行，我们看见村民们在整修河堤，兴修公路和水坝，一片繁忙景象。遥望前方，有一大片石英砂岩大峰林高高耸峙，在阳光的映衬下显示出美丽的赭红色。峰林下，一幢幢民居依山就势而建，既开门向阳，又极富气势。民居被层层梯田围绕着，彰显着独有的田园美。正值中稻收割季节，稻田里一片金黄，稻穗低着头，仿佛在向过往的行人行鞠躬礼。

不一会儿，我们走进了龙泉峡，先前遥望的那片石英砂岩大峰林已逼近在眼前。峡谷里一派原始胜景，开始须仰视的峰林随视觉的不同而不断变换新奇的形象，茂密的森林郁郁葱葱，清澈见底的溪水演奏着自然的交响，各种小鸟和鸣虫伴着天籁在歌唱，游道就是那些溪流里那些光滑的石头和岸边杂草覆盖的小路。我们一边小心翼翼地跋山涉水，一边如饥似渴地饱览沿途的自然美景，还不时地按动相机的快门，把一个个漂亮的画面摄入镜头。有一个景点叫小金鞭岩，与金鞭溪的金鞭岩像极了，仅仅只是规模小了一些而已。难道大自然也有复制的功能？我们经过一道天然石门时，都情不自禁地在石门前留了影。这也许是神仙在此仙境居住过后遗留下的房门吧，我们都想在这里做一回神仙。

我们一直沿着溪流往上走，本来应该感到很累，但是沿途的清爽气息和奇异风景驱走了我们的疲劳。不知不觉中，我们爬了约两个小时的山，终于到达了闻名遐迩的龙泉瀑布前。一条细而长的水流从 70 多米高的山顶沿石壁几乎垂直倾泻，像美女的发辫搭在丰满的胸前。据说在雨季，这瀑布要大很多倍，发出震耳欲聋的瀑流声。瀑布的下面是一个深潭，潭边是一块巨石。先我们到达的一大群游客正在潭边的巨石上拍照留影，我们只能在旁边等着。好不容易等着他们拍完了，我们才急不可耐地爬上巨石去拍照。最后，我们 20 多位本土文艺家拍了一张合影，男男女女坐在巨石上，身后是我们的红色会旗和白色的龙泉瀑布，色彩亮丽，构图精美。自然固然是美丽的，人与自然的和谐却更加美丽。

依依不舍地离开龙泉瀑，我们又去寻找第二个著名景点——绝壁藤王。沿着另一个方向，我们依旧不停地爬山。大约又攀登了半个小时，我们终于在路边发现了一根古藤，有碗口粗，像一棵树，从石壁脚下长出来，又沿着石壁攀爬而上，仰不见顶。我们很激动，于是又不停地拍照。待我们拍完照，一位老乡赶过来说："这不是绝壁藤王。"我们感到惊讶："这难道还不算是藤王！"我们继续前行，就在前面不远处，总算找到了真正的绝壁藤王，比刚才的那根古藤足足粗了一倍，一整座石峰被藤王的枝蔓全覆盖了。老乡告诉我们，这根古藤至少有一千岁了。我们带着惊叹告别了绝壁藤王，没想到又发现了第三根古藤，跟第一根古藤粗细差不多，不同的是这根古藤在石壁一丈多高处洞穿了一块石头，然后继续攀援上升。本是柔软的藤蔓，却竟然有如此坚毅的生命力，不能不令我们叹为观止！

下山时，我们沿路遇见了许多奇异的花草树木。特别是龙虾花满山满坡地开着，我不禁想到，三亿八千万年前，这里曾是一片古海。海水远去了，龙虾花却盛开着。这难道不是大自然的另一种记忆吗？我们也见到了五色花树，只是没赶上开花的季节；我们也听到了满山遍野的猕猴自由自在地癫狂的声响，只是满眼的绿色掩盖了他们矫健的身影……

在天波府里转了一大圈，我始终没有看到像极了万里长城的巍峨峰墙。"横看成岭侧成峰，远近高低各不同。"看来，我与宋代大诗人苏轼有同感。

下得山来，野溪铺村的汪支书为我们介绍了该村的基本情况和发展思路。1700 多名野溪铺村民，正在立足自身优势，力争经过 10 年的努力把野溪铺村建成一个集自然风景、观光农业、民俗风情于一体的社会主义新农村。梦想总会成真。如果唐代诗人王维生活在当代，我想他一定会写出比《桃源行》更加美丽动人的诗篇。

（选自《游记散文选》）

索溪湖锁八百水

胡少丛

索溪河是武陵源的母亲河。她发源于三千奇峰之下，汇聚八百涓涓溪涧水，一路欢歌，奔流不息。至吴家峪口处，峡谷仿佛一道石门，人们在这里修了一座大坝，犹如在石门上挂了一把大锁，将散漫的索溪河锁成了一个湖泊。于是，索溪大坝成了武陵源景区和城区的一道分界线。如果索溪湖是一位美女，索溪大坝就是一条裙带，束出了索溪河碧波荡漾的柔情；如果索溪湖是一匹烈马，索溪大坝就是一根缰绳，勒住了索溪河桀骜不驯的野性；如果索溪湖是一首诗歌，索溪大坝就是一个标题，概括了索溪河天人合一的意境。

索溪湖是一个美丽的湖。氤氲的云气常年乘着东南风而来，在三千奇峰之上聚集，然后以雾雨冰雪的形态降落在峰林峡谷间，以水的形态滋润着大地，滋润着万物。奇山异水，相得益彰。水从石缝里钻出，人们叫她泉；水从悬崖上跌落，人们叫她瀑；水在沟壑间深藏，人们叫她潭；水在峡谷中奔流，人们叫她溪。囊括无数泉、瀑、潭的金鞭溪，被誉为世界上最美丽的大峡谷。这里不仅有世界上最美丽的山，也有世界上最美丽的水。金鞭溪一路欢歌，不断壮大，流淌成浩浩汤汤的索溪河。索溪河不舍昼夜，穿越峡谷，汇入索溪湖。索溪湖成了索溪河的快乐驿站。索溪湖四周峰林围绕，山清水碧，水映奇峰，多姿多彩。春夏秋冬，索溪湖分别倒映着花烂漫、绿如盖、爽金秋、寒冬雪的不同画面。索溪湖仿佛奇山异水的相册，珍藏着大自然四季的风光。索溪湖无法挽留索溪河跋涉的脚步，只是稍作停留的索溪河纵身跃出索溪大坝，继续向东前行的旅程，投奔大海而去。揽万千秀色于一湖，索溪湖焉能不美？

索溪湖是一个和谐的湖。武陵源地处暴雨中心，山高坡陡，极易爆发山洪。而武陵源的汛期集中于 5 至 7 月，因而以往的洪灾大都发生在 7 月。我在武陵源工作和生活了整整 20 年，亲眼见证了三次特大洪灾，其时间分别为1993年7月23日、1998年7月23日和2003年7月22日。洪灾发生时，暴涨的索溪河一改平时碧波荡漾、河水潺潺的温顺性格，变成了一头性情暴烈、横冲直撞的怪兽，扫荡着两岸的良田、房屋、交通、水电、通讯，将人们美好的生产生活变成了狼藉一片。并且，此时正值武陵源的旅游旺季，洪灾的发生也重创了旅游经济，造成的经济损失不可估量。"一年一小灾，五年一大灾"，似乎成为武陵源发生洪灾的一个铁定规律。"7·23"也成了武陵源"黑色的日子"。每当"7·23"来临，武陵源人总是担心洪灾的如期而至。而自2004年索溪大坝逐步发挥防洪效益以来，武陵源再没有发生过洪灾，索溪湖的防洪效益的确功不可没。从此，武陵源人民终于过上了安宁的日子，逐渐走出了"7·23"的阴影。此外，武陵源人民还综合开发利用索溪湖的水利资源。人们在索溪湖外修建了一座水电站，每年有几百万元的经济收益。在索溪湖下游，人们还建成了激流回旋中心，利用发电尾水开展激流回旋运动和漂流旅游。近几年来，激流回旋中心已经成功承办了全国第五届城市运动会激流回旋比赛、全国激流回旋青年锦标赛、全国激流回旋锦标赛和激流回旋亚洲锦标赛等国际国内赛事，这里还成为2008年北京奥运会激流回旋训练基地。随着旅游接待人次的大幅攀升，索溪湖已是武陵源城区重要的饮用水源之一。经过2006年的综合整治，索溪河建设了自然、休闲、亲水的生态景观，体现了以人为本的理念，美化了武陵源城区，实现了人与自然的和谐。因此，我们可以说，索溪湖既是一个安澜工程，也是一个生态工程，更是一个和谐工程。

索溪湖是一个历史的湖。索溪湖建设工程始于1974年，由慈利县江垭区各公社投入1万多名民工开工建设，其初衷是以灌溉为主。当时，武陵源还没有建区，旅游开发也没有兴起。1979年因压缩基建规模，索溪湖建设工程第一次停工。1983年，索溪峪被列为湖南省自然保护区。为配合慈利县的旅游大开发，索溪湖建设工程于1984年复工。因为缺乏建设资金，该工程于1995年第二次下马。1988年，张家界国家森林公园和索溪峪、天子山两个省级自然保护区合并成武陵源风景名胜区。1989年，武陵源因旅游建区。1991年，湖南省政府同意武陵源区将索溪湖建设目标调整为以旅游为主，并调拨建设资金，于是索溪湖建设工程再次续建。1994年，该工程再次因为资金问题而下马。经过各方努力，1996年，澧水公司与武陵源区人民政府达成合作开发协议，索溪湖建设工程得以于1997年第四次复工续建。好景不长，1999年3月，该工程因为经济效益欠佳而第四次被迫停工。2002年，澧水公司再次接管索溪湖建设工程，并争取到水利部的资金支持，该工程终于第五次上马建设，直至2010年全面建成竣工。索溪湖“五上四下”历时37年的曲折建设历程，就是一部武陵源改革开放史，就是一部武陵源旅游开发史，就是一部武陵源社会发展史。

索溪湖位于武陵源核心景区入口，介于景区和城区之间。她的建成为武陵源景区增添了一道融奇山异水于一体的旅游景观，同时也为武陵源城区增添了一道集防洪饮水于一身的安全屏障。站在高高的索溪大坝之上，面对美丽的索溪湖，感念索溪湖带给武陵源人民的福祉，我禁不住要礼赞索溪湖：索溪湖锁八百水，奇山异水藏其中。风景独好游客醉，安居乐业水利功！

（选自《游记散文选》）

探秘鹞子寨

邓道理

品味张家界，当上鹞子寨。

鹞子寨又名腰子寨，因山形如腰子、山中多鹞子而得名，与黄石寨隔金鞭溪对峙相望，同为张家界绝佳的凌空观景台，所不同的是黄石寨因为索道的帮助已成为游客蜂拥的景区，而全靠步行的鹞子寨仍如一块晶莹碧绿的翡翠深藏大山，也如一位如花似玉的少女待字闺中。说起来惭愧，我曾数次经过鹞子寨山下，总因为行色匆匆与之擦肩而过，以至于张家界旅游开发二十多年，我这个张家界人还不识鹞子寨真面目，可谓近在咫尺，又遥不可及。

心向神往的情感压抑太久，便会在瞬间爆发。今年春天，我买了一款单反相机，情不自禁地邀上三五摄友把试镜地点首选鹞子寨。登鹞子寨的路有两条，一条是从老磨湾上山，一条是从金鞭溪半途上山。听说两条路上都有美景，我们决计从金鞭溪方向上鹞子寨，然后从老磨湾方向下鹞子寨，这样就可以鱼和熊掌得兼，看到更多的风景，拍到更好的图片。在大自然面前，我们显得多少有些贪婪。

沐浴着阵阵晨风，告别游人如织的金鞭溪，我们从千里相会景点出发，沿山中一条依山就势蜿蜒曲折的游道拾级而上。这条游道有些落寞，路上长出了青苔，散落着树叶。看得出来，鹞子寨的这条上山游道几近荒芜，人迹罕至，同行摄友说现在上鹞子寨一般都走老磨湾。不过我很喜欢这样的游道，非常原始生态，特别闲适幽静，没有繁华都市的喧嚣，没有热闹景点的浮躁，一个人可以自主地行走，或者漫步沉思，或者沿路轻歌，什么都能想象，又什么都可忘却。

我们就这样越往山上走，山势越陡峭，山路越艰险，风景越怡人。爬至半山腰，到了“一夫当关、万夫莫开”的杉木门小憩。我站在门口回头一望，直刺蓝天的梭镖岩映入眼帘，让人惊叹向王天子遗落自然的兵器不仅形似，而且神似。再回过头来朝门里一看，发现山势相对平缓起来，山上开满了绚丽的花，游道不远处平坦地连着一栋木屋，自认为梦寐多年的鹞子寨到了，心里不免有些激动。谁知道走进木屋，才知道并非鹞子寨，而只是鹞子寨管委会修建的服务区，也是湖南省摄影家协会在鹞子寨设立的摄影创作基地，木屋板壁上挂满了许多摄影发烧友拍摄的鹞子寨风光。服务区有一个守山的老人，身子清瘦但很精神，他告诉我们鹞子寨就在头顶上，只要再步行一个小时就能直达山顶。在服务区充饥解渴后，经老人指点，我们沿一条盘山游道继续鹞子寨之旅。

寨顶有美景，只要肯登攀。在前行的路上，游道的险峻让我脚底发麻，游道的设计又让我内心叫绝。有段游道全部建在石崖内，雨水淋不到，阳光晒不着，走在其中的关键部位不得不低头；有段游道横亘在山脊上，远可观鹰嘴峰、兔儿望月等栩栩如生景点，近可触摸参天树木和沧桑古藤。大伙一路小心翼翼、战战兢兢爬上寨顶，无不气喘吁吁、满头大汗，直感慨鹞子寨实在是个体育健身的好来处，而鬼斧神工的寨上风光更让大家眼前一亮，为之惊叫。只见成百上千根奇特山峰一字排开突兀在眼前，仿佛千军万马正在等待调遣沙场，又如一幅巨大的美妙绝伦的中国画，更像一首波澜壮阔的抒情诗。那气势，我用恢宏不足以完全概括；那阵势，我用震撼不足以完全形容；那态势，我用折服不足以完全描绘……“横看成岭侧成峰，远近高低各不同”，鹞子寨的风景，与黄石寨、天子山、袁家界相比，除了同为石英砂岩峰林景观外，更加雄险原始，更显神秘诱人。环游鹞子寨，所有赞美的语言都变得苍白无力，我所剩下的动作就是在观景台不停地按动相机快门，复制张家界新的神奇与美丽。

鹞子寨气象万千的自然风光让我等陶醉不已，而有惊无险的环山游道再次让我们大开眼界。寨顶游道大部分建在悬崖边缘，且少有栏杆，置身其中，可谓头顶天穹、脚踩石壁，虽胆战心惊，却能吸天地灵气，看风景之精华，岂不快哉？在环山游道上极目远眺，黄石寨的楼阁、金鞭溪的流水、袁家界的青松均能尽收眼底，一览无余。在环山游道旁，盛开的粉红杜鹃和金黄珊瑚随清风点头微笑，灌木新生的嫩枝绿芽传递着春的浪漫，林中传来婉转歌声的布谷鸟和随意间快乐奔走的小松鼠挑逗着偶尔造访的行人，此情此景无不让人心旷神怡不愿归。听说鹞子寨景区前几年修建环山游道时，广大建设者为了保护环境，整个工程建设的材料都是由人力和马匹运至山上，整个建设中保证了无一人伤亡，但累死或摔死的马匹26匹，这件事曾感动了山外的世界，自发为鹞子寨景点提名的共和国将军就达百名。我为这些献身的马匹叹息，也为将军们的风范钦佩，更为这条游道的建设者喝彩，是他们把鹞子寨的美景从幕后重新推向了前台，为张家界增添了一个新的观光休闲旅游产品。如今，这些建设者又变成了鹞子寨的保护者，担负着景区森林防火、环境卫生、景观保护、旅游安全等职责。我以为，鹞子寨盛产美景，他们成了美景中的美景。

不知不觉中，太阳已经偏西，我们怀着一种“一览众山奇”的自豪感和一份恋恋不舍的心情离开鹞子寨。下山是从老磨湾方向，这条游道相对金鞭溪上山游道来说多了些人气，也多了些文化含量，沿途的蘑菇路、大脚印、音乐路、弈棋坪、鹞鹰堡等每个精心设计的风景小品都妙趣横生，给人无限的遐想和有益的体验。

鹞子寨归来，收获的不仅仅是照片，更多的是快乐和感动。这种快乐，源于自然；这种感动，发自内心。

鹞子寨，等着我，哪天我一定会再来……

（发表于2009年9月《湖南安全与防灾》杂志）

山水之外的风景

邓道理

《文学风》杂志约稿，要求我们“七匹狼”的每个“狼”递交自己的创作经验谈。俗话说，“靠山吃山”，家乡张家界是我最大的靠山。那么，今天我就“靠山谈山”，在张家界的范畴内漫谈一些与文学的话题，不求大家都能喜欢，只求大家都不反感。

我是怎样爱上文学的？张家界的声名鹊起，与一篇文学作品有关。这篇文学作品名叫《养在深闺人未识》，首发在 1980 年元旦《湖南日报》上，作者是已经故去的国画大师吴冠中。正是这篇美文，让张家界的山水开始走出深闺，让尚在读小学的我对文学有了朦胧的认识。吴老先生曾在文中饱含深情地写道：“这里的秀色不让桂林，但峰峦比桂林更神秘，更集中，更挺拔，更野！”颇为凑巧的是，当时小学课本里有一篇文章叫《桂林山水甲天下》，激发了同学们对桂林山水的赞叹和向往之情。而在我心中，则升起了一个朴素的愿望，那就是希望以张家界为主的文章也能早日“搬进”学生教科书。也正是这个愿望，催生了我长大后要当作家的梦想。

我有哪些创作经历？进入高中后，我加入了学校的文学社，经常泡在阅览室阅读文学著作。高三那年，同学们忙着迎接高考，我却不知天高地厚将自己创作的文学作品向《湖南日报》投稿。结果那个黑色七月，我高考落榜的同时，收到了《湖南日报》的退稿信，信中只有一句话：“多读、多写，唯一的良师。”这封信虽然不长，至今还鞭策着我。

榜上无名，脚下有路。1992 年春天，我的家乡修了一条通向山外精彩世界的公路，我到这条路上谋了人生第一份职业：养路工。当养路工的第三个月，我创作的旅游散文《百丈峡情思》公开发表在《人民公路报》上。拿着有油墨芳香的报纸，我有些欣喜若狂，逢人就说：“我发表文章了，我发表文章了！”

处女作的问世，无疑激起了我向作家梦进军的热情。而一位文化人的出现，又几乎改变了我从事纯文学创作的轨迹。这位文化人名叫金沙，现在是湖南省著名词作家。当时金沙在武陵源从事新闻宣传工作，他站在培养本土宣传人才角度上建议我先写好新闻。在金沙先生指导下，20 年下来，我成了张家界颇具知名度的媒体记者之一，也发表了以旅游散文、纪实散文为主的近百篇文学作品，但文学语言却不断被新闻化了。

我在旅游文学创作上有哪些经验？首先是一定要深入生活。不深入生活，文学创作就只能空想。其次是辩证看待新闻与文学作品的关系。新闻是照相，旅游文学作品则是绘画。再次就是坚持“走自己的路”。我相信，在文学创作的天地里，只要坚持下来，一定会取得新的收获。

我还有哪些想说的？首先要说的，我少年时的愿望张家界早已实现，“江山也要文人捧，堤柳而今尚姓苏”。2001 年秋季，张家界本土作家刘晓平创作的散文《奇山异水张家界》，入选教科版九年义务教育全日制初中语文课本第 2 册，填补了教科书上没有张家界的空白。张家界从名不见经传到成功“搬进”教材，靠的是风景的力量，更是文学的力量。

第二想说的，文因景而生，景因文而名。在此，我想以一个张家界原住民的名义，真诚邀请大家多到张家界实地走一走，看一看。我相信张家界会让大家的文学创作更加生动鲜活，我更深信大家的造访会让张家界的旅游插上腾飞的翅膀。

最后想说的就是，无论时空怎么转换，不管旅途有多少风雨，我都会一如既往地热爱文学、拥抱文学，就像热爱湖南的“眼睛”、我的家乡张家界一样。不为别的，只因山水之间，风光独好；山水之外，风景更妙……

（此文发表于 2013 年 8 月《文学风》）

幽然苦竹寨

胡良秀

在毫无心理准备之下看到了那一排排倾斜的木房，古老的风火墙，古道上一块块光可鉴人的青石板，亲切之情油然而生，仿若回到了久别的故乡。深秋的古寨，黄昏比夏天来得更早，小街上行人稀少，整个古寨显得格外的幽静，只是山坡上的红叶似火，倒给这座古寨增添了些许闹热之气。

苦竹山寨始建于唐宋，兴盛于明清，距今已有两千多年的历史，“苦竹”在土家语言里是两面都是高山的意思，这与我对“苦竹”有悲凉的臆想相去甚远。

曾是千帆林立的老码头，商贾云集的闹市，小小一个寨子，商店、客栈、妓院、绣楼、作坊、当铺、戏院、庙庵一应俱全。

推开寨中心两扇朱红斑驳的大门，古老的戏台跃然眼前，粗圆的梁柱之上雕兰叠叶，两狮抱着木柱，注视着戏台，栩栩如生，想这，小小的戏院曾经上演过古镇怎样的繁华呢？仿佛间才子佳人正轻飞水袖，眉眼含情，字正腔圆地唱着岁月里生生不息的故事，台下尽是喝彩之声……牛哞唤醒沉思中的我，牧童赶着老牛从浅浅的暮色中走来，铜铃声和着脚踏青石板的节拍把古镇的静谧一点一点地敲开……此刻，古镇是虚静的，最后一缕阳光缓缓从山巅滑下，风漫不经心，若有若无，雾薄得像影子。

戏院对面的老宅子里，如花的少女正在天井旁侍弄一盆菊，夕阳的金辉洒在她身上浑如一副镶了金边的油画。最喜欢古宅的天井了，故乡的旧房子也是有这样的天井的，我曾在那片小小的天空下嬉度童年，特别是大雨滂沱之时，天井里蓄了大半池水，我便折了纸船放渡……

古朴素静的古寨身披暮色，让人心中似有些许期待。灯光从一爿敞开的木门里泻了出来，屋里老妪正在拨弄柴火，柴火烧得很旺，噼啪作响，火架上烧的红薯饭正在翻腾，问及她儿女，说是都在外面打工，老伴也过世多年了，儿女只在过年时回来小住。火焰映在老妪脸上，映照着她脸上的每道皱折，却掩不住她心上的那份落寞。想问她是否有刻骨思念漂泊和逝去的亲人，话到嘴边又咽去，一生之中，有多少情感是不必问也不能问的呢。

这时天空幽深而清远，几颗星星露出脸来。回头望去，火炕边的背影是那样的苍老而寂寞，多年之后的我是否也是这般光景？陌生而虚幻。这寨子的历史已有千年，人生会有多长？荣华富贵，喜怒哀乐又能把持多久？形如天井旁侍弄花儿的少女弹指间便成为火塘边的老妪，就像这千年古寨从前的繁华到今天的凋零，不过是千年一梦之遥，谁又能料想它日后的际遇呢？

离开时，一条狗用很抒情的吠声给我送别。暮色中，歪斜的吊脚楼很写意，星星点点的灯光像一双躲在门后的眼睛，烛照我的背影。

（选自《散文诗》杂志）

“八大公山”的风景

胡良秀

七眼泉

七颗少女之心，捧着春天的澄明，在挡不住的春光里，流出一河清韵。鸟儿展起希望，飞向远方，云彩在天空流淌。马桑树儿站在岸边，摇动风的语言，用柔情细语把幸福一曲一曲的吟唱。一相思鸟抛下的羽毛，被浣衣的女子蘸了七眼泉水，把给阿哥的情话写满了山坡倾满了河。纯净的澧水，深情的澧水哟，即便无人书写，也在历史的长河里流成了一卷土家人的原生态山歌。

千手观音

以千手拂开阴霾，用祖母绿把生命染出了风采，透过你指缝的阳光，如盏盏灯光照着原始的苍莽，谁在树下丢了一粒爱的种子，于是便有亘古如斯的寻觅，穿过期盼的心灵寻找这片净化灵魂的神林。用千手拨开冰封的记忆并系上月光的翅膀，将岁月击踏成了荒芜。只求盘桓在你宽大的佛掌，任你的温暖把世间的俗念淬成你手拈的一朵莲花，淌过风的万缕柔情，在转动的光阴里透出幽雅的清香。

肿瘤树

就这样坚定地站在丛林里不卑不亢，用沉默面对人们的鄙视、叹息与惊慌，既然命运无法选择，便只有坚持自己的信仰，把根扎进土地一点，把枝再伸展一些，让叶的舞蹈再优美一点，我相信以你对生命的尊重和对命运宗教般的领悟，即便只有一粒阳光，一滴月色，你也能活出生命的真谛，品出生命的滋味，并让自己绚丽在希望里。春光似锦，夏风绵长。你聆听着那些疲惫的脚步，判断着谁会是人生的逃兵，你倔强地淡然在自己的风骨里，用超然打磨活着的理想。

珙桐王

一见你我便地老天荒，仰慕在视野里延长，所有的云在我怦然心动的一瞬涌向了我，让我踩在石头或野花的脚步，一直保持琥珀的模样，我是水湄的女子，因此一滴露足以让我倾注一生。那些带着芬芳的往事，那些被牵挂打湿的寂寞，那些宁静里的喜悦，以及萌动在梦里的向往，都在你端庄而儒雅的目光里渐渐悠远，我知道我只有向远方走去，坚定地留下背影，或以一只鸽子的高雅，掠过你的心扉，在贴近你的一瞬华丽转身、毅然成行，这样你方能记得有一片翅膀，曾经划过你唇角的痕。天边依然云淡风轻，只一次邂逅便让我沉醉在你的风景。

午夜的月光

月光在月光的温暖里，山峦在幽静的夜色里，小溪蜿蜒在潺声里，我的目光起伏在延绵的山脉里，四周青黛无语，我看见了我与森林的距离，与花草的距离，与月光的距离，与梦的距离，于是我静了下来，直到把自己静成一棵树，静成深深的月色，静成一朵洁白的鸽子花。只有这样，我才可以手及山巅的雾岚，让心灵在这片原始森林里恣意地伸展，才可以深情地亲吻叶尖上一颗细小的露珠，不必在意世俗的概念，才可以像鸽子花一样，以纯净之态飞向自己的理想。这山谷的月色是多么的宁静优美啊，如果可以枕她入眠，不知道她会把梦绘出怎样的色彩，至少应该像今晚这般空旷吧！像一面古老的铜镜，把满天的银辉洒在山山水水，闪耀出梦幻般的光。

（选自《散文诗》）

黄石寨风景印象

胡良秀

夫妻岩

你的目光横亘在时光之上，淘尽铅华。太多的向往飘向你，一些被雨打湿，一些被风拦截，我的向往是其中的一束。面对你幸福而满足的面容，我反复地练习，我听到你们的窃窃私语，仿佛在说：傻瓜，人间情缘哪有想象的完美……

山谷很幽静，人们热切的注视正黄金般镀满神话，我困在这神话的边缘，想抽身退步，终于发现许多人因找不到退路而踌躇在传说左右。

佛掌峰

我只想做你的一根小指头，你最小的那个孩子。那么，我会看到其他的兄弟姐妹比我高大。当太阳从最高的指尖慢慢滑下，我知道她一定会普照我。此刻，我只有这一个理想，而她正经过我的每一个同胞。他们会把甜蜜或苦涩捎给我，我的生活会因此变得丰满一些。

但愿天不要黑得太快，让我在体验了喜悦、悲伤之后，能看清现实中的温暖与深切。我只想做你的一根小指头，你最小的那个孩子。

但愿你的佛心普度，而我还是只有一个小小理想，在我迷茫时求你借我一颗慧心和一双慧眼。

前花园

请在园外下马，请把马铃摘下，这里已不是点将台，只有相爱的人才能抵达。

我一个人在园子里等待，等着和阵阵松涛对语，等着与新鲜的露珠对视，等着享受一场雪后的天籁，等着与时光一起荒芜。

园外是遍地月光，我希望我相爱的人，她的手、眼、心都沐浴在月光里，她一切都是那么的干净！

因为等待着，所以我从未感觉心碎，我在一场场满天飞舞的风雪里学会懂得节制。如果你要进来，请礼貌地敲门，还要摘下你尘时的顶戴，尽管园子里也是姹紫嫣红、鸟语花香，但你在欣赏的时候，必须学会安静，只有安静，才会深谙思念……

这里，只有懂得爱的人才会真正的抵达。

梅　园

雪花把寒冷切割成碎片，一种意境诞生。

这样很好，我便可以长久地伫立在树下，赏期待的梅花，尽管还有冷风充斥世界，但梅花的宽容，已将它美化成一组组乐谱。

走在小径，我向梅袒露着心迹，那些黑色的伤痛，便在一阵阵清香里坠落……，无法企及你的高度，你和你的世界，我只能站在感动里伴你一生。

（选自《散文诗》）

江垭风景

胡良秀

寻梅古城

透过洞开的古城门，那枝梅就默默地开在梅花殿里。

想象总比现实美丽些。

踏着浅浅的斜阳，有幽幽的香气袭来，那枝探出头来的梅，树下是否铺满了落花？雨丝一线线地抛来，正好撞着一丝儿愁怀，忧忧郁郁的手势就这么定格了整个黄昏。

寻是寻着了吧，就在那座亭子旁冷艳艳地开着，在千年风霜的岁月里孤傲地立着……

似曾相识。

忽一阵晚风拂过，就这样，将一段愁思、一段往事与怅惘花飞烟灭了。

老街黄昏

散散漫漫的脚步，身边缭绕着黄昏最后一抹落日。

淡黄的沙岩石街肩负着老街的倾斜，在每一间老屋的灵魂里。

一个蓝衫儿的老妪坐在朱红的雕椅上，手抚着青花瓷盆里的鸳鸯兰，专注欣赏一段《牡丹亭》折子。梦中的杜丽娘甜美的笑容，一如那灼灼开放的牡丹。那水袖飘起又落下的间隙，昏黄轻轻地笼罩着红木椅，那哀怨而凄美的唱腔里，一如梦中的老人用衣袖拭着泪。

我痴痴站在这狭长而幽深的老街，把《牡丹亭》和老妇人的故事读成了一个风景。

温泉·月夜

在静谧中，我拒绝被月光拥抱。

我宁愿是一滴露掉进温泉。朦胧的月色是绝妙的背景。

可我仍只站在岸边，温泉之雾氤氲着淡淡的花香。诱惑一点一点向我靠近，我忽然听到柳丝儿搅动夜色的声音，正水袖般飘来，带着青草气息。几颗星躲在幽深的天空悄悄地笑。

我开始对这样的夜晚充满敬畏。

有小石铺就的路延伸，我无可选择地走在上面。此刻，能证明我存在的，只有月光，而我仍然拒绝它的拥抱。

溇水流长

似这丝绸般明净的湖水，方能容纳倒卧的山峰，那一峪一峪的幽翠被倾泻而下的花簇点缀成绝版的风景。

阳光正好，我选择孤独的方式，裹紧某一份依恋，然后将心情折叠成船。

那起伏的山峦，高耸的峻岭，那蜿蜒延伸无尽的溇水，一次次拉长我的目光。我终于肃穆地伫立在“阴门山”前，看她母性的目光怎样审视苍苍逝水。“南渡溪”的杆杆旌旗，始终未能叩开她经千年炼狱、阅尽世事沧桑的心灵之门。

看似孤独的万年打坐，在我心中，顷刻升华为一扇通往“佛”的门。

（选自《散文诗》）

诗意茅岩河

胡良秀

春天的早晨

我总是满怀希望地期待一个春天的早晨，两岸的野花在我将一颗石子投进茅岩河的瞬间随了那一圈圈的细细波纹慢盛开。我将能清晰分辨花的声韵怎样在倾碎如玉的流水声里舒服。我将能看懂每一片花瓣对着火红的朝霞扬起的期待，我甚至能猜透每一个花蕊在水鸟飞起的弧线上绕着彩虹般的幻想。

我总是渴望着能够理解茅岩河是怎样的一种爱抚摸朵朵微微颤动的花蕾，而阳光又是用怎样的一种激情把每一朵极小的花苗绽开。

我的希望和渴望总是被每一颗星星收藏，把它放在梦里，然后在某一个不被重视的早晨，将似锦的繁花，翠嫩的叶子，柔美的草芽，一一放在心底收藏。而这时，我真希望双手能触及的竹篮放满野花，而彩虹的薄羽，清香弥漫如紫的云朵儿飘过身边。

夏天的气息

茅岩河带着春天的音乐经过我身边时，我已闻到了夏天的气息，在两岸的翠色越来越浓，越来越密的时候，橡皮舟、小划艇已被热情牵着在河里荡来荡去，满峡谷的花草香味淡淡地飘绕在白花花的浪尖，仿佛这香是浪花儿吸取了百里画廊的灵气而散发。两岸的庄稼也借了这茅岩河息息的人气，在欢歌笑语间昭示勃勃生命。偶尔从村子里传来犬声，更吻合了远离都市的原始。有蝉鸣笛一如当年的纤夫号子回荡在河的上空。

岸上的黄昏

回头望去，那夹河高矗的石壁已被夕阳烘炙成一幅彩色的山水，先时的苍翠倒映于河水闪泛着嫣红，一叶轻舟随渔歌飘近，竹篙点击着卵石，响起一弯韵乐。雾霭撩起之时，壁立拔峰的峡谷深沉得异常哑静。捕鱼的鹭鸶忘记了寻觅，侧耳聆听晚风呢喃。树叶悄语，那鱼一尾尾躲闪着晶亮的眼睛，正在幽曲古朴的意境里酝酿爱情。

月下少女

少女将一头瀑布倾泻在水里，高洁的明月轻吻着水中一对清纯的眼睛，温柔的河水浅浅的从她红润的唇边流过，她的思念随缕缕河雾升起，在山腰凝结成云状的柔情。

少女缓缓地搓揉着秀发，像在牵着一根船的缆绳，试问隔岸的那条船儿，是否乘着月色摇橹而来…

纤道上的老人

老人粗粝的大手握着竹篙一样的拐杖，夕阳映照着他古铜色的脸，目光沿纤道的嶙峋寻找着每一个远去的日子，没有牙的嘴河床一样坦荡着，喉结鼓动，拉纤的号子早已随岁月远去。纤道上矗立的老人呵，你是茅岩河上永远的风景。

（选自《湖南作家》）

初识茅岩河

何　重

江河，就像是巨大的喇叭，向着海洋唱颂着大地的美景。

我还没有被带到河边。

我不清楚此处地理的概况。我看到的山峰比森林还茂密，围绕成褐色的栅栏，围栏里有很多庄稼，有人们的生活。每个早晨或傍晚，新经验新性格从不同的民居里跑进跑出。我想，这里的最宽泛的思考也难以超越村庄合围的界面。

我的推测或许与实情不符，但这并无大碍。给我冲动的是，马上就能找到一个小小的入口，扎进一条河流。

我徒步穿行于山地，不时地仰望，天空已布满云块，没有看到太阳微笑。不久，雨就落下来了。云朵和山际联袂状沉入雨的湖沼。就在此时，我看到了大河，为这条河的形状惊诧不已！河流划破群山、丘陵，近处是湍流；下游的端点上，有两只鹰在盘旋，一只飞向北方，一只在相对的南方逗留。在大湘西地域见到了这条高贵的河，她神秘莫测。时而在风景如画的境地散步，时而兴奋地向着洞庭湖奔跑。她负载苦难与和平，关山的阻碍不能使她解体；她有思想、有能力，管理属于她的一个水系，从不松开手指；她淹没一切，承受一切，孕育一切；她战胜了很多变化不定的因素，完成与下游的交接，从广大的武陵山脉向着原野流淌，没有她不能到达的地方。

这条河流生机盎然，无数动植物带来魅力和生命，尽管一长串的日子很多人在这里捕鱼，仍然没有捕完；这条河流并不因为索取而变得贫困，虽处复杂的丛莽腹地而不迷失方向。河流继续驰骋，富于弹性。出于对这条河朴素的爱意，我简直可以和那些鱼换位，这样好方便鱼儿观察，看我如何在不规则的曲波里来来往往。

就是这条以站立方式流动的茅岩河，与我的想象大相径庭。她没有单纯的秩序，不习惯在没有危险的平原上循规蹈矩，她选择的每一条路线都充满挑战。有时她会愈走愈高，一会儿耸出于地平线之上，一会儿又没入地平线之下。她不埋怨和偏爱，哪怕是一捧水的溪流，都似相好的人在同一条路上携手同归。在越来越密的雨的斜纹里，我听到茅岩河发出响亮的笑声，承接了雨水增加了她的动力。我打着寒噤而她却一路狂啸。人与自然常常骤生不同的感喟。

茅岩河从西北方向到来。在我注视下，她作出壮丽迂回后，便向南急拐。这一展现力量的惊人画面在每个转弯处重现，突决激荡，回溯往复。茅岩河正在一口一口地将我吞吃，使我成为她的一个旋涡，成为漩涡内敛之一瞬。

我打开窄窄嗓门唱歌，并且迎着浑浊的喧嚣，边走边唱。周围是爽冽的气息，两岸布满森林。这些森林长在大峡谷最危险的部位，没有能力掩藏暴烈突兀的绝壁。峭壁无休止地延伸，守着远近的边界。还留下一些鞭痕，巨大的岩石似乎疼痛得要立即脱落下来。披头散发的草本植物，湿漉漉地随风俯仰，一小撮宝贵泥土变得含含糊糊。

风好像是从河心使足力气吹过来，茅岩河更广阔的空间都变了形，起了褶皱，声音失去了节奏，动荡不安。刚刚才一会儿平静，粗壮的大风就从河上另一处波涛吹回来。不仅吹开我衣服，也撩起河之内襟。茅岩河喝醉了似地在我面前又摇又摆，打破了往日原则，敞着肋骨裸奔——就像古老诗歌中说的："远征的英雄经历过废墟，收复了失地，河床甘心为他设置了王位……"——我成了一名饥饿的艺术家，在大自然艺术的围墙里跌跌绊绊，以至于一时找不到合适的赞美。对于茅岩河，故作赞美毫无一用。正如这些年来我们觉察到人与自然互为彼岸。如果一条河流按熟悉的常态去表现，是一桩致命的错误。我庆幸茅岩河没有堕落成一条轻佻的河流（即沿细腻、轻快、甜美、扭捏的方向可恶地发展）。此刻我之所以向这条河流示以敬意，因为这奔突之狮不受拘束又兴高采烈。

此前，我很少见到这样有坡度的河流。急流自由自在地运行，不断抛弃坦途而选择形形色色的深渊，以舞蹈者的姿态跌落下去。我一边虔诚地与之沟通，一边在心里发愿。我联想到茅岩河帆张船跃、激情燃烧的岁月。在那段水运昌盛时代，船夫因对水势的渴望而急不可耐。船家老大拥有他们水上的日子。当水势衰微、船泊桨弃时，雨季复来，百里水路一片欢呼。幸福的茅岩河、快乐的茅岩河，宽恕了人们对她的曲解，解开了人们心头疑云。老大领头又一次举行了仪式，接着大家开始在整条河流上跳舞。人们回忆着以往细小的片段。为了少出事故，总得小心翼翼地探明变化了的航道。大家在睡梦之余又重新说起些与河流有关的趣事。他们在船舷上谈话，老人让妇女照顾孩子，让年轻人照顾船及家当，把物资一批批放进船舱，备上自制的烈酒，做好连夜出发的准备。太阳西沉，雨停了下来，奔腾的河水在一个河洲的两翼逡巡，这儿正好能够举行一个简单的欢聚，女人抓住这个间隙为即将出行的男人祝福。这时水上的船只越来越多，紧挨着连成一片。出发时大小船只次第放逐。船主仰面向天，表情严肃，有很多象征意义；女人担心的情绪再度膨胀，一旦男人消失，她们能做的是向着河流泣涕。一河的人几乎同时告别。这么多的船只在夜色中顺流而下，热闹而杂乱地哼唱，河岸景物轮廓逐渐模糊。这时，茅岩河之水凭着某种记忆以不易觉察的方式又一次流进女人血管，男人们的船成天全都行进在她们的身体里。

在这里，我看见了世界上最具说服力的河流文化风貌。湘西北巨大群山蓄积了充沛的水源，由溪流发端，形成两条大河流淌于湘西北大地，一条顺北坡而流，汇成清江。另一条沿南坡直落而下，经过横陈于大湘西的山脉丘陵，汇为澧水，投入洞庭湖。茅岩河是澧水上游最具成就的一段干流，以对澧水的突出贡献以及如此贴近沿岸少数民族，她当之无愧成为原始河流文化的代表。

沿途奇崛的景物，深远的传说，废弃的城堡，偏僻的村镇，为涉足者留下深刻印象。因为没有翔实的佐证，下述难免臆断。很早，土著人（庸人、乌人、火人、苗人、巴人等），一个半开化民族成为茅岩河岸边最活跃的一支。中原朝廷称其南蛮。他们有语言无文字，民族文明靠薪火相传。他们中的贵族抢占了丰硕地带，建立起小型城邦及倚水而据的城堡。只要稍有时机，首领之间就相互开战。与其说他们是为财富，不如说是为条河流打仗，争夺至高无上的土司王权。最强大的土司集团在百里水域内相继建起几十个连锁石堡、水寨。然而这类自治的统治不能实现长治久安。中原强大的皇权不忍坐视国中之国的现实，于是茅岩河在土司和皇权之间几度易手。封建皇帝最近的一次征伐遭遇当地土著义军的顽强抵抗，在一位有传奇色彩且英勇善战的首领指挥下，义军凭借弓箭和弩炮，扼守要塞，浴血奋战。终因内部激变，败亡。首领被俘蒙难。中原皇族征服者便在茅岩河境安置都护军，蓄意培植进贡皇朝的地方政权。

一个原生的种族经历战争劫难，归入民族融合的洪流。但其与茅岩河孪生的文明特征并未消解，牢固的传统文化之链尚未断开。又一个千年了，茅岩河从发端奔向未来。她的一切业绩，将在伟大时代反复呈现，金光闪烁。

（选自《湖南作家》）

只要河流还在

何 重

当你怀揣悬念，不知去向的时候，选择去西线。天空明亮，季节温和，路上有白描的图案，在丰满的思想里闪了又闪，然后一阵细碎作响。

一夜情

果然，三五里的平原显得特别开阔，从城里出来的人看到了农作物、山林、田野，忘记了纵横的街衢和村境时好时坏的城郊。根据我们今天看到的情形，在刘家坪一带，水田又弯又亮，被青翠欲滴的小山岗隔离，忽远忽近的散落开来。羊肠小道在田野之间，在高低不平的门户之间跳上跳下，炊烟带着浓烈的味道，飘来荡去，互相缠绕，像一顶蓝色的草帽悬挂在天空弧形的背景上。在一个古老的桥头，我坐下来，思考以什么方式开始我的谈话——我受到很多陌生目光的注视，尤其是老人和孩子，他们嗫嚅起来，没完没了——我必须得谈谈，以此减轻缄默的负担。我似乎被什么东西推了一下，跟随一位腰弯得厉害的老人后面，一步一步往前蹭。我靠近她，听到了她轻声的言谈。她背着空背篓，她说她今天要装些东西回家，到底装什么，关系并不大。我觉得眼前背篓很大，老人变得很小，小得看不清她的面庞。走到桥的另一端，再走两步，她停了下来，目光在桥下一丈见宽水面上搜寻。流动的并不是水，是争先恐后涌入老人眼帘的她所经历的几十年的事物。她嘴唇颤动，像混沌的波浪一起一伏，除了那个昼夜，她其他的年月都飘零四散了。

“我不会说话，我说话怕不受你听，我没有儿女，我的丈夫到队伍中去了，现在都没有回来。”我身边传来一声低沉的咳声，同时听到从混乱拥挤的心脏里传来喘息。

她是一位本地木匠的女儿，嫁给丈夫是为了生养子女，丈夫也这样想就娶了她，娶她的那天，天上星光如流似泻，已经是下半夜了，美好的愿望使他们窃窃低语。他们把欢乐的时间都睡过去的时候，一片神奇的亮光透过窗格直射他们的眼睛。翌日，大地轻轻地颤抖起来，他们结婚的生活开始摇晃，人们显得急促不安，驻扎于此的部队正酝酿一次大的行动，向远方开拔，一些军官正在集合队伍，忙忙碌碌，男人四下商量，绝大多数愿意应征入伍，随军转战，女人心绪又粘又潮，她们为部队做饭，为男人准备行装，她们先是对着自己的男人吵嚷，继而又细致地交待，直到晚上，她们手里提着马灯，紧咬嘴唇，为这支部队和自己的男人不停地做事。周围的气氛更加悲壮，到处是凝重激越的场景，火把点起来，一批一批的人从容赴军，旗帜在风中呼呼作响，山村鼓动起纵横万里的狂飙巨澜，战功在前方等着他们，英雄们期盼着胜利和凯旋，亲人按捺着隐痛，唱起了歌，为他们送行。老人就在这第一夜后送走了丈夫，她和大家一起流着眼泪唱歌，丈夫转过身向她微笑。

老人没有孩子，背着她的背篓，在桥头上走来走去，她曾和大家一样又哭又唱送走了男人，她看着自己的男人一遍遍转过身朝她微笑。

只要河流还在

我将在生命中安排一段时间，我要买一头牛，又造一只船，然后把她们带到一个有河又有田的村庄，我还要向村庄里借一盏灯，用火柴点亮它。晚上村庄里的人都来和我谈话，白天我在村庄周围活动，我把船系在码头上，就扛起锄头种地，船和牛不用的时候就让它们休息。

我把这段时间安排给苦竹寨。苦竹寨依山傍水，是个面朝茅岩河半蹲着的村庄。村庄里旧习不改，门窗都没有约束，时开时关，孩子和狗在房子之间进进出出，我可以跨进任何一道门槛而不受责备。我朝西头的院子走去，离一对夫妇越来越近，他们互相靠着斜倚在石墙的拐角处。她把手放在他肩上，男人很悠闲地晃动着双腿，表情模糊。阳光从右侧的屋瓦上切下来，上身闪着黄褐色的光彩，第二颗纽扣以下显得幽暗，他们可能为一桩日常小事发生了甜蜜的争执，男人漫不经心，女人佯装愤怒。他们朝我观察却并不把我放在心上，我转过身，继续走自己的路。

我看到一个孩子对一个老人大声说话，老人爬上阁楼，把渔网取下来，撒了一地，他们一前一后，吃力地往河边移动，像两只蚂蚁。我看到洞开的第一间屋和第二间屋有老人、小孩、丈夫和妻子围成一团，面孔对着门，从一个盆子里吃着一种糊状的东西。我看到几乎所有的人都带上长凳，在高高垒起的屋基下面的空旷处分散地坐下来，饮酒，讲笑，唱歌，谈天，讨论和决定村里的事情。直到想睡觉的时候，他们就在极短的时间里睡着了，夜光消失在浑浊的知觉里，在我四周，想起一片呼噜声。

有一位五十上下的人，他身体瘦小，每天只吃很少的东西，却能做超过别人几倍的事情。他是这里的村长，他懂学问，善于言谈，他只用两句话就介绍完了他的村庄。他说村里人最大的本领是把一天的时光拉得很长，他还说村里什么都不缺，只是缺少忙碌。他把我叫到他家里过夜，询问我整天在村里究竟想找什么。

“是的，我看到的都是我想找到的，我属于你们。”

“门并不关，确实如此，村里是敞着的，通往另一个村里的路也是敞着的。”他说。

“那你们的村庄为何如此特别呢？”我问。我为这个村庄能给人诱惑而感到兴奋，我相信他的解释不会扭曲我对村庄的印象。

“但是，他要这么特别不是我们的错，很多人劝我们把家弄到外面去，一家一家的迁徙，可是由于要离别与我们相处多年的河流，谁承头谁就得承担责任。”

“你觉得你们是用鳃呼吸吗？”

“这没关系，城里有我们很多熟人，他们四处介绍我们的村庄，佩服我们生存的能耐，尤其赞美祖先在水和码头的光荣历史，我们就笼罩在这个光环里，因此加重了我们的责任。”

“对不起，那现在是不是晚了呢？”

“这的确不好回答——我可以在任何时候和村庄握别，但我离开的时候迈不动步子，于是我又返身跨进了门槛——你会说我们有很多时间可供选择，都是因为没有利用好。”

“你们担心些什么呢？”

“村里人考虑不到那么多，只是恋旧，如果离根弃祖，在这里不会得到原谅。大家说只要河流还在，总有复归兴盛的一天。”

我不再为村庄着急。我刚来乍到，了解不多，没有资格赞美和指责。接下来又下了一天的雨，把村庄都泡软了。此时东风劲吹。顺着来时的码头，我找到了船并解开系在村庄上的绳索。

（选自《湖南作家》）

多情的金鞭溪

张念升

在数千年的历史长河中，你是一位被唐诗遗忘的深闺佳人，然而你本身就是深藏平平仄仄的韵律美。你打开了心灵多情的窗户，把你的诗思吐露，把你的情感寄予。大自然啊，你就是风采浪漫的诗人；金鞭溪啊，你就是热情洋溢的吟者！

那是千年蕴藏的佳酿，一曲曲陶醉在你的心湾，一川川流淌在你的梦乡。放怀了理想的翅膀，揽怀了世界的行藏。一团团云朵一片片绿叶一颗颗明珠一朵朵浪花被你深情撷取，珍藏在你的闺中秀阁，汇成了一卷卷幽雅的诗集。我想读懂你的诗语，怯怯地闯进了你的梦中视线，悄然地踏醉了你的心路历程。

我羡慕地翻开你的神奇扉页，那一行行天书已经用我的悟性来诠解。

啊，你是一位多情的深闺才女，那美丽的金鞭溪！

万古沧桑孕育了多情的艺术细胞，滋生了多彩的浪漫情愫，圆润了靓丽的青春曲线，满载了古老的动人传说，融进了唐诗的韵律，注入了春天的美妙音符。你，畅醉鸟语花香，千姿百态伴舞着群峰列壁。

踏遍一道道的坎坷搜寻一篇篇美妙的诗句，阅读一篇篇的诗句洒落一番番潇潇的风雨，经历一番番的风雨谱写一曲曲优美的旋律。

高耸入云的金鞭岩大写在你的诗情笔下。赶山填海途经此地的一代暴君秦始皇，侵扰了你美丽的故乡。被人偷换的金鞭倒插在你的土地上；赶不动的山岳就永远停留在这里变成远古蛮荒。年年月月的演绎，给世人留下笑柄；化作奇峰的金鞭，被世人称为金鞭岩；神鹰飞来呵护一方圣洁，从而也就把你誉为金鞭溪了。这就是你的自传，你的苍生罗曼史。

随着时光的逐流，你搜集了西天取经的神话，壮写了劈山救母的传说，凝聚了秀才藏书的经典，感化了双龟探溪的灵性，盟立了千里相会的誓言。你的每一首诗，都是靓丽的风景铺开的画卷。

你用你多情的韵味引诱了美丽龙虾为你织成了花袋，你用你靓丽的身姿征服了大山男儿的憨厚豪爽。

穿越远古时空，千峰为你顶礼膜拜；流连蛮烟荒野，百曲为你演唱风采。

你伫立在白云中，用你狡黠的目光窥视，用温存的蜜语挑逗，我心慌意乱；你沐浴在阳光下，用美丽的笑容面对，用妩媚的恋情依偎，我心花怒放。

我恋上了你的诗句，大自然的风采在你诗中洋溢。富有平平仄仄的节律，像高高低低的群峰在漫舞豪咏，像弯弯曲曲的水流翠绕长吟。我踏着你的春韵，欲罢不能地前行，几度山穷水尽，几度柳暗花明。

诗人的路啊漫长漫长，洒满阳光的路径心心相连，神游在你的相思梦里。佳人的情啊好深好深，布满音韵的情丝缕缕魂牵，缠绵在你的相思心头。

啊，你是一位多才而又多情的深闺佳人，那韵味流连的金鞭溪！

我欣然用我的诗兴唱和了你的平平仄仄，填补了唐诗在你身边历史的空白：

百曲婀娜绕岫长，千年神韵拂蛮荒。
春华载满苍苔路，秋水流连彩画廊。
留得云峰传说古，任凭风月梦魂香。
新诗应补唐人缺，吟醉溪山万物祥。

你听得笑逐颜开，笑得灿烂如花。你遇到了千年的知音，含羞地扭过头去。从此以后，你深情地与我携手，和我永醉诗情的国度！

啊，多情的金鞭溪！

（此文获湖南省“锦绣潇湘——2012年世界自然遗产与风景名胜主题征文”三等奖）

高高的瞭望塔

汪珍玺

若要登上那高高的瞭望塔，这方圆几县市，必然只有去那国家级自然保护区——美丽富饶的桑植县八大公山。

到过八大公山的人，不一定都登上了八大公山的顶峰，自然也就谈不上见到那高耸云天的瞭望塔。能亲临塔顶，体验“会当凌绝顶，一览众山小”的美妙意境，固然只是少数。我和其他几位年壮小伙，便是其中一族。

从八大公山公园管理处出发，带我们上路的是一位年过四十，看上去结实、稳重的护林员。他手里握着一把柴刀，健步走在前面。上山的路狭窄而陡峭，弯弯拐拐，望不到尽头。路的轮廓也不是很清晰，上面掩盖着厚厚的杂草树叶，踩上去沙沙作响。途中，方知护林员手中柴刀所起的作用。只见他遇到有挡路的荆棘、灌木，便挥起柴刀用力削去，砍出一些空间，让后面的游人更好走些。

依山而上，四周是茂密的森林，郁郁葱葱，峰峦起伏；即使外面是阳光灿烂，林子里也依然是幽暗深邃，雾气氤氲；珙桐树边，硕大的古藤紧贴着，徐徐缠绕，根部盘根错节，逶迤遒劲；山涧里，墨绿的青苔和着光溜溜的大卵石，默默地叙说着它的沧桑与古老；欢快的鸟儿们也来凑热闹，纷纷亮开嗓子，在这天堂般的森林里尽情地歌唱。这就是亚洲腹地最大的原始次森林。

越往上走，山上的风景越迷人。遗憾的是，几经攀爬，随行的姐妹们终于坚持不下去了。任凭你劝说，也留不住她们靓丽的身影。这时，护林员忽然想起了什么，他告诉大家，赶紧将裤脚扎进袜子当中，山上旱蚂蟥多，免得让它咬了。有胆小的赶紧弯腰将裤脚扎起来。我半信半疑，没去管它。便随着护林员继续披荆斩棘，鼓足劲爬过一道道险关。在经历了近两个小时的艰难跋涉后，终于到达了顶峰。

山顶确实不大，像个高高的锥形。站在山巅，身边就是高耸入云的瞭望塔。塔脚是钢筋水泥铸就，呈四方形，就十来个平方吧！钢铁织成的塔身足有四、五十米高，塔身里有简易木板铺成的梯子通向顶端。大家按捺不住内心的喜悦，我们手握护梯，依次小心翼翼地徒步登塔。随着塔顶的临近，心里不免掠过一丝丝胆怯，屏住呼吸，终于跨上了最后一步塔梯。

塔顶平台刚好容得下四、五个人，周围是铁栅栏，头顶还有一个遮雨挡阳的白色篷子。立在塔顶，极目四望，展现在眼前的是层峦叠嶂的茫茫林海；有满山红叶、霞光万道扑眼而来；有松林芬芳、山茶果香飘然而至；有轻风细语、涛声阵阵低耳徘徊，侧耳细听，似乎在向你讲述着什么动听的故事……此时此刻，一切都变得那么静美。

护林员用手指了指塔下不远处的小屋棚说，那儿就住着两位瞭望塔的工作人员，他们常年在塔上值班，日夜守护着这数万亩森林植被，以防火灾发生。往北去，林海的尽头就是湖北省鹤峰县。鹤峰？这个小时候常听爷爷说的小山城，今天终于展现在我的眼前，圆了我多年想看到鹤峰的梦。当年爷爷挑脚，从慈利出发，翻茅花界，过八大公山，下三都坪，上湖北鹤峰，往返好几百公里，走的应该就是这条线；还常听爷爷说，他们挑脚赶路，远处还会不时传来日本鬼子小钢炮的轰隆声。仿若间，眼前不禁浮现出爷爷和脚夫们长途跋涉在千山万水之间奔波劳累的身影，以及贺老总率领红二方面军将士与敌浴血奋战的激烈场景……

忽然间，一阵山风吹来，塔顶竟轻轻地随风摇曳起来。我们带着不舍和纷飞的思绪，离开这高高的瞭望塔，告别这片如今早已是旅游胜地的红土地。

（原载《张家界日报》《人民长江报》）

张家界的冬天

刘晓平

张家界三千奇峰、八百秀水，用“雄、奇、险、秀、幽”5字来概括，早已得到大众的公认。张家界的山水，称得上是风景山水的经典；游张家界，则成为人生的宿愿和幸事，韩国人竟以陪父母来看张家界衡量儿女的孝心。饱览张家界，可谓四时皆宜：春天，是大地充满灵气的季节，张家界此时的山水，充满着向往，它的每一座山峰，每一道水沟，都举着摇曳多姿的花朵，是表示对游人的欢迎，更是表达一种生命的意境；夏天，是空气膨胀欲望萌生的季节，张家界此时的山水，充满着遐想，充满着诱惑，它的一草一木，一枝一叶，都滴泻着生命的翠绿，装饰着每一座山峰，蕴含着人生的幻想和追求；秋天，是星月喜庆丰收的季节，张家界此时的山水，一样地走向深厚，一样地写满沉稳，它的山山岭岭，它的沟沟壑壑，在翠绿的底色中亮出火一样的红叶，抒写着热情，歌吟着成熟与奔放；冬天，是风花雪月般诗意的季节，张家界此时的山水，冷峻中透着温情，苍茫里饱含着魄力，它的一座座石峰，它的一棵棵岩松，都是一个个冰清玉洁的世界，都玉树临风般燃烧着，引发着游客的激情，而那些冰雪覆盖的小溪，流水在动情地吟唱，就像有情人心中的歌吟，最易撩动爱人的衷肠。我爱张家界四季的景色，但我更爱张家界的冬天，我爱在冬天里与张家界的山水对话，我爱在冬天里到张家界的山水间去畅游，去作一种思想的飞翔！

张家界的冬天并不寒冷，这主要是因为四周多高山，冬季多为晴朗天气，故区域小气候较为温暖，畅游张家界无须冒严寒，又可避酷暑。即使是雨雪天气，因为景区是一个高出的整体平台，小地形则是一块盆地，所有的景观就好比一个放大的盆景，所以在游历观赏的行程中，并无寒气逼人、冷酷加身的感觉。一旦遇上阴雨天气，景区因海拔较高，山地气候又特别明显，放眼望去，枝枝叶叶便都成了水晶般的世界，精灵奇巧的雾凇千姿百态，笨拙憨厚的灌木清纯天成。若是有雪降临，不管大小，山上立即便会是一个白雪皑皑的世界，恰似翡翠盘中堆砌着白玉，那些岩壁上的枯枝古树，此时又焕发青春，让人不由得想起两句古诗：“春来苔作叶，冬至雪为花。”我曾陪《羊城晚报》的一位朋友冬游张家界，她兴致极高地满山里跑，她说：“此山此景，人生头一回遭遇，可望而不可求，遗憾的是没有看到雪境里的张家界。”真是老天作美，第二天，我们在山上走着走着，天空便飘起了雪花，顷刻之间，便是一个雪花飞舞的世界，大地上石峰上树上身上的雪花，就像火苗一样点燃了朋友的激情，她情不自禁地面对着山野吟哦起来——

亲切而新鲜的雪花，落下来
在梦幻深处，在心灵深处
就像飘落的雪白的火焰
温暖我人生的境界
点燃我生命的激情……
雪花落下来，落满大地、石峰和树冠
丰腴着山峰、沟壑和想象
为诗意和行程增加了厚度，雪
清新，温暖，纯洁，冷冽
它是自然的语言，火辣辣的语气中
带着热情，还有看不见面的坚硬和锐利……

作为一个南方的朋友，见到如此美妙的雪的世界，她的激动和惊喜，完全是我意料中的事；而让我惊奇的是从不作诗的她，竟然即兴吟唱出如此语意双佳的诗作来。

雪中游张家界，你无需为安危着想，景区的工作人员，无论何时何地，都是游客的保护神。在我的记忆中，深深地记得2000年正月初一的那天，我与摄影界的朋友游张家界，每到一处，各种接待工作都井然有序，清路工人硬是在一尺余厚的积雪上，清出了通往每一个景区景点的道路，每一处易出事故的地方，都有工作人员守护。在天子山顶，我们遇到一群台湾游客，他们高兴地指着冰天雪地的景区景点说：“张家界山美水美人更美，张家界的雪景则是美上加美，每一座石峰都冰清玉洁，每一棵树都玉树临风，真是一个美妙的雪世界啊！”

张家界的森林覆盖率达99.7%以上，植物种类比整个欧洲大地还多。因此，冬游张家界，满眼里仍然是绿色的世界，这就是它与北方景观的区别。即使是冰天雪地，那临风玉树，那挺立的石峰，透过冰雪，仍然会展现出绿色，就像一个翡翠的世界。置身于这样的景致里，你的感觉不寒不躁，如早春二月，心如春芽。这时，你心随景移，兴随景起，你会由衷地感叹："张家界的雪景是多么美妙啊，铺天盖地的白雪像一顶巨帽，由苍松翠杉奇峰任意戴着，顶着，恣肆万千，目睹眼前景象，如在冰地里喝一碗滚烫喷香的鸡汤，血脉清爽，意驰神飞……

冬天去张家界赏雪景，游客不用自己为交通食宿多操心。如今去张家界，公路、铁路、航路三位一体，十分方便，市内去景区也已修成了高等级公路，返往畅通无阻。市内住宿，各类档次的宾馆任由选择。尽管景区山高沟深，路陡程长，但游客无需为劳累担忧，景区内已建成两条上山索道和一条上山升降梯，上黄石寨、天子山、袁家界等核心景区，只是一瞬间的事情。即使在山上走累了，随处可以叫一抬滑竿，轿夫都是些训练有素的精壮青年，他们可以抬着你慢悠悠地一边浏览着雪中的景致，还会一边为你讲些民俗或是一些山中的故事。他们会为你嘘寒问暖，宁肯自己多吃些苦，多受些累，也会做到让游客舒心满意。这时，你还不心旷神怡么？你浑身会涌起一股股温暖的感觉来。

朋友，下雪时，到张家界观雪去！那是一场雪白的火焰，将会点燃你生命的激情和幻想，那些个性的石头和倔强的树，那里特有的民俗风情和地道淳厚乡民乡情，将会成为你生命中人性修养的参照。

（选自 1997 年 9 月 8 日《人民日报·海外版》）

梦幻金鞭溪

刘晓平

在我的记忆里和心目中，金鞭溪已不是一条单纯的小溪，她是一条永远跳动的脉搏。因有她的存在，张家界的山水便活了，整个山水画的境界便有了活生生的灵魂。她从开始，便充满着童话的色彩：涓涓细流，穿密林过石罅，躲躲藏藏，一路悄悄细语，结伴而行，就像一群天真快乐的孩童，无忧无虑。当她一旦汇流成溪，瞬间便变得大胆和爽快，大大方方却依然清清亮亮，那么纯真，那么洁白无瑕，细语清唱，宁静地走向远方，走向充满诗意和梦幻般的境界。

梦幻的金鞭溪总是如诗如画，美丽幽静得让人生出些不太真实的感受。这里的时间不曾流逝，浓缩了一万年如初的气氛；这里的意境也没有改变，山水树木，花草虫鱼，依旧的形象依旧的前缘；人世间改朝换代的喧闹，全都绕开了这峰林溪水的宁静。真乃奇山孕育出异水，异水滋润着奇山！我曾对同游的你说：不管来生你是山我是水，我们当此山此水，永远地相依相偎，作高山流水知音。

这里的鸟声变得朦胧，桨声吱呀在想象中，渔歌漂泊在渴望里，乡愁被葱郁的岩壁林遮严，被猿啼林涛挤得没有踪影。走在暮色合璧的深处，感觉成多层次的联想，前无人影后无人声，人便若孤鸿；而微波如语的小溪，让人置身幽静的溪谷，恍若于家。

这里的水清有鱼。那清溪里的瘦鱼，似《离骚》古风喂养一万年也长不大，一亿年也不会老；以“我是鱼你也是鱼”的意境，喂养我们今天的诗人和游客。当你来到潭水边，坐在温暖的岩石上，眼底便拾起易碎的水花；风在两岸的青枝绿叶上飘摇，瘦鱼纷纷从每一个石缝游向你，钓你的欢欣也钓你的时光；渔火便慢慢地模糊于你的脑海中……抑或你远道而来，于静泊的潭边倚一方纯情的岩石，流水的心境便可洗濯你一路的劳顿和凄惶。还可以静静地等待，在静静的等待中，有偶尔的愿望游离于透明的水底；恍惚之中，鸟儿衔一枚青枝栖于你的额上，陪您一同静观水底的渔火。那是一种怎样虚幻的温柔啊！

那溪谷水浅水平，林林总总的奇峰异石，构筑成一幅峰峦叠翠映黛流、缭青萦碧的山水图，倒挂于水中。倘若微风吹来，静息的水态泛起幽蓝的绿波，远处溪涧豁开，岚光倒出，丹岩青林，呈一帧幽邃如画的写意。慢步溪畔，眼底是奇峰倒影，头顶是蓝天白云，身前有绿树奇岩，身后有游人如织，好一味浪漫的情趣。

那景那树，平生哲理，让你俯拾诗意，平添情怀……

金鞭岩，一个让人解不开的斯芬克司之谜，让你如读一帧年代不详的达摩岩画；年久失修的历史古栈道里，你也无法寻找到关于它的正确答案。人们便用一种圆满而又残缺的逻辑编纂成一个秦始皇“赶山填海”的神话。这一片亿万年前的海洋被填成撼动鬼神的奇岩峰林，秦始皇的那根“赶山鞭”（金鞭岩），是折射数百个世纪的奇观！

“劈山救母”的故事，通过日碾月磨，那种聚而不散的悠悠情浩浩气，越加光照人生！而“太白醉酒”千年不醒的形象，更是撼人心怀；长髯飘拂，似睡非睡，侧卧的面容清瘦如仙骨，清醒的渴望在无声的岁月里碎裂。侧卧的仙骨已成岩石，石上凄鸟高飞，石纹里隐约传来深幽的梦语，那些渴慕成仙的人们知道吗？太白醉酒的梦中，最深情而凄婉的歌唱，还是属于他那颗禁锢已久而无法解脱的心！

我曾伫立在“三楠抱石”之前，想象着石上的三棵楠树是怎样的伟大；在没有泥土温暖的梦里，他们是怎样枕着冰冷的石头，弹跳出自己嫩芽温柔的舞姿的；仿佛看到了玲珑的春雨，是怎样敲醒了一个也许会很长很长的梦。在潮湿相濡的日子里，它们在一片温馨的蛙鼓声中，窃窃私语一阵，悄悄长高一分；倘若在那焦渴的灾害季节，它们又是怎样同舟共济而渡过难关的呢？我的思绪瞬间便从一个萌芽的季节，跳越一个过程，到今日“三楠抱石”郁郁葱葱、亭亭玉立的形象，得出这样一个哲理——世界上，再也没有一种力量，比渴望生存的力量强大！人如此，动植物亦不例外。

金鞭溪中段，有一棵“合欢树”，真把人间情世间爱的意蕴抒发得淋漓尽致。我对伴游的你平生感慨地抒发道：“我本想做你身边的一棵树，摇动夏日的清风梳理你的秀发，舔起冬日的阳光，吻酽你的喜泪；朝云暮雨与你厮守，夕露晨昏与你濡沫。”我无法控制住战栗的情感，对你发誓：让我们紧紧抱在一起，就像搂回一堆流逝的日子，让岁月浸泡出酸甜苦涩，看世态炎凉冷暖……

而最让我感动的还是那千里相会，人间自然本是一脉相通的啊。当思念成一根长长的纤缆，期待成一支瘦瘦的船歌，春来秋去的雁阵，是你写在蓝天的幽怨么？许多经寒经暖的日子，在旷旷的相思里颗颗滴落了。这样地相思着，便从那波峰浪谷中抖落一身的水珠，呼天抢地朝你奔来；便从那沉默孤寂中挣脱一身的失落，拐山绕水朝你奔来。从天边来，从日边来，千里迢迢朝你奔来！相会的一刻，河水凝固，石山痉挛，花草于悲哀之梦中颤抖，鸟儿于孤独之树上苏醒，歌儿在心里开放！相会的一刻，身边有山，远方有水，你那痴凝的目光，在山水间织一张密密的网。目光背后躲着的盈盈泪水，穿透时空流成一条汩汩的小溪……我从此再不忍心离开你，让那别离的过去积淀成干涩的记忆，我们就这样厮守着，让也许感人的故事，喂肥岁月里一个个传说……

（选自2005年9月25日《文艺报》）

秋谒阴门山

石绍河

我无缘去游叶梦笔下的羞女山，却在一个秋高气爽的日子，与几位朋友一道，拜谒了澧水河畔的阴门山。

从人潮溪码头上机帆船，往下行半个小时，即到阴门山。因下游江垭水库下闸蓄水，澧水没了往日的桀骜不驯，静如处子的碧绿挤满河道。机帆船发出“突突”的单调吼声，很平稳地走在绿缎上。舵手是位饱经风霜而快乐的老人，他一边稳稳地掌着舵，一边给我们介绍着沿途的景色，说一些令人捧腹的笑话。

机帆船行至一河湾熄了火，舵手从驾驶室走出来，笑眯眯地对我们说：“大家看看，对面的山像什么？”然后用手朝对面一指，我们顺着他手指的方向望去，见是一座高约500米的山兀自立在面前。我昂着头看了好一会，还没有看出个究竟。一位同伴眯眼望了一会，脱口而出：“像女人的外阴。”经同伴一提醒，再仔细看去，果真像那么一回事。我猜想，这就是当地人所说的阴门山了。一问掌舵人，果然，掌舵人说了声：“你们慢慢看。”便提着塑料桶给柴油机水箱里加水去了。

阴门山的中部有两条凹进去的沟谷，长约200米，一深一浅，一盈一亏。沟谷的上部是一片茂密的枞树林，黑森森的，让人很容易联想到神秘的遮挡物。沟谷的边沿是蓬勃的芦苇、芭茅，正抽着银色的穗，秋风一起，银色的穗随风左右倒伏，沟沿忽隐忽现。一道流泉从沟谷深处飞逸而出，叮咚有声，直入溇水。

舵手加完水后站在我的旁边，他指着流泉落下的地方。那地方叫玉液峡，潭深水碧，堆花溅玉，岸边长的树木花草，长年受流泉飞沫的滋润，有一种奇异的芳香。男男女女只要沐浴或饮用这流泉，嗅到这种芳香，就会心醉神迷，内心涌起种种渴望和冲动。听他这么一说，几位同伴都跃跃欲试，想把船划过去淋一淋，我劝住了他们，毕竟天气有很深的凉意，我们又没有带更换的衣物。

因了这山的灵气和这水的滋养，阴门山下的村落被人称为“美女窝”，世世代代出美女。道光年间，不知宣宗皇帝怎么知道阴门山一带气候温润水土宜人，是出美女的地方，便打破在吴越一带选美女的习惯，派出后宫太监，由北向南，过长江，涉洞庭，溯澧水，到此选美。这里真是美女如云，后宫太监喜不自禁，经过严格挑选，最后一名叫秋娥的少女被选中。红颜薄命，秋娥这女子一路上舟车劳顿，加上水土不服，还没到京城便一命呜呼。后宫太监也不愿再受这份劳累，便就近选了一个女子带入宫中交差完事。从那以后，朝廷再也没有来人选美了，倒是这一方女子依旧标致水灵，一个个赛似天仙，年年岁岁，花开花谢。我问舵手是否真有选美一事，舵手露出深深的惋惜，哲人般地说：“命里有时终须有，命里无时别强求。秋娥进宫了，这一带的人不都与皇亲国戚沾边了？可惜这孩子命太差，连皇城根都没见到就死了。”

站在阴门山前，我忽然想起那年在大理州民族博物馆参观时看到的一幅照片，照片是石钟山石窟里和佛像供奉在一起的女阴石雕，当地白族人称它为“阿央白”，意即婴儿的出生处。当初看到这幅照片，我觉得比较奇特，便问讲解员小姐，讲解员小姐说是门，我再审视，恍然醒悟，这的确是一道特殊的门，每个人都是从这道门来到人间的。在神圣庄严的佛窟里，雕凿者居然创造出这样的石雕，而且坦坦然然敞开着，接受千万人的拜谒，毫无亵渎神明之意。阴门山和女阴石雕，一个天然，一个人造，但它们都象征着生命之门，神圣之门！

近日翻读古籍，看到了几则与阴门山相似的记载，不妨抄录于此。

清人袁枚在《子不语》的《牛卑山守岁》中说：

广西柳州有卑山，形如女阴，粤人呼“阴”为“卑”，因号“牛卑山”。每夕，必男妇十人，守之待旦；或懈于防范，被人对以竹木杆抵之，则是年邑中妇女无不淫奔。有邑令某恶之。命里保将土块填塞，是年其邑妇女，小便梗塞不能前后溲，致有伤命者。

清代清凉道人在《听雨轩笔记》中写道：

自梧州之南宁，挂帆西上，路过砧板塘，遥见塘之南岸，有奇石数峰……石前二丈许，有涧一条横其前，向南迤北，而涧口临江处，则一巨石蔽之，高与岸等……中通一缝，酷似女人之私，涧水自缝中出，而入于江，其上小屋数间，俯临涧口。舟人曰：此名留人洞，离此上里许，为相思村，涧水所自出也，人或塞其洞口，则阖村妇女皆腹胀而不能溲，故设此巡视之所，村民轮流守望，相沿旧矣。

我不知道有没有堵塞阴门山洞口后妇女腹胀不能溲的事发生，回来后，查过新版《桑植县志》，竟没有阴门山的片言只语，心中不免有些遗憾。

不管志书上有无记载，当地人对阴门山都是顶礼膜拜、视为神明的。传说有不孕的妇女，只要夫妇双双跑到阴门山下烧香跪拜，就会赐子予他们。放荡不羁的排客佬，到了阴门山前，野性自会收敛，把木排泊到岸边，极虔诚地面对阴门山，在河滩燃起香烛跪拜，祈求神灵保佑，平平安安。溇水虽然凶险，但有这神灵的庇佑，放排佬都能一次次逢凶化吉，死里逃生。有那个愣头青不信邪，在阴门山前停也不停，飙滩而过，最后非死即残。

舵手告诉我们：在离阴门山大约四里的对岸，还有一座山，山中有一巨石横逸而出，恰似一阳刚粗壮的男性生殖器，遥指阴门山。当地人说，每天拂晓，薄雾绕山，一丝游雾把两山连在一起，藕断丝连，缠绵悱恻，情深意长，从不间断。受两山的影响，两座山下村寨的男女经常木叶传情，山歌应答，演绎出一个个或凄美冷艳或风风火火或张里张狂的风流故事。阴门山下的男人们受不了这份气，便在一个月黑风高夜，带上火铳，划着小舟，来到酷似阳具的巨石旁，击毁了前半部分，阳具石受伤后，流血不止，染红了半条河，鲜血一直流了3年。后来一位得道仙人路过此地，看见阳具石痛苦的模样，善心大发，治好了伤痛，阳具石获得仙气后，比先前长得更粗壮坚硬。早晨，河雾照样把两座山缠绕起来。

听完这个故事，我觉得山石尚且如此，人的天性更不可扼杀。“窈窕淑女，君子好逑”，人之常理，对河两岸的风流故事不足为奇。

有一群开发旅游资源的人，一日忽然发现了溇水的峡江风光，探得这两处充满神秘色彩的景点，觉得实在有开发的潜力。写了文章，拍了录像，照了相片，阴门山一时炒得火热。但这些受中国传统文化影响极深的人，却嫌弃阴门山这个名字粗俗直露，一点也不诗意，一点也不含蓄，便擅作主张，将呼唤了几百几千年的阴门山改作了玉女山。对玉女山这个名字，我其实不以为然，未必赶得上阴门山这么原始，这么野性，这么神圣。大自然都能坦坦荡荡地把最隐秘的地方亮给人观看，进入高度文明的人类，又何必有那么多忌讳，有那么多遮遮掩掩。阴门山，多自然的名字，多率真的名字。

机帆船又“突突”地吼起来，我们慢慢地离开了河湾，离开了阴门山。行不久，看到了绿树红叶中的吊脚楼，看到乳白色的炊烟。河边，有几名中年妇女在洗衣，木棒槌在洗衣石上，发出“嘭嘭”的闷响，声音贴着水面传出好远好远。舵手见洗衣的妇女，顿时来了精神，亮起嗓子吼起山歌：

叫声妹来喊声妹，
昨夜吃了你的亏，
上坡好比鬼扯脚，
下坡好比打闷的鸡，
魂魄丢到妹那里。

唱完，舵手发出一阵浪笑，斜着眼睛看岸边的动静。

岸边洗衣的妇女也不示弱，有一个站起来，清了清嗓子接了声：

白布衣服扣子多，
解开扣子让你摸，
去年摸你骨头少，
今年摸你骨头多，
你在外乱嫖怪哪个？

一阵笑声和着绿波传过来，舵手没有讨到便宜，便闷不作声，一门心思开船去了。我看着舵手假装正经的模样，心想：他年轻时肯定是条溇水上的风流汉。

机帆船渐行渐远，阴门山在我们眼前模糊起来。

（此文发表于《中国国土资源报》）

大山的倾诉
——沈从文缱绻张家界

金克剑

好不容易挨过了漫长的等待，县府头头们总算告辞，就见沈先生站起来，对早恭候于门外的几个崇拜者连声说："进来，都进来。"我们便惴惴地走向他，他则微笑着向我们伸出双手——极恭敬地握着。我诚惶诚恐，说："先生，以我目前在文学上的成就，是不配见您的。"他马上纠正说："不拘文学，不拘文学，凡青年我都喜欢的。"话就从青年讲起，他说："离开湘西已50多年了，那时，我也是个20郎当岁的青年，呆头呆脑在人生的赌场上下了一盘赌注，不曾想，"他感慨地摸摸满头银丝，不无感伤地吟道，"莫老莫还乡，回乡痛断肠……"

透过那深度老花镜，我忽然发现先生的眼角似有泪珠在闪，我心里一沉，先生一定触动了什么心事。听说先生刚回故乡凤凰，在杨家祠堂听乡亲唱傩堂戏时，他也哭了。他好浓的一口凤凰话，但是，说话已不那么敏捷，声音细且发抖，举止也欠灵活。我意识到与我曾在心中描摹的形象已相差甚远。旁边那位叼着烟斗、外形颇显精明的壮年人，就是大画家黄永玉，他的健谈豪爽与先生的文静含蓄成鲜明对照。黄永玉说："表叔只读过小学四年级，比文盲强不了好多。湘西人出了门，之所以能混出点名堂来，是因为刻得苦，泼得命。"沈从文摇摇手说："我没搞出什么名堂，几十年前写了些东西，全是习作、习作，你们莫听他的，莫迷信我。"黄永玉这次是专为长影拍"画家之乡"回老家凤凰的。他说："表叔从美国讲学回来不久，香港又刚出版了他的那部大书《中国古代服饰研究》，心情很晴朗，便一行结伴来张家界看看。"我这才知道，同行的还有先生夫人张兆和、著名画家黄永厚、黄永玉妻张梅溪及他留学美国、意大利一双儿女等。"表叔今年要吃80岁的饭了，他老是强调老不中用，担心给人家做包袱，是我一哄二拉三强迫给逼到大庸的。"众人一齐大笑，他也笑，竟笑得一脸孩子气。

“侃”到10点多钟，我和一位文友送沈老休息。因为有一段烂路，又无路灯，就于他左右扶定，架着他慢慢走去。刚走几步，他突然神经质般甩开我俩的手，说：“快莫这样，快莫这样，这种样子，就使我想到坐‘土飞机’的事了。”

“土飞机”——这个在特殊年代发明的新名词，听了无不叫人毛骨悚然。我感觉到他在轻轻喘息，周身像打摆子样颤抖，一副惊魂不定的样子。我突然想到一种叫“迫害狂”的病症。好像先生曾讲过这句话：“迫害感且将终生不易去掉。”

先生，您有创伤原在我意料中，却不知有如此深刻啊。

翌晨，突然下了一阵暴雨，谁知一登上张家界，天空破涕为笑，万千石峰石柱洒满光斑，山涧沟壑，则轻染雾霭，很有点意识流的味道。我们紧随着先生一行，溶进了滋润的金鞭溪。

先生被那一座连一座拔地而起的石峰石柱倾倒了，连说：“好好好，这是哪样搞的，长这么多石笋子。”他边看边指点，有时，对着一座座类人类物的山峰沉思，好像在寻找一种能够沟通二者间情感的最妥帖的句子。小桥对岸是林场工人居住的吊脚木楼，檐前溪水潺潺，楼后翠色逼人。先生回头对张兆和说：“你看你看，这是一幅湘西风情画。我笔下的湘西就是这样子的。”

我注意到沈夫人的一举一动，虽是六十七八岁的人，但昔日的风韵仍能寻找到一些影子。她对这里的一切都表示出好奇，连木屋的建筑结构都看得很仔细。她说她正在编辑《沈从文选集》，要借这次省亲的机会，补上湘西一课，以便对作品作出准确的注释。她还向我讨教水碾的构造原理，土家族人的生活习惯、民族心理等。我早知道沈夫人原是《人民文学》的老编辑，1934年《文学季刊》发表了她的处女作《湖畔》，在读者中产生广泛的影响。沈夫人说，先生一生的作品多达700余篇，但许多作品已搜不全了，不少作品还是托人从美国、日本及东南亚一些国家索来的。1953年，先生的作品几乎全被付之一炬。我曾到一些图书馆拍照、影印，都遭到拒绝，看来，编全集很难。

我们就这样边走边谈，一会儿被一条小溪挡住了路，溪水上罗列数步石磴，远看，就像钉的一排纽扣，湘西叫它“跳岩”。先生一下乐了，就要过跳岩，我们怕他一失足成千古恨，要脱掉鞋袜背他过，他不服气，说：“莫莫。我自个来，自个来，这几个岩头都跳不过，还算么子湘西人啰！”细一想来，先生的一生，不也就和过跳岩差不多？但如今毕竟不是往日漂泊沅水闯码头的弱冠少年郎了。先生终于力不从心从跳岩上跌下溪去，湿了脚湿了裤，说时迟，那时快，我和朋友迅速跳下溪搀扶住他，而他仍那样一脸笑："不碍事，不碍事，张家界的水凉得咬脚！"他还极惋惜地说："我真想就坐在跳岩上，让两只脚片子造出一团水花来……"我读得出先生脸上充满了对童稚对故土的刻骨怀念。

"那么，"我斟字酌句说，"您认为中国当前文学的情形怎样？"沈夫人赶忙插一句："先生素来不大喜欢谈政治，"她说，"先生一辈子都很规矩地做人，不害人更不杀生。"先生似乎答非所问地笑着说："就好比这山中的杜鹃鸟，嘴角喊出血了，也没见把山喊崩喊瘦，而山们仍以博大的胸怀去温热它，让它和山中的其他鸟儿一道唱，这样便达成了另一种和谐，这就是自然。"

于是看花。

沿溪行，路边遍开野花，龙虾花、蝴蝶兰或游或翔，极富动感，先生说："妙就妙在神似而形不似，不叫人一口报出名目，然只要细细玩味，也还是能叫得出名儿来的。最好是欲说又怕说不准，那效果更佳。"说者无心，听者有意，这位寂寞了30来年的大作家，原来做文的"贼心"还未死啊！

诡奇怪诞的石峰，一座连一座扑面而来，远处一石柱棱角分明如金鞭直插霄汉，不知是谁蘸着太阳淬了火，灿烂如金，辉煌成一种壮观。其对面则是被溪色醉醺了的罗汉峰，河柳依依，让流水染得翠滴，林中有画眉在叫，先生眼睛忙不赢，口里就吟："一溪峰林垂杨柳，十里长廊听画眉。"这是一片远离了人类喧嚣与争吵的净土。先生环视四周良久，就在溪畔择一石头坐了。就在那一刻，我突然发觉先生在掏手绢，这是男人之泪，一个大智大慧者无言的倾诉。

为了赶时间穷尽那条长长的金鞭溪，我们招呼先生动身，可他就是坐着不动。他眼眶湿润润的，喃喃地说："我不想走了，这里美，这里好，就让我在这里住下来吧。"沈夫人嗔道："您这个老顽童。"便像妈妈哄孩子般动员他起程，见他那般的执着，一副痴傻的童子相，也就什么也不说，默默地依偎着他坐下。这时，我们也都远远地坐下来，连大气都不敢出，生怕扰乱了山谷的宁静，扰乱了先生与溪水细诉与鸟儿对话。八十岁坎坷的人生路，也实在太累太累。

此情此景，我不由为这位"只靠自己一大堆作品在国内国外站得住的文学家，一个中国少有的在全世界面前能够代表中国的史学家"（黄永玉语）过早地结束文学生涯而一头钻进发霉的绫罗绸缎破砖烂瓦青铜古画中打发日子表示扼腕叹息。我作了一百个“假如”，假如他 30 余年仍笔不辍耕，我想那必是另一种情形。而他却淡淡一笑，说：“这恰恰是我的得意处，或叫不幸中之大幸。”

提起那不堪回首的往事，先生也只是微笑，一如用简清的手法淡泊了人世间些许恩恩怨怨得得失失。于我，心中却升起一种莫名的情绪，无论从文学的角度，或是从物质文化的角度。我不知道这到底是否叫“失之东隅，收之桑榆”？

第二天是个阴天，按计划登黄石寨。先生拍拍腿子，不无遗憾地说：“脚力不济呀，就叫小张代我多看几眼吧。”昨夜我们谋划了许久，拟请先生为张家界留点墨宝，既然上不了山，正好把这事办了。我们便将草拟的 20 多条景点题名和文房四宝奉上桌来。先生说：“我写字怕见得人，人家一围观，手就跳。你们都上山去，我在家慢慢写，写了再给把你们。”

到下午回来，我们推开先生居室，见他仰躺在沙发上养神，额上淌着汗珠，桌上有一叠写好的字，地下丢了一些纸团团，不用说，这是他认为不满意的。先生听到动静，一下坐起身来，微笑着说：“都辛苦了吧？快坐，坐。”我心里一阵热。先生心中总装着一个博大的“爱”字，他见沈夫人精神不倒的样子，就嚷着要她快把“代”的那份感觉给把他。尔后，他就借这份“代”来的感觉，信口吟了一首诗：

险极腰肢寨，
幽深金鞭溪。
更上黄石寨，
一览众山低。

时间很晚了。临告辞，我憋不住向先生讨教关于创作的“真传”。他想了想说：“我向来主张小说莫霸蛮与政治扯在一块。你干预了生活，生活必然要干预你。”还说：“作品最好不加个人议论。要写出作品背后蕴藏的热情和作品背后隐伏的悲痛。一句话，要叫读者去感觉，去回味，去想……”

5 月 31 日，沈从文先生结束了为期 4 天的张家界之行，就要回凤凰老家了。临上车，先生不断重复着一句话：“张家界太漂亮了，二天我还要来的，还要来的……”说这话的时候，我看到他在不断揩拭眼睛，他又哭了，哭得送行的人都不忍直视。大家都明白，先生此行回乡，怕是“辞路”来的，分别即是永诀。

张家界人记住了中国本世纪最伟大的乡土文学之父沈从文先生回大庸的日子：公元1982年5月28日。

（选自《张家界》杂志）

大自然的史书

王成均

走进国家级自然保护区桑植县八大公山，只见群山巍峨，绿海苍茫，250 平方公里的原始森林展示无尽的生命张力。

这是一部让人心颤的史书。无边无垠的绿意是她的封面，成千上万种动植物是她的内蕴，300 多处景点是她的精华。谁能从第四纪冰川幸存下来，谁能称得上“珙桐王”，八大公山国家级自然保护区会让你得到满意的答案。在这里，1676 种维管束植物、168 种脊椎动物、2599 种昆虫是永远的主人。春华秋实，寒来暑往，这些主人以自己的生存方式繁衍着族类，当外界人类的杀戮和掠夺一天天宣告物种的濒危消亡，而八大公山自然保护区以其“世界罕见的物种基因库”吸引了国内外专家、教授来此考究物种的源。一年复一年，八大公山张开爱的怀抱，包容慕名而来的探险、考察、观光、猎奇、度假、避暑者。仲夏，经第四纪冰川幸存下来的“活化石”珙桐盛开着美丽的“鸽子花”，状如成千上万只白鸽栖落枝头，默默告诉人们岁月的沧桑巨变。而距今一亿年的我国独有的木青树成为历史的直接目击者。面对数千年轮的木青树、银杏树、珙桐树，我们不由自主想到人生的短暂，时间的宝贵，生命的来之不易。

这是一部令人激动的史书。自然的美轮美奂丰富了人们的想象。在八大公山保护区，有一泓“半亩澄潭、一汪绉绿”的天然浴池，因碧溪房丛生着黄似琥珀、紫苏葡萄、白如象牙的“龙虾花”，无数奇花异草散发着芳香，弘漫四周，形成一个自然的“香池”。于是，这池便成了仙女池，美丽的七仙女常常下凡来此沐浴。在保护区天平山北麓山顶，生着一块一丈见方的巨型青石板，大自然在这里给人们留下了一个巨大的惊叹，布满墨绿色方形的棋盘纹路，四周各有一方天生石墩，形成了一个天然的“棋盘”。于是，便有了盘古开天地，八大仙人来此云游，张果老、曹相国、铁拐李、吕洞宾 4 个仙人，以石为子，轮番对弈的故事；有了何仙姑、蓝采和、汉钟离、韩湘子见珙桐、玉兰花开如妍，飘逸林海深处，尽情赏花的传说，长期生活在这里的人们用丰富的想象沉甸着八大公山自然保护区这部厚重的史卷。

（发表于《学习导报》2003 年第 7 期）

这里是现代的一个村庄，也曾是明清的一座卫城，依稀的古道青瓦，残留的城门城墙，默默诉说遥远的过去，静静演绎时代的风云。

九溪寻梦

汪本莲

清幽的溇水河三面环绕而过，热闹的江垭镇隔河遥相对望，沿着镇口古渡高高的溇索吊桥走过去，便来到九溪，一个悠远如梦的地方。

迎面一段厚厚的古城墙残垣，城墙中洞开高大的拱形城门，这是九溪古城南城门。砌城门的青砖已然斑斑驳驳，但明显比现代的砖块宽大厚实，据专家鉴定，它是明代的东西，青砖之间用糯米、石灰和桐油勾缝黏合。城墙和城门两端相接，高一丈八尺，宽六尺，全用大块的砂岩层层叠砌而成，岁月的风雨已使青苔杂草覆满残墙，但仍然坚牢异常，透出当年的雄伟气势。据九溪卫志载："明洪武二十三年（公元1390年），命东川侯夏得忠立栅守御，为控制苗蛮而设卫所，卫城筑于宋索口寨（九溪）遗基之上，城墙用石块砖头叠就，周九里十三步，高丈八尺，四门皆有楼，东朝天门，南迎熏门，北拱极门，西镇边门，北门外壕堑四百八十丈，东西南三门，以溇水为壕。"六百多年过去了，历经战争、匪患、洪水等浩劫，九溪古城东西城门和大部分城墙已不见了，"南风之熏，可以解吾民之瘟兮"的南城门虽然也有所毁损，但仍然雄镇渡口，数百年如一日守望着远游的归人。

穿过南城门，踏上幽深的九溪石板老街，就仿佛进入一条悠长的时光隧道，街道走向正南正北，以城中心形成十字形，分东、西、南、北四街，两旁绵延相接的屋舍民居中不时可见风火墙、木雕窗、百年老宅、古建古迹等，无不透着浓浓的沧桑，带人梦回过去。这里，曾作为重兵驻守的军事要地，有过赫赫的地位和昌盛的繁华。"其辖区甚宽，统麻寮、添平、安福、澧州四所，北起湖北鹤峰，下至湖南安乡，纵长五百五十华里，即今湘鄂边区十县"。"率九夷八蛮俯首称臣，统两所十隘尽忠报国"。

最盛时，九溪城里驻兵五千多人，走在平滑的青石板街道上，我们仿佛还能遇见匆匆而过的古代兵役，他们大多来自江西、湖北等地，在这拥山面水、与世相隔的湘西古城中，也许他们曾吹起过幽幽的思乡曲，但最终融入这片土地，成为如今九溪人的祖先。城中有一个名叫贺贵的小官，是贺龙元帅的祖先，他们夫妇住在九溪南门右侧，去世后葬于城北紫驼峰下，有碑可考，碑文：创增修职郎贺公贵老大人之墓。贺龙称九溪为第二故乡，解放前曾悄悄带随从人员于清明节前来此地扫墓祭祖。

当年的九溪城据说可与荆州城媲美，城里古建筑林立，庙宇星罗棋布，著名的有文昌阁、兴国寺、文庙、武庙等29处。虽然多已毁损，但城中仍保留着明代初建时的基本构架和部分明代建筑，追寻那历史的遗痕，虽残犹威的九溪卫署衙门中似乎仍回荡着“升堂”的轰声，双层古戏楼上仍能传来铿锵的唱腔和锣鼓，结构完好的文庙里仿佛仍有香火缠绕。随便推开一家民居走进去，也许都有意想不到的发现：雕花精致的木椅、木床，有些来历的古玩、古币等，北街一户村民家里，珍藏着一口明代陶瓷黄釉花缸，上绘二龙戏珠图，云彩飞扬，美轮美奂。村支书唐先雨家里，珍藏着一块完好无损的黑底金字大匾，落款为“岁次乾隆叁肆年季夏月”，匾上阳刻的“华构腾辉”四个金字依然光彩夺目，昭示着它曾承载过怎样的荣耀与繁华。

九溪是刚强的，九溪也是温情的，世居于此的土家人，宽厚地接纳了远方汇聚而来的兵役，外来文明和当地古老文明相撞相融，逐渐形成了这里独特的乡音乡韵。仔细听听，村民们与附近居民的口音还略有差别。当地饮食也颇有特色：钟克进的挂面、何化芝的盐豆腐干子、沈德发的包谷酒、何祖绪的豆芽菜等，独具风味，长久不衰。兼具北方豪放和南国温柔的九溪人，能歌善舞，热情大方，这里的抬故事、打溜子、车杨泗等独特的民俗风情，活动场面热闹，令人驻足流连。

九溪城北，书声琅琅，群楼林立，这是慈利县重点中学——慈利二中，校址的前身为九溪城兴国寺，兴国寺是座庞大的古庙，系唐尉迟恭督建，建筑精巧，宛如仙阁，分前、中、后三层，寺里四大金刚、十八罗汉等木偶群雕，神姿仙态，栩栩如生，随着时代的变迁，兴国寺原貌已荡然无存，然而一处“梅花殿”却至今保存完好，沿着殿前百余级石墩拾级而上，似有蛙声哀鸣，令人惊奇，至今无人解其谜。殿前有两口洪钟（一名宋钟，一名明钟），击之如春雷轰鸣，三十里之外的茅花界上有一石碑遥相对应，回音如锣，故叫“铜锣碑”，堪称一绝。梅花殿前些年被列为省级重点文物保护单位，拨专款修缮一新。这是一座令人惊叹的唐宋风格建筑，八角攒光，飞檐高翘，古朴的木门、窗榄上雕满朵朵梅花，殿中粗大的红柱，厚重的梭形金檐柱，独具特色的双边琴面梁，覆盆式剔雕双线莲花石柱础等，静穆地散发着神秘古韵，金黄的琉璃瓦在阳光下闪着炫目光芒，令人遐思翩跹。

梅花殿后有两棵唐朝古柏、古樟树，树干均需三人合抱，树高70米以上，枝繁叶茂，绿阴如盖，每逢春夏之交，野鹤成群，纷飞栖其上，成为奇观。两株古树牵手走过千年的风雨雷电，传递着对这块土地亘古不变的深情，当年大革命时期，贺龙元帅曾在此运筹划策，解放前夕，地下党组织曾在树下举行过秘密会议，如今，它天天聆听着朗朗书声，为莘莘学子撒下缕缕春色，从这里，走出了核物理学家陈能宽、著名学者吴恭亨、军旅诗人李家煦等众多杰出人才。

顺街道向北出城，地势渐高渐阔，这里曾是当年的打靶场，临风侧耳，仿佛还有隆隆的枪炮声和嗖嗖的弓箭声不尽传来。穿打靶场小路而上，就是九溪城最高处北城门——拱极门，寓意着“众星拱北斗，万民歌太平”。城门完好，城外壕堑清晰可见，这里还保存着最长的一段古城墙，大约1500米，登上宽阔的古城墙远眺，一幅赏心悦目的美丽图画呈现在眼前：远山层峦叠嶂，积绿耸翠，溇江如练，不时有划艇漂过，那是方兴未艾的溇江漂流。一片欧式和古典相结合的建筑，点缀在绿树碧水间，那是被评为“百姓喜爱的湖南百景”之一的AAAA级景点——江垭温泉。近处九溪城形似满弓，街道整齐，屋舍俨然，四周橘柚郁郁葱葱，一派人民安居乐业、欣欣向荣的和美景象。然而，这片美丽多姿的土地却因为历来是兵家要地，常常弥漫战火硝烟，人民饱受战争之苦。过去的土家人、苗人，因不满朝廷统治，多次起义造反，朝廷官兵来镇压，九溪成了主要战场。解放战争中，敌我双方也在九溪展开了两场激战。如今生活在和平美好时代的九溪人，终于过上了幸福日子。他们遍种橘柚，家家有橘树、户户有橘园，特别是当地栽培的一种冬瓜柚，品质优异，曾上贡中南海，毛泽东见其色泽金黄，香气诱人，品尝后大加赞赏，并赠款300元以示鼓励，从此，冬瓜柚定名为金香柚，成为全国五大名柚之一，九溪也有了“柚城”之称。

近年来，勤劳智慧的九溪人又在大力发展特色农业的同时，积极兴办旅游业。九溪古城的灿烂悠久历史、深厚文化底蕴、丰富人文景观，可以成为张家界自然景观不可缺少的补充，而地处张家界东线旅游溇江风景区核心的优势，便利的交通条件，更为九溪旅游业的发展提供了有利环境，随着附近江垭温泉、溇江漂流、龙王洞、江垭平湖游的成功开发，已被列为溇江风景区重要组成部分的九溪古城开发呼之欲出，村民们信心勃勃地描绘规划图景：在溇江边建设民俗风情一条街，既供游客游览，也可作为影视拍摄基地，同时恢复外围古城墙和部分古迹古建，开发农家乐、鲜果采摘等绿色旅游项目，逐步将九溪古城建成特色突出的土家村寨，建成张家界旅游业中一颗璀璨的明珠。

古老的九溪，年轻的九溪，正撩起神秘的面纱走出深闺，走向美好明天。

（原发于《张家界日报》，选自《潇湘散文选》。）

凭吊一座古城

龚爱民

一

眼下，有一座古城正逐渐销声匿迹——也许只要几十年或一个世纪，我们的后代会在他们怀远追思的文章或地方史志中这样写道："我们生活的这个城市，曾经有一个古老城池，可是，它像古楼兰王国一样消失了……"

这个古老城池就叫庸城。

庸城方圆一平方公里的样子，坐北朝南，临水而筑。水是古来称一个"澧"，为湘之四水之一。隔水望，南岸十公里处，壁立一雄山如屏。因天生一巨大穿山门洞，时吞云吐雾，时透明如镜，古来称天门山。两千多年前，诗祖屈原曾在澧水之畔面对着那孔悬在万丈绝壁之上的天门，手舞足蹈，且歌且吟道："广开兮天门，纷吾乘玄云。令飘风兮先驱，使涑雨兮洒尘！"

可见那山那门，在当时就是怎样的壮美啦！

庸城最早称大庸卫城，是明洪武年间设置的屯戍之城。

传说修筑庸城时，风水师先在且住岗、古人堤、白羊山、官黎坪、西溪坪等地采土取水，品验过称，因白羊山土质水质均胜于别处，遂决定在此筑城。又以日影、磁针等辨正方位，确定以福德山顶子午线为中轴线，面向天门山，作为城市脊梁，古城便安置在福德山麓、澧水之阳的怀抱中了。

庸城设东、南、西、北、土五个城门，筑有坚固的城墙。凭墙以防，嗖嗖嗖地射箭，以御百姓造反起事。有城必有市，有市必有商，便在南门建码头，中转澧水大航运。故墙里的世界，商铺林立，士农工商，三教九流，无所不备，也算是清明上河图之一缩影了吧。墙外四周，是澧水冲积平原，或田亩平展，或丘地错落；每当夕阳坐西大地涂金之时，农人牵着牲口、唤着孩儿，归去处，升炊之舍也。河面上，忽现小舟如叶静浮，是刚出来夜渔的鹭鸶客。此景此境，送到守城的兵卒眼里，温润得一激灵，是要思念遥远的故乡了。

随后三百多年的发展，至晚清时，庸城的面貌已焕然一新，城内除了原有的一些军事设施外，又兴修了文庙、关帝庙、城隍庙、真武堂、校场、社稷坛、书院、文昌祠、石碑坊群等，城外也修建了回龙观、先农坛、东岳宫、白龙庵、盘龙庙、帝阁庙、崇文塔等。新修了河码头、吊脚楼、商行、货栈、旅馆、屠肆，同时各行各业也兴盛起来。

时庸城有小南京之称。安徽人王日修，本在南京为官，因时运不济，降到此地当县令。王县令驿马驿水，千里迢迢，刚入得庸城，尚未洗去一路风尘，亦被这斗大小城的人情风景深深折服了，王县令后来赋诗曰：

湘江处处楚歌声，
此地偏绕白下情。（唐时南京更名白下）
制得吴讴夜吹笛，
果然身在小南京。

六百年多年以来，风吹雨打也好，改朝换代也罢，庸城却是“年年岁岁花相似”，恰似天门山一样，如屏如岸，镇守一方土地的安定。

庸城的式微，始自“文革”。毛泽东时代了，一切都得破旧立新，便拆了城墙、关帝庙、戏楼等。金戈铁马的印记不复存在了，可也风韵尚在。十字古街依然，青石板铺砌的街道依然，砖木混构的房屋一幢连着一幢，蛛网状格局依然……站在制高点上，眼里还一满是封火墙脊和青灰瓦充塞的古雅画面。

庸城的厄运，始自上世纪90年代的扩城运动。

庸城扩张，由一扩几，再由几扩十几，而今已然扩到几十倍了。

庸城是娘，新城区是女。女儿嫁出去，仅二十几年光景，已然出落得光鲜亮丽，青春勃发。而固守祖地的老娘呢，则是个“暮去朝来颜色故”，“门前冷落鞍马稀”了。

更不幸的是，明后年，一条即将铺展开的沿河大道，终将改变庸城一切——那延续了六百年的老街老巷，势必被高楼林立、华丽光艳的现代化新区替代。

二

在共和国版图上，辖庸城的这块原本叫大庸县。

穷经皓首的本土史学家告诉我们："庸城"之号源于远古圣人祝融。《国语·周语》载："禹夏之兴也，（祝）融降于崇山。"崇山即今市南之崇山。又载："夏之兴也，祖融降于崇山。"韦昭注："祖融，祝融也。"民国《辞源》："祝融，火神也。虞翻曰：祝，大；融，明也。"《康熙字典》："祝，大。"因此人类的巫祖祝融即大庸。史学家又告诉我们：祝融于夏初（约公元前2140年左右）以自己的隐名建大庸国，都城就在古人堤。《石达开日记》载："大庸，古庸国是也。"《竹书纪年》载："夏道将兴，青龙止于郊，祝融之神降于崇山，（禹）乃舜禅，即天子位。"是说禹接舜位建立夏朝之时，祝融在崇山降生了，时为公元前2100年左右。因此，古庸国是与夏朝同时建国的南方文明古国。无疑，高古厚重的"庸城"，便是一个古老王国的文脉的延续了。

上世纪80年代初，大庸县境内一大片石英砂岩峰林被文人骚客们发现，经媒体一传播，结果五湖四海惊艳叫绝。接着，共和国高层决策者决意要将这块美丽山水打造成国际风景旅游城市。于是乎，先是撤大庸县建大庸市，几年后又撤县级大庸市建地级大庸市。这是皆大欢喜之事，庸人自是欢欣鼓舞。然而，地方长官觉得市名不好，嫌"庸"有"平庸、保守、不思进取"之嫌，又因那片石英砂岩峰林生长在一个叫张家界的村境内，于是上报国务院，更名为张家界市。恍惚一夜间，"大庸"二字就从各级党委政府、各级行政职能部门和各企事业单位的门牌上，从地图、旅游图书、教科书上，消失了。

关于大庸市易名，是利是弊，是英明之举还是鼠端短视，二十年过去了，这场文墨官司至今仍未止息。我们曾在一些诸如听证会、辩论会、文学笔会等场合，多次听到庸人对更名一事非议、批评、口诛笔伐。逐渐逐渐，也便有了一种数典忘祖、割断血脉般的刺痛和屈辱。

"大庸"二字真的像他们说的那么糟糕么？

民国时，一位大庸县县长曾写下了这么一副对联：

顶天立地不易谓庸，

继往开来有容乃大。

几乎所有本土文化专家将之视作是对"大庸"的精辟诠释。

“不易谓庸”——即不可变易的“正道”和“至理”，才称其为“庸”；“有容乃大”——百川归海而海不溢，其胸襟方可为“大”。

从字面上解，从儒、道上说，从哲学的高度析，大庸二字都显得是那样大气和端庄。

后来几番城市编修，从事文案工作的本土文化专家吸纳民意，也或者是他们自己的意见，坚持用“庸”字给街区和街道命了名：“后庸街”、“古庸路”、“大庸桥”。在审察过程中，第一届市领导离任了，也就没人提反对意见了。

更有那两位深谙大庸历史和文化的房地产开发商，将“大庸”固化在他们所经营的项目中，一为“大庸府城”，一为“大庸王府”。他们做的实在是一次意义非凡的行为艺术。

这有“庸”的若干名号，实在是针对大庸、庸城的香消玉殒，而顾惜许多人的怀旧情怀而生的，它代表了一种强韧的民间意志，也体现着一种温情的市井习俗。

三

上世纪90年代，还依稀能辨出庸城的影子。只是那时四周新城开始一天天长高长大，显出庸城的寒碜、矮小、陈旧来，而庸城仍如同一位执拗而有些虚荣心的老人，像看着自己忘恩负义的儿女一样看着新城，内心里是一份愤懑、不平和无奈。而虽是残破景象，却依然像一幅绝好的宋人画本，给人一种纯粹的诗意。它那从悠悠岁月中走出的独特风姿，以及每一片俚语市声，让人情不自禁地对另一个文明时代产生无尽的怀想……

汤汤澧水，是庸城久经风雨的呼唤。

巍巍天门，是庸城转换枯荣的见证。

而今，六百多年的庸城，就这样从我们眼里消失了么？像一声叹息，遁于空中，似一滴水，汇入溪河……

在科学的意义上，这一切或许是有道理的。而由此造成的一种文明的失落，和与之俱来的辛酸，大约也一定是自然的罢。

繁花落尽君辞去，空缱绻，说风流。子在川上曰：逝者如斯乎！

（选自《潇湘散文》）

到桑植去，倾听离远古最近的声音

李文锋

一个初次见面的人或地方就让人感到离别的隐痛，这必定有爱了。桑植就是这样的，此生，它给我最初的感觉，就如从春光里刚刚孵出的一只雏鹰，质朴的野性里，透射出一股辽阔的光芒。慢慢的，我的感觉长大了。我的爱温润了。它的一山一水，一花一木，都让我的眼珠子发亮；它的一村一寨，一声一音，都会让我为之惊讶。

我悄悄走进那沉雄的嚎叫之声。那是几乎与天地同时发出的一种声音。那种声音发自江河一样的胸腔。突兀的，在一阵狂风暴雨、电闪雷鸣中，那嚎叫在穿越历史的瓦砾之时，纷纷洒落如碎玻璃般而倏忽归于宁静。我的脚步越显沉重，那嚎叫声就越发轻盈。

在远古能发出如此巨大之声的当属恐龙。当那一群群芙蓉龙从我的眼皮子底下，滑过去的时候，那一棵棵古老的大树，就像一棵棵神话，从桑植那一只古老的神盒里长了出来。那一群矫健的芙蓉龙光一样的消失了，而又一群幼小的可爱的芙蓉龙出现了，它们在那一棵棵神话的大树下啃食小草，嗷嗷待哺。我走过去，轻轻地抚摸着它们细嫩的鸡蛋清一样柔滑的头颅。远古，在这里笑了一下。我倾听远古在这瞬间滑落了一笔声音，尾音极细而绵长。

我沿着湖南的西北部，继续往前走，走进了澧水之源，走进了云贵高原隆起区与洞庭湖沉降区的一条巨大的罅缝。在这里，我倾听武陵山脉骨节舒展的清脆之声，我倾听一个叫湿润季风姑娘挥舞亚热带、捧足雨水阳光的纵情歌唱；在这里，我倾听芙蓉龙四蹄撒欢奔跑的撕裂空气的金箔之声，我倾听中国古脊椎动物专家所发出的那一声“恐龙之父”的仰天惊叹。

我沿着时光的盘旋，继续往前走，走进了桑植县芙蓉桥乡的大地田野，走进了那一坡远古遗存的鸟语花香，走进了那两具由光与影编织的完整的恐龙化石骨架。就在这时，那一声嚎叫穿越时空，一群长3.2米，高1.3米，重150多千克的“槽齿目芙蓉龙”，仿佛一方闪电，炫目地滑过了我的眼皮子底下，滑入了那片神话般的古老森林。每一头精美腾跃的芙蓉龙，都是一尊精致钻石打造的时钟，刻度为：2.1亿年。略似鳄鱼状的芙蓉龙“时钟”的造型：长尾巴，四肢短而粗，其背如风帆，鹦鹉般之喙状的时针，将时间切割成了2.1亿枚碎片。

古老的村寨也如化石般美丽，纷纷给温暖的火塘披上了彩妆。炊烟在风雨中浅唱低吟，它的吟态如古朴的大篆。祖祖辈辈，桑植人如梦一样朴实、多产。他们取来远古的河流走针引线，他们裁剪清风白云穿衣吃饭。他们把清早叫幺妹，他们把黄昏叫大爷。他们管泥土叫命根，他们捧着石头、树木叫神灵。有一天，我漫步在那片远古的森林神话之中，我沉醉在芙蓉龙的“时钟”面前，不料，一句，一句，“白灵”鸟的歌声，婉转地将我轻盈地浮起。于是，我穿行月光一样地穿行于那片白灵之声。如此，我的脚下便一札札长出了数也数不清的庄稼，我的身边，古老的背篓上，背着月光、星星，背着大片大片的山坡地、莽山脊岭。

细细的流水声，牵出牛羊古老的歌谣。它们的体型在不断地改变，而它们的声音却亘古未变。狗与猫是远古两只最无聊之虫的变种。土地一直哼着浑浊的小调，所有的树木神话、花草经典，都在演绎时间透明的表情。我被又一种声音所吸引。那是一种清洁如蓝天的婴啼。那是一种永远沾满初血的记忆。那声音一直在我的梦里若隐若现，它像我生命之初的一缕曙光，又像一片永远古老而新鲜的爱情，一直照耀着我曾回望远古的那个洞口。

从那个洞口传来的细小若针尖刺穿粗布条的声音，让我突然地感觉到了震撼人心的力量。那个婴儿一样啼叫的，是一种非常古老的动物，它的小名叫娃娃鱼，学名叫大鲵。我像寻觅我心思那样非常小心地寻觅它生存的踪迹。它生长在桑植大山深处清澈无比的溪涧潭洼、潮湿阴冷的河流石洞中，尤其喜欢栖息在有洄流活水的极端干净的洞穴中。它的梦，纠缠着我对它从水生到陆生的过渡认识。它活着，它的生命比恐龙还要遥远。它是动物反进化的活化石。

我对娃鱼的生命力发生了强烈的兴趣。也许是它的胆怯、怕光，习惯于昼伏夜出，让它躲过了意想不到的劫难。也许是它的忍耐、呆滞，习惯于深居简出，而让它避开了刀光剑影的杀戮。也许是它的圆润、智慧，习惯于与世无争，才让它从远古走到了如今。也许，它是这个世界上唯一弄懂了生命真谛与生存奥妙的物种，才把自己生命的宣言设计成如新生婴儿般美妙的啼哭。

那白灵鸟的歌声，总是牵引我在桑植的每一条河流、每一座山峦之间徘徊不已。为什么我对这古老的歌声是如此的欲罢不能？因为我对这歌声爱得深沉。其实，这白灵并不只是一只美丽的鸟儿，她更是一位美丽姑娘的名字。那白，是纯白银提炼出来的纯白，那灵，是所有精灵的化身。白灵的歌声来自远古，却飘逸当下。这远古的歌子叫桑植民歌。白灵是桑植民歌王后。桑植民歌的化石在芙蓉龙"时钟"的敲打下，打磨得闪闪发亮。它是泥土与水珠的凝聚，它是汗水与劳动的化合，它是天籁与地韵的淬火，它是宁静与火辣的喷薄，它是日精与月血的孕育……

爱已至此，我无法摆脱芙蓉龙"时钟"滴滴嗒嗒的音律。那些远古的声音，既如厚积的落叶层层铺展在我宁静的心底，又如洪水猛兽在我即将开裂的骨骼间左冲右突。这一路，我还将继续往前走，我将走进桑植古老傩愿戏、柳子戏与皮影戏的奇妙唱腔。这一路，我还要继续深情地倾听，我倾听，桑植从上古的西南夷地出发，一路"夏商"荆、"西周"楚、"春秋"慈走来的铿锵步履。

桑植，一方生命的古老摇篮，一首质朴的生活歌谣。当我倾听从远古一直传唱下来的桑植民歌时，在近代，我听到了格外动人的一句，那就是桑植好男儿贺龙站在南昌街头传唱的高潮部分。那一句嘹亮的歌谣新鲜如日出，我宁静地倾听，一种泰山压顶的力量深深地震撼着我的心灵。这时，我的泪水止不住地流了下来，并疯狂地流向了苍茫大地……渐渐的，我的泪水凝成了四个字：桑植美丽。

（选自《张家界日报》和《潇湘散文》）

谒拜水绕四门

当我在上下五千年、纵横几万里的时空寻找天下美丽之时，水绕四门就从天地的手掌中跳了出来，很礼仪的厚爱天下，很恭敬地欢迎来宾。深入闺闱，识得如此绝色佳人，我可以放弃皇位，也可以失却城池，甚或可以抛弃生命来换得她的一颦一笑。

于是，我跪下地，双手把两个拇指屈入合于双掌之间，就如双掌的空心夹着一颗如意宝珠于掌内。我开始虔诚地谒拜……

一仰头，天就顺着斧劈的紫色石峰，一直高上去，目光触天，碧绿的天上，天池里浮动着一队一队的白鸭白鹅，那是万里云天的白云。一俯眉，那天就又一直低下来，目光触及到水面，跳跃的水花，水花上的蝴蝶，画得我眼花缭乱。清香的水，从我身边绕过去。我的心慢慢地静了下来，倏地，一只白鹤从天而降，在我头顶左冲右突，七上八下，像是盘旋在八卦阵，迷了魂，不知归途。到处是水，白鹤的身影飘飞在水中央。到处是门，白鹤为何又寻不着来的路，跟着一只蝙蝠瞎闯荡。

一处山水四个门，从不同的方向纳精聚气，盈美蓄福，可谓天下奇景。水绕四门地处武陵源中心，是张家界森林公园的东大门、索溪峪风景区的西大门。金鞭溪、索溪、鸳鸯溪、龙尾溪四条溪流在这巴掌大块山谷盆地里盘绕汇流。几条山溪切割出东南西北四道山门，人称水绕四门。门外观峰，峰峦峻奇；门内听泉，潺潺如仙；奇峰闺门间藏着一小块芳草萋萋的绿洲，置身洲间，仿佛置身“关关雎鸠，在河之洲。窈窕淑女，君子好逑”的古老诗经的意境。

水绕四门原称纸马塌、天子洲。相传明代当地土民首领向大坤不满朝廷统治，在此举旗造反，有纸人纸马相助，建天子国，自称天子，故称天子洲，亦称纸马塌。此处水绕四门、九天银练、签筒、笔架、万岁牌、四十八大将军岩等几十座石峰，传说都是向王天子留下来的，都是情趣极佳的观赏景点。

我曾相闻，一位画家身临水云间，画笔举了三天，未敢轻易下笔。他说：难以把握变幻莫测的色彩。然而，就在画家无可奈何之时，抬眼望，那岩壁上飞翔的松，却给了他画意之外的欲望。那松随风作样，无心无欲，自然而然。飞翔在寂寞的峰巅，甩掉了历史、传统、规范、风格、民族、地域的羁绊，自由自在地拓展了另一种美的境界。这欲望是画家此时生命之冲动，本能之激情，审美之升华。那松，那云，那风，那雾，那生命的内在节律，虽无法临摹，但他已感觉到了。那灵性与悟性的结晶，已引领画家破入禅境。童话的幻想，莫名的时空，神秘的混沌之感，脉脉的亲切，已打破了画家感性与理性，具象与抽象，现实与理想的界限，画家的这种突然的欲望源于心灵又突破了心灵，进入了一种生命的原生状态。至此，水绕四门的画，已留存于他的心中了。

我曾陪同一位诗人，彳亍水族的庄园，光轮缓慢地转过了一个星期。诗人让想象的水草荒芜了心灵的原野，让语言的意识流贯通了所有的细节，让诗的技巧达到了极致，让诗的激情燃遍了视野，让诗的意境堪比天地之美，最后也只能留下无诗的境地。太美了，诗难言。有人在传颂一位歌唱家，数次拜访水绕四门，面对四道音符般的神门，唱尽了天下九千九百九十九首名曲，很想唱一首《水绕四门》，但终因写不出一个音符，而叹曰：音符在此已化作了情感血液，只有让其日夜在体内奔流而未能歌之。

我曾久久地徘徊于那块清幽秘境般的山谷。水是清鸣的转悠，与鸟鸣是相映的成趣。柳是烟润的迷离，与流水是争奇的斗艳。谷中杂花生色，色艳若梦。花中之王是龙虾花，传说南海龙宫的龙虾公主，为解救百姓苦难来此施舍，而后化作美丽的神花。花草丛中，蝈蝈、蛐蛐鸣叫不已，愈显四门之静。柳树枝网中，跳来飞去的是各位鸟雀，还有金蜂、甲虫与白斑蝴蝶。这里的春天，是花的世界，鸟的海洋。仿佛那四道门就是花呀鸟呀常来常往的门户，没谁看管，想来就来，想走就走。不像人，在国家森林公园门口排队买票，还要搭上一只装垃圾的口袋。这里的春天，仿佛永远不走，钟情于此，即使落雪，那水绕四门也是一片春光明媚。

水绕四门是一块风水宝地。传说西汉开国元老张良见吕后掌权后乱杀忠臣，遂辞官不做，随赤松子遍游名山，寻访隐居佳境。经长江，过洞庭，溯澧水，得知青岩山钟灵毓秀，便骑马到此。果见此处山回水转，奇峰环抱，茂林修竹，谷幽气爽，涓溪白练，是难得的名山锦绣，喜之不胜，即下马不归，隐居于此。死后，也即葬于此，永远享受着这天下美景。水绕四门有景点——香炉岩上旧城堡，汉代留侯张良坟。那坟上书有一联可作证：山止水紧成福地，前屏后帐卜佳城。今天，我们这些凡夫俗子，当然只能一饱眼福，滋润心扉，而再也不能占据一方风景了。据说，曾经有一位国外高级官员，意欲一掷千金，购一份股权，分红的唯一要求，只要死后葬于此。本地官员一概拒之。

上个世纪九十年代初的一个初夏，联合国教科文组织来此考察的官员，走完金鞭溪，驻足水绕四门，一路上寡言少语的桑塞尔博士终于讲话了，他眼睛一眨一眨，眉毛一闪一闪地说："清澈的溪水，完好的植被，这么长的地段没有人烟，这在亚洲是少见的！水绕四门呈辐射状与各景区、景点相连。往右经龙尾巴村可去张家界公园或下山进城；往前可去十里画廊，去天子山索道站，去军地坪、黄龙洞和宝峰湖；往左可游袁家界，然后去天子山；此处真是天下一奇。"

就在这一仰俯之间，我虔诚的心告诉我，我已完成了对此神山圣水深鞠的一拜。我知道今生今世，再也走不出水绕四门的洞地福天了。

（选自《散文百家》杂志）

雪中看花轿

走在天子山老屋场的中心地带，环顾四周，视野触及的地方，与山下的村庄没有两样。照样可以听鸡鸣，照样可以听牛哞。草树下面有猪在拱食小儿丢下的一个半截包谷棒子，有包米无包米都不重要。山羊的胡子，白色，从来没有污染过，从雪地里走出去，寻雪下的青草吃，或从雪地里走回来，过夜，都是那么的宁静，美好。高山上的村庄哲学，除了位置，季节，什么都与山下的相仿。

山上的冬天来得早，雪也来得早。几个朋友专挑这个下雪的机会上了老屋场。雪是昨晚上下的，下了一夜。地上积下了厚厚的一层盐，一层银。山上的雪很干净，梦很干净，时间也很干净。白白胖胖的土家山寨，童话小屋，圣诞树，凝固的白云，映照得我们的心灵都是白玉无瑕的。

这是一次冒险的旅行。我们来到天子山老屋场不是为了在此中心地带逗留，而是去看最完美的雪景。完美的雪景生长在老屋场的边沿地带。我想到了昨天。昨天的导游，离我们走了，她也许敏锐地判断出昨夜会下一场天子山前所未有的大雪。而今天的游程是一个朋友临时加进来的，他看到了一场大雪背后的美。问我，到老屋场怎么走？那时，我意识到，这位朋友要增加行程，要把从照片中书本上看到的美，亲眼植入自己的心灵。

再要增加一天的行程，再要请一个导游，我有些懒得操这份心。怨而未怨，不愿而又愿，我便以东道主的身份，兼临时导游的角色，带着几位远方的朋友来到了老屋场。从中心，慢慢走向边沿。一线有边的边沿。一条峡谷的顶端。雪中美景果然一层层出现在了我们的眼前。那可是一片无边无际的银色的大海。

来到老屋场西陲，有一块三面临渊、凌空托起的空中台地，有数十亩稻田，一大片幽篁，好几栋民房，安静地躺在雪被下，人称空中田园。在这座近乎与世隔绝的“空中田园”，居住着土家山民，他们世世代代勤劳俭朴，过着“半人半仙”的生活。山民站在那，目光始终望不出大山，但他们与这片山水交融在一起，就像鱼和水相融在一起，很难分清谁是鱼，谁是水，谁是山，谁是民了。

再往空中田园的边沿望去，但见深谷中密密麻麻罗列数百座石峰，活像一群群威武雄壮的将士列队听令。相传这是向王天子的神兵在此聚会。神话虽不可靠，但石峰如此集中壮观，在武陵源也属罕见。我记得一位美术大师说过：“岂有此理，莫名其妙，说也不信，到此方知。不看神兵聚会，怎知石峰成林。”

久久地凝视，朋友们无语。每一尊石峰的头顶，肩头，都披上了皑皑白雪的风衣。风衣显示出强劲的风力，贴身裹紧。而那风雪中的将士，神气就更加十足了，神采就更加逼真了。

我没有想到，我们一路争论的话题，在此却完全不值一提了。我们几个文友认为被边沿化的东西总是离社会越来越远了，比如文学，诗，不是正在被无限地边沿化么？看了这空中田园，看了那神兵聚会，我们都被这雪中美景震撼了。我想，也许越是被边沿化，就越会显示出它们的特殊价值。

手上的表，指示到了傍晚。可天没有黑的意思。因为雪的洁白，返照，高山上的天是不会黑得很快的。迟早我们还是想赶回山下去。回头去天子山停车场。猝不及防，老屋场的上空响起了一串鞭炮。仔细听听，雪枝的弹奏中，夹杂着唢呐声锣鼓声。远方的朋友们对这里的一切，都感到新鲜，都抱着极大的兴趣。他们不听我的直路引导，而偏要寻那民俗风情之声绕道而行。

此行的导游角色，我没有缺位，也没有弃权。我一路打头，一路介绍起空中田园的其他季节，我想用想象的春天，给朋友们带来些许的暖意。

冬天来了，春天还会远吗？春天是诗中的诗，画中的画。不像这大冬天的，就一个白字概括了事。春天有富裕的色彩，有富饶的情丝，有富强的青春。春景比较长，但春景留不住，当柳絮飞舞了，榆钱飘落了，蝴蝶与落在地上的油菜花依依惜别，豌豆花变成了肥嫩的豆荚，这里的春天就向空中田园告别了。讲完了春天，朋友们更加来了兴致，说明年春天一定要来空中田园一游。

在雪地里讲夏天，虽更有暖意，但也显得更加有些遥不可及了。可是，朋友们的春意正好充盈心间，也就觉得这夏也并不遥远。整个空中田园像一顶花冠，橙花散发着醇酒一般的清香。整片绿竹婆娑像一位舞娘，舒展长臂，甩动青纱，临风起舞，婀娜多姿。

而在这不经意间，秋也来了。我们想象着秋天的空中田园肯定是一位梦中笑醒的淑女，在夜间也挥舞着金色的月光和绿色的风。金秋老屋场，秋色渐浓，金子般的黄，玛瑙般的红，翡翠般的绿，宛如版画精心绘制的色块。那新式的吊脚楼上成串的红辣子，挂在墙壁上如霞光四射。那玉米棒子，一背一背堆进了堂屋中央，金黄了山民的双眼。

而此时，现实却是冬天。傍晚了。空中田园的太阳，像个鲜嫩的蛋黄藏在一层蝉翼似的云彩里，时隐时现。而脚下的雪野，此时却像唠叨又冷峻的糟老头，把自己冻结在春的前头，拖赖着，拦阻着春天的到来。冬天，抹去了树枝头最后一点绿意，光秃秃的枝干像哀苦无告的乞丐，纷纷把手臂伸向灰色的天空。也有挤满鹿角似的灌木林的小山岗，在雪地上奔跑。有朋友问，腊月了吧。我说，是呀。腊月的空中田园，在白雪的包裹中看起来就像是一只睡着了的白天鹅。因为我们的到来，它醒了，突然翩翅飞翔在雪景中的一个银色波澜的大海上面。

就在这时，一辆轿子映入了我们的眼帘。通体透红的轿子，红色的抬杆，四个扎红头巾的抬轿人，摇晃在白色的田野上，阡陌上。

映着纸白的雪，花轿就特别的红。白的更白，雪白。红的更红，火红。

噼儿啪的鞭炮声。呜儿哇的唢呐声。哐仄哐的锣鼓声。吱儿嘎的抬轿声。

吱吱嘎嘎，嘀嘀嗒嗒，呜哩哇啦，劈里啪啦。突然，雪地上吼起了抬轿歌：我抬呀抬，我把你打娘怀里抬过来；我抖呀抖，我抖得让你合不上口；我唱呀唱，我唱得叫你又骚又浪；我歌呀歌，我歌得你心肝肉儿酥又软……

轿前有个引路人。看着癫来癫去的轿顶，忍不住还是吼了：阳阳坡哟——慢慢梭，之字拐哟——前摆后不摆！那四人大轿，在这别样新奇的吼叫声中，果然是抬得稳稳当当，顺顺畅畅了。

我们一路跟过去，那花轿就到了一栋红檐青瓦的新郎家。

小时候我听老人讲过我家乡抬花轿的事，可就是从来没有见过。今天却无意间在空中田园见到了。但我马上又想起来，现在在景区，都兴表演。我想这是不是在为游客表演?

本来前几年这空中田园的青年男女倡导新事新办，不再抬轿迎亲。可随着张家界旅游的发展，这里的山民又别出心裁，把抬轿迎亲的风俗又融入了山民的日常生活。而这种生活却又较过去有了很大的改善。这就是我们看到的那抬轿有了很多的表演成分。这真是一门艺术。我们有疑便问。

山民说，纯表演，不好意思。若按过去的风俗全套过来，又过于繁杂，哭嫁、抬轿歌也过于伤感。如今改革的抬轿迎亲风俗，是既合山民的心，也投游客的意的。

就在对这顶红轿红帘赞不绝口之时，我们各人的手上塞进了一大碗喜酒。看着胸前挂着花朵标记的新娘，我们着实大吃了一惊。她看着我们，也吓了一跳。原来，这新娘就是昨天为我们当导游的小康。当她红艳艳的脸庞，含羞羞的眼睛与我们相遇时，我们才敢确认这真真切切是土家山寨在操办一场新婚圣典。

其实，这有什么惊讶的呢？生活原本就是如此嘛。

就是昨天前，我和朋友们在小康的导游下，游玩了黄石寨、金鞭溪、宝峰湖、黄龙洞……一路欢歌笑语，一路搜神猎奇。小康一路上设了无数的谜面，让我们猜字谜、景点谜、风情民俗谜、山歌谜、人物谜。在这一路谜面的诱惑下，我们穿峰走崖，唤云呼雾，曲径通幽，寻微探胜，无不开心快乐。原来，她的最后一谜，竟然是她的出嫁。导游小康让我们难忘。而今天的生活、明天的路，又往往会发生让人意想不到的逆转。

我还清楚地记得，导游小康说的话。她说张家界出名后，游客多了，她家所在的老屋场也就富裕起来了。她出来当了导游，她老妈就开了一个家庭旅馆，她老爹就种几丘田，养几百只鸡，种两亩茶叶，很快致富了。现在左邻右舍早富得流油了，过去的茅草房都换成了砖瓦房。屁股下坐的都是豪爵新款摩托车，腰上别的都是诺基亚新款手机。她是一幅画卷里的新娘子，也是一个新村庄里的开心果。

一大碗喜酒灌进肚子里，谁都醉了。花轿在雪地上化作了一团红红的晚霞。我们想走，也走不动了。人留，酒也留。

（选自《张家界的旋律》散文集）

神秘的张家界大峡谷

曹淑仙

张家界大峡谷，是人间仙境张家界风景区一处新近开发建设的旅游景点，位于张家界慈利县三官寺乡，紧邻世界自然遗产、世界地质公园张家界武陵源风景名胜区。峡谷集山、水、洞于一身，属典型的北温带喀斯特地貌。谷内猴群欢跃，泉涌蝶飞，鸟语花香，群山倒蘸，瀑布散虹，空气清新，如画似锦。其主要景点有“一线天”、“千年古藤”、“滑滑梯”、“南方红旗渠”、“彩虹广场”、“一帘幽梦”、“摸摸洞”、“神泉湖”等。她的惊艳亮相，令中外游客流连忘返；她的千古神秘，更吸引了众多好奇的目光。

一眼泉的神秘

张家界大峡谷原有两个名字，一为“烂泉峡”，即指峡谷内泉源遍布，形态各异，如山花烂漫，清润而美丽。这个名称，突出了张家界大峡谷风景区的特色，也符合张家界的地貌特征。另一个名字叫“烂船峡”，自大峡谷的西天门入口，经一线天绝壁，走下1600步云梯般盘旋的栈道，跨过“南方红旗渠”，乘上洛克里滑道，一路惊险刺激滑到谷底，可见一条清澈的溪流，它便是大峡谷的精灵——神泉溪。

神泉溪发源于上游1.5公里处的神龙泉。传说很早以前，神龙泉泉眼里，经常莫名的涌出许多的船板。船板涌出来后，被水冲到溪中一块巨大的石头上撞烂，散落满溪，随水漂流。为此，大峡谷又名“烂船峡”，那巨石叫“烂船岩”。人们一直感到迷惑的是，神龙泉的海拔高度在400米以上，有史以来，周边有木船行驶的河流，都远距在三十余里之外，其海拔高度未超过150米，比神龙泉的出水口，整整要低200多米。而整个大峡谷的上游，也没有库塘湖泊，根本不可能有木船的存在。那神秘的船板从何而来呢？

一条溪的神秘

神泉溪，如一坛万年酿成的女儿红，清甜香醇，冰雪灵动，令多少“历尽千山，千杯不醉”的酒鬼，也在此沉醉不醒。

她的美仑，她的魅力，常人只可意会，无法言表。有位叫刘年的作家，在此游览后，在他的《我在绝情谷底》一文中曾这样写道：

脚步慢些，再慢些。

不要等不及转弯，不要急着看前面的风景，稍微走快些，就有可能错过一处美，因为这里美，是含蓄而不张扬的美，是一定要凝神细看才能得其深味的美，也是稍纵即逝，错过就会不见的美。随便一座小桥，不管有没有栏杆，都可以横出诗情；随便一块石头，不管有没有青苔，都可以立出画意。石壁上，随便垂下一茎红叶藤，就可以飘出风的样子；河滩上，随便露出一丛兰草，就可以写出水的形态……

面对如此纯洁、柔美和幽静的溪水，作家想到了那个不食人间烟火的白衣女子，想到了《神雕侠侣》中杨过与小龙女十六年漫长等待的故事。他说：“我情愿相信，人间还有这样一种活法——不为了名利，只为了爱情；人间还有这样一种死法——不为了名利，只为了爱人。”

我们更相信，每一个沿溪漫步的人，一路越小桥流水、闻鸟语花香、享天然空调，观飞泉瀑布，都会有一种飘飘欲仙的感觉。

关于神泉溪水的来历，却又是一大谜团：一年四季，不论下雨还是干旱，溪水的流量都是那样大。最小的时候，也在每秒 0.5 个立方米以上，最大的时候，可达每秒 10 个立方以上。根据这里的气候条件，经过科学推算，只有积水面积达到 200 平方公里，才能形成这样大的流量。而实际上，神泉溪的积水面积没有超过 20 平方公里。更为神奇的是，2008 年 5 月 12 日下午 5 点，汶川特大地震发生两个多小时后，神泉溪水流量猛然增大，超过当天上午的一倍，同时还有大量的泥浆从出水口冒出。这样大流量的水，又到底是从哪儿来的呢？用科学的方法一时难以解释，人们只好借助幻想，说：神泉溪，神泉溪，这水，也许是天神从银河里引来的。

一个洞的神秘

东晋大文豪陶渊明公元421年前，在著名的《桃花源记》里，记叙了一个十分美妙的故事：说的是东晋太元年间，有一个以捕鱼为业的武陵人，沿小溪划船，忘记了路程的远近。忽然见到一条两岸长满桃林的溪流，芳草鲜美，落英缤纷。渔人感到诧异，一直走到桃花林的尽头。在溪水源头，看见一座山。山上有个小洞口，隐隐约约有点光亮，于是弃船从洞口进入。

起初，洞非常狭窄，仅容一个人通过。又向前走了几十步，突然宽阔明亮。景象完全与外面不一样：土地平坦宽阔，房屋整齐，还有肥沃的田地、美丽的池塘和桑树竹林景物。田间小路交错相通，互相都能听见鸡鸣狗叫的声音，人们在田里来来往往，耕种劳作，老人和孩子们个个都安闲快乐。

村里人见了渔人，既惊讶又热情，纷纷请到家里做客。寒暄之间，渔人得知，他们的祖先为了躲避秦朝时的战乱，带领妻子和儿女及同乡的人，来到这与世隔绝的地方，不再从这里出去，于是就与外面的人断绝了来往，竟不知道有过汉朝，更不用说魏、晋了。

渔人出桃花源后，找到自己的船，沿路返回，还到处做了标记。到了郡城下，拜见了太守，述说了在桃花源的所见所闻。太守立即派人跟随他前往，寻找先前所做的标记，最终还是迷失了方向，再也没找到路。

无独有偶，相距桃花源不上百里的张家界大峡谷，也有这样一个悄然隐匿的“怪谜洞”。据当地老百姓回忆，“怪谜洞”位于大峡谷下游右侧方向的半山腰处。早先，有人多次进入洞内。洞口虽然小，里面却很宽敞，还有奇形怪状的钟乳石。后来，又有人先后到洞内探险，由于有人在里面受伤迷路，就再也不敢轻易前往了。在大峡谷景区开发时期，公司多次派人前去探险勘察“怪谜洞”，却没有找到洞的所在。请当地曾经进过洞的人带路，仍然渺无踪迹。

“怪谜洞”就像当年桃花源的秦人洞一样消失不见了。到底去了哪里，不得而知。

一面绝壁的神秘

据科学家考证，三亿八千万年前的泥盆纪时期，张家界武陵源风景名胜区及其周边一带地壳下降，海水浸入，成为一片汪洋大海。海水源源不断地从临近的陆地冲来大量的松散细屑物质，伴随着海水中的硅酸盐一起沉淀、胶结、压固成形，形成了石英砂岩岩层。到了二亿八千五百万年前的二叠纪，砂岩层的上面又形成泥质石灰岩含煤层，将砂岩层覆盖了起来。到了两亿年前的三叠纪末，武陵源风景名胜区及其周边一带再次发生强烈的地壳运动，也就是造山运动，使整个地层产生褶皱、断裂，形成山脉不断上升，露出地表。经过亿万年流水的冲刷、切割和节理的发育，便形成了现在这种千峰耸立、万石峥嵘的自然风光。

同样的时光变迁，也形成了张家界大峡谷千姿百态的石壁、石峰景观，如“一线天”、“石壁缝”、“妇唱夫随”、“千丘田”、“珍珠墙”等。有的陡如刀削滑如巨镜，有的细如笔锋利若钢剑，有的与某种动植物惟妙惟肖，有的似乎在演绎一段永恒的故事。

这里的石尖、石笋、石峰、石壁上长树长草爬藤，也是非常普遍的事情。到过大峡谷的人也许还记得，在栈道左边的万丈削壁上，匍匐着一根千年古藤，其枝枝蔓蔓几乎爬满大半个崖壁。经准确测量，其主干直径达38 公分。据知情人说，这是一根公藤，右边的岩壁上还有一根同样大的母藤。也许，只为了某一个诺言，它们就那样慢慢地爬，静静地等，再过千年，它们就可以牵手了。

可是，坐落在峡谷右侧山峰的“圆桶绝壁”，却是例外。它圆圆凸凸，光光滑滑，像一只巨大的木桶耸立在那里，千百年来，既不生一根草，也不长一棵树。科学家们对此也做了认真的研究，终究没有找出准确的答案。为此，“圆桶绝壁”成为张家界风景区最独特的景观之一。

一则传说的神秘

张家界大峡谷，不仅在自然界存在许多未解之谜，诸朝历代，还在这里留下了许多人文活动的轨迹和传说，更给她的神秘增添了隆重的色彩。

国父孙中山的保镖、南北大侠杜心武，少年时期，师从严矮师，在大峡谷对面的云台寺习武，他的家就住在距大峡谷东侧不到十里远的岩板田。大峡谷也是他少年活动的主要场所之一。

由于其特殊地理位置，解放前，这里还是逃避外界打击的最佳藏身之地。躲匪的，在此烧炭打猎为生；为匪的，在此安营扎寨。现在，谷内还留有许多炭窑和土匪洞遗迹。

五六十年代，由三官寺土家族乡人民用人工在万丈绝壁上开凿的溪峪口水渠，更是一大人间奇迹。渠的深、宽均在1米以上，全长达十多公里。整个工程历时七年，共投工九万余个，还有五位民工在此献出了宝贵的生命。可与“世界第八大奇迹”河南林县的红旗渠媲美。后人将它誉为“南方红旗渠”。如今，它不仅是张家界的第二大绝景，而且是周边八个村村民和乡政府所在地灌慨和饮用的水源，仍然造福于人民。

在大峡谷中部的绝壁背面，有个吴王坡村。相传，李自成头顶大顺帝的光环，败走北京城以后，转战秦岭，先后渡过黄河和长江，被吴三桂一路追杀到湘西，在慈利县的三官寺境内展开了一场生死决战。最后，吴三桂率领的清军剿灭了大顺帝几千残部凯旋，坐镇云南，被封为“平西王”。

李自成回天无力，归隐于邻近的常德石门县夹山寺，皈依佛门。其部将李过则隐于慈利高峰茅庵，法号“野拂”。现今，高峰茅庵还保存有“野拂”墓葬和碑刻。当地的土家人后裔，根据这段历史传说，将村子取名为“吴王坡”。也有另一说法，吴王坡实际上叫”吴亡坡”，灭亡的亡。为什么呢？说是吴三桂当年虽然斩尽杀绝了起义军，但他做事太绝，良心泯灭，埋下祸根，天理不容，注定走向灭亡。所以，吴王坡是由“吴亡坡”演绎而来的。至于故事的真实与否，史料无有文字记载。李自成最后的归宿问题，也是史学家们一直争论的话题。只是，本地人民一直口口相传着这个故事，吴王坡的名字也沿用至今，“千人坟”古战场、“歇驾蹬”等历史遗迹依稀可寻。值得欣慰的是，历史的硝烟已经远去，如今的吴王坡村，村容整齐，交通便利，人民过上了幸福安详的生活。

“花径不曾缘客扫，蓬门今始为君开”。大峡谷像一座浩大的地下迷宫，她原生态的一山一水、一草一木、一沙一石，无不蕴含着无尽的奥秘。现在，她已被评为国家级AAAA景区，省内首条洛克里滑道和正在建设中的世界最高、跨度最长的玻璃桥，将为她书写新的神奇。

敞开蓬门的大峡谷，将热忱地欢迎人们走近她、亲近她、破译她，与她美丽而神秘的湖光山色，共一场不散的醉。

（选于《新湘评论》）

踏歌而行
——八大公山欢乐之旅

曹淑仙

世间万物，只要赋予音乐的元素，便能化腐朽为神奇，变陌生为知音。二零一三年五月十八日，张家界市文联组织百名艺术家到桑植八大公山采风。在清凉的山风和明媚的阳光里，我们踏歌而行，大山的天籁，令天地律动，闻者陶醉。

民之歌

桑植民歌，闻名遐迩。以歌传情，以歌会友，早已成为这里人们生活的一种自然常态，交朋结友、爱恨情仇、礼仪劳作、祭祀庆典，无不以歌之。为此，这里被誉为“中国民歌之乡”。她优美的旋律，曾响彻首都人民大会堂、维也纳金色大厅；她耀眼的光芒，闪烁在世界非物质文化遗产的历史长廊。

桑植人爱唱歌，也是我早已见识过的。几年前，桑植举办第二届民歌节，我所在的公司承担了部分组织及布置工作，在各个赛场，都可见到上至耄耋老者，下至三岁幼童争相演唱的情景。有人说，在桑植，只要会说话的人就会唱歌，一点不假。给我印象特别深的是，开幕式的头天晚上，我们在民歌广场做现场布置。夜深人静了，仍有一女子用纸卷做话筒，一直在那里唱啊唱，专注而认真。开始，我们以为她在练嗓，唱着唱着，她突然一甩纸筒，口里骂出一串脏话胡话。我们这才明白，原来是个神经病患者，于是笑道：“桑植的癫子都是歌癫子。”

在桑植民歌发源地之一的八大公山，我们首先感受到了她扑面而来的魅力，采风车队一驶进桑植城，管理处一位漂亮的阿妹上车来作我们的向导，阿妹在前排坐定，作简单的情况介绍，即用甜美的歌喉唱起：“地是刮金板啦，山是万宝山呢，树是摇钱树，人是活神仙……”

一首《桑植是个好地方》，像一针兴奋剂，使刚才还在昏昏欲睡的我们，情绪一下高涨，你一首、我一首接着唱起来：《桐子开花坨打坨》、《板栗开花一条线》、《滴咯调》、《棒棒捶在岩板上》……边唱，还边讲起了有关民歌的故事。我虽五音不全，但一直很喜欢《马桑树儿搭灯台》这首歌，常从那唯美的旋律和纯真的歌词里，想象着爱情的甜蜜与浪漫。不想，在车上，无意间听到的故事，是如此惊天地、泣鬼神。据说，这首歌，是由具有“上马军人下马诗人”美称的贺锦斋所创，早在大革命时期，他即投笔从戎，跟随族兄贺龙南昌起义，东征西战，累立战功，从士兵一路晋升为师长，不幸于1928年9月，在石门的一次与敌激战中英勇牺牲，年仅27岁。其妻代氏夫人，苦苦相守70余年，至90岁寿终，未再婚嫁。生前，老人一直保留着丈夫为她亲手编织的马桑树火笼儿和书信，她一生唯一爱唱会唱的就是《马桑树儿搭灯台》。相传，在桑植，与代夫人命运相同的烈士遗孀共有三千余人，她们明知“壮士一去不复返”，却仍然“一年不回一年等，两年不来两年挨，钥匙不到锁不开”。当我们不约而同地再一次唱起这首歌，我的眼里浸满了泪花。心，在隐隐作痛，脑海里，浮现出壮士血洒疆场，回望故乡，妻子倚门守望，企盼团聚的图景。

历经千年沉淀，民歌，已如八大公山香醇的美酒，让每一位饮者如痴如醉，亦如八大公山圣洁的鸽子花，向世间传递着真情和友谊，更是八大公山人昂扬向上精神的象征。在芭茅溪清清的溪流畔、在天平山红红的篝火旁，无论是尚武生等“民歌王”的精湛表演，还是当地大爷大妈、阿哥阿妹们的原生态演唱，无不体现了这一方水土独特的文化气韵。受其熏陶感染，艺术家们亦加入了这且歌且舞的阵容，歌声、笑声一齐在山的怀抱里飞扬、回荡。

山之音

大浪淘尽，洗尽纤尘，在岁月的洪波奔腾呼啸之后，山之音穿越时空，在湘西北这一方偏远的高地，为我们的千年一遇，做精彩的绝唱：

风的变奏曲

夜宿天平山接待处，我们躺在温暖的被窝里，听风在夜幕中演奏，呼啸阵阵，电闪雷鸣，林涛嘶吼，大雨滂沱，似长江滚滚，万马奔腾，好一派肃杀之气。冥冥之中，我的灵魂仿佛随着阵阵急鼓，飘向远古的战场，于烽火硝烟，刀兵厮杀间，看见了那些“醉卧沙场”，“马革裹尸”的历史碎片。

清晨醒来，昨夜的惊心动魄、激越壮怀已无踪影。和风，像一位吟着小调的绅士，迈着悠闲的步伐，微微弹响树叶，轻轻拂动青草，与溪流谈笑风生，与阳光握手言和，同时，也为早起的我们，送上一股清新的空气，以致问候，使人身心格外舒爽。

谷的协助曲

行走于峡谷之中，则别有一番情趣。在那漫长而幽深的绿色长廊里，起初，我们只是静静地行，默默地看，四周空旷宁静得能听到自己心脏的跳动。再进，仿若远离凡尘，与世隔绝。

“啊呵呵……”突然有人憋不住亮开嗓子高叫起来。

“啊——呵——呵——呵——”

崖壁像一个巨大的音箱，发出阵阵回响，将那声音扩大延长几十上百倍。大家觉得有趣，忍不住跟着呐喊。顿时整个峡谷热闹空前，一浪一浪的声波，似远似近，亦幻亦真，仿若将我们带入到一个梦幻世界里。

叶的圆舞曲

叶，是世界上最平凡、最质朴的物质，它短暂的一生，不求自己的繁荣昌盛，只为成就植物的生命。八大公山的叶，浩如烟海，形状各异。因为有了叶的奉献和陪衬，才有了八大公山的苍翠、“珙桐王”的古老、“千手观音”的高大、原始森林的威武和花儿的万紫千红。叶是优雅的君子，永远成人之美；叶更是快乐的天使，在这座天然的音乐殿堂里，不停地表演圆舞曲。哗哗之音，如高山流水悦耳动听；沙沙舞步，如出水芙蓉，婀娜多姿。

我一直为自己的渺小无能而彷徨无奈，此时，手捧一片散发着泥土芳香的绿叶，我明白了一个真理：其实，伟大与渺小，永恒与短暂，没有绝对的界限，只是一种生活的状态，一种旅途的心境，历史是由英雄和人民共同创造的。茫茫人海里，我们每一个人都不过是一片小小的绿叶，应学叶的境界，该来的时候，踏歌而来，在阳光里泛一片新绿；该去的时候，飘然而去，“似烧非因火，如花不待春”。

水的咏叹调

“上善若水”，八大公山的水，是一道明亮隽永的风景，如江南少女般赏心养眼，百看不厌，更是一曲韵味无穷的乐章，到八大公山听水，是人世间一大美事、乐事。她时而湍急磅礴，铿锵洒脱，如琵琶弹跳；时而轻灵婉转，柔美曼妙，如丝竹之音；时而清脆明快，旋律飞扬，似珠玉落盘；时而静逸缠绵，沉吟低哦，恰似窃窃私语……

清流在苍山间冲刷喧哗，婉转向前，或扑出动人的漩涡，或摆出婉约的姿态。最扣人心弦的，莫过于两边山崖飞流直下的瀑布，每隔几十米，便现出一条：有的细如白练，袅袅飘挂；有的形如阶梯，一等一等跌下，似珍珠倾盆；有的夹在石缝里，如银蛇飞舞。难怪唐代大文豪柳宗元盛赞“南洲之美莫如澧”。在茁茅溪畔最大的瀑布前，我们一起合影留念，定格、珍藏了那美丽瞬间。

物之灵

鸟——天生无比的优秀歌手，它那清脆婉转，悦耳动听的歌声，表达了主人“有朋自远方来，不亦乐乎”的好客盛情；鸟，又是一群害羞的演员，尽管它们拥有巨大的舞台，却不事张扬，不出风头，你只能偶尔在茂密的枝叶间，绿色的草丛中或溪流露出水面的某一块石尖上，远远窥见它轻盈的身影，鸟的歌声如大山的清风，无处不在。几天来，我们在它的歌声里入梦，在它的歌声里醒来，又在它的歌声里行走。

最热闹时大概要算清晨时刻，鸟在窗外的树林里开“赛歌会”，叽叽喳喳，你方唱罢我登场，一浪更比一浪高。我自幼生长于山区，比较熟悉鸟音，可这里的许多鸟鸣声，我还是第一次听见，可见其种类繁多。

大山里人烟稀少，森林密布，行走其中，绝不寂寞。那些知名的和不知名的鸟儿，一路为我们唱歌助兴，加油鼓劲。使人联想到“空山不见人，但闻鸟语声”、“禅噪林愈静，鸟鸣山更悠”的意境。

在一片长满珙桐林的深幽处，忽闻几声杜鹃鸣，欢快而响亮，大家纷纷翻译起它的意思，有的说是“布谷、布谷”，有的说是“摇水当当”，还有的说是“不如归去”，我开玩笑道，这么好的风景，我看它说的是“不想回去”。大家一起笑了，“是呀，我们也不想回去”。

蜜蜂——与生俱来的艺术之家。无论走到八大公山的哪一个角落，你都能听到它们“嘤嘤嗡嗡”的歌声，看到它们在花蕊间欢快飞舞，辛勤劳作的身影，它们在酿蜜，也在酿造生活。蜜蜂还是无私的奉献者，采得百花成蜜后，为人辛苦为人甜。它高尚的道德情操，永远是人类学习的榜样。

因为蜜蜂多，蜂箱就成为这里一道独特风景。在农户的阁楼里，树林的枝丫上，岩壁的缝崖间，或圆或方，随处可见。金褐色的蜜蜂围着木桶飞来绕去忙碌着。或许由于植被茂盛，花种繁多，空气新鲜，八大公山的蜂蜜产量高，香甜可口，营养丰富，是难得的养颜、保健珍品。据说到这里来的人，几乎都要买一罐带回去。

“五岳归来不看山，黄山归来不看岳”，重在一个“看”字，赞颂的是这些名山大川带给人们视觉的美。八大公山不仅有优美的风景，更有绝妙的乐章。在土家吊脚楼里，在参天的古树下，在小桥流水边，静坐聆听。听花的绽放、叶的吐蕾、鸟的和鸣、风的轻盈、雾的潇洒、泉的弹唱、风雨协奏、雷电高歌，还有阿哥阿妹对情。心灵仿佛受到了一次大自然醇浓的洗礼，也品出了山水亦静亦动、或刚柔相济的性格。珍藏她，拥有她，便有了一种昂扬向上的生活和人生。

假如人间有天堂，我但愿她就是八大公山，我愿成为她生命交响曲中一个小小的音符。

（选自《文坛艺苑》）

有一种爱情叫马桑树

龚爱民

马桑树属落叶灌木，枝易脆、弯曲，但在西南一些少数民族的图腾崇拜中，马桑树却是司职天梯的神树，有生育哺乳、祈雨、天梯等功能。传说，牛郎每年七夕是爬马桑树才得以上天与织女相会的。在革命老区桑植县，因为当年广泛传唱开的一首红歌，今天，马桑树已成为爱情的代名词，马桑树即爱情树。

——作者的采访笔记

一

1928 年 2 月，戴桂香当兵去了十年的丈夫贺锦斋终于回到了家。

贺锦斋是贺龙的堂弟，离开家时只是贺龙的一名卫士，现在他是贺龙的得力干将。半年前的南昌起义，作为贺龙的国民革命军第二十军第一师师长，他臂缠白巾，冲锋在前，把起义军的旗帜插上南昌城头。

贺锦斋是与贺龙等十几位共产党人一道，化装成客商秘密回来的。南昌起义后，中共领导的第一支武装部队被打散，他们受党组织的指示，要在他们的家乡桑植县拉起一支农民武装，开展湘鄂边红色割据。

当兵十年才回一次家，本是久别胜新婚的燕雅时光，可贺锦斋却忙得脚下生风，白天出去会亲访友，晚上一帮人还要开会。戴桂香对丈夫所做的一切都不问情由地支持，每当他深夜开会回家，她正为他暖起被窝；每当子夜之后鸡叫声起，他要走了，她送他出门；当他因活动经费不足而愁眉不展的时候，她拿出积攒了多年的私房钱……

也许是这块土地封闭与压制得太久了，“有一个穷人的党叫共产党”星火一样在穷苦的农友们中风一样传开。那些穿着草鞋，赤着脚板，肩扛火铳，手执梭镖和大刀的庄稼汉们，足有三千多人，很快汇聚在一面“工农革命军”的旗帜下，贺龙任军长，贺锦斋任师长，然后一声呐喊，蜂拥着朝桑植县城冲杀而去……

这是 1928 年 4 月 2 日。这个日子发生的事件，便是后来载入军史的湖南四大武装起义之一的桑植起义。

起义成功后，扩充队伍，即扩红成了工农革命军的中心工作。

因为扩红，贺锦斋领受了组织编写红歌的任务。

这一时期桑植县产生了很多红歌。桑植县的文史专家证实：解放后收集的两百多首红歌中，都出自当年贺锦斋与周逸群（湘西北特委书记）等几位知识分子之手，其中贺锦斋一人就编写了一百多首。

贺锦斋待在家里编写红歌的这段日子，可是他们夫妇这辈子最幸福快乐的时光。

他们都是 1901 年生人，青梅竹马，从小又定下了娃娃亲，17 岁时他们成亲。她对父母为她一生的安排受之若命，就像所有人不能选择兄弟姐妹一样，她从一开始就认定他是她命里的那另一半。他呢，家境殷实，聪颖早慧，6 岁能背诵三百首古诗词，9 岁能吟诗作赋，13 岁在读经史了。其父贺星楼是清末秀才，有意把他培养成承传书香的才子。然而谁也想不到，新婚不到三个月，他就离家出走，跟带兵打仗的贺龙走了。

这一次，难得的夫妇朝夕相处，她觉得一切变得梦境一样美好。一种巨大的幸福感包围着她，压迫着她。由于心里憋得难受，她不由自主地，反反复复地，哼唱起一首歌来——

马桑树儿搭灯台，
写封书信与姐带，
郎被生意缠住手，
……

桑植民歌浩如烟海，当地人称：山上的树有多少，歌就有多少。他从小就听过大人唱这首小调。此刻，妻子圆润清亮的声音，就像清澈而温暖的溪水一样濡润着他的心。想到自己离开家这些年，妻子在家谨守妇道，操持家务，替自己照顾堂上双亲……他想，这歌不正是自己和妻子的真实写照吗？

他飞快地记下歌词，稍作思考，他圈改了一句，把那句“郎被生意缠住手”改成“郎去当兵姐在家”，又工整地将歌词写一遍——

马桑树儿搭灯台，
写封书信与姐带，

郎去当兵姐在家，
我三五两年不得来，
你个儿移花别处栽。

马桑树儿搭灯台，
写封书信与郎带，
你一年不来我一年等，
你两年不来我两年挨，
钥匙不到锁不开。

他沉吟了好一会儿，随后他轻轻哼唱一遍，会心一笑：这老歌新唱，真是不错，就是它了！

他叫来正忙着家务的妻子，让她看她一直唱着的他刚改过的这首歌。他拉她走到窗前，一只手拢着她的肩，一只手拿着歌词，细心解释他改过的那一句……

她说；“这歌唱的不就是你我？”

他说：“这歌唱的就是你我！”

两人相视一笑，随后齐声唱一遍，又唱一遍……

二

这年6月，趁红军立足未稳，国民党暗里派数倍于红军的兵力疯狂反扑过来。得到情报，贺龙立即组织洪家关的乡亲们向大山里撤退，同时命令贺锦斋带着部队去狙击敌人。

清晨，湿漉漉的雾气弥漫着，戴桂香送丈夫出门。村街尽头有一片马桑树林，走到那儿，她帮他整扯好戎装的前襟和后摆，又踮起脚尖正正他头上嵌着红五星的八角帽。

她问他：“你什么时候回来？”

他伸手折了一根马桑树枝说：“最迟明年，明年马桑树发新芽的时候。”

她朝他笑了一下，轻声唱起来：“马桑树儿搭灯台……”

她唱着歌，做了一个让他朝前去的手势。

勤务兵早就牵马等在前边了。他走过去，和勤务兵一同上马，然后两匹马一前一后，急促地奔跑起来。大雾正慢慢散去。

从此，丈夫敲亮了洪家关这个清晨的马蹄声，连同他们一起唱过的这支情歌，在她的心里整整回响了 68 年。

这真是“风萧萧兮易水寒，壮士一去兮不复返”，丈夫这一去，就再也没能活着回来。

从洪家关撤离后，贺锦斋与贺龙各自率领一支部队遥相呼应，辗转于鹤峰、石门等地与敌人周旋。这年 9 月，两支部队会合。不巧的是，部队却在石门的仙阳、泥沙两次遭国军的包围和袭击，就在第二次突围时，贺锦斋不幸头部中弹，一位文武全才的红军将领就此陨落。

1931 年 6 月，贺氏一大家族几十口人避难辗转至官地坪乡湖坪村已有一年多日子。官地坪离洪家关几十公里，当年属慈利县管辖，区长向云阶、乡长向宗波跟贺龙是铁打的关系，他们搞“明团暗共”，贺家人在这里得到庇护。

一天，湖坪村突然出现一个排队的红军战士，他们轮换抬着一口棺材，一路打听贺星楼老人家的住处。到这时，家里人才知晓，贺锦斋早在三年前就牺牲了。那棺材里装着的，便是贺锦斋的尸骸。

随后贺龙带着队伍也来到湖坪村。在为贺锦斋设的灵堂里，指挥千军万马的贺龙倾金山倒玉柱，跪倒在族叔贺星楼老人跟前，请求责罚，他没能保护好他的堂弟。

贺锦斋的牺牲也给贺龙造成了断腕般的痛惜。

办完丧事后不久，贺星楼老人请来贺龙，商讨要把尚年轻的儿媳当做女儿嫁出去。没想到，平素井水一样温和的戴桂香竟生硬地甩出砖头石块一样的话来：“不，你们谁也休想赶我出门！”

当时堂上的情形，公公与贺龙并排坐着，中间隔着一张放了茶水和烤烟的茶几。婆婆呢，则坐在两人旁边，不时起身为两个男人续水点烟。

婆婆小步紧趋，上前要将跪在地上可怜的儿媳拉起来。可她却生了根似的犟在地上，拉不起来。

从丈夫回家那天到他们那次分别，他们在一起生活刚好三个月。如果她知道，那三个月已经透支了她一生的幸福和快乐的话，那么她变本加厉地享受那段日子，使用那段日子。如果说有什么遗憾的话，那便是简化成这样一声叹息：我真是没用，没能为锦斋怀上一个孩子！

她就那么跪在地上，说出了她的心思：“爹、娘，你们要真是对媳妇好的话，就让学禹跟我，我想把学禹养大成人，为锦斋留个后！”

学禹是谁？贺锦斋的胞弟贺锦章的大儿子，还只 3 岁。一个与贺锦斋血缘最近的娃娃。

她又斩钉截铁地说："我想好了，我不出门！我生是锦斋的人，死了，是锦斋的鬼！"

那天，直到一家人应允，她才起身。

从这一天起，贺学禹命定成了替红军师长贺锦斋传递香火的人。

贺锦斋的尸骸，因为无法通过层层封锁线运回洪家关，只得暂厝官地坪，直到国共第二次合作后的1937年，才迁坟至洪家关。

1949年10月，解放湘西的枪炮声震颤了洪家关，也震颤着戴桂香的心。戴桂香带着21岁的贺学禹来到丈夫的坟前，烧了一夜的香纸，唱了一夜的"马桑树儿搭灯台"，她告慰九泉之下的丈夫，红军回来了，国家要改朝换代了……

1950年，叔弟贺锦章拖家带口奔成都军区首长贺龙，到那边安家了。为了能让学禹有个好前程，戴桂香极力促成学禹跟亲生父母过去。当时公公婆婆已过世，一家人都要她一起走，她执拗地说："我哪儿也不去。我走了，锦斋一个人在这边，孤单着呢！"

不久贺学禹在成都参军，光荣地走上了抗美援朝战场。战争结束，全身而归的贺学禹选择了回桑植。原因很简单，他要为阿娘养老送终。贺学禹从小就明白，阿娘对自己的抚养之恩大于亲生父母的生育之恩。

三

"文革"时，远在北京的贺龙被打倒，最后受尽折磨，含冤而死。月晕而风，础润而雨，这自然又牵连到洪家关的亲人。戴桂香本来享受红军遗孀待遇，自1958年就住进了洪家关光荣院，这时却被"请"了出来。她一个70岁的老人，不仅要参加生产队劳动，还要接受没完没了的批斗。那些年，她是洪家关最好的批斗对象。不准她吃饭，要站到乒乓球桌子上，一站就是大半天。有一次她终于晕倒，一头栽倒在地……

这个温和如水的老女人，即便是再激烈的批斗，她都是低眉顺眼、一声不吭地死扛着。唯有一次，她表现出了少见的愤怒。

有人将贺龙的旧居拆除，夷作稻田，一天，又来了二三十个红卫兵小将，说贺锦斋是"贺龙的死党"，他们挥锄舞锨，要平掉他的坟。

正在稻田里扯稗草的她，疯了似的冲过去，泼命与他们撕扯在一起。她一次又一次被拉扯开，却一次又一次扑上去。后来，她吃下了那种田头地角到处生长的水蟒藤。那是一种含有剧毒的草，人吃了不过夜就会烂肠而死。她的这一举动，点燃了整个贺氏家族怒火，他们挥舞着锄头和棍棒将挖坟的人追赶了好几里地。

她很快被送进公社卫生院，她是想死没死成。

1975年7月的一天，贺龙的老部下、时任中共湖南省委第二书记的张平化突然来到洪家关。后来桑植县志对这天的事这么记载："张平化同志到桑植县亲自组织贯彻学习中共中央为贺龙平反的决定精神；为贺龙故乡洪家关筹建洪家关中学，实现贺龙生前夙愿。"

张平化同志踏勘拟建的洪家关中学校址时，不经意走到了一座坟前。县里的同志告诉他，这是红军师长贺锦斋的坟。他低头默立了一小会儿。当听说贺师长的遗孀戴桂香现在的情况后，他说马上要见她。

当戴桂香从田间一身泥水地被带去的时候，她完全是一副勾头弯腰、准备接受批斗的样子。张平化同志拉着她的手，亲切地说："嫂子，你坐下。"

她坐下了又起身。两腿打着战。

张平化同志心头一热，喉头一哽，泪水直在眼里打转。他向她深鞠一躬说："您别怕！我来晚了，我向您赔罪了！"

她惊惶道："你，你，你是谁？"

张平化同志说："我是贺老总手下的老兵，受党中央、毛主席的指示，专程来看望洪家关的乡亲的……"

眼泪哗哗流下来。她承受不住这巨大的情感落差，全身酸软得像件衣服掉落在地。张平化再次拉她坐下。

随后，就戴桂香的问题，张平化同志对桑植县主要领导作出明确指示：戴桂香应该享受红属待遇，这么大年纪了，再不要参加劳动生产了，要立即回光荣院养老。

四

戴桂香与贺锦斋的故事到这里就差不多结束了。此后，戴桂香老人在洪家关光荣院度过了她生命的最后二十年。光荣院的日子，正是我们希望看到的那样，平静而安逸，老人过得心宽体胖。

要说老人还有什么故事，便是与这支《马桑树儿搭灯台》情歌有关。

我去洪家关采访时，老人的孙子贺学禹的儿子当过乡长的贺建军，还有洪家关光荣院当年的工作人员都向我证实：老人养成了一个爱好，就是收集马桑树枝，她的房间什么时候都插有马桑树枝；每有太阳升起的天气，或每当夕阳沉落直到夜色弥漫大地，她似乎总是坐在丈夫的坟前，为他唱歌，陪他说话；他们常听她说的一句话就是："锦斋，我这辈子是对得起你的！"

这就是戴桂香1995年去世前二十年的所有生活。世界变得平和而恒常。生与死已然没有边界。戴桂香用大半生的时光唱着这支思念的歌，以永恒的心陪伴着她的永远停滞在27岁的丈夫贺锦斋……

也许戴桂香自己不知道，上世纪五、六十年代，桑植民歌手将她丈夫改编、她第一个传唱的这支民间小调带到北京为国家领导人演唱过，后来又多次在省一级的场合演唱，被音乐界誉为"金色的旋律"。

今天，《马桑树儿搭灯台》不再是贺锦斋和戴桂香两个人的了，它早已成为民间音乐的一笔财富，成为我们追溯那段历史风云的最好的文献，成为一段传说中的爱情绝唱。

桑植县的文史部门曾统计过：整个大革命时期，全县先后有一万多农家子弟参加红军。待新中国成立时，能"衣锦还乡"的红军将士已不足一个连。就是说，这数以万计的子弟兵的尸骨绝大多数抛撒在了漫漫征途或异地他乡，于是桑植留下了3000位红色寡妇。当年，这些红嫂们就是唱着这支歌送别自己的亲人的。马桑树所传达的情感，像山一样博大深沉，像水一样柔软温暖，像白云一样圣洁纯净，这首歌的内涵远远超出了一般情歌的意义。

2004年，中国当红的歌唱家宋祖英带着这支歌飞临奥地利唱响维也纳金色大厅感动整个世界的时候，这支歌的许许多多的家乡人，坐在电视机前，默默流下了激动的热泪。

(作者龚爱民，《张家界日报》副刊编辑，张家界市作家协会副主席，中国作家协会会员。先后在《民族文学》《中国作家》《湖南文学》《芙蓉》《西北军事文学》等刊物发表中短篇小说30余篇。著有长篇小说《寻亲》。)

只等你牵手，天门山

全迎春

就这样望着你，到地老，到天荒，到天门洞开。

——题记

你就这么以大跨步的姿态伫立在我眼前，以1500多米的海拔，与你十五座山峰兄弟一起连绵起伏，简约成一幅三维立体风景画。

这是一个秋天的黄昏。一贯张扬的阳光，在你含蓄的气势里，如渔夫收网，从西边渐次收敛起挥洒开去的剔透，只是没忘，将周边那些仰慕你的小丘陵，明暗有致地投向你的身边，让人感觉，就像一群手拉手的可爱孩童，和着周围层林染尽的红叶声，玩着丢手绢的游戏，而你大手中，绣着白云的蓝手绢，会丢向何处呢？我想，你是不会丢到我身后的，我太渺小，渺小得就像那生长在你身边的秋牡丹一样。尽管每天，我与你，呼吸着一样的秋高气爽，一样感受着你蓬蓬勃勃的血脉，生长的节奏，而你的高度，却让你怎么也望不见我，望不见我默默仰视你的模样。尽管此时，我红、白、紫、黄丰富而珍稀地开着，39片紫红的萼片罕见地娇艳着，被全球植物学家唏嘘地惊叹着，但我知道，在博学的你的面前，我只是你众多珍奇植物中的一棵。记得在一张图片中，你采集阳光的手，为我抚理额前那咎羞怯的花瓣时，那感觉告诉我，你必须让我在你宽广而温和的臂弯里生长，不让我过于单薄的心身承受太多。在你如此温柔呵护的责任里，我想，我只有等待。

等待中，我作为一种植物拥有了春天里的名字——天门山杜鹃。这是我与你的名字连起来的一种珍稀植物的命名。你知道吗？这样的连接，让我在暖暖的春光里，悠然派生出许多缘分的宿命，不断以天门山杜鹃特有的清香，向你传递着我的怯喜。我想，你一定是收到我的信息了，在你山下的一潭碧水中，清晨船夫阳戏高腔的唱词，划动的小船身后留下的涟涟波纹里，有你投下的意会倒影，竟然被善解人意的金色春光聚焦拍摄，上传到我银色间或红白的花蕊间，那天，我快乐地哭了，泪珠至今还滚动在你春季的胸襟间。

为能真切地走近你，素来惰性的我选择了步行。上山的小路口，一位中年男子在一堆农具旁念念有词地烧完香纸，站起身，冲着山顶大喊，山神开道吧，然后拍拍双手，整理好农具，担起上山了。半山腰上一位80多岁的辰州老妪，负着一篓的香纸在山路边歇息，被汗水浸湿的一束白发，依在那张满是褶皱而虔诚的脸上，像是在寄托着什么，看着我原生态地攀登方式，露出会心地笑。这历经沧桑依然纯情的笑意，为我补充了走近你的能量。而你的高度和险峻，却依然让我在你宽广的胸怀里，全身疼痛，那是你给予我的一种刻骨铭心地疼和痛。就在那个我走进你的黄昏，你装扮成民工的模样，穿行在天门山寺旁的小山岗的草丛间，采摘大把的山花递给我，不言也不语，然后沿着一条铺满金色的小路，走了。望着你高大却憨实地背影，我一时变得很傻，傻得想不起问问你，一时茫然在遍是山花绿草的寺院旁，呆望着香火婷婷袅袅。许久之后，我才明了，那条小路的尽头一定是你的心房，一定是，我这样坚信着，郁闷的双腿，不知怎么就梦游似地朝着你走的方向奔跑起来，山风在我耳边呼呼响着，花草在我身边唰唰地向后分开，不知穿过了多少溶丘石芽，一片一片的红豆映入我的眼帘。红红的豆子，粒粒可人，揣测得久了，感觉那红色包裹的核籽，好像随时都要滴出血来。环顾四周，一切都是出奇地静默，只有那一颗一颗的盈盈红豆，隐隐生疼地红在你宽广的怀里，红在唐朝诗佛王维的相思间，红在我走近你的艰辛疼痛中，直到又一个夏季的来临。

夏季来临的时候，你依然是迈步走的样子，我知道，你有你的方向。当阳光从你宽敞的步伐间穿行而过时，从照片的角度，看见了你身旁纵横阡陌的良田和碧绿的池塘。那时的我，只是池塘里举着圆圆荷叶遮荫乘凉的小鱼。有时远远地逗你，便偷偷望着你儒雅的气质，怪腔怪调地念叨“小荷才露尖尖角，早有蜻蜓立上头”的诗句。而你依然是顶着炎炎烈日迈步前行的样子，我便俏皮地向你大声喊着“天外有天天不夜，山上无山山独尊”这句赞美你的对子。但无论我以怎么地腔调怎样地大声，你依然前行。你那前行的步伐告诉我，你要不停地前行，前行。

撩开头顶的荷叶，望见你前行中与众不同的气质，我潜入水底，一动不动地依附着地气，想探寻到，让你具有如此坚定步伐的毅力支撑是来自地壳的哪里？在那样的夏天，研判你，成为我生活的主色。有次，你在一本有关地壳的书中告诉我，在许久许久以前，这里的海相沉积上升为陆相沉积。这让我想起当年作为迷恋海石花海贝壳的小女孩，家人总是拉我到小城的南门码头说，矗立在小城南边的你，身上藏着许多海贝壳啊。这是我第一次知道了你，第一次知道了你原来是大海的一部分，我对你的向往便应运而生。也许从那时起，就注定了，你的身上蕴藏着让我着迷的大海情节，冥冥之中将我引向你，引我在书中潜心研判你。

当我涂过透明红的指甲，专注地划过书页的边沿时，指甲上月牙形的亮色，不知怎么就被定格成眼睛在你前方的夜空中了，惊讶间，我感觉一条银亮亮的长头帕，从你手中滑出，顺着你的身体弯弯曲曲九十九次后，飘向我，而我攥着书本的手没法接住，让我错过了，错过了你的期盼。而那条绕了九十九道弯的长头怕，成就了通向你的公路之最，也成为我走向你的另一种神话。

那是傍晚时分，我来到了你的身边，静静感受着，你从云雾雷电飞机间大步跨越的惊世气魄；步步丈量着，你步伐跨度的神奇色彩。一阵风过，有梅花状的雨点在我头顶飘洒开来，那滴滴的光点，一如抛向新人的迎亲礼花。兴奋中，低头看见我的步伐正从一团恰似火焰的夕阳间跳过啊，这样突然而至的场景和土家娶亲的联想，让我羞怯不已，直到夜色升起，我还在思量，这也许就是你给予我的一种美丽幻觉和念想。

当满山梅花真地走来时，你迈入了大雪纷纷的冬天。那时，你身边的百岁大庸鹅耳枥树，正披着白色的棉衣举手向你致意，而你，依然迈步前行。那些修建在悬崖绝壁上的鬼谷栈道，已经铺上迎接新年的白色地毯，而飞越过千山万水的小鸟，多想穿过你身旁的峡谷在地毯上做一次童话，可是，你的高度和萦绕在你身边的气流，只能让习惯早起的小鸟，站在彩虹般的索道线上，向你发送不了的心愿。而三、四寸大的米猴，便从你宽大的衣袖中蹦出，在高高低低、远远近近的树枝上，摇晃着树挂想挂起灯笼，一心二用地偷看那些色彩斑斓的青春，在一坨坨白雪里挥洒。只有白狐，为了一次万年的爱情等待在实景音乐声中旷世，正暗自修炼成仙。

就这样，我不断地望着你，阅读你，感知你，与你一起迎朝送夕，走春度冬，许多年，等待你，慢慢地融入我，成为我生命的一部分。

（作者全迎春系湖南省作协会员。此文选自《中国旅游报》209年4月12日。）

时间之侧
——献给罗水

全迎春

那天，我是先将罗水乡间那座南梁桥画在眼里了，才涉过时间的溪水走近你。

那时，你端坐在时间堆砌的橄榄绿的山下，任凭熟褐色木门，上百年地敞开着。在几步探寻的足音里，三两只鸭子在天井里靠厢房的台阶上，用赫石与深红相间的嘴从容地梳理着羽毛。这时，秋日的天光照在鸭子黑色羽毛上发出釉彩的光芒。

有“吱呀”声从正门响起，惊起一只中黄色的母鸡向正门外的菜园扑腾而出，褐色正门梁上悬挂而下的红辣椒也随意摆动了几下，然后是夜样的静，探寻的声音便随之轻轻地向心间收拢，收拢。而此时，花岗岩砌成的绿色菜园里，有动静落到地上，也许是哪种菜花滴落了，也许是哪只吃菜的小虫，从菜叶上撑饱了肚子滚落下来了，谁知道呢？那时，你依然端坐着，不再像许久许久以前，你坐在天井的中央，大声读着久远的诗句，“鹅，鹅，鹅，曲项向天歌……”你洪亮的童声，激起卧在台阶上晒太阳的鸭子们不停地扇着翅膀，伸着脖子高高地“嘎嘎”叫起来。许是鸭子们那升上空中的叫声过于突兀或激动，在接近屋顶时便撞上钛白色的风，打断了你童年的视线。

随着场景的替换，你可能看见了我那时的模样。从你现在端坐的山下，我挎着柠檬黄的竹篮，随着黑色的小狗穿行在月白色的晨光里，小鸟翠绿翠绿地叫声，让我的心情格外欢畅。几乎要走近你眼前时，粉绿色的长裙摆绊住了我，篮里褐色的蘑菇撒了一地，玫瑰色的羞赧在我青春的脸上怎么也挥之不去，我忘了疼痛，只是哭，不停地哭，小狗拖着长嘴使劲拉扯着我的衣角，而你，怎么就置若罔闻呢？

就在我抬头怨你的那一瞬，发现，你依然端坐在山下，只是，在你我之间，还有许多个时间网织的场景，就像三维画，必须以一种特定的视觉才能辨出那画的模样。

走近你，我必须继续，继续穿过一层厚似一层的时间。

这时，我看见赫石色的田野上，一两只白色的羊羔，正默默地啃吃着枯黄色稻茬间冒出的浅绿色小草，远处南梁桥下湖蓝色溪水泛着微微波光，游来游去的白色肥鸭，三三两两，顽皮地擦洗水中的倒影，一点也不啃声。为走近你，我探寻的目光就那样被哑然，被那弯弯的溪水截流在黑色的水坝上。站在南梁桥上，想着你历史而平静地微笑，我再次鼓起走近你的勇气，奔走在长满时间青苔的石坝上。口渴的欲望，让我忍不住俯身掬起一捧溪水。我看见湖蓝色溪水在手心变成透明的白色，像酒。在我擦拭嘴角残留的水珠时，从我清凉的胃里涌出了玫瑰色的醇香，这样的醇香让我醉意恍惚，恍惚听见溪水"哗哗"地拍着小手，笑我醉态朦胧脚踩白云。我制止小溪笑话的手指还没伸出多远，就跌倒了，跌倒在你智慧的掌纹里，随后是年轮滚动的声音。

还是那栋离南梁桥不到百米的四合水式土家建筑。房屋依山而建，熟褐色大门依然敞开，我挎着翠绿色的竹篮沿阶而下，正想与拾级而上的烟灰色晨雾招呼时，却听见木叶吹成的山歌从南梁桥那边传来。我想，一定是你，是你装扮成土家少年，站在溪边柳树下，顺手摘片墨绿色树叶放在嘴唇间，就能吹出一串串桃花色情歌，引来一群身着白衣蓝裤的土家少年，围着柳树上百年的腰身学着吹奏。就这样，纷沓而来的聆听被时间定格。就这样，天上薄薄的太阳被吹出来了，村头水牛"哞哞"地懒腰声被吹出来了，村后猎狗"旺旺"地报送平安声被吹出来了，山坳里黄绿相间的梯田间羊羔撒娇地"咩咩"声被吹出来了，水田里鸭子吃着早餐的"嘎嘎"声被吹出来了，屋后竹林间啄食虫子的鸡子们也趁机"啾啾"地练几声嗓音。而木叶歌声依然没有停下来，有时会随着金黄色的稻香在夏日的午后响起，激起黑色知了深情地协奏。有时，会从开满映山红的山间传来，引出林中黄鹂鸟谦虚地唱着和声部。只有一次，木叶歌声从山外的雪地上传来，在钛白色的月光下划过一道钴蓝色的光芒。在这样的场景里，我很想自己，就是那溪水边凿冰浣衣的女子，我就可以很真实地领略着你的孤独走近你。

其实，你到过农家小院的。那天就像过节一样。那户覃姓的农家宰了一头麻斯黑的肥猪，摆上四、五桌土家十大腕菜。盯着青花瓷碗里色香味俱全的佳肴提著欲食，土家敬酒的歌声从进院的栅栏间一溜唱起。几巡杯盏相碰之后，身边唱歌敬酒的土家女子，白皙的脸上泛起了晚霞的红晕，高而挺直的鼻翼吸气如兰，乖巧地配合着那张小巧而肉嘟嘟的嘴唇发出天籁之音。席间酒杯的轮换，土家女子高挑的身影，在杯中苞谷烧的心震颤，随后，便像涟漪在时间中慢慢地荡漾开去。这时，我看见，你正以某种手势在傍晚的山头述说着什么，因为太远，因为隔着时间，我无法看清。但随你口口相传而来的土家歌声，却从时间的胸腔里，一路又一路地走来。当然，还有你流传下来的，充满天地人一朴素哲学思想的上梁仪式歌，牵牛开犁放鞭炮敬请“众星踩门，朝拜新屋”的平整宅基仪式歌，还有你的土家汉子跟着信仰走出你的掌纹爬雪山过草地的红色歌，还有关于你的那段神话传说歌……你随处留下的太多，多得我无法记住。但我却记得，你教我土家摆手舞的场景。

时间回溯到一个秋日的上午，太阳在蔚蓝色的天空里做着金色的日光浴，南梁桥那边的水车，总能翻过望不到边的稻田，时不时地骑着灰绿色的风，送来它褐色而光亮的声音。而南梁桥对角的晒谷场上，早已挤满了穿红着绿的土家人。我寻找你的脚步让我错过了这里许多过节样的场景，你传下来的草龙灯舞过了，铜铃舞也跳过了，回忆土家人一年劳作渔狩的记忆沟回也在人们眼前定格过了，站在晒谷场某个角落，我一时怅然，如落伍了的羊羔，无助的眼神穿过人群焦急地找寻你。我知道，有你在，一切都会迎刃而解。

于是，晒谷场上古老的柳树下，你用手势为我打开一本书。我坐在散发着金色稻香、红色木叶、翠绿水草和墨绿森林味道的书里，我发现，蕴育你的罗水，在地图上就像一片写满甲骨文的龟甲，而你，就在这龟甲上行走，昼夜行走，春夏秋冬地行走，宗教般地行走。从远古一直走来。那天，为弥补我的失落，很远地，你在书中用手势教我跳起了土家摆手舞。

你说，蹁跹而退，踢踏回旋。我笑了。

你说，这是侧身摆、单身摆、转身摆。随着你的手势我着急地比划着，却怎么也跳不出你的节奏。

你说，顺拐，屈膝，抖动，下沉。你说，手脚要协调，摆动起伏不过肩，线条要流畅啊。可是，在你耐心的手势里，我怎么也学不会那个“顺拐”动作，一时心急，转身时两腿缠绕让我再次跌倒，跌倒在几乎要走近你简朴而博学的途中。

我记得，你曾下意识地向我伸出手的……

不知何时，茅古斯舞的狂欢声从远处传来，我想，叙述土家人“祖先的故事”的狂欢日子你一定会来。很幸运，在南梁桥头的一面建筑墙上，我找到了能前去迎接你的路。尽管那简单而拙笔的画里，你的模样远不及你端坐在山下时的高大和俊朗，但看着你头插羽毛，身着兽皮，斜跨弓箭的样子，却意外地让我找回了遗失许久的恒心和欲望。

从远古，一路舞蹈而来的茅古斯狂欢声越来越大，可是我要穿过的时间场景却越来越多，不过不要紧，有你冥冥中的护佑和指引，我会走近你身边。

也许某天，你看见，一位花白头发上插着紫罗兰的老妪，在大红、草绿、朱红和枯黄色交错的狂欢声中静如处子的，那一定是我。

（选自《岁月》2006 年增刊）

凭临楚南道风

姚雅琼

道　缘

那年仲夏，与友人登五雷山。是年山上未受商业经济浸淫，上山者尽是虔诚香客。午后时分，求得上上签的香客陆续下山，道观显得冷清起来。孤绝清寂中，太阳的斜辉洒在雄踞于“龙脊”的庙宇间和爬满青藤的残垣断壁上，山风摇曳着满山沉睡的疯绿，殿堂在斜阳古风中放散出令人心悸的苍凉。站在金殿前，感受寂香袅袅钟磬声声道风习习的肃穆，我顿觉神定气闲，周身畅达，心胸一派尘缘未染的超然。

游得各殿天已近黄昏，夜宿道观，见那“与天同齐道人家，长生不老神仙府”的迎宾馆门洞上写着“东厨司命宫”，便知道这是道人膳食之处。司厨的俗家男人听了我们的来意，放下手中的经书，彼此攀谈。他因婚姻变故来到观中每日司厨，闲时苦读经书，一心想通过考验做一个真正的道家弟子。

斋席上，一位小坤道大眼圆脸，小小的身子裹在宽大的道袍里，短发因无法用黄杨木绾起，娃娃头显出几分稚嫩，惹人怜爱。打量着我，她眼里分明漾着少女的好奇，这个叫小红的小坤道不时和庙里的小乾道像邻居的小弟小妹似地拌嘴，问及为何遁入空门时，这一对未满十六岁的小人儿却平静地说：前世与道有缘。听闻此言，尘缘未尽的我心中大惊。傍晚时分，我招呼同伴去山门外观夜景，在那座小小的镇山塔旁遇见小红，问她看什么，她指着低远处隐约闪烁的城市灯海说：那边好美啊。

道　姑

那一夜同伴在“东厨司命宫”打牌，我的心思却用在别处。一位面容清秀的道姑将手中的食钵放在供龛下的墙根，然后秉灯以照。片刻，几只硕大的山鼠跑出来进食，发出吱吱的欢叫，眼睛在黑暗中闪着火红的幽光。胆小的女伴吓得尖叫，道姑却慢语，这我每夜必做的功课。在山上，人与生灵永远和平共处，生灵是从不无故伤人的。

午夜，我的思维被道观中神秘的夜阑所吸引。忽然，耳鼓飘来一曲清丽的箫声，静聆竟是优雅婉转的《春江花月夜》，低沉委婉的曲调寄托了张若虚的离愁别绪，这宁静辽远的遐思铺泻在道中如水的月色里，那一种让箫声占满枝头的深情，低徊了又低徊。箫声牵引我穿过冰凉的青石过廊，眼前的画面摄住了我的心灵。

银色月光从低矮的窗格挤进来，那位秉灯照鼠的道姑此时已取下头上的黄杨木，绾起的长发飞瀑般流泻于腰际，乌黑的发泽与夜色融为一色，无法辨清哪是发际哪是夜色，只有她清秀的脸庞沐浴在月光里，闪着洁白动人的光彩。一曲吹罢，伊人置箫于案，对我浅浅一笑，我坐下与她攀谈。几案上放着一瓶“一滴香”，我一脸好奇却不敢造次。看出我的疑惑，她笑着说，想象它是一瓶酒，人的精神是需要想象的。好一个精到的“想象”！握着那支瘦箫，像握住了她传递心流的双手，蓦然间，我眼里腾起被坦诚所漫起的雾水，不同信仰世界的人，心与心之间总有一条河流是可以共通的。

道　理

凌晨，我披衣走出山门，见天空已呈清丽的灰蓝，山顶飘浮着几朵闲云。山风劲吹，林木涌起有节律的涛声，空气中流泻了野花的香味；早醒的鸟儿在山谷中啁啾，苍鹰在晨空中盘旋，舞蹈，远处的山峦与天空混为一片灰蓝。低远处大大小小的山峰上绕着雾霭，在山峦的折褶里，依稀可见昨夜一片灯海的小城。居高可望远，难怪道家人有一双洞穿世界的慧眼，一颗洞悉世事的慧心。

向东方，天边已有几抹曙色，最初的一线是橙黄，往上是一大层淡黄，再往上是沉沉的青灰，天空浑如硕大的穹庐。瞬间，沉沉的灰色里升起火红的圆边儿来，接着是一个半球，继而是全部，纯粹得像一只蛋黄。五雷山的日头不是从茫茫的云海中升起的，它是从一片洁净的天空中跳出的一个火球，干净而纯粹，无所谓穿云破雾。五雷道人说，将双手举齐眼前，托住那个火球，你便是一个托起世间万物生长之源的巨人了。大凡看日出辉煌图景的人，没有不慨叹自然伟大而人类渺小的，唯这大道，教会人摒弃沧海一粟的自卑，启迪你的“巨人”意识，此乃积极人生之睿智。一直以来我都笃信道的睿智，走玩五雷山，是想做一回“天地与我并生而万物与我为一”的从容智者，凭临楚南道风，心胸畅达如许，乃人生快慰之际遇也。

（作者姚雅琼系湖南省作协会员，张家界市直作家协会副主席。此文选自《散文百家》1996年第10期。）

激情狂飙毕兹卡

姚雅琼

罗水，这自然而清野的土家山寨图景充满魅惑，安宁、静谧与狂野交集，蕴藏着土家山民用勤劳、勇敢、善良、膘悍所创造的智慧和文化，那暗涌的狂流，被土家山民用震天的鞭炮炸开一个缺口，朝我们喷洒，狂飚而来。

那缕夹着火药味的白烟瞬间袅起，烟雾中草龙腾空翻滚而来，男人女人们附龙身而狂奔而翻转而跳腾。膘悍的男人，泼辣的女人，两两对阵，在这人头攒攒的乡场上一决输赢。满场尽是狂舞，满场尽是吼叫，满场挥洒着欢笑，一场酣战，几番较量，不相上下，难分伯仲。

土家先民古老的图腾潮水般涌进你的视野——丰收的摆手舞，围猎的茅古斯，诙谐的花灯调，欢乐的打溜子，传情的木叶曲，欢腾的草龙邓，巫傩的铜铃舞，爆挤着看客的眼球。阵阵鼓点撞击蒙尘的心灵，打开那久未开启的心门，让人心波潮涌难静。茅古斯，土家民族精神的血脉，是我的祖先不断与自然抗争、融合的，是田野、山峦、河流、云雾的原生之舞；是毕兹卡先民渔猎、农耕、生活的祭祀之舞。它们诞生在土家山民的吊脚楼上，屋檐下，田坎边，祖坟旁，演绎着毕兹卡“祖先的故事”，是“中国舞蹈的最远源头”，何其狂野而古典。

眼前这位年轻时被山寨巫师用花轿抬来的女人，如今已经鬓发飞霜，遇上这样的盛事总心有不甘。当老巫师在乡场上表演巫术的时候，老女人乐颠颠地把压箱底的行头翻出来穿戴好，花枝招展地为生命里的男人眩眼助威。她无惧于别人骂她疯婆子，想当年，她那份光鲜和繁华，几可让那些打落在乡场上的眼光碎成一地。今夕何夕，任白发苍苍，昔日的骄傲还在，内心的高贵尚存，她心无旁骛，傲视人群。

我被疯狂的土家阿妹拉入摆手舞队伍里，那火辣洒脱的动作霎时摆脱了我城市的矫情。就让我们尽情地摆吧，摆一个挖土耕地，摆一个播种撒肥，摆一个割谷打稻，摆一个仄身过崖，双手举过头，拍一拍手——啪啪！我们向前走，生活安宁和谐美好而富足，丰收的喜悦尽在舞蹈中。我们左摆右摆前摆后摆上摆下摆摆出心花花来，摆掉尘世的喧嚣和疲惫，摆掉满心的阴郁和晦涩，把山里的清新吸进去，把城市废气吐出来，装上一腔如狂欢摆手舞一样的激情，注入清如许的人生活水源头，生命树下仍旧喷涌汩汩泉流，枝叶葳蕤常青常绿。

从来没有这样豪放过，从来没有这样狂野过，季节虽已初冬，我却在一片“嗨嗬嗨”的狂叫中酣畅得大汗淋漓。毕兹卡，土家人，我是你亲亲的阿大，却从来没有用我们民族原生态的方式这般爽性畅快地疏理过自己。在城市的角落里，我们常常犹如困兽般走投无路，今天的我，要彻底地来一次民族桑拿，用土家山民开出的偏方野药给心灵注一针强心剂。

狂欢的队伍散了，乡场上的人迟迟不肯离去，人们留恋那种锣鼓喧天，灵魂出窍的热闹。这时，一声扯破锣的嗓子吆喝起来——赶场去罗！人流立即往集市涌去，人头攒动，人声鼎沸，都被淹没在海洋里了。

（选自《散文百家》2006 年 8 期）

土家风情二题

姚雅琼

三十过大年

二十一你莫急　二十二跑货店
二十三送司命　二十四过小年
二十五推豆腐　二十六浇蜡烛
二十七炒炒米　二十八打糍粑
二十九熬猪头　三十过大年

——土家民谣

身为土家女儿，是唱着这首民谣走过如风的岁月的。说起过年，记得是八十年代初的那场大雪后，轻暖的雪被拥盖着我那木板板小青瓦花格格翘檐檐木栏栏的土家吊角楼。琼天银地里，散着打雪仗滚雪人踢毽子踩高跷的小身影。家家灶屋飘着炒炒米扯丝丝糖的浓香。大年它就象那个提着花篮篮的仙姑子，一路袅袅亭亭地走来了。

大美大放之前是需要温馨来铺垫的。我家三娘熬熟年猪头，将又糯又香的“核桃肉”分给娃儿们吃过后，就催我们上床了。天不见亮，又被叫醒。但见热腾腾的十几海碗年菜已摆上大方桌，油滋滋香喷喷，让我睡意顿消。童颜鹤发的三舅公这时从厢房里出来落在铁定的上座。他着一袭紫铜的满襟袍子，叭嗒叭嗒不停地抽着那杆“天长地久”的旱烟，杆头上缀着的麂皮烟包就象一个活脱的小钟摆儿。望着他那副庄严的神态，好比一部翻阅不尽的历史，晚辈肃然起敬。跟着他敬过土地公婆，又要去敬家神，做完一切，不等三舅公挥手，猴急的堂弟就点燃了鞭炮，霎时间响声大作，纸屑满天，烟硝绕梁，经久不息。这时，最忙最得意的要数我们这些娃儿，既不想放过屋外零落的大爆竹，又要担心桌上的鸡腿子肉藕丸子。因此只得里里外外跑出跑进，忙得不可开交，全然不觉得这世上还有比过年快活的日子。嫂子婶娘们做得多吃得少，桌上家长里短，细细详谈；叔伯兄弟则豪饮自家酿制的米酒，席间高声大嗓地计议来年的家事和收成；那边刚过门的香嫂嫂，桌面上与妯娌敬酒菜，桌下却去掐男人的大腿，示意他莫灌醉，省得妯娌取笑；只有三舅公捻着山羊须，抿着我从城里捎来的杏花村，从容而自得。

年饭边吃天边亮，从黑暗到光明；年饭从头年年尾吃到来年年头，年年有余。团圆美满的生活因此日新月异。

三十的火，十五的灯。三十晚上守岁少不得旺火。伯叔们将腊月间就准备好的大“主蔸”抬来架在火塘里。火要旺得人人红光满面，旺得个个脑门冒汗才罢休。大家这才忙着泡炒米烤糍粑煨果果儿茶，我则缠着三舅公讲古，直讲得躲到了三娘怀里去。午夜子时，闹声嘎然而止，娃儿们忙着往竹竿上绑迎年的鞭子，最后的钟点一到，所有的人都跑出去迎接新年。这时，寨子里的鞭子声响成了海洋，喜庆的欢声笑语淹没了树林山野。在欢笑声中，娃儿们得到了崭新的压岁钱，旧年就这样过去了。

火塘里的红月亮

我们土家的娃儿，一年四季，不同的节气，吃不同的粑粑，但印象最深、味道最美的，还是过年的打糍粑。拜年，拜年，粑粑上前。在一年结束和另一年开始的时候，打糍粑象征着年成丰盈，合家团圆，喜气洋洋。

每到农历腊月二十八，家家都要打糍粑。一大早，家里的男人把木桌、木杵、石臼拿到溪里洗净，放在家门口的晒谷坪上，女人们则带着娃儿忙着将当年的新糯米用溪水淘净，然后在灶上用大大的木甑蒸熟。蒸出的糯米晶莹透亮，清香四溢，谗得娃儿口水直流。也有做娘的心软，在将糯米倒进石臼的时候悄悄捏一大团递给自己的娃儿，那娃儿得了便宜还要卖乖，拿到一边跟小伙伴一起分享。

打糍粑是一项体力活儿，家里的男人总是结成对家轮番打。先将糯米在石臼里揉成团，然后对站着用木杵打。杵声此起彼落，人声“嗨嗨”不断，即使冰天雪地的季节，也能打出一身毒汗来。直打得石臼里的糯米像一团猪板油，两人用木杵将其挑起放在抹茶油的方桌上，剩下的就是女人的事了。

女人手里粘上蜂腊，趁热将那猪板油揪成大小不一的坨坨，估好距离摆放在方桌上，然后将另一张方桌扣在上面，拍一板自家娃儿的屁股："崽，上去给娘攒劲地跳。"娃儿们便各不示弱地在上面放肆地一顿乱跳，一阵嬉笑，欢喜得像一群小猴子。等到方桌一掀开，呵哟，满桌玉圆光滑的月亮！中间那个大月亮叫娘糍粑，边上那些小月亮叫儿糍粑，娘糍粑是要等到最后全家分来吃的，以示全家团圆美满。

打糍粑用大簸箕摊开晾三五天，然后浸泡在装有腊月雪水的大缸里，不变色不馊坏，可以放到来年端午吃粽子粑粑的时候。

于是，整个正月娃儿们都守在火塘边烧打糍粑吃。大清早一起来，急急忙忙用清水抠了一把眼睛，单等着做娘的一句话："猴崽，到水缸里捞两个月亮上来。"捞起的月亮用白布揩干，然后架上火钳烤。火光映透圆圆的打糍粑，慢慢地被烤软、烤鼓起来，就像一轮红月亮在火塘里冉冉地升起。这时兴奋的娃儿们围着火塘大叫起来："月亮月亮，鼓儿灯！月亮月亮，鼓儿灯！"直到打糍粑鼓得顺火钳往下滚时，便烧透了。掰开焦黄的壳，塞进芝麻和糖，或夹上腊肉香葱，咬一口，啧啧，绵软香滑，落口消融，味道美妙极了。

一年中的头几个月，我们土家的娃儿被打糍粑喂得又白又胖，一张白里透红的圆脸，就是一个洁白的打糍粑，就是一轮从火塘里冉冉升起的红月亮。

（选自2011年4月20日《华中电力报》）